LOS HÉROES SON MI DEBILIDAD

Amor y Aventura

LOS HÉROES
SON MI DEBILIDAD

Susan E. Phillips

Traducción de Laura Paredes

VERGARA
GRUPO ZETA **Z**

Barcelona • Bogotá • Buenos Aires • Caracas • Madrid • México D.F. • Miami • Montevideo • Santiago de Chile

Título original: *Heroes are my Weakness*
Traducción: Laura Paredes
1.ª edición: abril 2015

© 2014 by Susan Elizabeth Phillips
© Ediciones B, S. A., 2015
   para el sello Vergara
   Consell de Cent 425-427 - 08009 Barcelona (España)
   www.edicionesb.com

Printed in Spain
ISBN: 978-84-15420-89-7
DL B 6508-2015

Impreso por LIBERDÚPLEX, S.L.
Ctra. BV 2249, km 7,4
Polígono Torrentfondo
08791 Sant Llorenç d'Hortons

Para Nickie,
amante de la danza,
de los libros, del arte
y, sobre todo, de la familia

1

Annie no solía hablar con su maleta, pero últimamente no era del todo ella misma. Los potentes haces de los faros apenas se introducían en la penumbra arremolinada de la ventisca invernal, y los limpiaparabrisas de su viejo Kia no podían competir con la furia de la tormenta que arrasaba la isla.

—Solo es un poco de nieve —dijo a la descomunal maleta roja que ocupaba el asiento del pasajero—. Que parezca el fin del mundo no significa que lo sea.

—*Sabes que no soporto el frío* —respondió la maleta con la molesta voz quejumbrosa de una niña majadera—. *¿Cómo pudiste traerme a este sitio tan horrible?*

Porque no podía hacer otra cosa.

Una gélida ráfaga de viento zarandeó el coche, y las ramas de los abetos suspendidas sobre la carretera sin asfaltar lo azotaron como si fueran los pelos de una bruja. Annie decidió que quienes creían que el infierno era un horno abrasador estaban equivocados. El infierno era aquella isla inhóspita y adversa en invierno.

—*¿No has oído hablar de Miami Beach?* —intervino Crumpet, la princesa malcriada de la maleta—. *No, claro, y en lugar de ir allí tuviste que traernos a una isla desierta en medio del Atlántico Norte, ¡donde seguramente nos acabarán devorando los osos polares!*

Las marchas chirriaban mientras el Kia ascendía con dificultad por la angosta y resbaladiza carretera de la isla. Annie tenía jaqueca, le dolían las costillas de tanto toser, y el mero hecho de alargar el cuello para mirar por la parte limpia del parabrisas la mareaba. Estaba sola en el mundo, y solo las voces imaginarias de sus muñecos de ventrílocua la mantenían ligada a la realidad. A pesar de lo mal que estaba, captó la ironía.

Invocó la voz más tranquilizadora de la práctica Dilly, que iba guardada en otra maleta roja a juego que ocupaba el asiento trasero.

—*No estamos en medio del Atlántico* —dijo la sensata Dilly—. *Estamos en una isla situada a dieciséis kilómetros de la costa de Nueva Inglaterra, y, que yo sepa, en Maine no hay osos polares. Además, Peregrine Island no está desierta.*

—*Pues como si lo estuviera.* —Si Crumpet hubiera estado en el brazo de Annie, habría levantado la naricita—. *Aquí la gente apenas sobrevive en pleno verano; imagínate en invierno. Seguro que se comen a sus muertos.*

El coche pegó un ligero coletazo. Annie corrigió el rumbo y sujetó el volante con más fuerza con sus manos enguantadas. Aunque la calefacción no funcionaba demasiado bien, había empezado a sudar bajo la chaqueta.

—*Tendrías que dejar de quejarte, Crumpet* —reprendió Dilly a su malhumorada compañera—. *Peregrine Island es un centro veraniego muy concurrido.*

—*¡No estamos en verano!* —exclamó Crumpet—. *Estamos en la primera semana de febrero, acabamos de bajar de un ferry en el que me mareé y aquí no habrá más de cincuenta personas. ¡Cincuenta imbéciles!*

—*Sabes que a Annie no le quedó más remedio que venir aquí* —dijo Dilly.

—*Porque es una fracasada con mayúsculas* —soltó con desdén una desagradable voz masculina.

Leo tenía la mala costumbre de expresar en voz alta los

temores más profundos de Annie, y era inevitable que se inmiscuyera en sus pensamientos. Era el que menos le gustaba de sus muñecos, pero en todas las historias tiene que haber un malo.

—*Eso es muy hiriente, Leo* —intervino Dilly—. *Aunque sea verdad.*

—*Como tú eres la protagonista femenina, todo acaba saliéndote bien, Dilly. Pero no ocurre lo mismo con los demás* —siguió quejándose la irascible Crumpet—. *Ni una sola vez. ¡Estamos acabados! ¡Acabados, te lo aseguro! Siempre tenemos...*

La tos de Annie interrumpió el histrionismo mental de su muñeco. Tarde o temprano su cuerpo superaría las secuelas de la neumonía, o al menos eso esperaba, pero ¿qué pasaría con todo lo demás? Había perdido la fe en sí misma y la sensación de que, a sus treinta y tres años, le quedaba lo mejor por vivir. Estaba débil físicamente, vacía emocionalmente y bastante aterrada, lo que no eran las mejores condiciones para alguien obligado a pasar los dos meses siguientes en una isla aislada de Maine.

—*Solo son sesenta días* —le recordó Dilly—. *Además, Annie, no tienes ningún otro sitio donde ir.*

Y ahí estaba. La cruda realidad. Annie no tenía ningún sitio donde ir. No tenía nada que hacer, salvo buscar el legado que su madre podía haberle dejado.

El Kia pasó por un bache lleno de nieve, y el cinturón de seguridad le oprimió el tórax. La presión en el pecho la hizo toser de nuevo. Ojalá hubiera podido pernoctar en el hotel del pueblo, pero el Island Inn estaba cerrado hasta mayo. Aunque tampoco habría podido permitírselo.

El coche coronó a duras penas la colina. Annie llevaba años transportando sus muñecos en toda clase de condiciones meteorológicas para actuar por todo el estado, pero ni siquiera alguien que conducía decentemente en medio de la nieve podía controlar del todo el vehículo en una carretera como aquella, especialmente su Kia. No en vano los residentes de Peregrine Island se desplazaban en camioneta.

—*Ve despacio* —advirtió otra voz masculina procedente de la maleta de atrás—. *No siempre llega antes quien más corre.*

Peter, el galán de sus muñecos, su príncipe azul, trataba de animarla, a diferencia de su exnovio-amante, un actor que solo se animaba a sí mismo.

Annie detuvo el coche y luego inició el lento descenso. Sucedió a medio camino.

La aparición salió de la nada.

Un hombre vestido de negro cruzó la carretera a lomos de un caballo azabache. Annie poseía una gran imaginación, como atestiguaban sus conversaciones mentales con sus muñecos, así que pensó que lo había imaginado. Pero la visión era real. El jinete iba inclinado sobre la crin ondeante del animal, que corría raudo por la nieve. Eran seres demoníacos: un caballo de pesadilla y un jinete diabólico galopando en medio de una furiosa tormenta.

Desaparecieron con la misma rapidez con que habían aparecido, pero Annie pisó el freno y el coche empezó a derrapar. Patinó hacia la cuneta cubierta de nieve, donde se detuvo tras dar un bandazo escalofriante.

—*Eres un auténtico desastre* —se burló Leo, el malo.

Agotada, se le llenaron los ojos de lágrimas. Le temblaban las manos. ¿Eran reales aquel jinete y su montura o los habría invocado ella? Tenía que concentrarse. Puso la marcha atrás y trató de sacar el coche de la cuneta, pero las ruedas se hundieron más en la nieve. Apoyó la cabeza en el respaldo. Si se quedaba allí, tarde o temprano alguien la encontraría. Pero ¿cuándo? Al final de aquel camino solo había la cabaña y la casa principal.

Procuró pensar. Su único contacto en la isla era el hombre que estaba al cuidado de la casa principal y la cabaña, pero solo tenía su dirección de correo electrónico, que había utilizado para hacerle saber que llegaba y pedirle que lo tuviera todo a punto para poder instalarse. Aunque hubiera tenido el número de teléfono de Will Shaw, que así se llamaba el hombre, dudaba que allí su móvil tuviera cobertura.

—*Eres un desastre.* —Leo jamás hablaba en tono normal, sino siempre con desdén.

Annie sacó un pañuelo de papel de un paquete arrugado y, en lugar de pensar en su dilema, pensó en el caballo y el jinete. ¿Qué clase de chiflado sacaba a un animal con ese tiempo? Cerró los ojos con fuerza y contuvo las náuseas. Ojalá pudiera acurrucarse y echarse a dormir. ¿Sería tan horrible admitir que la vida había podido con ella?

—*Ya basta* —dijo la sensata Dilly.

Annie tenía la cabeza como un bombo. Tenía que encontrar a Shaw para que le sacara el coche de allí.

—*Olvídate de Shaw* —intervino Peter, el galán—. *Ya lo haré yo.*

Pero Peter, como su exnovio, solo era bueno en las crisis ficticias.

La cabaña estaba más o menos a kilómetro y medio, una distancia fácil para una persona saludable si el tiempo era decente. Pero hacía un tiempo de mil demonios y ella no tenía nada de saludable.

—*Ríndete* —aconsejó Leo con cierto desdén—. *Quieres hacerlo.*

—*Deja de tocar las narices, Leo.* —Era la voz de Scamp, la mejor amiga de Dilly y álter ego de Annie.

A pesar de que Scamp era la causante de muchos de los líos en que se metían sus muñecos y que Dilly la heroína y Peter el galán tenían que solucionar, a Annie le encantaba su valor y su gran corazón.

—*Cálmate* —le ordenó Scamp—. *Sal del coche.*

Annie quiso enviarla a freír espárragos, pero ¿para qué? Se metió el alborotado cabello bajo el cuello de la chaqueta acolchada y se subió la cremallera. Los guantes de lana tenían un agujero en el pulgar, donde notó el frío del tirador de la puerta. Se obligó a abrirla.

El frío le azotó la cara y la dejó sin aliento. Sacó las piernas a regañadientes. Sus andrajosas botas de ante marrón, ideales para la ciudad, se hundieron en la nieve, y sus vaqueros se demostraron insuficientes para ese tiempo. Con la cabeza gacha para protegerse del viento, se dirigió hacia el maletero para sacar el abrigo, pero resultó que el coche estaba encajado contra la ladera de tal modo que no podía abrirse. No sabía por qué se sorprendía; hacía tanto que nada le salía bien que había olvidado lo que era tener buena suerte.

Regresó a la puerta del conductor. Sus muñecos estarían bien esa noche en el coche, pero ¿y si no era así? Los necesitaba. Eran lo único que le quedaba, y si los perdía, podría desaparecer por completo.

—*Patético* —soltó el despectivo Leo.

Le entraron ganas de despedazarlo.

—*Tú me necesitas más que yo a ti, ricura* —le recordó Leo—. *Sin mí, no puedes actuar.*

No le hizo caso. Sacó las maletas del coche resollando, apagó las luces, quitó las llaves y cerró la puerta.

Se vio envuelta en una densa oscuridad que la hizo boquear de pánico.

—*Tranquila. Yo te rescataré* —aseguró Peter.

Annie sujetó las maletas con más fuerza y procuró que el miedo no la paralizara.

—*¡No veo nada!* —se quejó Crumpet—. *¡No soporto la oscuridad!*

Annie carecía de una linterna en su anticuado móvil, pero lo que sí tenía... Dejó una maleta en la nieve y rebuscó en el bolsillo las llaves del coche y la pequeña linterna que llevaba con el llavero. No había usado esa luz en meses y no sabía si funcionaría. Con el corazón en un puño, lo encendió.

Un haz azulado dibujó una senda por la nieve, tan estrecha que podría fácilmente salirse del camino.

—*Contrólate* —ordenó Scamp.

—*No lo conseguirás* —vaticinó el cenizo Leo.

Annie dio los primeros pasos en la nieve. El viento le atravesó la delgada chaqueta y le enredó el pelo, cuyos rizos le azotaron la cara. La nieve le golpeaba la nuca y empezó a toser. El dolor le oprimía las costillas y las maletas le chocaban contra las piernas. Al poco tuvo que dejarlas en el suelo para descansar los brazos.

Hundió el cuello en la chaqueta para filtrar el aire helado. Los dedos le ardían del frío, y cuando empezó a andar de nuevo, convocó las voces imaginarias de sus muñecos para que le hicieran compañía.

Crumpet: «*Si me dejas caer y se me estropea el precioso vestido azul, te demandaré.*»

Peter: «*¡Yo soy el más valiente! ¡Y el más fuerte! Yo te ayudaré.*»

Leo: «*¿Sabes hacer algo bien?*»

Dilly: «*No escuches a Leo. Sigue andando. Llegaremos.*»

Y Scamp, su inútil álter ego: «*Una mujer con una maleta entra en un bar...*»

Se le llenaron los ojos de lágrimas, con lo que se nubló lo poco que veía. El viento le zarandeó las maletas y amenazó con arrancárselas de las manos. Eran demasiado grandes y pesadas. Casi se le desencajaban los brazos. Había sido una estupidez llevarlas a cuestas. Una estupidez mayúscula. Pero no podía dejar sus muñecos.

Cada paso parecía un kilómetro, y nunca había tenido tanto frío. Y ella que creía que le había empezado a cambiar la suerte, solo porque había podido tomar el transbordador de vehículos del continente, que funcionaba esporádicamente, a diferencia de la embarcación langostera reconvertida para proporcionar servicio semanal a la isla. Pero cuanto más se alejaba el transbordador de la costa de Maine, más había empeorado el tiempo.

Siguió avanzando con esfuerzo, arrastrando los pies por

la nieve, con los brazos doloridos y los pulmones ardiendo mientras intentaba no sucumbir a un nuevo acceso de tos. ¿Por qué no había metido el abrigo dentro del coche en lugar de guardarlo en el maletero? ¿Por qué no había hecho otras cosas, como encontrar un empleo estable, ser más prudente con el dinero y salir con hombres presentables?

Había pasado mucho tiempo desde que estuvo en la isla. Recordaba que la carretera terminaba en el desvío que conducía a la cabaña y a Harp House. Pero ¿y si se había perdido? Vete a saber lo que habría cambiado desde entonces.

Tropezó y se cayó de rodillas. El llavero se le resbaló de la mano y la luz se apagó. Aferró una de las maletas para apoyarse. Estaba helada. Ardiendo. Inspiró como pudo y palpó la nieve frenéticamente. Si se quedaba sin luz...

Tenía los dedos tan entumecidos que estuvo a punto de no encontrarlo. Cuando por fin sostuvo de nuevo la linterna, la encendió y vio el grupo de árboles que señalaba el final de la carretera. Dirigió el haz a la derecha, donde iluminó la gran roca de granito del desvío. Se puso de pie, levantó las maletas y avanzó tambaleante.

El alivio por encontrar el desvío le duró poco. Con los siglos, el clima riguroso de Maine había dejado el terreno poblado solamente de resistentes piceas. Sin ninguna barrera natural, las ráfagas que llegaban del océano zarandeaban sus maletas como si fueran velas. Logró ponerse de espaldas a la ventisca sin perder ninguna de las dos. Hundió primero un pie y luego el otro, y avanzó con dificultad por la nieve acumulada arrastrando las maletas y conteniendo el impulso de tumbarse y dejar que el frío hiciera lo que quisiera con ella.

Iba tan agachada para enfrentarse al viento que casi se le pasó. Si no hubiera sido porque golpeó un muro de piedra recubierto de nieve con la esquina de una maleta, no se habría dado cuenta de que había llegado a Moonraker Cottage.

La cabaña de tejas grises era apenas un bulto amorfo bajo la nieve. No se había despejado el camino ni había luces de bienvenida encendidas. La última vez que había estado allí, la puerta estaba pintada de rojo arándano, pero ahora era de un azul violáceo. Un montículo de nieve bajo la ventana delantera tapaba un par de viejas nasas langosteras de madera, un guiño a los orígenes pescadores de la cabaña. Se arrastró entre la ventisca hasta la puerta y dejó las maletas en el suelo. Buscó a tientas la cerradura hasta que recordó que los isleños rara vez cerraban con llave.

La puerta se abrió de golpe. Metió las maletas y, con la poca fuerza que le quedaba, la cerró de nuevo. Los pulmones le dolían. Se derrumbó sobre una maleta, sollozando más que jadeando.

Al cabo de un momento fue consciente del olor a cerrado de la gélida habitación. Con la nariz contra la manga, buscó a tientas el interruptor de la luz. Nada se encendió. O el guarda no había recibido el correo electrónico en que le pedía que pusiera el generador en marcha y encendiera la caldera, o había pasado de hacerlo. Le dolía todo el cuerpo helado. Dejó caer los guantes recubiertos de nieve en la alfombrita de lona que había ante la puerta, pero no se molestó en sacudirse la nieve del cabello enmarañado. Tenía los vaqueros helados y pegados a las piernas, pero tendría que descalzarse las botas para quitárselos y tenía demasiado frío para hacerlo.

Ahora bien, a pesar de lo abatida que estaba, tenía que sacar sus muñecos de las maletas rebozadas en nieve. Encontró una de las varias linternas que su madre tenía siempre cerca de la puerta. Antes de que los recortes llegaran a los presupuestos de colegios y bibliotecas, sus muñecos le habían proporcionado un sustento más regular que su fracasada carrera de actriz o sus empleos a tiempo parcial paseando perros y sirviendo bebidas en el Coffee.

Temblando de frío, maldijo al guarda, que al parecer no tenía reparos en montar a caballo en medio de una tormenta, pero era incapaz de esforzarse en hacer su trabajo. Tenía que haber sido Shaw el jinete que había visto. Nadie más vivía en

17

aquel extremo de la isla en invierno. Abrió las maletas y sacó los cinco muñecos. Los dejó en las bolsas de plástico que los protegían, en el sofá. Después, linterna en mano, recorrió tambaleante el glacial suelo de madera.

El interior de Moonraker Cottage no se parecía nada a la idea de una tradicional cabaña de pesca de Nueva Inglaterra. En cambio, el sello excéntrico de su madre estaba en todas partes, desde un escalofriante cuenco con cráneos de pequeños animales hasta una cómoda dorada de Luis XIV con la palabra «martinete» que Mariah había pintarrajeado en ella con espray negro. Annie hubiera preferido un espacio más acogedor, pero durante los días de gloria de Mariah, cuando había inspirado a diseñadores de moda y a una generación de jóvenes artistas, tanto esta cabaña como el piso de su madre en Manhattan habían aparecido en las revistas de decoración más exclusivas.

Aquellos días habían llegado a su fin hacía años, cuando Mariah había perdido el favor de los círculos artísticos, cada vez más jóvenes, de Manhattan. Los acaudalados neoyorquinos habían empezado a pedir a otros que les ayudaran a reunir una buena colección privada de arte, y Mariah se había visto obligada a vender sus objetos de valor para conservar su estilo de vida. Para cuando había enfermado, ya no le quedaba nada. Nada excepto algo que había en esta cabaña... algo que, al parecer, era el «legado» misterioso de Annie.

«Está en la cabaña. Tendrás... mucho dinero...» Mariah había dicho estas palabras en sus últimas horas antes de morir, un período en el que apenas había estado lúcida.

—*No hay ningún legado* —soltó Leo—. *Tu madre lo exageraba todo.*

Puede que si Annie hubiera pasado más tiempo en la isla, habría sabido si Mariah decía la verdad, pero no soportaba ese sitio y no había vuelto desde su vigésimo segundo cumpleaños, hacía once años.

Recorrió el dormitorio de su madre con la linterna. La fotografía a tamaño real de una elaborada cabecera italiana tallada en madera hacía las veces de cabecera de la cama de matrimonio. Un par de tapices hechos de lana hervida y de lo que parecían restos de artículos de ferretería colgaba junto a la puerta del vestidor. Este seguía oliendo a la fragancia particular de su madre, una colonia de hombre japonesa poco conocida que costaba un dineral importar. Al inhalar su aroma, Annie deseó poder sentir el dolor que una hija tendría que experimentar tras perder a un progenitor tan solo cinco semanas atrás, pero simplemente se sentía agotada.

Esperó a encontrar un par de calcetines gruesos y el viejo manto de lana escarlata de Mariah para librarse de la ropa mojada. Tras poner todas las mantas que halló en la cama de su madre, se metió entre las sábanas mohosas, apagó la linterna y se durmió.

Creía que jamás volvería a entrar en calor, pero cuando un acceso de tos la despertó hacia las dos de la madrugada, estaba sudando. Era como si le hubieran aplastado las costillas, tenía una jaqueca horrible y le dolía la garganta. También tenía ganas de hacer pipí, otro inconveniente en una casa sin agua. Cuando por fin la tos remitió, salió de la cama. Envuelta en el manto escarlata, encendió la linterna y, apoyándose en la pared, se dirigió hacia el cuarto de baño.

Mantuvo la linterna apuntada hacia abajo para no verse reflejada en el espejo que colgaba sobre el anticuado lavabo. Sabía lo que vería. Un rostro largo, pálido, ensombrecido por la enfermedad; un mentón puntiagudo; unos grandes ojos castaños y un indomable cabello castaño claro que se enroscaba y rizaba a su antojo. Tenía una cara que gustaba a los niños, pero que la mayoría de los hombres encontraba peculiar más que atractiva. Había heredado el cabello y la cara de su padre desconocido. «Un hombre casado. No quiso saber nada de ti. Ya está muerto, gracias a Dios.» Y la silueta, de Mariah:

alta, delgada, con las muñecas y los codos huesudos, los pies grandes y los dedos de las manos largos.

—Para triunfar como actriz, hay que tener una belleza excepcional o un talento excepcional —había vaticinado Mariah—. Eres bastante bonita, Antoinette, y se te da muy bien imitar, pero tenemos que ser realistas...

—*Tu madre no era lo que se dice tu mejor animadora* —terció Dilly.

—*Ya te animaré yo* —aseguró Peter—. *Cuidaré de ti y te amaré siempre.*

Las galantes proclamas de Peter solían suscitar una sonrisa de Annie, pero aquella noche solo podía pensar en el abismo emocional que había entre los hombres a quienes había elegido entregar su corazón y los galanes de la ficción que le encantaban. Y en el otro abismo, el que había entre la vida que había imaginado para ella misma y la que estaba viviendo.

A pesar de las objeciones de Mariah, Annie se había licenciado en artes dramáticas y había pasado los diez siguientes años yendo a *castings*. Había hecho *showcases* y teatro comunitario, y hasta había conseguido algunos papeles en producciones de pequeño formato. Muy pocos. El pasado verano había aceptado, finalmente, que Mariah tenía razón. Era mejor como ventrílocua de lo que jamás llegaría a ser como actriz. Lo que no la llevaba a ninguna parte.

Encontró una botella de agua con sabor de ginseng que, a saber cómo, no se había congelado. Le dolió incluso tragar un sorbo. Se la llevó de vuelta al salón.

Aunque Mariah no había estado en la cabaña desde el verano, justo antes de que le diagnosticaran el cáncer, no había demasiado polvo. El guarda debió de hacer al menos esa parte de su trabajo. Ojalá hubiera hecho el resto.

Sus muñecos estaban en el sofá victoriano de color rosa subido. Los muñecos y el coche eran todo lo que tenía.

—*No todo* —dijo Dilly.

Cierto. Existía la astronómica deuda que Annie no tenía

forma de pagar; la deuda que había acumulado para satisfacer todas las necesidades de su madre durante sus seis últimos meses de vida.

—*Para así obtener finalmente la aprobación de mamá* —aseguró con desdén Leo.

Empezó a quitar el plástico protector a los muñecos. Cada uno de ellos medía unos setenta y cinco centímetros de alto, y disponía de un mecanismo para moverle los ojos y la boca. Tomó a Peter y le deslizó una mano bajo la camiseta.

—*¡Qué bonita eres, Dilly!* —exclamó con su varonil voz—. *Eres la mujer de mis sueños.*

—*Y tú eres un hombre estupendo* —suspiró Dilly—. *Valiente y audaz.*

—*Solo en la imaginación de Annie* —aseguró Scamp imprimiendo a su voz un rencor impropio de ella—. *Si no, eres tan inútil como sus ex.*

—*Solo hay dos ex, Scamp* —la reprendió Dilly—. *Y no tendrías que hacer pagar a Peter tu resentimiento hacia los hombres. Seguramente no es tu intención, pero estás empezando a parecer una abusona, y ya sabes lo que pensamos de los abusones.*

Annie estaba especializada en espectáculos centrados en un tema, y varios de ellos se basaban en los abusones. Dejó a Peter y apartó a Leo, que le susurró imaginariamente: «*Todavía me tienes miedo.*»

A veces era como si sus muñecos tuvieran cerebro propio.

Se cubrió más con el manto escarlata y se acercó a la ventana saylediza de la parte delantera. La tormenta había amainado y la luz de la luna entraba por los cristales. Contempló el inhóspito paisaje invernal; las sombras impenetrables de las piceas, la lúgubre extensión de marisma. Entonces levantó la vista.

Harp House se alzaba imponente a lo lejos, sobre la cima misma de un árido acantilado. La luz turbia de la media luna dibujaba la silueta de sus tejados angulares y su espectacular torre. Salvo por una tenue luz amarilla que se veía en una habitación de lo alto de la torre, la casa estaba oscura. La escena le recordó las portadas de las viejas novelas góticas que todavía encontraba, a veces, en librerías de segunda mano. No le costó demasiado imaginarse a una protagonista descalza corriendo por aquella casa fantasmagórica en un vaporoso salto de cama, huyendo de la amenazadora luz de la torre. Esos libros resultaban pintorescos al compararlos con los eróticos vampiros, hombres lobo y metamorfos actuales, pero siempre le habían gustado. Alimentaban sus fantasías.

Sobre la línea irregular del tejado de Harp House, las nubes de tormenta pasaban veloces ante la luna de modo tan desenfrenado como el jinete que había cruzado la carretera como una bala. Se le erizó la piel, no debido al frío sino a su propia fantasía. Se volvió para mirar a Leo.

Párpados grandes... Labios finos con expresión de desdén... El malo perfecto. Podría haberse evitado mucho dolor si no hubiera idealizado a los taciturnos hombres de los que se había enamorado, imaginándose que eran galanes inmaculados en lugar de darse cuenta de que uno era infiel y el otro, narcisista. Ahora bien, Leo era otra historia. Lo había creado ella misma con tela e hilo. Ella lo controlaba.

—*Eso es lo que tú te crees* —susurró Leo.

Se estremeció y volvió al dormitorio. Pero ni siquiera al meterse de nuevo en la cama pudo quitarse de la cabeza la imagen oscura de la casa del acantilado.

«Anoche soñé que volvía a Manderley...»

No tenía hambre cuando despertó la mañana siguiente, pero se obligó a comer un puñado de cereales rancios. La cabaña estaba helada, era un día encapotado y lo único que quería era volver a la cama. Pero no podía vivir en la cabaña sin calefacción ni agua corriente, y cuanto más pensaba en el guarda ausente, más se enojaba. Sacó el único número de teléfono que tenía y que correspondía a la combinación de ayuntamiento, oficina de correos y biblioteca de la isla, pero aunque tenía el móvil cargado, no había cobertura. Se dejó caer en la butaca de terciopelo rosa y ocultó la cabeza entre las manos. Tendría que ir a buscar a Will Shaw en persona, lo que significaba subir a Harp House. Regresar al lugar al que había jurado no volver a acercarse jamás.

Se puso toda la ropa de abrigo que pudo encontrar, se envolvió en el manto rojo de su madre y se rodeó el cuello con una antigua bufanda de Hermès. Reunió toda su energía y fuerza de voluntad y salió. El día era tan sombrío como su futuro, el aire salitroso, gélido, y la distancia hasta la casa parecía insuperable.

—*Yo te llevaré en volandas* —se ofreció Peter.

Scamp le hizo una pedorreta.

Había marea baja, pero las rocas heladas a lo largo de la costa eran demasiado peligrosas para recorrerlas en esa época del año, de modo que siguió la ruta más larga, dando un rodeo por la marisma. Pero no era solo la distancia lo que la asustaba.

Dilly trató de infundirle valor:

—*Han pasado dieciocho años desde que subiste a Harp House. Hace mucho que los fantasmas y los duendes se marcharon.*

Annie se tapó la nariz y la boca con la punta del manto.

—*No te preocupes* —dijo Peter—. *Yo te protegeré.*

Ambos hacían su papel. Eran los encargados de deshacer los entuertos de Scamp y de intervenir cuando Leo abusaba. Eran los que lanzaban mensajes antidrogas, recordaban a los niños que debían comerse las verduras, lavarse los dientes y no dejar que nadie les tocara sus partes íntimas.

—*Pero sería muy agradable* —se burló Leo.

A veces desearía no haberlo creado, pero era el malo ideal. Era el matón, el camello, el rey de la comida basura y el desconocido que intentaba llevarse a los niños de los parques:

23

«Venid conmigo, niñitos, y os daré todos los caramelos que queráis.»

—*Para, Annie* —dijo Dilly—. *Ningún miembro de la familia Harp viene a la isla hasta el verano. Allí solo vive el guarda.*

Leo se negó a dejar a Annie en paz:

—*Tengo caramelos... y recuerdos de todos tus fracasos. ¿Qué tal tu estupenda carrera de actriz?*

Se encorvó un poco. Tenía que empezar a meditar o hacer yoga, algo que le enseñara a disciplinar la mente en lugar de dejar que la llevara donde quería o no quería ir. ¿Y qué si sus sueños de actriz no se habían cumplido como deseaba? A los niños les encantaban sus espectáculos con los muñecos.

Sus botas aplastaban la nieve. Totoras muertas y juncos huecos asomaban sus maltrechas cabezas por la capa helada de la marisma dormida. En verano, la marisma rebosaba vida, pero ahora estaba desolada, gris y tan apagada como sus esperanzas.

Al acercarse al trecho inferior del camino de grava con la nieve recién quitada que ascendía por el acantilado hasta Harp House, se detuvo para descansar de nuevo. Si Shaw podía limpiar el camino, podría sacar su coche de la nieve. Siguió adelante. Antes de la neumonía, podría haber subido a toda velocidad, pero cuando llegó por fin a lo más alto tenía los pulmones ardiendo y había empezado a resollar. A lo lejos, la cabaña parecía un juguete abandonado a su suerte ante el embate del mar y los accidentados acantilados de Maine. Inspiró y, con más ardor en los pulmones, alzó la cabeza.

Harp House se levantaba recortada contra un cielo color peltre. Arraigada en el granito, expuesta a las borrascas en verano y a los temporales en invierno, retaba a los elementos a derribarla. Las otras casas de verano de la isla estaban construidas en su parte oriental, más protegida, pero lo fácil no era digno de Harp House, una imponente fortaleza de madera con el tejado de tejas y una nada acogedora torre a un lado, en el rocoso extremo occidental, a gran altura sobre el mar.

Todo eran ángulos marcados: los tejados puntiagudos, los aleros ensombrecidos y los gabletes ominosos. Cómo le había gustado ese lúgubre aspecto gótico cuando había vivido allí el verano que su madre se casó con Elliott Harp. Se había imaginado con un vestido gris pardusco y un baúl de viaje en la mano, de buena familia pero pobre y desesperada, obligada a aceptar el humilde puesto de gobernanta. Con la cabeza alta y la espalda erguida, se enfrentaba al brutal pero apuesto dueño de la casa con tanta valentía que al final él acababa enamorándose perdidamente de ella. Se casaban y ella re-decoraba la casa.

No había pasado demasiado tiempo antes de que los sueños románticos de una quinceañera hogareña que leía demasiado y vivía demasiado poco se toparan con una realidad más dura.

Ahora, la piscina se había convertido en unas fantasmagóricas fauces vacías, y unos peldaños de piedra custodiados por gárgolas sustituían las sencillas escaleras de madera que conducían a las entradas trasera y lateral.

Pasó ante la cuadra y siguió un camino abierto toscamente hacia la puerta trasera. Más le valía a Shaw estar allí en lugar de galopando en uno de los caballos de Elliott Harp. Tocó el timbre, pero no lo oyó sonar dentro. La casa era demasiado grande. Esperó y volvió a tocarlo, pero nadie respondió. El felpudo parecía usado recientemente para limpiar la nieve de unas suelas. Llamó con fuerza con los nudillos.

La puerta cedió.

Tenía tanto frío que entró sin más en el recibidor trasero. Diversas prendas de abrigo, junto con escobas y fregonas, colgaban de un gancho en la pared. Dobló la esquina que daba a la cocina principal y se detuvo.

Todo estaba diferente. La cocina ya no tenía los armarios de nogal ni los electrodomésticos de acero inoxidable que recordaba haber visto hacía dieciocho años. Ahora daba la impresión de haber retrocedido en el tiempo hasta el siglo XIX.

La pared que separaba la cocina de lo que había sido un comedor para el desayuno había desaparecido, con lo que el espacio era el doble de grande que antes. Unas altas ventanas horizontales dejaban entrar la luz, pero como ahora estaban situadas por lo menos a metro ochenta del suelo, solo podía mirarse por ellas si se era muy alto. La mitad superior de las paredes estaba enlucida y, la inferior, recubierta de azulejos cuadrados que habían sido blancos en su día; había algunos desportillados en las esquinas y otros resquebrajados por obra del tiempo. El suelo era de piedra y el hueco de la chimenea, cubierto de hollín, era lo bastante grande como para asar un jabalí... o un hombre lo suficiente insensato para que lo pillaran cazando furtivamente en las tierras de su señor.

En lugar de armarios de cocina, unos burdos estantes sostenían cuencos y vasijas de cerámica. Unos altos aparadores de madera oscura flanqueaban una apagada cocina AGA negra de tamaño industrial. Un fregadero rústico de piedra contenía un montón desordenado de platos sucios. Una serie de ollas y cacerolas de cobre, no brillantes y pulidas, sino abolladas y desgastadas, colgaba sobre una larga tabla de madera marcada, diseñada para decapitar gallinas, cortar chuletas o preparar un rico postre para su señoría.

Sin duda, habían reformado la cocina, pero ¿qué clase de reforma retrocedía dos siglos? ¿Y por qué?

—¡Corre! —chilló Crumpet—. *¡Aquí está pasando algo muy gordo!*

Siempre que Crumpet se ponía histérica, Annie contaba con la actitud sensata de Dilly para adquirir perspectiva, pero Dilly se quedó callada, y ni siquiera Scamp soltó un comentario gracioso.

—¿Señor Shaw? —La voz de Annie carecía de su proyección habitual.

Al no haber respuesta, se adentró más en la cocina, con lo que dejó mojado el suelo de piedra. Pero no iba a sacarse las botas. Si tenía que salir por piernas, no iba a hacerlo en calcetines.

—¿Will?

Silencio total.

Pasó por la despensa, cruzó un estrecho pasillo trasero, se desvió por el salón y accedió al vestíbulo por la puerta de arco. Una tenue luz gris se colaba por los seis cristales cuadrados sobre la puerta principal. La imponente escalera de caoba seguía llevando a un rellano con una vidriera opaca, pero la alfombra que cubría los peldaños era ahora de un granate deprimente en lugar del floreado multicolor de antaño. Una capa de polvo recubría los muebles, y de un rincón del techo colgaba una telaraña. En las paredes, revestidas ahora con paneles de madera oscura, las marinas habían sido reemplazadas por lúgubres retratos al óleo de hombres y mujeres prósperos con ropas del siglo XIX, aunque difícilmente podían ser los antepasados campesinos de origen irlandés de Elliott Harp. Lo único que faltaba para que la entrada fuera todavía más deprimente era una armadura y un cuervo disecado.

Oyó pasos procedentes de arriba y se acercó más a la escalera.

—¿Señor Shaw? Soy Annie Hewitt. La puerta estaba abierta, por eso he entrado —explicó, alzando la vista—. Tendría que... —Las palabras se le quedaron en la boca.

El dueño de la casa estaba en lo alto de la escalera.

2

Bajó despacio. Era un galán gótico que había cobrado vida, con su chaleco gris perla, su pañuelo blanco y sus pantalones oscuros remetidos en botas de montar de cuero negro de caña alta. Colgando lánguidamente a un costado llevaba una pistola de duelo.

Un escalofrío recorrió la espalda de Annie. Por un momento pensó que le había vuelto a subir la fiebre o que su imaginación le estaba jugando una mala pasada. Pero no era ninguna alucinación. Era muy real.

Desvió lentamente la mirada de la pistola, las botas y el chaleco para fijarla en el hombre en sí.

La tenue luz gris le realzaba el cabello negro azabache, los ojos azul claro, la cara de rasgos cincelados y serios. Todo en él era la personificación de la altivez decimonónica. Quiso hacer una reverencia. Echar a correr. Decirle que, después de todo, no necesitaba el puesto de institutriz.

Cuando llegó al peldaño inferior, Annie le vio la cicatriz a un lado de la ceja. La cicatriz que ella le había hecho.

Theo Harp.

Hacía dieciocho años que no lo veía. Dieciocho años en los que había intentado sepultar los recuerdos de aquel desagradable verano.

—¡*Lárgate! ¡Venga, lo más rápido que puedas!* —Esta vez

28

no fue Crumpet a quien oyó en su cabeza, sino a la sensata y práctica Dilly.

Y a alguien más...

—*Vaya... Por fin nos conocemos.* —Un respeto reverencial sustituyó el desdén habitual de Leo.

El atractivo masculino y frío de Harp encajaba a la perfección con aquel entorno gótico. Era alto, delgado y elegantemente disoluto. El pañuelo blanco que llevaba al cuello realzaba la tez oscura que había heredado de su madre andaluza, y hacía tiempo que había dejado atrás la escualidez de la adolescencia. Pero seguía igual de distante. Le dirigió una mirada gélida.

—¿Qué quieres?

Harp sabía perfectamente quién era, pero actuaba como si hubiera entrado en su casa una desconocida.

—Estoy buscando a Will Shaw —respondió, y le dio rabia el ligero temblor de su voz.

Harp pisó el suelo de mármol con ónice negro formando rombos del vestíbulo.

—Shaw ya no trabaja aquí.

—¿Quién se ocupa entonces de la cabaña?

—Eso tendrás que preguntárselo a mi padre.

Como si Annie pudiera llamar sin más a Elliott Harp, un hombre que pasaba los inviernos en el sur de Francia con su tercera esposa, que no podía haber sido más distinta a Mariah. La vitalidad y el estilo excéntrico y sexualmente ambiguo de su madre, con sus pantalones pitillo, sus camisas blancas de hombre y sus bonitos pañuelos de cuello, habían cautivado a varios amantes, además de a Elliott Harp. Casarse con Mariah había sido su particular rebelión de mediana edad contra una vida ultraconservadora. Y había proporcionado a Mariah una sensación de seguridad que ella jamás había logrado antes. Estaban condenados al fracaso desde el principio.

Annie encogió los dedos de los pies y no quiso dejarse intimidar.

—¿Sabes dónde puedo encontrar a Shaw?

—Ni idea. —Levantó ligeramente un omóplato, demasiado displicente para encogerse de hombros como es debido.

El timbre de un móvil muy moderno se inmiscuyó en la conversación. Annie no se había fijado, pero Harp llevaba un estilizado teléfono inteligente negro en la otra mano, la que no sujetaba la pistola de duelo. Cuando Theo echó un vistazo a la pantalla, Annie cayó en la cuenta de que era él a quien había visto la noche anterior cruzar la carretera galopando sin la menor consideración por el hermoso animal que montaba. Pero bueno, Theo Harp tenía antecedentes dudosos en lo referente al bienestar de otros seres vivos, tanto animales como humanos.

Sintió una fugaz náusea. Se fijó en una araña que se deslizaba por el suelo sucio de mármol. Theo Harp silenció la llamada. Por la puerta abierta que había tras él, la que daba a la biblioteca, Annie vislumbró el gran escritorio de caoba de Elliott Harp. No parecía que nadie lo usara. No había tazas, blocs ni libros de consulta. Si Theo Harp trabajaba en su siguiente libro, no lo estaba haciendo allí.

—Me dijeron lo de tu madre —comentó.

No dijo que sintiera lo de su madre. Claro que había visto cómo Mariah había tratado a su hija.

«Mantén la espalda erguida, Antoinette. Mira a la gente a los ojos. ¿Cómo esperas sino que te respeten?»

Peor aún: «Dame ese libro. No vas a leer más tonterías. Solo las novelas que yo te dé.»

Annie detestaba todas aquellas novelas. Puede que hubiera quien se enamorara de Melville, Proust, Joyce y Tolstói, pero a ella le gustaban los libros en que aparecían protagonistas femeninas valientes que se mantenían firmes en lugar de lanzarse a las vías del tren.

Theo Harp acarició el borde del móvil con el pulgar, la pistola de duelo todavía colgando de la otra mano, mientras examinaba su improvisado atuendo de vagabunda: el manto rojo, la vieja bufanda, las gastadas botas de ante marrón. Annie estaba en medio de una pesadilla. La pistola, su extraña vestimenta... ¿Por qué era como si la casa hubiera retrocedido dos siglos? ¿Y por qué un día había intentado matarla?

«No es un simple abusón, Elliott —había dicho su madre al que por aquel entonces era su marido—. Tu hijo tiene un problema grave.»

Annie sabía ahora lo que aquel verano no tenía claro: Theo Harp era un enfermo mental, un psicópata. Las mentiras, las manipulaciones, las crueldades... Los incidentes que su padre había intentado catalogar de simples diabluras no habían sido diabluras en absoluto.

Seguía teniendo el estómago revuelto. No soportaba estar tan asustada. Theo se pasó la pistola a la mano derecha.

—No vuelvas a venir aquí, Annie.

La estaba apabullando de nuevo, y eso no le gustaba nada.

Un gemido fantasmagórico, salido de la nada, recorrió el pasillo. Ella se volvió para ver de dónde procedía.

—¿Qué ha sido eso? —preguntó y, al mirarlo, vio que él también se había sorprendido.

—Es una casa vieja —dijo rápidamente.

—A mí no me pareció el ruido de una casa vieja.

—No es asunto tuyo.

Tenía razón. Nada que tuviera que ver con él era ya asunto suyo. Estaba más que dispuesta a marcharse, pero apenas había dado unos pasos y el ruido se repitió, un gemido más bajo esta vez, más sobrecogedor todavía que el primero y procedente de otra dirección. Se volvió hacia él y vio que tenía el ceño fruncido y los hombros tensos.

—¿Una esposa loca en el desván? —aventuró Annie.

—Será el viento —replicó Theo, retándola a contradecirlo.

—Yo que tú dejaría las luces encendidas —soltó ella, acariciando la suave lana del manto de su madre.

Mantuvo la cabeza erguida el tiempo suficiente para cruzar el vestíbulo hacia el pasillo trasero, pero cuando llegó a la cocina se detuvo para taparse bien con el manto rojo. Una caja de gofres congelados, una bolsa vacía de galletas saladas y una botella de kétchup sobresalían del cubo de la basura del rincón. Theo Harp estaba loco. Y su locura no era de las divertidas del que cuenta chistes malos, sino de las malas del que guarda cadáveres en el sótano. Esta vez, al salir, fue algo más que el frío ártico lo que la hizo estremecerse. Fue la desesperación.

Irguió más la espalda. El móvil de Theo... Debía haber cobertura en la casa. ¿La habría también ahí fuera? Sacó su prehistórico móvil del bolsillo, encontró un lugar abrigado cerca de la glorieta abandonada, y lo encendió. A los pocos segundos tenía cobertura. Con manos temblorosas, llamó al número del supuesto ayuntamiento de la isla.

Contestó una mujer que se identificó como Barbara Rose.

—Will Shaw se marchó de la isla con su familia el mes pasado —le informó—. Un par de días antes de que llegara Theo Harp.

A Annie se le cayó el alma a los pies.

—Es lo que hacen los jóvenes —prosiguió Barbara—. Se van. La pesca de la langosta no ha sido buena los últimos años.

Ahora por lo menos Annie sabía por qué no le había contestado el correo electrónico.

—Bueno... —dijo tras humedecerse los labios—. ¿Cuánto me cobraría alguien por venir a ayudarme? —explicó el problema que había tenido con el coche y el hecho de que no sabía cómo funcionaban la caldera y el generador.

—Te enviaré a mi marido en cuanto vuelva —aseguró Barbara—. Así hacemos las cosas en la isla. Nos ayudamos unos a otros. No tardará más de una hora.

—¿De veras? Eso sería... Eres muy amable. —Oyó un relincho procedente de la cuadra. El verano que había vivido allí, el edificio estaba pintado de gris claro. Ahora era granate oscuro, igual que la glorieta cercana. Dirigió la vista hacia la casa.

—Lamentamos mucho lo de tu madre —comentó Barbara—. La echaremos de menos. Trajo cultura a la isla, junto con gente famosa.

—Gracias. —En un primer momento creyó que era un efecto óptico. Parpadeó, pero allí estaba. Una cara que la observaba desde una ventana del piso superior.

—Cuando te haya sacado el coche de la nieve, Booker te enseñará cómo funcionan la caldera y el generador. —Barbara hizo una pausa—. ¿Has visto ya a Theo Harp?

La cara desapareció con la misma rapidez con que había aparecido. Annie estaba demasiado lejos para distinguir las facciones, pero no era Theo. ¿Una mujer? ¿Un niño? ¿La esposa chalada encerrada a cal y canto?

—Solo un momento —respondió sin apartar los ojos de la ventana vacía—. ¿Trajo Theo a alguien con él?

—No; vino solo. Puede que no lo sepas, pero su mujer falleció el año pasado.

¿Ah, sí? Annie desvió la mirada de la ventana antes de dejarse llevar de nuevo por la imaginación. Dio las gracias a Barbara e inició el camino de regreso a Moonraker Cottage.

A pesar del frío, del ardor en los pulmones y el misterioso rostro que había visto, estaba algo más animada. Pronto tendría otra vez el coche, además de calefacción y electricidad. Entonces podría empezar a buscar a fondo lo que Mariah le había dejado. La cabaña era pequeña. No le costaría demasiado encontrarlo.

Una vez más, deseó poder venderla, pero todo lo que relacionaba a Mariah con Elliott Harp había sido siempre complicado. Hizo un alto para descansar. El abuelo de Elliott construyó Harp House a principios del siglo XX, y Elliott había comprado los terrenos circundantes, que incluían Moonraker Cottage. Por alguna razón, a Mariah le encantaba la cabaña, y durante los trámites de su divorcio, había exigido a Elliott que se la diera. Él se había negado, pero para cuando se redactó el documento final del divorcio, habían llegado a un acuerdo. La cabaña sería suya con la condición de que la ocupara sesenta días consecutivos al año. En caso contrario, retornaría a la familia Harp. No había segundas oportunidades. Si se iba antes de que se cumplieran los sesenta días, no podría volver y empezar a contar de nuevo.

Mariah era de ciudad, y Elliott creía que le había ganado la partida. Si dejaba la isla durante ese período de dos meses, aunque solo fuera una noche, perdería la casa irremisiblemente. Pero, para su consternación, el acuerdo le fue bien a Mariah. Le encantaba la isla, aunque no Elliott, y como no podía ir a ver a sus amigos, los invitaba a alojarse con ella. Algunos eran artistas consolidados; otros, nuevos talentos a los que quería animar. Todos agradecían la oportunidad de pintar, escribir y crear en el estudio de la cabaña. Mariah había velado por los artistas mucho mejor de lo que había velado jamás por su propia hija.

Tras cubrirse bien con el manto, Annie reanudó la marcha. Había heredado la cabaña, con las mismas condiciones que su madre. Nada de segundas oportunidades. Tenía que pasar allí sesenta días consecutivos o volvería a pertenecer a la familia Harp. Solo que, a diferencia de su madre, Annie detestaba la isla. Pero en aquel momento no tenía otro sitio donde ir, exceptuando el futón apolillado del almacén de la cafetería donde había trabajado. Entre la enfermedad de su madre y la suya, no había podido conservar ningún empleo, y no tenía ni fuerzas ni dinero para encontrar otro sitio donde vivir.

Cuando llegó a la gélida marisma, las piernas se le rebelaban. Se distrajo practicando variaciones de sus gemidos fantasmagóricos. Soltó algo muy parecido a una carcajada. Puede que fuera un fracaso como actriz, pero no como ventrílocua.

Y Theo Harp no había sospechado nada.

En su segunda mañana ya tenía agua, electricidad y una casa fría pero habitable. Gracias a Booker, el marido parlanchín de Barbara Rose, se enteró de que el regreso de Theo Harp era la comidilla de la isla.

—Lo que le pasó a su mujer fue una tragedia —aseguró Booker, después de haberle enseñado a evitar que las cañerías se congelaran, a utilizar el generador y conservar el propano—. Nos supo muy mal por él. Era raro, pero pasó muchos veranos aquí. ¿Has leído su libro?

Como detestaba admitir que lo había hecho, se encogió de hombros de forma vaga.

—Provocó más pesadillas a mi mujer que Stephen King —dijo Booker—. No sé de dónde sacó todas esas ideas.

El sanatorio había sido una novela innecesariamente truculenta sobre un hospital psiquiátrico para delincuentes psicóticos con una habitación que transportaba a sus residentes, especialmente a los que se divertían torturando, hacia atrás en el tiempo. Annie la había detestado. Y como gracias al sustancioso fondo fiduciario que le había dejado su abuela, Theo no necesitaba ganarse la vida con la escritura, lo que había creado era, según ella, todavía más reprobable, aunque hubiera sido un *best seller*. Se suponía que ahora estaba trabajando en una secuela, que desde luego esta vez ella no leería.

Cuando Booker se marchó, sacó de las bolsas los comestibles que había traído del continente, comprobó que todas las ventanas estuvieran cerradas, apoyó una mesa decorativa metálica contra la puerta principal y durmió doce horas seguidas. Como siempre, se despertó tosiendo y pensando en el dinero. Estaba sumida en deudas y muy preocupada al respecto. Se quedó en la cama, con los ojos fijos en el techo, intentando encontrar una salida.

Después de que le hubieran diagnosticado su enfermedad, Mariah necesitó a Annie por primera vez, y Annie no le había fallado, renunciando incluso a su trabajo cuando llegó el momento que no podía dejarla sola.

«¿Cómo tengo una hija tan tímida?», solía decir su madre. Pero al final había sido ella quien, temerosa, se había aferrado a Annie suplicándole que no la abandonara.

Annie había utilizado sus pequeños ahorros para pagar el alquiler del piso en Manhattan que tanto quería su madre para que esta no tuviera que marcharse de él, y había dependido por primera vez en su vida de las tarjetas de crédito. Compró los remedios naturales que Mariah juraba que la hacían sentir mejor, los libros que le alimentaban el espíritu artístico y los alimentos especiales que la ayudaban a no perder demasiado peso.

Cuanto más débil, más agradecida estaba Mariah. «No sé qué haría sin ti.» Estas palabras fueron un bálsamo para la niña que aún habitaba en Annie anhelando la aprobación de su madre, siempre tan crítica con ella.

Annie se habría podido mantener a flote si no hubiera decidido hacer realidad el sueño de su madre de viajar por última vez a Londres. Gracias a más tarjetas de crédito, se había pasado una semana empujando a Mariah en una silla de ruedas por los museos y las galerías que más le gustaban. Cuando se detuvieron ante un enorme lienzo rojo y gris del artista Niven Garr en la Tate Modern hizo que su sacrificio hubiera valido la pena. Mariah se había llevado a los labios la mano de su hija y había pronunciado las palabras que Annie había ansiado oír toda su vida: «Te quiero.»

Annie se levantó de la cama y se pasó la mañana hurgando por las cinco habitaciones de la cabaña: el salón, la cocina, el cuarto de baño, el dormitorio de Mariah y un estudio que había servido también de habitación de invitados. Los artistas que se habían alojado allí a lo largo de los años habían regalado a Mariah cuadros y pequeñas esculturas, los más valiosos de los cuales hacía tiempo que su madre había vendido. Pero ¿qué se había guardado?

Podía ser cualquier cosa. El sofá victoriano rosa de respaldo alto y el futurista sillón marrón, una diosa tailandesa de piedra, los cráneos de pájaros, un mural que mostraba un olmo cabeza abajo. La mezcolanza de estilos de muebles y objetos resultaba armoniosa gracias al infalible sentido del color de su madre: paredes vainilla y tapicerías azul violáceo, aceituna y marrón. El sofá rosa subido y una fea silla tornasolada con forma de sirena aportaban la nota llamativa.

Mientras se tomaba una segunda taza de café, decidió ser más sistemática en su búsqueda. Empezó por el salón, inventariando todas las obras de arte y su descripción en un bloc. Sería mucho más fácil si Mariah le hubiera dicho qué buscar. O si pudiera vender la cabaña.

—*No tenías que haber llevado a tu madre a Londres* —comentó Crumpet con un mohín—. *En lugar de eso, me tendrías que haber comprado un vestido nuevo. Y una diadema.*

—*Hiciste lo correcto* —aseguró Peter, apoyándola como siempre—. *Mariah no era mala persona, solo mala madre.*

—*¿Lo hiciste por ella... o por ti?* —preguntó Dilly con su dulzura habitual, lo que no hizo que sus palabras resultaran menos hirientes.

—*Lo que fuera para ganarse el amor de mamaíta, ¿verdad, Antoinette?* —soltó Leo con desdén.

Eso era lo que tenían sus muñecos... decían las verdades a las que ella no quería enfrentarse.

Miró por la ventana y vio algo que se movía a lo lejos. Un caballo y un jinete recortados contra el mar gris y espumoso, cruzando el paisaje invernal como si los estuvieran persiguiendo los demonios del infierno.

Después de otro día de ataques de tos, siestas y ratos dedicados a su afición de dibujar niños de viñeta con aspecto bobalicón para animarse, ya no podía seguir ignorando el problema de la cobertura del móvil. La nieve caída la noche anterior había vuelto impracticable la ya peligrosa carretera, lo que significaba otra excursión a lo alto del acantilado para poder utilizar el teléfono. Esta vez, sin embargo, se mantendría fuera de la vista de la casa principal.

Con el abrigo de plumón, iba mejor equipada que la anterior vez para realizar el ascenso. Aunque seguía haciendo mucho frío, había salido el sol y la nieve parecía espolvoreada de purpurina. Pero sus problemas eran demasiado graves como para disfrutar de la belleza. No solo necesitaba cobertura. También necesitaba acceso a internet. Si no quería que nadie se aprovechara de ella, tenía que comprobar todo lo inventariado en su bloc, pero ¿cómo iba a hacerlo? La cabaña no tenía Wi-Fi. El hotel y los hostales ofrecían conexión gratuita en verano, pero ahora estaban cerrados, y aunque su coche aguantara los viajes al pueblo, no se imaginaba llamando de puerta en puerta en busca de alguien que la dejara entrar para navegar por la web.

Incluso con el abrigo, el gorro de lana rojo con que se cubría el cabello rebelde, y la bufanda que le tapaba la nariz y la boca, tiritaba de frío al subir a la cima de la colina. Tras echar un vistazo a la casa para asegurarse de que Theo no anduviera por ahí, encontró un sitio tras la glorieta para hacer sus llamadas: a la escuela primaria de Nueva Jersey que no le había pagado su última visita, a la tienda de venta en consignación donde había dejado los muebles decentes que quedaban de su madre. Los suyos estaban tan viejos que no había valido la pena venderlos y los había tirado. Estaba harta de preocuparse por el dinero.

—*Yo te pagaré las facturas* —afirmó Peter—. *Te salvaré.*

Un ruido la distrajo. Miró alrededor y vio a una niña agachada bajo las ramas inferiores de una gran picea roja. Tendría unos tres o cuatro años, muy pequeña para estar fuera sola. Llevaba una chaqueta acolchada rosa y pantalones de pana morados, pero no mitones, botas ni gorro que le tapara el cabello lacio castaño claro.

Annie recordó la cara de la ventana. Debía de ser la hija de Theo.

Le horrorizó pensar en Theo siendo padre. Pobre criatura. No iba lo bastante abrigada y no parecía haber nadie pendiente de ella. Teniendo en cuenta lo que Annie sabía sobre el pasado de Theo, puede que aquello fuera lo de menos.

La niña se dio cuenta de que la habían visto y retrocedió entre las ramas.

—Hola —dijo Annie tras ponerse en cuclillas—. No quería asustarte. Estaba llamando por teléfono.

La pequeña se la quedó mirando sin contestar, pero Annie había conocido a muchos niños tímidos.

—Soy Annie. Antoinette, en realidad, pero nadie me llama así. Y tú, ¿cómo te llamas?

La niña no respondió.

—¿Eres un hada de las nieves? ¿O un conejito de las nieves?

Siguió sin hablar.

—Seguro que eres una ardilla. Pero no veo nueces por aquí. ¿Tal vez eres una ardilla que come galletas?

Normalmente hasta el crío más tímido reaccionaba ante esa clase de tontería, pero la niña no lo hizo. No era sorda, porque había vuelto la cabeza al oír el graznido de un pájaro, pero cuando Annie observó aquellos ojos grandes y atentos, supo que algo no andaba bien.

—Livia... —Era la voz de una mujer, apagada, como si no quisiera que la oyeran desde la casa—. Livia, ¿dónde estás? Ven aquí inmediatamente.

A Annie la venció la curiosidad y se dirigió a la parte delantera de la glorieta.

La mujer era bonita, con una larga cabellera rubia peinada con la raya a un lado, y unas curvas que ni siquiera unos vaqueros y una sudadera holgada podían disimular. Se apoyaba con dificultad en un par de muletas.

—¡Livia!

La mujer le resultó conocida.

—¿Jaycie? —preguntó tras salir de entre las sombras.

La mujer se tambaleó un poco con las muletas.

—¿Annie? —Se sorprendió.

Jaycie Mills y su padre habían vivido en Moonraker Cottage antes de que Elliott lo comprara. Hacía años que Annie no la veía, pero nunca olvidas a quien te ha salvado la vida.

Vio pasar un fogonazo rosado: era la niña, Livia, que corría hacia la puerta de la cocina con sus zapatillas deportivas rojas cubiertas de nieve. Jaycie se tambaleó de nuevo con sus muletas.

—Livia, no te he dado permiso para salir —volvía a hablar con voz susurrante—. Ya habíamos hablado antes de esto.

Livia la miró, pero no respondió.

—Ve a quitarte esas zapatillas.

La niña desapareció, y Jaycie se dirigió a Annie:

—Me habían dicho que habías regresado a la isla, pero no esperaba verte aquí arriba.

—No tengo cobertura en la cabaña y tenía que hacer unas llamadas —explicó Annie acercándose, aunque sin abandonar la protección de los árboles.

En la adolescencia, mientras que Theo Harp y su hermana gemela eran morenos, Jaycie era rubia, y seguía siéndolo. Aunque ya no estaba tan esquelética como entonces, sus hermosos rasgos seguían ligeramente indefinidos, como si viviera tras una lente empañada. Pero ¿por qué estaba allí?

—Ahora soy el ama de llaves de Harp House —explicó como si le leyera el pensamiento.

Annie no podía imaginar un trabajo más deprimente. Jaycie señaló la cocina.

—Pasa —dijo.

Annie no podía entrar, y tenía la excusa perfecta.

—Lord Theo me ha ordenado que me mantenga alejada de la casa. —El nombre se le quedó pegado a los labios como si fuera aceite rancio.

Jaycie había sido siempre más seria que ellos y no reaccio-

40

nó ante la ironía de Annie. Ser la hija de un langostero borracho la había cargado con las responsabilidades de un adulto, y aunque era un año menor que Annie y dos que los gemelos Harp, parecía la más madura de los cuatro.

—Theo solo baja de noche —aseguró—. Ni siquiera sabrá que estás aquí.

Al parecer, Jaycie no sabía que Theo no se limitaba a hacer incursiones nocturnas en la planta inferior.

—No puedo.

—Por favor —insistió Jaycie—. Estaría bien mantener una conversación con una persona adulta para variar.

Su invitación era más bien una súplica. Annie se lo debía todo y, por más que deseaba negarse, irse habría estado mal. Recobró la compostura y recorrió deprisa el patio trasero por si acaso Theo estaba espiándolas. Al subir los peldaños flanqueados por las gárgolas, tuvo que recordarse que los días en que Theo la aterrorizaba habían terminado.

Jaycie se quedó en el umbral de la puerta trasera. Vio que Annie contemplaba el hipopótamo morado que le asomaba de manera incongruente bajo una axila y el osito de peluche rosa que se le veía bajo la otra.

—Son de mi hija —aclaró.

Livia era hija de Jaycie, pues. No de Theo.

—Las muletas me lastiman las axilas —explicó Jaycie mientras retrocedía para que Annie entrara en el recibidor trasero—. Los uso a modo de cojines.

—Y dan tema de conversación.

Jaycie se limitó a asentir, con una seriedad que no concordaba con los peluches.

A pesar de todo lo que había hecho por Annie aquel verano, años atrás, nunca habían sido íntimas. Durante las dos breves visitas que Annie había hecho a la isla tras el divorcio de su madre, había ido a ver a Jaycie, pero sus encuentros habían sido incómodos debido a la reserva de su salvadora.

Annie restregó las botas en el felpudo.

—¿Qué te pasó?

—Resbalé en el hielo hace dos semanas. No te preocupes por las botas —indicó al ver que Annie se agachaba para descalzarse—. El suelo está tan sucio que un poco de nieve no importa. —Se dirigió con dificultad hacia la cocina.

Annie se quitó las botas igualmente y se arrepintió en cuanto el frío del suelo de piedra le traspasó los calcetines. Tosió y se sonó la nariz. La cocina estaba más oscura de lo que recordaba, hasta el hollín de la chimenea. Había más cacharros amontonados en el fregadero que en su visita anterior, dos días antes; la basura rebosaba y el suelo pedía a gritos una escoba. El lamentable estado de la cocina la incomodó.

Livia había desaparecido y Jaycie se dejó caer en una silla ante la larga mesa de cocina.

—Ya sé que está todo hecho un desastre —aseguró—, pero desde mi accidente, ha sido un infierno intentar hacer mi trabajo.

Rezumaba una tensión que Annie no recordaba, reflejada no solo en las uñas mordidas sino también en los movimientos rápidos y nerviosos con las manos.

—El pie debe de dolerte —comentó.

—No podría haberme pasado en peor momento. Mucha gente se maneja bien con las muletas, pero no es mi caso, la verdad. —Se levantó una pierna con las manos para descansar el pie en la silla más cercana—. Theo ya no me quería aquí, y ahora que todo se está viniendo abajo... —Alzó las manos y las dejó caer de nuevo en su regazo—. Siéntate. Te ofrecería café, pero es demasiado trabajo.

—No quiero nada —la tranquilizó Annie. Cuando se sentaba, Livia entró en la cocina abrazada a un maltrecho gatito de peluche a rayas blancas y rosas. Ya no llevaba el abrigo ni las zapatillas, y las vueltas de sus pantalones de pana morados estaban empapadas. Jaycie lo vio pero parecía resignada—. ¿Cuántos años tienes, Livia? —preguntó a la pequeña con una sonrisa.

—Cuatro —respondió Jaycie por su hija—. Livia, el suelo está frío. Ve a ponerte las zapatillas.

La niña se marchó otra vez, sin pronunciar palabra.

Annie quería preguntar a Jaycie por Livia, pero como no quería ser indiscreta, habló sobre la cocina.

—¿Qué pasó aquí? Todo ha cambiado mucho.

—¿A que es horrible? Cynthia, la mujer de Elliott, está obsesionada con todo lo británico, aunque ella es de Dakota del Norte. Se le metió en la cabeza convertir Harp House en una casa solariega inglesa del siglo diecinueve y logró convencer a Elliott para que se gastara una fortuna en las reformas, incluida esta cocina. Tanto dinero para algo tan feo. Y el verano pasado ni siquiera vinieron.

—Parece una locura —comentó Annie, y apoyó los talones en el travesaño de la silla para apartar los pies del suelo.

—Mi amiga Lisa... Tú no la conoces. No estaba en la isla aquel verano. A Lisa le encanta lo que Cynthia hizo, pero ella no tiene que trabajar aquí. —Se miró las uñas mordidas—. Me ilusioné mucho cuando Lisa me recomendó a Cynthia para el puesto de ama de llaves después de que Will se marchara. Es imposible encontrar trabajo aquí en invierno. —La silla crujió cuando intentó encontrar una postura más cómoda—. Pero ahora que me he roto el pie, tengo miedo de que Theo me despida.

—Típico de Theo Harp dar una patada a alguien indefenso —dijo Annie con la mandíbula tensa.

—Ahora está distinto. No sé. —Su expresión melancólica recordó a Annie algo que casi había olvidado, la forma en que Jaycie miraba a Theo aquel verano, como si no hubiera nada más en el mundo—. Supongo que esperaba que nos viéramos más. Que habláramos o algo.

O sea que Jaycie todavía sentía algo por Theo. Annie recordó estar celosa de la dulce belleza rubia de Jaycie a pesar de que Theo no le prestara demasiada atención. Procuró hablar con tacto.

—Tal vez tendrías que considerarte afortunada. Theo no es lo que se dice una buena opción romántica.

—Supongo que no. Se ha vuelto más bien raro. Nadie viene aquí y él apenas va al pueblo. Deambula por la casa toda la noche, y de día, o bien monta a caballo o bien está en la torre escribiendo. Es donde se aloja, no en la casa en sí. Puede que todos los escritores sean raros. Me paso días sin verlo.

—Yo estuve aquí hace un par de días y me lo encontré nada más llegar.

—¿En serio? Debió de ser cuando Livia y yo estuvimos en cama enfermas, de lo contrario te habría visto. Dormíamos casi todo el día.

Annie recordó aquella cara en la ventana del primer piso. Puede que Jaycie hubiera dormido, pero Livia...

—¿Theo vive en la torre que solía ocupar su abuela?

Jaycie asintió y colocó bien el pie en la silla.

—Tiene su propia cocina. Antes de romperme el pie, se la abastecía. Ahora, como no puedo subir escaleras, tengo que enviárselo todo en el montaplatos.

Annie recordaba muy bien aquel montaplatos. Un día Theo la había metido dentro y la había dejado entre dos pisos. Echó un vistazo al viejo reloj de pared. Necesitaba echar un sueñecito. ¿Cuándo podría marcharse?

Jaycie sacó un móvil del bolsillo, otro teléfono inteligente de alta tecnología, y lo dejó sobre la mesa.

—Me envía mensajes de texto cuando necesita algo, pero ahora mismo no puedo hacer demasiado. Ya no quería contratarme al principio, pero Cynthia insistió. Ahora está buscando una excusa para librarse de mí.

A Annie le habría gustado decir algo esperanzador, pero Jaycie tenía que conocer a Theo lo suficiente para saber que haría exactamente lo que quisiera.

Jaycie toqueteó una reluciente pegatina de *My Little Pony* pegada en la superficie toscamente labrada de la mesa de la servidumbre.

—Livia significa mucho para mí. Es lo único que me queda —no lo dijo autocompadeciéndose sino más bien exponiendo una realidad—. Si pierdo este empleo, no habrá ninguno más —sentenció, levantándose con dificultad—. Perdona mi verborrea. Paso mucho tiempo sin poder conversar más que con una niña de cuatro años.

Una niña de cuatro años que no parecía hablar.

Jaycie se dirigió titubeante hacia un anticuado refrigerador de dimensiones considerables.

—Tengo que preparar la cena —dijo.

—Deja que te ayude. —A pesar de lo cansada que estaba, le haría sentir bien hacer algo por otra persona.

—No te preocupes. —Abrió el refrigerador y, curiosamente, dejó a la vista el interior de un aparato muy moderno. Examinó su contenido—. Cuando crecía, lo único que quería era largarme. Y entonces me casé con un langostero y me quedé atrapada aquí.

—¿Lo conocía yo?

—Puede que no, pues era mucho mayor. Ned Grayson. El hombre más atractivo de la isla. Durante un tiempo me hizo olvidar lo mucho que detestaba vivir aquí. —Sacó de la nevera un bol cubierto con papel film—. Murió el verano pasado.

—Lo siento.

—No lo sientas —repuso con una risita compungida—. Resultó que tenía muy mal genio y unos puños fuertes que solía utilizar. Sobre todo conmigo.

—Oh, Jaycie... —Su aire de vulnerabilidad hacía que imaginar a alguien maltratándola fuera el doble de espantoso.

Jaycie se metió el bol bajo el brazo libre y lo apretó contra su cuerpo.

—Es irónico. Pensé que mis días de huesos rotos se habían acabado cuando él murió —soltó mientras cerraba la puerta del refrigerador con la cadera, lo que le hizo perder el equilibrio en el último instante. Las muletas le cayeron al suelo, junto con el bol, que se rompió con un estallido de cristales y de chile—. ¡Mierda!

Se le llenaron los ojos de lágrimas de rabia. El chile salpicó el suelo, el aparador, sus vaqueros y sus zapatillas deportivas. Había trozos de cristal por todas partes.

—Ve a asearte —dijo Annie, acercándose a ella—. Ya me encargo yo de esto.

Jaycie se apoyó en el refrigerador y se quedó mirando aquel desastre.

—No puedo depender de los demás. Tengo que cuidar de mí misma.

—Ahora no —la contradijo Annie con toda la firmeza que pudo—. Dime dónde hay un cubo.

Se quedó el resto de la tarde. Por más cansada que estuviera, no iba a dejar a Jaycie así. Limpió el chile del suelo y lavó los platos del fregadero, tratando de disimular su tos cuando Jaycie estaba cerca. Todo el rato estaba pendiente de Theo Harp. Saber que estaba tan cerca de ella le ponía los nervios de punta, pero no iba a permitir que Jaycie lo notara. Antes de irse, hizo algo impensable: preparó la cena de Theo.

Contempló el plato de sopa de tomate de lata, las hamburguesas, el arroz hervido instantáneo y el maíz congelado.

—No tendrás matarratas por aquí, ¿verdad? —dijo mientras Jaycie cojeaba por la cocina—. Da igual. Esta comida ya es bastante asquerosa tal como está.

—No se dará cuenta. No le importa nada la comida.

«Lo único que le importa es lastimar a la gente.»

Llevó la bandeja con la cena por el pasillo trasero. Al dejarla en el montaplatos, recordó el miedo que había pasado al estar atrapada dentro de aquel espacio tan reducido, a oscuras, hecha un ovillo con las rodillas contra el pecho. Habían castigado a Theo a estar encerrado en su cuarto dos días, y solo ella se había percatado de que Regan, su hermana gemela, se había colado dentro para hacerle compañía.

Mientras que Theo era malo y egoísta, Regan era dulce y

tímida. Salvo cuando Regan estaba tocando el oboe o escribiendo poemas en su libreta morada, ambos hermanos eran inseparables. Annie sospechaba que Regan y ella se habrían hecho buenas amigas si Theo no se hubiera asegurado de lo contrario.

—No sé cómo darte las gracias —dijo Jaycie con lágrimas en los ojos cuando Annie por fin se dispuso a marcharse.

—Ya lo hiciste. Hace dieciocho años —respondió Annie, disimulando su fatiga. Vaciló, porque sabía lo que tendría que hacer y no quería, pero finalmente tomó la única decisión con la que podría vivir consigo misma—. Mañana volveré para ayudarte un rato.

—¡No tienes por qué! —Jaycie abrió unos ojos como platos.

—Me irá bien. Así no le daré vueltas a la cabeza —mintió, y entonces se le ocurrió algo—. ¿Hay Wi-Fi aquí? —Cuando Jaycie asintió, esbozó una sonrisa—. Perfecto. Traeré mi portátil. Me estarás ayudando tú a mí. Tengo que buscar cierta información.

—Gracias. Significa mucho para mí —dijo Jaycie, secándose las lágrimas con un pañuelo de papel, y fue en busca de Livia.

Annie recogió su abrigo. A pesar de su extenuación, se alegraba de haber hecho algo para saldar su vieja deuda. Empezó a ponerse los guantes y titubeó un instante. No podía dejar de pensar en el montaplatos.

—*Adelante* —susurró Scamp—. *Te mueres de ganas de hacerlo.*

—*¿No te parece que es algo inmaduro?* —respondió Dilly.

—*Desde luego* —dijo Scamp.

Annie recordó sus días de adolescente, cuando estaba desesperada por gustar a Theo. Cruzó sigilosamente la cocina. Recorrió el pasillo trasero con discreción hasta el final y se quedó mirando el montaplatos. Edgar Allan Poe tenía el monopolio de «Nunca más», y «Rosebud» no era lo que se dice aterrador. «Morirás en siete días», era demasiado específico. Pero había visto mucha televisión cuando estaba enferma, incluida *Apocalypse Now*...

Abrió la puerta del montaplatos, agachó la cabeza y gimió de modo escalofriante:

—Horror... —La palabra se elevó por el hueco como el siseo de una serpiente—. Horrooooor...

Se le puso carne de gallina.

—*¡Enfermizo!* —exclamó Scamp, encantada.

—*Infantil pero gratificante* —opinó Dilly.

Annie regresó por donde había venido y salió de la casa. Se dirigió hacia el camino sin apartarse de las sombras para no ser vista desde la torre.

Harp House tenía por fin el fantasma que se merecía.

3

Despertó con un ánimo más positivo. La idea de ir volviendo loco a Theo Harp era tan gratificantemente retorcida que no podía evitar sentirse mejor. Era imposible que escribiera aquellos libros espantosos sin una gran imaginación, y ¿qué sería más justo que utilizar esa imaginación en su contra? Pensó en qué más podría hacer y se imaginó a Theo con una camisa de fuerza puesta y tras los barrotes de un manicomio.

—*¡Con algunas serpientes reptando a su alrededor!* —añadió Scamp.

—*Bah, no te será tan fácil alterarlo* —soltó el desdeñoso Leo.

Annie se desenredó el cabello con un peine. Se puso unos vaqueros, una camiseta interior, otra gris de manga larga y una sudadera que había sobrevivido quién sabe cómo a sus días de universitaria. Al salir del dormitorio hacia el salón, vio lo que había hecho por la noche antes de acostarse. Los cráneos de pájaros que Mariah tenía expuestos en un cuenco coronado con alambre de púas estaban ahora en una bolsa de basura. Puede que su madre y Georgia O'Keeffe encontraran bonitos aquellos huesos, pero ella no, y si tenía que pasarse dos meses allí, quería sentirse por lo menos un poquito como en casa. Por desgracia, la cabaña era demasiado pequeña para esconder la silla tornasolada con forma de sirena en algún sitio. Había intentado sentarse en ella y se le habían clavado en la espalda unos pechos de sirena.

Había encontrado dos cosas que la habían inquietado: un ejemplar del *Portland Press Herald* de hacía siete días y una bolsa de café recién molido en la cocina. Alguien había estado allí recientemente.

Tomó una taza de aquel café y se obligó a comer una tostada con mermelada. Le horrorizaba pensar que tenía que volver a Harp House. Pero, por lo menos, tendría acceso a internet. Observó el cuadro del árbol invertido. Quizá al acabar el día sabría quién era R. Connor y si su obra tenía algún valor.

No podía posponerlo más. Metió el bloc del inventario, el portátil y unas cosas más en la mochila, se abrigó bien, y empezó el poco apetecible trayecto hacia Harp House. Al cruzar el extremo de la marisma, vio el puente peatonal de madera. Rodearlo significaba alargar la caminata, así que debería dejar de evitarlo. Lo haría. Pero no hoy.

Annie había conocido a Theo y Regan Harp dos semanas después de que Mariah y Elliott hubieran viajado al Caribe y regresado casados. Los gemelos estaban subiendo los escalones del acantilado desde la playa. Regan había aparecido primero, con sus largas piernas bronceadas y el cabello moreno ondeando alrededor de sus bellas facciones. Entonces había visto a Theo. Incluso con dieciséis años, flacucho, con algo de acné en la frente y una cara demasiado pequeña para su nariz, era arrebatador, distante, y ella se quedó fascinada. Él, en cambio, la observó con indisimulado aburrimiento.

Annie quería gustarles, pero su seguridad en sí mismos la intimidaba tanto que en su presencia se inhibía. Mientras que Regan era agradable y dulce, Theo era grosero y sarcástico. Elliott solía consentirlos para intentar compensar que su madre los hubiera abandonado a los cinco años, pero insistía en que incluyeran a Annie en sus actividades. Theo la invitó a regañadientes a navegar con ellos en su velero. Pero cuando

Annie llegó al muelle que había entre Harp House y Moonraker Cottage, Theo, Regan y Jaycie ya habían zarpado sin ella. Al día siguiente se había presentado una hora antes y ellos no aparecieron.

Una tarde, Theo le dijo que fuera a ver los restos de un viejo barco langostero que había cerca, en la playa, y ella descubrió, demasiado tarde, que se habían convertido en uno de los puntos de nidificación de las gaviotas de la isla. Se habían lanzado en picado hacia ella, le habían dado con las alas y una le había golpeado la cabeza en una escena sacada de *Los pájaros* de Hitchcock. Annie recelaba de los pájaros desde entonces.

La letanía de fechorías de Theo había sido interminable: dejarle pescados entre las sábanas, hacerle malas pasadas en la piscina, abandonarla a oscuras en la playa una noche. Annie se deshizo de los recuerdos. Por suerte, nunca volvería a tener quince años.

Empezó a toser, y al detenerse para intentar recuperar el aliento se percató de que era la primera vez que lo hacía aquella mañana. Es posible que estuviera mejorando por fin. Se imaginó sentada ante una mesa cálida con un ordenador cálido en una oficina cálida, realizando un trabajo que quizá la mataría de aburrimiento, pero le supondría una paga a final de mes.

—*¿Y nosotros qué?* —gimió Crumpet.

—*Annie necesita un trabajo de verdad* —intervino la sensata Dilly—. *No puede ser ventrílocua toda la vida.*

Scamp metió baza:

—*Tendrías que haber hecho muñecos porno. Podrías haber cobrado mucho más por los espectáculos.*

Los muñecos porno había sido una idea que Annie se había planteado cuando tenía la fiebre muy alta.

Finalmente llegó a lo alto del acantilado. Al pasar ante la cuadra, oyó el relincho de un caballo. Se ocultó rápidamente entre los árboles, justo a tiempo de ver cómo Theo salía por la puerta. Annie tenía frío incluso con el abrigo puesto, pero él solo llevaba un jersey gris marengo, unos vaqueros y botas de montar.

Dejó de caminar. Ella se mantenía detrás de él, pero los árboles que la tapaban eran escasos y rogó que no se diera la vuelta.

Una ráfaga de viento creó un derviche fantasmagórico en la nieve. Theo cruzó los brazos y se sacó el jersey por la cabeza. No llevaba nada debajo.

Lo miró estupefacta. Estaba allí plantado, desnudo de cintura para arriba con el cabello moreno agitado por el viento, desafiando al invierno de Maine. Annie podría haber estado mirando una de aquellas telenovelas famosas por aprovechar cualquier excusa para dejar descamisado al galán de turno. Solo que hacía un frío de mil demonios, Theo Harp no era ningún galán y la única explicación para su gesto era que estaba loco.

Vio cómo apretaba los puños, alzaba el mentón y dirigía una mirada hacia la casa. ¿Cómo podía alguien tan atractivo ser tan cruel? Su torso fibroso, su ancha y musculosa espalda, la forma en que plantaba cara a las inclemencias del tiempo… Era todo muy extraño. No parecía tanto un mortal como parte del paisaje: un ser primitivo que no necesitaba las sencillas comodidades humanas del calor, la comida… el amor.

Se estremeció bajo el abrigo y contempló cómo él entraba en la torre con el jersey oscilando a un costado.

Fue conmovedor lo contenta que se puso Jaycie al verla.

—No me puedo creer que hayas vuelto —soltó mientras Annie colgaba la mochila y se quitaba las botas.

—Si no lo hacía, me habría perdido toda la diversión —aseguró con una expresión jubilosa. Echó un vistazo a la cocina. A pesar de la penumbra, tenía mejor aspecto que el día anterior, pero seguía estando horrible.

Jaycie avanzó pesadamente hacia la mesa, mordiéndose el labio inferior.

—Theo va a despedirme —murmuró—. Lo sé. Como está todo el rato en la torre, cree que no es necesario que haya nadie en la casa. Si no fuera por Cynthia... —Se aferró con tanta fuerza a las muletas que se le quedaron los nudillos blancos—. Esta mañana vio aquí a Lisa McKinley, que ha ido por mí a recibir el barco del correo. No creí que lo supiera, pero me equivocaba. Detesta que haya nadie por aquí.

—¿*Cómo va a encontrar entonces a su siguiente víctima de asesinato?* —preguntó Scamp—. *A no ser que sea Jaycie...*

—*Yo la protegeré* —anunció Peter muy ufano—. *Es lo que hago. Proteger a las damas en apuros.*

Jaycie se colocó bien las muletas y el hipopótamo rosa movió incongruentemente la cabeza arriba y abajo cerca de su axila.

—Me envió un mensaje para decirme que no quiere que Lisa vuelva por aquí —explicó con el ceño fruncido—. Que les diga que le guarden la correspondencia en el pueblo hasta que él pueda ir a buscarla. Pero Lisa ha estado trayendo también provisiones cada semana. ¿Qué voy a hacer ahora? No puedo perder este empleo, Annie. Es lo único que tengo.

Annie intentó animarla.

—Pronto tendrás mejor el pie y podrás conducir.

—Eso no es todo. No le gusta que haya niños en la casa. Le dije lo modosa que es Livia y le prometí que ni siquiera sabría que estaba aquí, pero la niña no para de salir a escondidas. Me da miedo que la vea.

Annie se calzó las zapatillas deportivas que había llevado.

—A ver si lo entiendo. Por capricho de lord Theo, ¿una niña de cuatro años no puede salir a jugar al aire libre? Eso no está bien.

—Supongo que puede hacer lo que quiera; la casa es suya. Además, mientras yo vaya con muletas, no puedo salir con ella y tampoco quiero que esté fuera sola.

Annie no soportaba la forma en que Jaycie excusaba todo lo que Theo hacía. Después de tantos años debería darse cuenta de qué clase de persona era, pero parecía seguir encandilada con él.

—*Tal vez estuviera encandilada con él cuando eran críos* —susurró Dilly—. *Ahora Jaycie es una mujer adulta. Tal vez lo que siente sea algo más profundo.*

—*Eso no es nada bueno* —comentó Scamp—. *Nada bueno...* —repitió.

Livia entró en la cocina. Vestía los pantalones de pana del día anterior y llevaba una caja de plástico transparente llena de lápices de colores y un manoseado papel de dibujo.

—Hola, Livia —la saludó Annie con una sonrisa.

La pequeña agachó la cabeza.

—Es muy tímida —dijo Jaycie.

Livia se acercó a la mesa, se encaramó a una silla y se puso a dibujar. Su madre enseñó a Annie dónde se guardaban las cosas de la limpieza sin dejar de disculparse.

—No tienes por qué hacerlo. De verdad. Es mi problema, no el tuyo.

—¿Por qué no miras qué puedes hacer respecto a las comidas del señor? —la interrumpió Annie—. Ya que no secundaste mi idea del matarratas, tal vez podrías encontrar alguna seta venenosa.

—No es tan malo, Annie —aseguró Jaycie, sonriente.

Mentira.

Al cargar trapos del polvo y una escoba al pasillo principal, miró con inquietud la escalera. Ojalá Jaycie tuviese razón y la aparición de Theo cuatro días atrás hubiera sido una excepción. Si se enteraba de que ella estaba haciendo el trabajo de Jaycie, se buscaría otra ama de llaves.

La mayoría de las habitaciones de la planta baja estaban cerradas para conservar el calor, pero había que limpiar el vestíbulo, el despacho de Elliott y el deprimente solario. Con sus limitadas fuerzas, decidió considerar prioritario el vestíbulo, pero cuando hubo quitado las telarañas y el polvo de los paneles de madera de las paredes, ya estaba resollando. Regresó a la cocina y encontró a Livia sola, todavía sentada a la mesa con los lápices de colores.

Había estado pensando en la niña, así que fue al recibidor trasero en busca de la mochila, donde tenía a Scamp. Annie había confeccionado los atuendos de sus muñecos, incluidas las medias de colores, la falda rosa y la camiseta amarilla con una reluciente estrella morada de Scamp. Una diadema con una amapola verde de trapo mantenía sus rebeldes rizos naranja en su sitio. Se colocó el muñeco en el antebrazo y colocó los dedos en las palancas que accionaban su boca y sus ojos. Volvió a la mesa con Scamp escondida a la espalda.

Cuando la niña despegó el lápiz colorado del papel, Annie se sentó en diagonal respecto a ella. Al instante, Scamp asomó la cabeza para mirar a Livia.

—¡*La, la, la!* —cantó con aquella voz que usaba para llamar la atención—. *Yo, Scamp, conocida también como Genevieve Adelaide Josephine Brown, ¡declaro que hoy hace un día precioso!*

Livia levantó de golpe la cabeza y se quedó mirando el muñeco. Scamp se inclinó para intentar ver qué estaba pintando la niña, de tal modo que sus rebeldes rizos le ocultaron la cara.

—*A mí también me encanta dibujar. ¿Puedo ver lo que has hecho?*

Livia, sin apartar los ojos del muñeco, tapó el papel con el brazo.

—*Vale, hay cosas que son privadas* —dijo Scamp—. *Pero yo soy de las que comparte sus talentos. Como el canto.*

Livia ladeó la cabeza, llena de curiosidad.

—*Soy una cantante maravillosa* —peroró Scamp—. *Aunque no comparto mis canciones increíblemente fabulosas con cualquiera. Lo mismo que tú tus dibujos. No tienes por qué compartirlos con nadie.*

Livia apartó la mano de su dibujo. Cuando Scamp agachó la cabeza sobre el papel para examinarlo, Annie tuvo que fiarse de lo que alcanzaba a divisar con el rabillo del ojo: algo parecido a una figura humana y una casa toscamente trazada.

—*¡Fabuloso!* —exclamó Scamp—. *Yo también soy una gran artista.* —Ahora le tocó a ella ladear la cabeza—. *¿Te gustaría oírme cantar?*

Livia asintió.

Scamp abrió los brazos y empezó a cantar una versión cómicamente operística de *Soy una taza* que siempre arrancaba carcajadas a sus espectadores más pequeños.

Livia la escuchó atentamente pero no sonrió, ni siquiera cuando Scamp empezó a cambiar la letra. *«Un plato hueco, un plato alado, un chaparrón. ¡Olé!»*

La canción hizo toser a Annie, que lo disimuló haciendo que Scamp se pusiera a bailar como una loca. Al final, el muñeco se dejó caer sobre la mesa.

—*Ser fabulosa es agotador* —aseguró.

Livia asintió, muy seria.

Annie había aprendido que cuando se trata con niños conviene parar cuando llevas ventaja. Scamp se levantó y sacudió la cabeza llena de rizos.

—*Es la hora de mi siesta.* Au revoir. *Hasta la vista...* —Y desapareció bajo la mesa.

Livia se agachó para ver dónde había ido el muñeco, pero mientras lo hacía, Annie se levantó y se puso a Scamp delante para taparla con el cuerpo mientras se dirigía al recibidor para guardarla de nuevo en la mochila. No miró a Livia, pero al salir de la cocina notó que la niña la estaba observando.

Más tarde, mientras Theo estaba fuera, Annie aprovechó su ausencia para llevar la basura hasta los bidones metálicos que había detrás de la cuadra. Al regresar a la casa, echó un vistazo a la piscina vacía. Un conjunto antiestético de desechos congelados se había amontonado en el fondo. Incluso en pleno verano, el agua de Peregrine Island era gélida, y ella y Regan nadaban sobre todo en la piscina; Theo prefería el océano. Si el oleaje era fuerte, cargaba la tabla de surf en la trasera de su Jeep y se iba a Gull Beach. Annie había anhelado ir con él, pero le daba tanto miedo su rechazo que no se había atrevido a pedírselo.

Un gato negro dobló despacio la esquina de la cuadra y alzó los ojos amarillos hacia ella. Annie se quedó inmóvil. Oyó una voz de alarma en su cabeza.

—¡Largo de aquí! —siseó.

El gato la miró fijamente.

—¡Vete! —dijo, y corrió hacia él agitando los brazos—. ¡Lárgate! Y no vuelvas. No si sabes lo que te conviene.

El felino se escabulló.

Las lágrimas acudieron repentinamente a sus ojos. Parpadeó para librarse de ellas y volvió a entrar en la casa.

Aquella noche durmió otras doce horas. Después, dedicó el resto de la mañana a trabajar en su inventario de la sala de la cabaña para catalogar muebles, cuadros y objetos como la diosa tailandesa. El día anterior había estado demasiado ocupada en la casa principal para hacer ninguna búsqueda, pero hoy encontraría un rato. Mariah jamás había necesitado que nadie determinara el valor de sus posesiones; lo había hecho por sí misma, y Annie haría lo mismo. Por la tarde, se metió el portátil en la mochila y subió a pie a Harp House. Tenía agujetas debido al ejercicio poco habitual, pero solo tuvo un acceso de tos antes de llegar a la cima.

Limpió el despacho de Elliott, incluido el feo armario de nogal oscuro para armas, y lavó los platos del día anterior mientras Jaycie se ocupaba de la comida de Theo.

—No soy demasiado buena cocinera —comentó—. Un motivo más para que me despida.

—En eso no puedo ayudarte —dijo Annie.

Annie vio otra vez al gato negro y salió sin el abrigo para ahuyentarlo. Luego se sentó con el portátil en la cocina, pero el Wi-Fi de la casa precisaba contraseña, algo que tendría que haber previsto.

—Yo siempre uso el móvil que me dio Theo —indicó Jaycie al sentarse a raspar unas zanahorias—. Nunca he tenido que usar ninguna contraseña.

Annie probó sin fortuna varias combinaciones de nombres, cumpleaños e incluso nombres de embarcaciones. Estiró los brazos para descargar los hombros, miró la pantalla y tecleó despacio «Regan0630», la hora en que Regan Harp se ahogó después de que su velero volcara delante de la isla durante una tempestad. Tenía veintidós años y acababa de licenciarse, pero para Annie siempre sería un ángel moreno de dieciséis años que tocaba el oboe y escribía poemas.

La puerta se abrió de golpe, y Annie se volvió. Theo Harp entró con paso airado en la cocina arrastrando a Livia.

4

Era como si lo hubiera transportado hasta allí una violenta borrasca. Pero lo que más alarmaba de su estruendosa aparición no era su expresión, sino la niña aterrada con la boquita abierta en un escalofriante grito silencioso.

—¡Livia! —exclamó Jaycie, y al abalanzarse hacia su hija perdió el equilibrio y cayó estrepitosamente al suelo acompañada de sus muletas.

Annie se levantó de un brinco y se dirigió hacia él, demasiado horrorizada por lo que estaba ocurriendo para ayudar a Jaycie.

—¿Qué te propones?

—¿Qué me propongo yo? —replicó Theo con el ceño fruncido de rabia—. ¡Estaba en la cuadra!

—¡Suéltala! —Annie le quitó la niña, que estaba tan asustada como ella. Jaycie ya había logrado sentarse en el suelo, así que le dejó a Livia en el regazo y se colocó instintivamente entre ellas y Theo—. ¡No te acerques! —le advirtió.

—*¡Oye, que el paladín soy yo!* —se quejó Peter—. *Proteger a los demás es cosa mía.*

—¡Estaba en mi cuadra! —exclamó Theo. Su presencia llenaba la tenebrosa cocina y se llevaba todo el aire.

—¿Podrías bajar un poco la voz? —exigió Annie tras tomar aliento.

Jaycie soltó un gritito ahogado.

—La niña no estaba simplemente en la puerta —añadió Theo sin hacer caso—. Estaba en el box de *Dancer*. ¡Dentro! Ese caballo es muy asustadizo. ¿Tienes idea de lo que podía haberle pasado? Y te dije que no te acercaras a esta casa. ¿Por qué estás aquí?

Ella se obligó a no dejarse intimidar esta vez, pero no podía igualarlo en furia.

—¿Cómo se metió en el box?

—¡Y yo qué sé! —Su mirada reflejó la acusación—. Puede que no estuviera cerrado.

—O sea, se te olvidó cerrarlo. —Le habían empezado a temblar las piernas—. ¿Tal vez pensabas sacar a tu caballo durante otra tormenta de nieve?

Había conseguido que dejara de prestar atención a Jaycie y Livia. Por desgracia, ahora la concentraba en ella.

—¿Qué coño estás haciendo aquí? —insistió Theo, y flexionó las manos como preparándose para asestarle un puñetazo.

Sus muñecos la salvaron.

—¡Esa lengua! —repuso usando el tono de reproche de Dilly. Menos mal que se acordó de mover los labios al hacerlo.

—¿Por qué estás en mi casa? —le espetó él.

Annie no podía permitir que supiera que había estado ayudando a Jaycie.

—En la cabaña no hay Wi-Fi y lo necesito.

—Usa el de otro sitio.

—*Si no le haces frente* —advirtió Scamp—, *volverá a salirse con la suya.*

—Te agradecería que me dieras la contraseña —pidió Annie, levantando el mentón.

Él la miró como si acabara de salir de una cloaca.

—Te dije que no te acercaras a esta casa.

—¿Ah, sí? No me acuerdo. Jaycie me dijo que no podía

estar aquí pero no le hice caso —mintió, y para asegurarse de que lo entendía, añadió—: Ya no soy tan modosita como antes.

Jaycie hizo un ruidito en lugar de guardar silencio, lo que hizo que Theo se volviera a fijar en ella.

—Ya sabes en qué quedamos, Jaycie.

—Intenté mantener a Livia alejada de ti, pero... —explicó, estrechando a la niña contra su pecho.

—Esto no funcionará —soltó Theo—. Tendré que tomar una decisión.

Y con esta altanera afirmación, se volvió para marcharse, como si ya no hubiera más que decir.

—*¡Deja que se marche!* —aconsejó Crumpet.

Pero Annie no podía hacerlo, así que se plantó delante de él.

—¿De qué vas, tío? ¡Mírala! —Señaló con el dedo a Jaycie, esperando que no advirtiera lo mucho que temblaba—. ¿De verdad estás pensando en echar a la calle a una viuda que no tiene un centavo y a su hija en pleno invierno? ¿Se ha petrificado del todo tu corazón? Olvídalo. Es una pregunta retórica.

Él la contempló con la expresión molesta de alguien a quien revolotea un mosquito fastidioso.

—No es asunto tuyo.

Detestaba las confrontaciones, pero Scamp no, de modo que se metió en la piel de su álter ego.

—Porque soy una persona compasiva. ¿Conoces el significado de «compasiva»? —Los espléndidos ojos azules de Theo se ensombrecieron—. Livia no volverá a entrar en la cuadra porque te acordarás de cerrar la puerta. Y tu ama de llaves está haciendo un trabajo excelente aun con un pie lesionado. Te ha preparado la comida, ¿no? Mira la cocina. Está inmaculada. —Como era una exageración, buscó su punto débil—: Si despides a Jaycie, Cynthia contratará a alguien más. Piénsalo. Otra desconocida invadiendo tu intimidad.

Curioseando en Harp House. Observándote. Interrumpiéndote mientras trabajas. Intentando incluso charlar contigo. ¿Es eso lo que quieres?

Aunque él resollaba, ella vio su victoria en la ligera tensión de sus ojos, en el vago gesto de sus hermosos labios. Theo dirigió una mirada a Jaycie, que seguía sentada en el suelo abrazando a Livia.

—Voy a salir un par de horas —soltó con brusquedad—. Limpia la torre mientras estoy fuera. No te acerques al segundo piso.

Se marchó mostrando la misma rudeza con la que había entrado.

Livia se chupaba el pulgar. Jaycie le besó las mejillas antes de levantarse ayudada de las muletas.

—No puedo creer que le hayas hablado así.

Annie tampoco.

La torre tenía dos entradas: una desde el exterior y otra desde el primer piso de la casa. Como Jaycie no podía subir escaleras, Annie fue la encargada de hacer el trabajo.

La torre estaba construida sobre unos cimientos más altos que el resto de Harp House, por lo que su planta baja estaba al mismo nivel que el primer piso de la casa en sí, y la puerta situada al final del pasillo superior de la casa daba directamente al salón principal de la torre. Nada parecía haber cambiado desde la época en que la abuela de los gemelos se alojaba allí. Las paredes angulares de color beige servían de escenografía para una recargada decoración de los años ochenta, con objetos desgastados que se veían difusamente debido a la hilera de ventanas orientadas al mar.

Una raída alfombra persa cubría la mayor parte del suelo de parqué, y había un sofá beige de gruesos brazos y cojines con flecos bajo un par de paisajes al óleo *amateurs*. Unos grandes candelabros de madera de pie con altas y gruesas velas blancas intactas se hallaban bajo un reloj de péndulo detenido a las once y cuatro minutos. Era la única parte de Harp House que no parecía haber retrocedido dos siglos, pero era igual de lúgubre.

Se adentró en la pequeña cocina con el montaplatos en la pared del fondo. En lugar de un montón de platos sucios, los que le habían enviado desde la cocina principal con las comidas estaban limpios y colocados en un escurridor de plástico azul. Sacó una botella de limpiador de debajo del fregadero, pero no lo utilizó enseguida. Jaycie solo le preparaba la cena. ¿Qué comía el resto del día el señor de los infiernos? Dejó la botella y abrió los armarios.

No vio ningún ojo de tritón ni dedo de rana. Ningún globo ocular salteado ni uñas fritas. En lugar de eso encontró cajas de cereales Cheerios y Wheaties. Nada demasiado dulce. Nada divertido. Pero tampoco trozos de cuerpo humano conservados.

Como quizá esa fuera su única posibilidad de explorar, siguió curioseando. Algunas latas comunes. Un paquete de seis botellas de agua con gas cara, una bolsa grande de café en grano de primera calidad, y una botella de whisky bueno. Había unas cuantas piezas de fruta en la encimera, y al mirarlas le resonó la voz de la malvada reina en la cabeza: «Toma una manzana, preciosa...»

Se dirigió hacia el refrigerador, donde encontró zumo de tomate, un pedazo de queso duro, aceitunas negras y latas sin abrir de un paté asqueroso. No era sorprendente que le gustara comer vísceras.

El congelador estaba prácticamente vacío, y el cajón para verduras solo contenía zanahorias y rábanos. Echó otro vistazo a la cocina. ¿Dónde estaba la comida basura, las bolsas de nachos y los botes de helado? ¿Dónde estaba el montón de patatas fritas de bolsa, el alijo de mantequilla de cacahuete? Nada salado ni crujiente. Ningún capricho dulce. A su manera, esa cocina era tan horripilante como la otra.

Tomó el limpiador y dudó un instante. ¿No había leído en alguna parte que había que limpiar empezando por arriba?

—*A nadie le gustan los fisgones* —dijo Crumpet con su voz altiva.

—*Como si tú no tuvieras ningún defecto* —replicó mentalmente Annie.

—*La vanidad no es un defecto. Es una vocación.*

Sí, Annie quería curiosear e iba a hacerlo. Ahora tenía tiempo para ver qué tenía Theo exactamente en su guarida.

Las doloridas pantorrillas le protestaron al subir la escalera hasta el primer piso. Vio la puerta cerrada que daba a la buhardilla del segundo piso, donde se suponía que Theo escribía su segunda novela sádica. O tal vez descuartizaba cadáveres.

La puerta del dormitorio estaba abierta. Se asomó para echar un vistazo. Salvo unos vaqueros y una sudadera a los pies de la cama mal hecha, daba la impresión de que seguía viviendo allí una anciana. Paredes color hueso, cortinas estampadas con rosas de Jericó, una butaca frambuesa sin brazos, una otomana redonda y una cama de matrimonio cubierta con una colcha beige. Desde luego, no había hecho nada para sentirse cómodo.

Volvió al pequeño pasillo y dudó un instante antes de subir los seis peldaños hasta el prohibido segundo piso. Abrió la puerta.

La habitación pentagonal disponía de un techo de madera a la vista y cinco ventanas angostas y desnudas con arcos puntiagudos. Los toques humanos que faltaban en todas partes eran también visibles en aquella estancia. Un escritorio en forma de L sobresalía de una pared, abarrotado de papeles, estuches de cedés vacíos, un par de libretas, un ordenador de mesa y unos auriculares. Al otro lado de la habitación, una estantería metálica negra industrial contenía diversos aparatos electrónicos, incluido un sistema de audio y un pequeño televisor de pantalla plana. Había montones de libros en el suelo, bajo las ventanas, y un portátil junto a una butaca redondeada.

La puerta se abrió con un crujido.

Annie dio un respingo y se giró de golpe.

Theo entró con una bufanda negra en las manos.

—*Ya trató de matarte una vez* —auguró Leo con desdén—. *Puede volver a intentarlo.*

Ella tragó saliva y apartó los ojos de la pequeña cicatriz blanca en el extremo de la ceja, la cicatriz que le había hecho ella.

Theo se le acercó, con la bufanda sujeta ahora a modo de mordaza, o quizá de trapo empapado de cloroformo. ¿Cuánto rato tendría que apretárselo contra la nariz para dejarla inconsciente?

—Este piso está prohibido —dijo Theo—. Pero eso ya lo sabías. Y aun así, estás aquí.

Se pasó la bufanda alrededor del cuello y sujetó las puntas con las manos. Annie se quedó muda. Tuvo que recurrir otra vez a Scamp para armarse de valor.

—Eres tú quien no tendría que estar aquí. —Rogó que no oyera el temblor en su voz normalmente firme—. ¿Cómo voy a husmear si no te vas cuando dices?

—Muy graciosa. —Tiró de las puntas de la bufanda.

—Es... es culpa tuya, la verdad. —Tenía que ocurrírsele algo deprisa—. No habría venido aquí si me hubieras dado la contraseña que te pedí.

—¿Qué dices?

—Mucha gente la tiene pegada al ordenador. —Juntó las manos a la espalda.

—Yo no.

—*Mantente firme* —ordenó Scamp—. *Que vea que ahora está tratando con una mujer y no con una adolescente insegura.*

Se le habían dado muy bien las clases de improvisación, así que echó el resto.

—¿No te parece un poco tonto?

—¿Tonto?

—Bueno, vale, lo que sea. Pero... ¿y si olvidas la contraseña? Tendrías que llamar a la compañía telefónica. —Carraspeó y tomó aliento—. Ya sabes cómo va la cosa. Te tendrán horas al aparato escuchando una grabación que te recuerda lo importante que es tu llamada. O una musiquita machacona. ¿No se te hace eterno? A mí, al cabo de un rato, me dan ganas de suicidarme. ¿De veras quieres pasar por ese calvario cuando una simple nota adhesiva previene el problema?

—O un simple correo electrónico —ironizó él—. Dirigo.

—¿Qué?

Theo soltó la bufanda y se dirigió hacia la ventana más cercana, donde había un telescopio enfocado hacia el océano.

—Me has convencido. La contraseña es *Dirigo*.

—¿Qué clase de contraseña es esa?

—Es el lema del estado de Maine. Significa «dirijo». También significa que te has quedado sin excusa para husmear.

En eso llevaba razón. Ella avanzó hacia la puerta.

Theo levantó el telescopio del trípode y lo llevó hasta otra ventana.

—¿Crees que no sé que estás haciendo el trabajo de Jaycie por ella?

—¿Qué más te da, mientras el trabajo se haga? —replicó Annie, que debería haberse imaginado que lo sabría.

—Porque no te quiero por aquí.

—Entendido. Preferirías despedir a Jaycie.

—No necesito a nadie en la casa.

—Claro que sí. ¿Quién, si no, abriría la puerta cuando estás durmiendo en el ataúd?

Sin hacerle caso, Theo miró por el telescopio y lo ajustó. A Annie se le erizó el vello de la nuca: él se había puesto ante la ventana orientada hacia la cabaña.

—*Eso te pasa por meterte con un chiflado* —bufó el desdeñoso Leo.

—Tengo un telescopio nuevo —comentó Theo—. Con buena luz, es increíble todo lo que puedo ver. —Levantó ligeramente el aparato—. Espero que los muebles que moviste no fueran demasiado pesados para ti.

Un escalofrío le recorrió el cuerpo.

—No olvides cambiar las sábanas de mi cuarto —dijo sin volverse—. No hay nada mejor que el contacto de las sábanas limpias sobre la piel desnuda.

Annie no iba a dejar que viera lo mucho que la seguía asustando. Se obligó a girar despacio para encaminarse hacia la escalera. Tenía todas las razones del mundo para decir a Jaycie que no podía hacer más su trabajo. Todas las razones del mundo, salvo la certeza de que no podría vivir consigo misma si permitía que el miedo que le provocaba Theo Harp la obligara a abandonar a la chica que una vez le había salvado la vida.

Trabajó lo más rápido que pudo. Quitó el polvo de los muebles del salón, pasó el aspirador por la alfombra, fregó la cocina y después, con aprensión, fue al cuarto de Theo. Encontró las sábanas limpias, pero quitar las de la cama era algo demasiado personal, íntimo. Apretó la mandíbula y lo hizo de todos modos.

Al tomar un trapo, oyó que la puerta de la buhardilla se cerraba, el ruido de una llave en la cerradura y unos pasos que bajaban la escalera. No quería volverse, pero lo hizo.

Theo estaba en la puerta, con un hombro apoyado en el quicio. La recorrió con la mirada empezando por el cabello alborotado hacia los pechos, apenas visibles bajo el grueso jersey, y descendiendo hacia las caderas, donde la posó un instante antes de seguir hacia abajo. Su repaso era calculado. Tenía algo invasivo e inquietante. Finalmente, se volvió para marcharse.

Y entonces sucedió.

Un escalofriante sonido entre gemido y gruñido resonó en la habitación.

Theo se detuvo en seco. Annie alzó los ojos hacia la buhardilla.

—¿Qué ha sido eso?

Con el ceño fruncido, él abrió la boca como si quisiera dar una explicación, pero no pronunció ninguna palabra. Un momento después se había ido.

La puerta de abajo se cerró de golpe. Annie apretó la mandíbula.

«Cabrón. Te lo tienes bien merecido.»

La respiración de Theo formó vaho al abrir la puerta de la cuadra, el sitio donde siempre iba cuando necesitaba reflexionar. Había creído que lo había previsto todo, menos que Annie volviera, pero no iba a consentirlo.

El interior olía a heno, estiércol, polvo y frío. Años atrás, su padre había tenido hasta cuatro caballos en aquella cuadra, animales que se alojaban en el establo de la isla cuando la familia no estaba en Peregrine. Ahora su caballo castrado negro era el único que había.

Dancer relinchó y asomó la cabeza por el box. Theo nunca había imaginado que volvería a verla, pero allí estaba. En su casa. En su vida. Y el pasado había regresado con ella. Acarició el morro del animal.

—Estamos solos tú y yo, chico —dijo—. Tú y yo... y los nuevos demonios que han venido a rondarnos.

El caballo sacudió la cabeza. Theo abrió la puerta del compartimento. No podía dejar que aquello continuara. Tenía que librarse de ella.

5

Pasar las noches sola en la cabaña había asustado a Annie desde el principio, pero aquel día fue peor todavía. Las ventanas carecían de cortinas, y Theo podía observarla en cualquier momento con su telescopio. Dejó las luces apagadas, tropezó por la casa a oscuras y al acostarse se tapó hasta la cabeza. Pero la oscuridad le hizo recordar la forma en que todo había cambiado.

Había ocurrido poco después del incidente del montaplatos. Regan estaba en una clase de equitación o encerrada en su cuarto escribiendo poemas. Annie estaba sentada en las rocas de la playa, soñando con ser la estupenda y bonita actriz protagonista de una gran película cuando Theo se le acercó y se sentó a su lado, con unos *shorts* caqui que le iban demasiado grandes y le dejaban las largas piernas al descubierto. Un cangrejo ermitaño se escabulló en una charca de marea a sus pies. Theo le habló con la mirada puesta en el mar, en el sitio donde empezaban a formarse las olas.

—Siento lo que ha pasado, Annie. Todo ha sido un poco extraño.

Ella era tan boba que lo perdonó al instante.

A partir de entonces, siempre que Regan estaba ocupada, Theo y Annie salían juntos. Él le enseñó algunos de los lugares que más le gustaban de la isla. Empezó a confiarle cosas, al principio vacilante, pero poco a poco se fue sincerando más. Le contó lo mucho que detestaba su internado, y que estaba escribiendo relatos cortos que no mostraba a nadie. Habló sobre sus libros preferidos. Annie se convenció de que era la única chica a la que se había confiado, y le enseñó algunos de los dibujos que hacía a escondidas para que Mariah no los criticara. Finalmente, la besó. A ella. A Annie Hewitt, un espantajo larguirucho de quince años con la cara demasiado larga, los ojos demasiado grandes y el cabello demasiado rizado.

Después de aquello, cada vez que Regan no estaba lo pasaban juntos, normalmente en la cueva, durante la marea baja, montándoselo en la arena mojada. Él le tocaba el pecho por encima del bañador y ella creía que se moría de felicidad. Cuan do le bajó la parte superior, le dio vergüenza que sus senos no fueran más grandes e intentó cubrirse con las manos. Él se las apartó y le acarició los pezones con los dedos.

Estaba extasiada.

Poco después se tocaban con excitación. Él le bajó la cremallera de los pantalones cortos y le metió la mano en las bragas. Ningún chico la había tocado allí. Le introdujo el dedo. Estaba llena a rebosar de hormonas. Orgásmica al instante.

Ella también lo tocó, y la primera vez que notó la humedad en la mano, creyó que lo había lastimado. Estaba enamorada.

Pero entonces todo cambió. Él empezó a evitarla sin motivo. Y también a ningunearla delante de su hermana y Jaycie: «No seas tan gansa, Annie. Te portas como una cría.»

Annie intentó hablar con él a solas para averiguar por qué se estaba portando así, pero él la evitó. Encontró un puñado de sus preciadas novelas góticas en el fondo de la piscina.

Una tarde soleada de julio cruzaron el puente peatonal de la marisma. Annie iba algo adelantada, seguida de Jaycie y los gemelos. Había estado intentando impresionar a Theo con lo sofisticada que era hablando sobre su vida en Manhattan.

—He ido en metro desde que tenía diez años y...

—Deja de fanfarronear —la cortó Theo. Y acto seguido le dio un empujón en la espalda.

Annie se cayó del puente y aterrizó de bruces en las aguas turbias. Las manos y los antebrazos se le hundieron en el fango y el lodo se le pegó a las piernas. Al intentar levantarse, unas briznas medio podridas de spartina y una maraña de cianobacterias se le enredaron en el cabello y la ropa. Escupió el fango y quiso restregarse los ojos, pero no pudo y se echó a llorar.

Al final, tuvieron que sacarla de allí Regan y Jaycie, tan horrorizadas como ella. Annie se había raspado una rodilla y perdido las sandalias de piel que se había comprado con su propio dinero. Las lágrimas le resbalaban por el barro de sus mejillas mientras permanecía plantada en el puente como una criatura salida de una película de terror.

—¿Por qué has hecho eso?

—No me gustan los fanfarrones —respondió Theo, mirándola impávido.

—¡No se lo cuentes a nadie, Annie! —le suplicó Regan con lágrimas en los ojos—. ¡Por favor, a nadie! O Theo se meterá en un buen lío. No volverá a hacer nunca algo así. Prométeselo, Theo.

Él se marchó sin prometer nada.

Annie no se lo contó a nadie. Entonces. No lo hizo hasta mucho después.

La mañana siguiente, recorrió la cabaña intentando recuperarse de una noche de poco descanso antes de hacer la temida caminata hasta Harp House. Terminó en el estudio, a salvo del telescopio de Theo. Su madre había ampliado la parte trasera de la casa para convertirla en una zona de trabajo espaciosa y bien iluminada. Las manchas de pintura en el suelo de madera eran testimonio del desfile de artistas que habían trabajado allí a lo largo de los años. Una colcha roja asomaba bajo unas cajas de cartón depositadas sobre la cama que había quedado en un rincón. Junto a ella había un par de sillas de madera con asiento de mimbre pintadas de amarillo.

Las paredes azul celeste de la habitación, la colcha roja y las sillas amarillas tenían que recordar el cuadro *El dormitorio en Arlés* de Van Gogh, mientras que el trampantojo mural de tamaño natural de la pared más larga mostraba el morro de un taxi que se estrellaba contra el escaparate de una tienda. Esperaba que el mural no fuera el legado porque no alcanzaba a imaginar cómo podría vender una pared entera.

Imaginó a su madre en aquella habitación, alimentando el ego de los artistas de una forma que nunca hizo con el de su propia hija. Mariah creía que había que cuidar a los artistas, pero se negaba a animar a su hija a dibujar o actuar, aunque a Annie le encantaban ambas cosas.

«El mundo del arte es un nido de víboras. Aunque tengas mucho talento, algo que tú no tienes, se te come vivo. No quiero eso para ti.»

A Mariah le habría ido mucho mejor con una de aquellas niñas obstinadas a las que les daba igual la opinión de los demás. Pero ella había tenido una hija tímida que vivía de sus sueños. Aun así, al final, Annie había sido la fuerte y había apoyado a su madre, que ya no podía cuidar de sí misma.

Dejó la taza de café a un lado al oír un vehículo que se acercaba. Fue al salón y miró por la ventana, justo a tiempo de ver cómo una destartalada camioneta blanca se detenía al final del camino. Se abrió la puerta y salió una mujer voluminosa de unos sesenta años. Llevaba un abrigo de plumón gris y un par de resistentes botas negras que se hundieron en la nieve. Aunque ningún gorro le cubría el cardado cabello rubio, una bufanda a rombos negros y verdes le rodeaba el cuello. Se inclinó hacia la camioneta y recogió una bolsa de regalo rosa de la que rebosaba algo envuelto en papel frambuesa.

Annie se alegró tanto de ver a alguien no relacionado con

Harp House que casi tropezó con la alfombra al apresurarse hacia la puerta. Al abrirla, cayó nieve del tejado.

—Soy Barbara Rose —se presentó la mujer mientras la saludaba simpáticamente con la mano—. Ya llevas casi una semana aquí. Me pareció que ya era hora de que alguien viniera a ver cómo te va. —El carmín rojo contrastaba con su tez pálida, y cuando subió los peldaños, Annie vio unas manchitas de rímel en las ligeras bolsas que tenía bajo los ojos.

—Gracias por enviarme a tu marido el primer día —dijo Annie, haciéndola pasar y quitándole el abrigo—. ¿Te apetece un café?

—Me encantaría. —Bajo el abrigo, unos pantalones elásticos negros y un jersey azul marino le envolvían las voluminosas curvas. Se quitó las botas para seguir a Annie a la cocina con la bolsa de regalo y su fuerte fragancia floral—. Esta isla ya es de por sí solitaria para una mujer sola, pero aquí, en medio de la nada... —añadió con un estremecimiento—. Cuando estás sola, puedes tener disgustos.

No eran exactamente las palabras que Annie quería oír de una isleña veterana.

Mientras Annie preparaba un poco de café, Barbara echó un vistazo alrededor de la cocina, donde vio la colección de saleros y pimenteros en el alféizar de la ventana, y la serie de litografías en la pared.

—En verano solían venir aquí un montón de famosos —explicó, casi nostálgica—, pero no recuerdo haberte visto demasiado.

—Soy más de ciudad —dijo Annie y enchufó la cafetera.

—Pues Peregrine no es un buen sitio para alguien de ciudad, especialmente en pleno invierno.

A Barbara le gustaba hablar y, mientras la cafetera empezaba a borbotear, lo hizo sobre el clima excepcionalmente frío y sobre lo duro que era el invierno para las isleñas cuando sus maridos estaban en el mar embravecido. Annie había olvidado lo complicadas que eran las leyes que estipulaban cuándo

73

y dónde podían colocar las nansas los langosteros profesionales, y Barbara estuvo encantada de recordárselo.

—Solo pescamos desde principios de octubre hasta el uno de junio. Entonces nos concentramos en el turismo. La mayoría de las islas restantes pescan de mayo a diciembre.

—¿No sería más fácil cuando hace más calor?

—Por supuesto. Aunque, al recoger las nansas, puede haber problemas, incluso cuando hace buen tiempo. Pero la langosta sube de precio en invierno, por lo que pescarla ahora tiene sus ventajas.

Annie terminó de preparar el café. Llevaron las tazas a la mesa que había junto a la ventana salediza delantera. Barbara dio a Annie la bolsa de regalo y se sentó frente a ella. Contenía una bufanda a rombos, como la de Barbara, solo que blancos y negros.

—Tejer nos mantiene a muchas ocupadas durante el invierno —dijo Barbara mientras recogía las migas del desayuno de Annie—. Así no le doy vueltas a la cabeza. Mi hijo vive ahora en Bangor. Antes veía a mi nieto todos los días pero ahora tengo suerte si lo veo cada dos meses. —Se le nublaron los ojos. Se levantó de golpe y llevó las migas a la cocina. Al regresar, no había acabado de recobrar la compostura—. Mi hija Lisa está hablando de irse. Si lo hace, perderé a mis dos nietas.

—¿La amiga de Jaycie?

—Parece que el incendio de la escuela podría ser la gota que colmó el vaso —asintió Barbara.

Annie recordó vagamente el pequeño edificio que había servido de escuela en la isla. Estaba en lo alto de la colina que se levantaba sobre el embarcadero.

—No sabía que había habido un incendio.

—Ocurrió a principios de diciembre, justo después de que Theo Harp llegara. Un cortocircuito eléctrico. La escuela quedó hecha cenizas. —Repiqueteó la mesa con las uñas pintadas de rojo—. Esa escuela llevaba cincuenta años educando a los niños de la isla hasta que tenían que ir a la secundaria, en

74

el continente. Ahora usamos una vieja caravana estática, que es lo único que puede permitirse el municipio, y Lisa dice que no va a dejar que sus hijas sigan yendo a clase en una caravana.

Annie no culpaba a las mujeres que querían irse. La vida en una isla pequeña era más romántica en teoría que en la realidad.

—No soy la única —prosiguió Barbara, toqueteándose la alianza, un delgado aro de oro con un diamante minúsculo—. El hijo de Judy Kester está resistiendo las presiones de su mujer para mudarse a vivir con los padres de ella en algún lugar de Vermont, y Tildy... —Movió la mano como si no quisiera seguir pensando en ello—. ¿Cuánto tiempo vas a quedarte?

—Hasta finales de marzo.

—Siendo invierno es mucho tiempo.

Annie se encogió de hombros. Al parecer, las condiciones que debía cumplir para ser propietaria de la cabaña no eran del dominio público y quería que siguiera así. Si no, daría la impresión de que alguien la estaba controlando, como si fuera uno de sus muñecos.

—Mi marido siempre me dice que no meta las narices en los asuntos de los demás —comentó Barbara—, pero no me perdonaría a mí misma si no te advirtiera que te será duro vivir aquí sola.

—Estaré bien —mintió Annie.

—Estás lejos del pueblo —insistió Barbara, cuya expresión de preocupación no resultaba alentadora—. Y he visto tu coche... Sin carreteras asfaltadas, no te servirá de nada este invierno.

Algo que Annie ya había deducido.

Antes de irse, Barbara la invitó a las partidas de *bunco* de la isla.

—Somos sobre todo abuelas, pero haré que esté Lisa. Tiene una edad más cercana a la tuya.

Annie aceptó sin vacilar. No le apetecía jugar al *bunco*,

pero necesitaba charlar con alguien aparte de sus muñecos y de Jaycie, quien, a pesar de lo dulce que era, no era lo que se dice una conversadora estimulante.

Un ruido despertó a Theo. Esta vez no era otra pesadilla, sino un sonido fuera de lugar. Abrió los ojos y escuchó.

Incluso en medio del aturdimiento debido al sueño, no tardó en reconocer lo que estaba oyendo: las campanadas del reloj de la planta inferior.

Tres... cuatro... cinco...

Se incorporó en la cama. Aquel reloj llevaba sin funcionar desde que su abuela Hildy había muerto hacía seis años.

Apartó las mantas y escuchó. Las melódicas campanadas sonaban apagadas, pero perfectamente audibles. Las contó. Siete... ocho... nueve... diez... Finalmente, acabaron a las doce.

Echó un vistazo al reloj de la mesilla: las tres de la madrugada. ¿Qué demonios estaba pasando?

Se levantó y bajó al piso inferior. Iba desnudo, pero el frío le daba igual. Le gustaba sentirse incómodo. Le hacía sentirse vivo.

El claro de luna creciente se filtraba por las ventanas y dibujaba barrotes carcelarios en la alfombra. El salón olía a polvo, a falta de uso, pero el péndulo del reloj de pared de Hildy oscilaba con un rítmico tictac y señalaba con sus manecillas las doce. Aquel reloj llevaba años en silencio.

Puede que se pasara la vida laboral entre personas malvadas que viajaban en el tiempo, pero no creía en lo sobrenatural. Sin embargo, había pasado por aquella habitación antes de acostarse y si el reloj hubiera estado funcionando entonces, se habría dado cuenta. Y también estaban aquellos ruidos extraños.

Tenía que haber una explicación para todo, pero cuál. Eso sí, tendría tiempo para pensar en ello porque esa noche ya no podría volver a pegar ojo. Daba igual. El sueño se había convertido en su enemigo, un lugar siniestro habitado por los fantasmas de su pasado, unos fantasmas que se habían vuelto mucho más amenazadores desde la reaparición de Annie.

La carretera no estaba tan helada como una semana antes, cuando Annie había llegado, pero los baches eran más pronunciados, y tardó cuarenta minutos en efectuar el recorrido de quince minutos al pueblo para la partida femenina de *bunco*. Mientras conducía, procuró no pensar en Theo Harp, quien nunca estaba lejos de sus pensamientos. Habían pasado tres días desde su enfrentamiento en la torre, y solo lo había visto de lejos. Quería que siguiera así, pero algo le decía que no sería tan fácil.

Agradecía la oportunidad de alejarse de la cabaña. A pesar de sus excursiones a Harp House, había empezado a sentirse mejor físicamente, si bien no emocionalmente. Se había puesto sus mejores vaqueros y una de las camisas blancas de hombre de su madre. Recogerse el indomable pelo hacia arriba, aplicarse un poco de carmín color caramelo y ponerse rímel en las pestañas fue todo lo que pudo hacer con lo que tenía. En ocasiones creía que tendría que prescindir del rímel para que sus ojos no fueran tan prominentes, pero sus amigas le decían que era demasiado crítica consigo misma y que sus ojos castaños eran su mejor rasgo.

A la derecha de la carretera, el gran embarcadero de piedra sobresalía en el puerto donde estaban amarrados los barcos langosteros. Unos cobertizos cerrados habían sustituido los abiertos que ella recordaba. Todo era como antes, los visitantes veraniegos seguían guardando sus embarcaciones de recreo dentro, junto con las nansas de los langosteros y las boyas que había que pintar.

A la izquierda se alineaban varios restaurantes, cerrados en invierno, una tienda de regalos y un par de galerías de arte. El ayuntamiento de la isla, un polivalente edificio de tejas grises que también hacía las veces de oficina de correos y biblioteca, estaba abierto todo el año. En la colina que se elevaba tras el pueblo, apenas alcanzaba a distinguir las lápidas cubiertas de nieve del cementerio. Ladera arriba, con vistas al puerto, el Peregrine Island Inn permanecía oscuro y vacío, a la espera de que el mes de mayo le devolviera la vida.

Las casas del pueblo estaban cerca de la carretera. En sus jardines laterales había montones de nansas langosteras, rollos de cable y coches para desguace que no habían ido a parar a un vertedero fuera de la isla. La de Rose era muy parecida a las demás: funcional, cuadrada y con tejado de tejas. Barbara la recibió, le cogió el abrigo y la condujo hasta la cocina por una sala que olía a humo de madera y al perfume floral de la anfitriona.

Unas cortinas verdes recogidas enmarcaban la ventana sobre el fregadero, y una colección de platos de *souvenir* colgaba sobre los oscuros armarios de madera. Las numerosas fotos dispuestas en el refrigerador dejaban claro lo orgullosa que estaba Barbara de sus nietos.

Una octogenaria aún apuesta cuyos pómulos y nariz ancha sugerían que podía ser una combinación de raza africana e india americana estaba sentada a la mesa de la cocina con la única mujer joven aparte de Annie, una morena menudita de nariz respingona y gafas de montura rectangular negra con el cabello cortado a lo paje. Barbara se la presentó como su hija, Lisa McKinley. Era la amiga de Jaycie, quien la había recomendado a Cynthia Harp para el trabajo de ama de llaves.

Annie pronto descubrió que Lisa era a la vez bibliotecaria voluntaria y propietaria de la única cafetería y panadería de Peregrine.

—La panadería está cerrada hasta el uno de mayo —contó Lisa a Annie—. Y no soporto el *bunco*, pero quería conocerte.

—Lisa tiene dos niñas preciosas —indicó Barbara, señalando su galería de fotos de la nevera—. Mis nietas. Ambas nacieron aquí.

—Mi castigo por haberme casado con un langostero en lugar de irme con Jimmy Timkins cuando tuve ocasión —comentó Lisa.

—No le hagas caso. Adora a su marido —aseguró Barbara antes de presentar a Annie a las demás mujeres.

—¿No te importa estar sola en esa cabaña? —le preguntó Marie, una mujer con unas marcadas arrugas que le descendían desde las comisuras de los labios, lo que le confería una expresión avinagrada—. Especialmente teniendo a Theo Harp como único vecino.

—Soy bastante intrépida —respondió Annie. Los muñecos que ocupaban su mente se partieron de la risa.

—Que todo el mundo se sirva bebida —ordenó Barbara.

—Yo no viviría allí ni por todo el oro del mundo —insistió Marie—. No mientras Theo esté en Harp House. Regan Harp era una muchacha muy dulce.

—Marie es muy suspicaz. No le hagas caso —advirtió Barbara a la vez que accionaba el dispensador de vino.

—Yo solo digo que Regan Harp sabía navegar tan bien como su hermano —prosiguió Marie, impertérrita—. Y no soy la única a la que le parece raro que zarpara en medio de una borrasca.

Barbara dirigió a Annie, que estaba intentando asimilar lo que acababa de oír, hacia una silla en una de las dos mesas.

—No te preocupes si no has jugado nunca. No cuesta demasiado aprender.

—El *bunco* es básicamente una excusa para reunirnos sin los hombres y beber vino. —El comentario de Judy Kester no era como para carcajearse, pero Judy parecía reírse de casi todo. Entre su buen humor y su pelirrojo pelo teñido que parecía la peluca de un payaso, caía bien enseguida.

—En Peregrine no están permitidos los verdaderos estímulos intelectuales —soltó Lisa con aspereza—. Por lo menos en invierno.

—Sigues enojada porque la señora Harp no regresó el pasado verano. —Barbara tiró los dados.

—Cynthia es amiga mía —dijo Lisa—. No quiero oír comentarios malos sobre ella.

—¿Como el hecho de que es una esnob? —Barbara tiró de nuevo los dados.

—No lo es —replicó Lisa—. Que sea culta no significa que sea esnob.

—Mariah Hewitt era mucho más culta que Cynthia Harp —comentó Marie con amargura—, pero no iba por ahí mirando a todo el mundo por encima del hombro.

A pesar de los problemas que Annie había tenido con su madre, le resultó agradable oír hablar bien de ella.

—Cynthia y yo nos hicimos amigas porque tenemos gustos muy parecidos —explicó Lisa a Annie cuando le tocó tirar.

Annie se preguntó si eso incluiría los relativos a la decoración.

—*Minibunco* —soltó alguien en la mesa de al lado.

El juego era tan fácil de aprender como había indicado Barbara, y poco a poco Annie fue conociendo los nombres y las personalidades de las mujeres sentadas a ambas mesas. Lisa se consideraba una intelectual; Louise, la octogenaria, había llegado a la isla al casarse. El carácter de Marie era tan agrio como su rostro, mientras que Judy Kester era divertida y alegre por naturaleza.

Como bibliotecaria voluntaria de Peregrine, Lisa llevó la conversación de nuevo a Theo Harp.

—Es un escritor de talento. No tendría que perder el tiempo escribiendo tonterías como *El sanatorio*.

—Oh, me encantó ese libro —aseguró Judy, con un buen humor tan radiante como la sudadera morada que la proclamaba la MEJOR ABUELA DEL MUNDO—. Me dio tanto miedo que dormí una semana con la luz encendida.

—¿Qué clase de hombre escribe sobre esas torturas espantosas? —preguntó Marie con los labios fruncidos—. Nunca había leído nada tan espeluznante.

—Lo que hizo que el libro se vendiera tanto fue el sexo —comentó una mujer rubicunda llamada Naomi. Con su gran estatura, su pelo teñido de negro cortado a la taza y su fuerte voz era una persona imponente, y a Annie no le extrañó saber que capitaneaba su propia embarcación langostera.

El miembro más elegante del grupo, y propietaria de la tienda de regalos local, era la pareja de *bunco* de Naomi, Tildy, una sexagenaria con el cabello rubio ralo, un jersey de cuello de pico color cereza y collares de plata.

—El sexo era lo mejor —aseguró—. Ese hombre tiene mucha imaginación.

Aunque Lisa tenía más o menos la edad de Annie, era casi tan puritana como Marie.

—Avergonzó a su familia —dijo—. No me opongo a las escenas de sexo bien escritas, pero...

—Pero no te gustan las escenas de sexo que excitan a la gente —terminó la frase Tildy.

Lisa tuvo la gentileza de reír.

—Si no te gustó, fue simplemente porque no contaba con la aprobación de Cindy —comentó Barbara al tirar los dados.

—Cynthia —la corrigió Lisa—. Nadie la llama Cindy.

—¡*Bunco!* —Judy dio una palmada para tocar la campanilla de la mesa con tanta fuerza que sus pendientes de plata en forma de cruces se le bambolearon en las orejas. Las demás gimieron.

Cambiaron de pareja. La conversación derivó hacia el precio del propano, la frecuencia con que se iba la luz y, finalmente, la pesca de la langosta. Además de averiguar que Naomi tenía su propio barco, Annie descubrió que la mayoría de las mujeres había ocupado en algún momento un puesto en la popa de las embarcaciones de sus maridos realizando un trabajo peligroso que conllevaba vaciar nansas pesadas, clasificar su contenido para conservarlo y ponerles de nuevo anzuelos apestosos. Si Annie no hubiera abandonado ya cualquier fantasía sobre la vida en la isla, su conversación la habría devuelto a la cruda realidad.

Pero el tema principal fue la predicción marítima y cómo afectaba al transporte de suministros. El gran transbordador que había llevado a Annie a la isla solo navegaba una vez cada seis semanas en invierno, pero un barco más pequeño llegaba semanalmente con correspondencia, alimentos y otras provisiones. Por desgracia, la semana anterior unas olas de tres metros y medio le habían impedido zarpar del continente, por lo que los isleños tenían que esperar su llegada siete días más.

—Si a alguien le sobra mantequilla, se la compraré —dijo Tildy, jugueteando con sus collares de plata.

—Yo tengo mantequilla, pero necesitaría huevos.

—No tengo. Pero me queda algo de pan de calabacín en el congelador.

—Todas tenemos pan de calabacín —aseguró Tildy entornando los ojos.

Soltaron una carcajada.

Annie pensó en la poca comida que le quedaba y en que tenía que organizarse mejor a la hora de encargar provisiones. A menos que quisiera acabar alimentándose de comida enlatada todo el invierno, valía más que llamara para hacer su pedido al día siguiente a primera hora. Y que lo pagara con tarjeta de crédito...

—Si la semana que viene no llega el ferry, voy a asar los hámsters de mis nietos —intervino Judy a la vez que tiraba los dados.

—Tienes suerte de tener todavía aquí a tus nietos —comentó Marie.

—No sé qué haré si se van. —La expresión de Judy perdió su alegría habitual.

Louise, la octogenaria, no había comentado nada, pero Tildy tendió la mano para darle palmaditas en el frágil brazo.

—Johnny no se irá. Ya lo verás —la animó—. Se divorciaría de Galeann antes de dejar que le convenza de irse.

—Espero que tengas razón —dijo la mujer mayor—. Lo espero de todo corazón.

Al terminar la velada, cuando las mujeres recogían sus abrigos, Barbara hizo un gesto a Annie para que se alejara de la puerta.

—He estado pensando en ti desde mi visita, y no me sentiría bien si no te avisara... Mucha gente cree que aquí todos formamos una gran familia, pero la isla tiene su lado oscuro.

«Dímelo a mí», pensó Annie.

—No estoy hablando de la obsesión de Marie con la muerte de Regan Harp. Nadie cree que Theo fuera responsable de eso. Pero Peregrine es ideal para las personas que quieren pasar desapercibidas. Los capitanes contratan a hombres del continente sin hacer demasiadas preguntas. A tu madre le entraron vándalos en casa un par de veces. He visto peleas, a navajazos. Se pinchan neumáticos. Y no todos los que vivimos aquí todo el año somos ciudadanos ejemplares. Si pones nansas en la zona de pesca de otro demasiado a menudo puede que te encuentres el cordaje cortado y todo tu equipo en el fondo del mar.

Annie iba a comentar que no tenía ninguna intención de poner nansas langosteras en ninguna parte, pero Barbara no había terminado.

—Este tipo de problemas se extiende hacia el interior. Quiero a la mayoría de los isleños, pero también tenemos borrachos e indeseables. Como el marido de Jaycie. Como era apuesto y su familia se remontaba a tres generaciones, Ned Grayson decidió que podía hacer lo que quisiera.

«Igual que Theo», pensó Annie.

—Solo digo que allí estás aislada —insistió Barbara, dándole palmaditas en el antebrazo—. No tienes teléfono, y estás demasiado lejos del pueblo para recibir ayuda rápidamente. No bajes la guardia y no te confíes.

No había que preocuparse por eso.

Annie salió de casa de Barbara con mieditis aguda. Comprobó dos veces el asiento trasero de su coche antes de sentarse al volante y se pasó todo el trayecto de vuelta echando vistazos por el retrovisor. Aparte de unas ligeras derrapadas y de quedarse casi sin morro en un bache, regresó sin incidentes. Eso le dio la confianza suficiente para volver a ir al pueblo tres días después a pedir prestados unos libros.

Cuando entró en la diminuta biblioteca, Lisa McKinley estaba a cargo del mostrador mientras que una de sus pelirrojas hijas corría por la sala. Lisa saludó a Annie y, acto seguido, le señaló una lista montada en metacrilato expuesta en la esquina del mostrador.

—Estas son mis recomendaciones para febrero —dijo.

Annie repasó los títulos. Le recordaron los libros pesados y deprimentes que Mariah le obligaba a leer.

—Me gustan los libros un poco más entretenidos —comentó.

—A Jaycie también —dijo, encorvando un poco los hombros debido a la decepción—. Cuando Cynthia estaba aquí, organizábamos recomendaciones de libros para cada mes del año, pero casi nadie les prestaba atención.

—Supongo que hay gustos para todo.

En aquel momento la hija de Lisa tiró un montón de libros infantiles y Lisa se apresuró a recogerlos.

Annie dejó el pueblo con un montón de libros en rústica y la desaprobación de Lisa. A mitad de camino de la cabaña vio delante un bache del tamaño de un cráter.

—¡Mierda! —Apenas pisó el freno, pero el Kia empezó a derrapar y volvió a salirse de la carretera.

Intentó liberar el coche, pero tuvo el mismo éxito que en su primer día en la isla. Salió a echar un vistazo. No estaba tan atascado como la otra vez, pero sí lo suficiente para necesitar ayuda. ¿Tenía forma de conseguir ayuda? ¿Llevaba un equipo de emergencia o un par de bolsas de arena en el maletero como cualquier isleño sensato? Pues no. No estaba preparada para vivir en un lugar donde había que ser autosuficiente.

—*Eres un desastre* —susurró Leo.

Peter, su galán, no dijo nada.

Miró carretera abajo. El viento, que nunca parecía remitir, le azotaba el cuerpo.

—¡No soporto este sitio! —gritó, lo que solo sirvió para provocarle tos.

Echó a andar. El día estaba nublado, como de costumbre. ¿Brillaba alguna vez el sol en aquella isla olvidada de Dios? Hundió las manos enguantadas en los bolsillos y encorvó los hombros, intentando no pensar en el gorro rojo de lana que se había quedado sobre la cama, en la cabaña. Seguramente Theo la estaría mirando en aquel preciso instante por el telescopio.

Levantó la cabeza de golpe al oír partirse unas ramas, seguido de un ruido que solo podía proceder de los cascos de un animal grande. Era un sonido extraño en una isla donde no había nada más grande que un gato o un perro. Y un caballo negro.

6

Caballo y jinete surgieron de un grupo de viejas piceas. Theo refrenó el caballo al verla. Annie notó un regusto a metal frío en la boca. Estaba sola en una isla anárquica al final de una carretera desierta con un hombre que una vez había intentado matarla.

Y podría estar pensando en volver a hacerlo.

—*¡Huy ¡Huy! ¡Huy!* —los gritos silenciosos de Crumpet siguieron el ritmo de los latidos del corazón de Annie.

—*Que no se te ocurra rajarte* —le ordenó Scamp cuando Theo se acercó a ella.

Annie no solía tener miedo de los caballos, pero este era enorme, y le pareció detectar una mirada de locura en sus ojos. Tuvo la sensación de revivir una vieja pesadilla y, a pesar de la orden de Scamp, retrocedió unos pasos.

—*Cobarde* —se mofó Scamp.

—¿Vas a algún sitio especial? —Theo no iba vestido adecuadamente para un clima tan frío: una chaqueta de ante negra y unos guantes; la cabeza descubierta y ni siquiera una buena bufanda alrededor del cuello. Pero por lo menos todo era confortablemente del siglo XXI. Todavía no entendía lo que había visto aquella primera tarde que se había cruzado con él a caballo.

Le vinieron a la cabeza las palabras de Marie durante la

partida de *bunco*: «Yo solo digo que Regan Harp sabía navegar tan bien como su hermano. Y no soy la única a la que le parece raro que zarpara en medio de una borrasca.»

Contuvo su temor metiéndose en el papel de su muñeco favorito.

—Voy a una velada con los muchos amigos que tengo en la isla. Y si no aparezco, vendrán a buscarme.

Theo ladeó la cabeza.

—Por desgracia, se me ha quedado el coche atascado en la cuneta y me iría bien algo de ayuda para sacarlo de ahí —se apresuró a añadir. Verse obligada a pedirle ayuda era peor que su acceso de tos más terrible, y no podía dejarlo así—. ¿O tendría que buscar a alguien un poco más fuerte?

Theo era muy fuerte, y era una estupidez por su parte chincharlo.

—No me gusta tu actitud —soltó él tras echar un vistazo al lugar donde estaba su coche y dirigir después los ojos hacia ella.

—No eres el primero que me lo dice.

—Tienes una forma muy rara de pedir ayuda —dijo Theo, y parpadeó como Annie imaginaba que haría un psicópata.

—Todos tenemos nuestras rarezas. Habría que empujarlo.

—Le horrorizaba darle la espalda, pero lo hizo igualmente.

Se dirigió hacia su coche oyendo el ruido de cascos de *Dancer* en la grava al trotar a su lado. Se preguntó si Theo habría empezado a creer que Harp House estaba encantada. Esperaba que sí. El reloj hacía tictac.

—Te diré lo que haremos —dijo él—. Te ayudaré si tú me ayudas a mí.

—Me encantaría, solo que me da reparo descuartizar cadáveres. Demasiados huesos.

¡Maldita sea! Eso era lo que le pasaba cuando estaba demasiado rato a solas con sus muñecos. Sus personalidades se apoderaban de ella.

—*Nuestras personalidades proceden de ti* —señaló Dilly.

—¿De qué estás hablando? —Theo fingió perplejidad.

Annie dio marcha atrás.

—¿Qué clase de ayuda necesitas? —preguntó, y añadió mentalmente: «Aparte de la psiquiátrica.»

—Quiero alquilarte la cabaña.

Ella se paró en seco. No sabía qué se había esperado, pero no era aquello.

—¿Y dónde se supone que voy a alojarme yo?

—Regresa a Nueva York. Este sitio no es para ti. Te compensaré con creces.

¿De verdad pensaba que era tan idiota? Se metió las manos en los bolsillos de la chaqueta.

—¿De verdad piensas que soy tan idiota?

—Nunca he pensado que seas idiota.

Annie reanudó la marcha, aunque siguió manteniendo la distancia.

—¿Por qué iba a irme antes de que hayan pasado mis sesenta días?

Theo bajó la vista hacia ella, fingiendo primero desconcierto y después disgustado, como si al final lo hubiera recordado.

—Había olvidado ese detalle.

—Sí, claro. —Annie se detuvo—. ¿Para qué quieres alquilar la cabaña? Tienes tantas habitaciones que ni siquiera sabes qué hacer con ellas.

—Para aislarme de todo —soltó con el mismo desdén que Leo.

—*Le daría un puñetazo por ti* —comentó Peter, nervioso—. *Pero es un auténtico Sansón.*

Tras observar el Kia de Annie, desmontó y ató a *Dancer* a una rama al otro lado de la carretera.

—Un coche así no sirve de nada por aquí. Ya tendrías que saberlo.

—Me compraré otro que sirva.

Theo le dirigió una larga mirada, abrió la puerta del coche y subió.

—Empuja —ordenó.

—¿Yo?

—El coche es tuyo.

«Gilipollas.» No era lo bastante fuerte para hacerlo, como él sabía perfectamente, pero estuvo empujando la trasera del coche mientras él le daba órdenes desde el interior. No renunció a estar al volante hasta que ella empezó a toser, y entonces sacó el coche al primer intento.

Ella tenía la ropa hecha un desastre y la cara manchada, pero él apenas se había ensuciado las manos. Lo bueno del caso era que no la había arrastrado hasta los árboles para degollarla, de modo que no tenía motivos para quejarse.

Al día siguiente, cuando colgaba el abrigo y la mochila junto a la puerta trasera de Harp House y se cambiaba las botas por unas zapatillas deportivas, seguía pensando en su encuentro con Theo. Que no hubiera tratado de agredirla no significaba que no fuera a hacerlo. Hasta donde sabía, la había dejado ilesa solo porque no quería la molestia de una posible visita de la policía debido a la aparición del cadáver de una mujer arrastrado por las olas hasta la playa.

«Igual que Regan...» Descartó aquel pensamiento. Regan era la única persona a la que Theo había querido en su vida.

Dobló la esquina y, al entrar en la cocina, vio a Jaycie sentada inmóvil ante la mesa. Llevaba sus habituales vaqueros y sudadera, lo único que Annie le había visto puesto, pero esas prendas informales no acababan de quedarle bien. Tendría que llevar coquetos vestidos veraniegos y grandes gafas de sol y conducir un descapotable rojo por una carretera de Alabama.

Dejó el portátil en la mesa.

—Se acabó —dijo Jaycie, desanimada, sin mirarla. Apoyó los codos en la mesa y se frotó las sienes—. Esta mañana me envió un SMS después de montar a caballo. Decía que tenía que ir al pueblo y que cuando volviera hablaríamos sobre llegar a otro acuerdo.

Annie contuvo las ganas de soltar una diatriba.

—Eso no significa por fuerza que vaya a despedirte. —Era eso exactamente lo que significaba.

Jaycie, con un largo mechón rubio sobre la pálida mejilla, la miró por fin.

—Las dos sabemos que va a hacerlo. Puedo quedarme un par de días en casa de Lisa, pero ¿qué haré después? Mi hija... —Se le contrajo la cara—. Livia ya lo ha pasado bastante mal.

—Hablaré con él. —Era lo último que Annie quería hacer, pero no se le ocurría otra forma de consolar a Jaycie—. ¿Todavía está en el pueblo?

—Fue a tirar la basura reciclable al contenedor porque yo no podía hacerlo. No puedo culparle por querer librarse de mí. Me es imposible hacer el trabajo para el que me contrataron.

Annie sí podía culparlo, y no le gustaba la mirada melancólica de Jaycie. ¿Le atraían los hombres crueles o qué?

—Voy a ver qué hace Livia —dijo Jaycie, que se levantó y tomó las muletas.

Annie quería hacer daño a Theo. Ahora, mientras estaba fuera de casa. Enviarlo de vuelta al continente. Cogió una botella de kétchup del refrigerador y subió al primer piso para acceder a la torre por la puerta situada al final del pasillo. Se dirigió hacia el único cuarto de baño de la torre, donde una toalla húmeda colgaba junto a la ducha.

Parecía que había limpiado el lavabo esa mañana después de afeitarse. Annie se echó un poco de kétchup en la mano. No mucho, solo un poco. Recorrió entonces la esquina inferior izquierda del espejo con los dedos extendidos para dejar una ligera mancha. Algo que no fuera demasiado evidente. Algo que pudiera parecer o no una huella ensangrentada. Algo tan poco visible que él no supiera si le había pasado por la mañana o, en caso contrario, qué había sucedido desde entonces para que estuviera allí.

Sería más gratificante dejarle un cuchillo clavado en la almohada, pero si iba demasiado lejos, Theo dejaría de imaginar que había fantasmas y empezaría a sospechar de ella. Quería que dudara de su cordura, no que buscara a un posible autor, lo mismo que esperaba lograr cuando había saboteado el reloj de su abuela la semana anterior.

Había regresado a Harp House a altas horas de la noche, un recorrido peligroso que tuvo que obligarse a hacer. Pero su temor había sido ampliamente recompensado. Había comprobado antes las bisagras de la puerta exterior de la torre para asegurarse de que no chirriaran. No lo hicieron, y nada la delató cuando entró poco antes de las dos de la madrugada. No le costó nada colarse sigilosamente en el salón mientras Theo dormía en el piso superior. Separó el reloj de la pared lo suficiente para colocar la pila nueva que había llevado para sustituir la gastada que había quitado antes. Una vez hecho esto, ajustó la hora para que el reloj tocara las doce, pero solo después de que ella estuviera de vuelta a salvo en la cabaña. Una genialidad.

Pero ese recuerdo no la animó. Después de todo lo que él había hecho, aquellas bromas parecían más infantiles que amenazadoras. Tenía que subir el nivel, pero no se le ocurría cómo hacerlo sin que la pillara.

Oyó un ruido a su espalda. Inspiró hondo y se dio la vuelta.

Era el gato negro.

—¡Dios mío! —Se arrodilló. El minino la miró con sus ojos dorados—. ¿Cómo entraste aquí? ¿Te atrajo con alguna artimaña? Tienes que mantenerte alejado de él. No puedes entrar aquí.

El gato volvió la cabeza y se marchó hacia el cuarto de Theo. Lo siguió, y vio que se metía bajo la cama. Se tumbó boca abajo y trató de hacerlo salir.

—Ven, gatito. Ven conmigo.

El animal no se movió.

—Te da de comer, ¿verdad? No dejes que lo haga. No tienes ni idea de lo que te está poniendo en la comida.

El gato siguió impertérrito.

—¡No seas tonto! —exclamó frustrada—. Estoy intentando ayudarte.

El felino clavó las uñas en la alfombra, se estiró y le bostezó en la cara.

Annie alargó el brazo bajo la cama. Cuando el gato levantó la cabeza y, milagrosamente, empezó a avanzar hacia ella, Annie contuvo el aliento. Se le acercó a la mano, se la olió y empezó a lamerle los dedos.

Un gato al que le encantaba el kétchup.

A condición de que tuviera un poco de kétchup en los dedos, el gato la dejó cargarlo, sacarlo de la torre y llevarlo a la cocina de la casa. Como Jaycie seguía con Livia, no hubo testigos de lo que le costó meter al cabreado gato en una cesta de pícnic tapada que encontró en la despensa. El animal aulló como una sirena de ambulancia durante todo el trayecto hasta la cabaña.

Cuando lo dejó dentro, tenía los nervios tan deteriorados como los brazos llenos de arañazos.

—Te aseguro que esto me gusta tan poco como a ti. —Al abrir la tapa, el gato salió de un salto, arqueó la espalda y le soltó un bufido.

Llenó un bol de agua. Lo mejor que encontró para hacerle un lavabo fue un montón de periódicos que había en el suelo. Aquella noche le daría de comer su última lata de atún, la que había previsto que fuera su cena.

Quería acostarse, pero había cometido la estupidez de prometer a Jaycie que hablaría con Theo. Mientras volvía a subir a lo alto del acantilado con la boca y la nariz tapadas con una bufanda, se preguntó cuánto tiempo más tendría que hacer aquello para saldar su deuda con Jaycie.

¿A quién pretendía engañar? Apenas había empezado a hacerlo.

Olió el fuego antes incluso de ver el humo elevándose de los bidones de basura detrás del garaje. Como era imposible que Jaycie hubiera recorrido ese trecho helado, Theo tenía que haber vuelto del pueblo y estar satisfaciendo su morbosa fascinación por las llamas.

Cuando eran unos críos, tenía un montón de madera arrastrada por el mar para poder hacer hogueras siempre que quisieran.

—Si miras las llamas —le había dicho—, puedes ver el futuro.

Pero Annie lo había espiado un día que estaba solo en la playa y le había visto lanzar al fuego lo que le pareció un pedazo de madera hasta que captó un brillo morado y cayó en la cuenta de que lo que estaba quemando era la preciada libreta con los poemas de Regan.

Aquella noche los había oído pelearse en el cuarto de Theo.

—¡Has sido tú! —había chillado Regan—. Lo sé. ¿Por qué eres tan malo?

Fuera cual fuese la respuesta de Theo, había quedado tapada por el ruido de la discusión que Elliott y Mariah mantenían al pie de la escalera.

Unas semanas después, desapareció el querido oboe de Regan. Al final, un invitado vio sus restos carbonizados en uno de los bidones de basura. ¿Era tan imposible creer que Theo había tenido algo que ver en la muerte de Regan?

Ojalá no hubiese prometido a Jaycie que hablaría con él. Pero se armó de valor y se dirigió hacia el garaje. Vio que Theo había dejado la chaqueta en un tocón y llevaba solo unos vaqueros y una camiseta gris de manga larga. Al acercarse, se percató de que enfrentarse con él recién llegada de la cabaña la beneficiaba. Theo no sabía que era su segunda visita y no tendría motivo alguno para relacionarla con las huellas en su espejo. Jaycie no podía subir la escalera y Livia era demasiado pequeña para llegar a él, por lo que solo quedaba la posibilidad de un ser no demasiado amistoso del otro mundo.

Una lluvia de chispas saltó del bidón. Bajo el brillo de las brasas rojas, con el cabello tan oscuro, los fieros ojos azules y los rasgos afilados, mirarlo era como vislumbrar al lugarteniente del diablo en una correría invernal.

Crispó los dedos en los bolsillos del abrigo y se acercó al círculo de fuego.

—Jaycie dice que vas a despedirla.

—¿Eso dice? —Recogió una carcasa de pollo que había caído al suelo.

—La semana pasada te dije que la ayudaría, y lo he hecho. La casa está decente y tienes la comida a su hora.

—Si es que puede llamarse comida a lo que me subís. —Echó la carcasa al fuego—. El mundo es muy duro para un corazón tan sufridor como el tuyo.

—Mejor tener un corazón sufridor que carecer de él. Aunque le des un buen finiquito, ¿cuánto va a durarle? No es que haya otros empleos esperándola. Y es una de tus amigas más antiguas.

—Esta mañana tuve que ir en coche a llevar la basura reciclable al pueblo —se quejó mientras recogía un puñado de cáscaras de naranja.

—Ya la habría llevado yo.

—Sí, claro. —Echó las cáscaras a las llamas—. Ya vimos lo bien que te fue ayer tu viaje.

—Fue una excepción —dijo Annie con una expresión seria.

Theo la contempló, fijándose en sus mejillas, sin duda, sonrojadas y en el caos enmarañado de pelo que le asomaba bajo el gorro de lana rojo. No le gustó la forma en que la estaba mirando. No era amenazadora, sino más bien como si la estuviera viendo realmente. Por completo. Golpes y magulladuras. Cicatrices. Incluso... (intentó deshacerse de aquella impresión) incluso algunos puntos vírgenes.

En lugar del miedo y el asco que tendría que haberle provocado aquella forma de mirarla, tuvo el inquietante deseo de sentarse en uno de los tocones y contarle sus problemas, como si tuvieran otra vez quince años. Se la estaba ganando igual que la primera vez. El odio le salió a borbotones.

—¿Por qué quemaste la libreta de poemas de Regan?

—No me acuerdo. —Las llamas refulgieron.

—Ella siempre intentaba protegerte. Te defendía sin importar lo horrible que fuera lo que hubieras hecho.

—Los gemelos son extraños —soltó casi con desdén, lo que le recordó tanto a Leo que se estremeció. Y entonces añadió—: ¿Sabes qué? Tal vez podamos encontrar una solución.

La mirada calculadora de Theo la llevó a sospechar que se trataba de otra de sus trampas.

—Ni hablar.

—Como quieras —repuso él, encogiéndose de hombros. Echó una bolsa llena de basura al fuego—. Iré a hablar con Jaycie.

La trampa se cerró.

—¡No has cambiado nada! —exclamó Annie—. ¿Qué quieres?

—Quiero usar la cabaña —respondió dirigiendo hacia ella sus ojos diabólicos.

—No voy a irme de la isla —aseguró Annie mientras el olor acre del plástico quemado impregnaba el aire.

—Ningún problema. Solo la necesito de día. —La reverberación de las llamas le distorsionaba los rasgos—. Tú puedes pasarte el día en Harp House. Usar internet. Hacer lo que quieras. Al llegar la noche, intercambiamos los puestos.

Le había tendido una trampa y ella había caído. ¿Había llegado a decir que iba a despedir a Jaycie o simplemente las dos lo habían supuesto? Al plantearse la posibilidad de que todo hubiera sido un ardid planeado para manipularla, cayó en la cuenta de otra cosa.

—Eras tú quien usaba la cabaña antes de que yo llegara. El café que encontré era tuyo. Y el periódico.

—¿Y qué? A tu madre jamás le importó ceder la cabaña

—soltó mientras echaba la última bolsa de basura al bidón ardiente.

—Mi madre ya no está —replicó Annie. Recordó el periódico que había encontrado, fechado unos días antes de su llegada—. Tenías que saber cuándo llegaba; al parecer todo el mundo lo sabía en la isla. Pero cuando llegué, no había agua ni calefacción. Lo hiciste aposta.

—No quería que te quedaras.

No mostró el menor rastro de vergüenza, pero dadas las circunstancias no iba a darle la medalla de oro a la sinceridad.

—¿Qué tiene de especial la cabaña? —quiso saber ella.

—No es Harp House —contestó mientras recogía la chaqueta del tocón.

—Si detestas tanto esta casa, ¿por qué estás aquí?

—Podría hacerte la misma pregunta.

—No tengo más remedio. —Se caló el gorro hasta las orejas—. No es tu caso.

—¿Ah, no? —Se echó la chaqueta al hombro y empezó a andar hacia la casa.

—Acepto, pero con una condición —le gritó, aunque no estaba en situación de poner condiciones—. Que pueda utilizar tu Range Rover cuando quiera.

—La llave está colgada junto a la puerta trasera —aceptó Theo sin detenerse.

Recordó la ropa interior que había dejado esparcida por el dormitorio y el libro de fotos artísticas de cariz erótico que estaba abierto en el sofá. Y también estaba el gato negro.

—De acuerdo. Pero nuestro trato no empieza hasta mañana. Te traeré la llave de la cabaña por la mañana.

—No hace falta. Ya tengo una. —Con dos largos pasos rodeó la cuadra y se perdió de vista.

La habían chantajeado, pero Annie también había obtenido algo a cambio. No solo disponía ahora de un medio de transporte fiable, sino que tampoco tendría que preocuparse por encontrarse con Theo durante el día. Se preguntó si habría encontrado las huellas que le había dejado en el espejo del baño. Ojalá pudiera oírlo chillar.

Aquella noche tal vez podría dejarle marcas de arañazos en la puerta de la torre. A ver qué pensaba de eso.

Cuando entró, Jaycie estaba sentada a la mesa, ordenando un montón de colada limpia. Livia levantó la vista del gran puzle que estaba montando en el suelo, prestando atención a Annie por primera vez. Annie sonrió y se juró sacar a Scamp antes de que acabara el día.

Se acercó a la mesa para ayudar con la colada.

—He hablado con Theo. No tienes que preocuparte por nada.

—¿De veras? ¿Estás segura? —A Jaycie le brillaron los ojos.

—Sí —contestó Annie mientras doblaba una toalla de baño—. A partir de ahora yo haré los recados en el pueblo, de modo que hazme saber lo que tengo que hacer.

—Tendría que haber confiado más en él —dijo casi sin aliento—. Ha sido muy bueno conmigo.

Annie se mordió la lengua.

Trabajaron un rato en silencio. Annie se encargó de las sábanas y las toallas para no tener que ocuparse de las prendas personales de Theo. Jaycie tardó lo suyo doblando un montón de bóxers sedosos, toqueteando la tela.

—Seguro que son carísimos —comentó.

—Es increíble que una tela tan delicada pueda aguantar tantas uñas afiladas de mujer. —«Por no hablar de una parte grande del cuerpo...», pensó aunque no lo dijo.

—Diría que no —respondió Jaycie, tomándose el comentario de Annie en serio—. Su mujer murió hace solo un año, y las únicas mujeres que hay por aquí somos tú, yo y Livia.

Annie dirigió la vista hacia la niña de cuatro años. Livia fruncía el ceño, concentrada, al encajar las piezas del enorme puzle en su sitio. No tenía problemas de inteligencia, y Annie la había oído tatarear en voz baja, de modo que a sus cuerdas vocales no les pasaba nada. ¿Por qué no hablaría? ¿Sería timidez o algo más complicado? Fuera cual fuese la causa, su mutismo la hacía más vulnerable de lo habitual a esa edad.

Livia terminó el puzle y salió de la cocina. Annie pasaba demasiado rato con ellas para desconocer lo que le pasaba a la pequeña.

—Vi a Livia escribiendo números. Es muy lista.

—Escribe algunos al revés —dijo Jaycie, pero era evidente que estaba orgullosa de su hija.

A Annie no se le ocurrió otra forma de abordar el asunto que ser directa.

—No la he oído hablar. A lo mejor lo hace contigo cuando yo no estoy...

—Yo empecé a hablar tarde. —Jaycie se puso tensa y habló de modo tan terminante que no dio margen a hacer más preguntas, pero Annie no estaba dispuesta a dejarlo correr.

—No quiero entrometerme, pero me gustaría saber algo más —insistió.

—Estará bien —aseguró Jaycie, y se levantó apoyándose en las muletas—. ¿Crees que podría preparar un sándwich de carne picada a Theo para cenar?

Annie no quería imaginarse lo que pensaría Theo del sándwich de carne picada de Jaycie.

—Sí. —Se dispuso a abordar un tema más difícil—. Jaycie, creo que tendrías que procurar que Theo no vuelva a estar cerca de Livia.

—Ya lo sé. Se enfadó mucho por lo de la cuadra.

—No lo digo solo por eso. Theo es... imprevisible.

—¿Qué quieres decir?

No podía acusarlo directamente de querer lastimar a Livia porque no sabía si eso era cierto, pero tampoco podía ignorar la posibilidad.

—No se le dan bien los niños. Y Harp House no es el lugar más seguro del mundo para un crío.

—Tú no eres isleña, Annie. No sabes cómo son las cosas aquí —soltó Jaycie casi con condescendencia—. Los niños de la isla no son unos mimados. Yo recogía nansas a los ocho años, y creo que aquí no hay ningún niño que no sepa conducir un coche al cumplir los diez. No es como en el continente. Los niños de Peregrine aprenden a ser independientes. Por eso cuesta tanto impedir que salga de la casa.

Annie dudaba que ninguno de aquellos niños independientes de la isla fuera mudo. Aun así, podía ser que Livia hablara con Jaycie cuando ella no estuviera. Y puede que se preocupara por nada. Theo había parecido realmente alterado ante la posibilidad de que Livia se hiciera daño en la cuadra.

Separó los paños de cocina.

—Theo quiere usar la cabaña durante el día —anunció.

—Trabajaba mucho en ella hasta que regresaste.

—¿Por qué no me lo dijiste?

—Creía que lo sabías.

Iba a decir que Theo tenía un despacho equipado en la torre, pero recordó que Jaycie no sabía que había subido allí. La única forma en que podía soportar trabajar para él era recordándose que no estaba trabajando para él, sino saldando su deuda con Jaycie.

Cuando terminó de meter la ropa doblada en el cesto para guardarla la siguiente vez que Theo estuviera fuera de casa, llevó el portátil a lo que tiempo atrás había sido un agradable solario pero que actualmente, con sus paredes de paneles oscuros y su gruesa moqueta burdeos, recordaba más bien una guarida de Drácula. Por lo menos, tenía vistas al océano, a diferencia del despacho de Elliott. Eligió una butaca de piel orientada al gran porche delantero que daba al mar, grisáceo y con embravecidas olas espumosas ese día.

Abrió el archivo que había creado con el inventario y se

puso a trabajar, esperando no llegar a tantos callejones sin salida esta vez. Había podido localizar a la mayoría de los artistas cuyas obras colgaban en las paredes de la cabaña. El que había pintado el mural era profesor universitario a tiempo parcial y su obra no había cuajado, por lo que no tendría que intentar vender una pared. Las litografías en blanco y negro de la cocina le reportarían unos cientos de dólares. R. Connor, el pintor del árbol cabeza abajo, vendía sus cuadros en ferias de arte a precios modestos, y teniendo en cuenta la comisión que tendría que abonar al marchante, apenas le quedaría nada para pagar sus facturas.

Se permitió buscar el nombre de Theo en Google. Nunca lo había buscado, y ahora añadió otra palabra a la búsqueda: esposa.

Solo encontró una foto nítida. Era de un año y medio antes en una fiesta de etiqueta benéfica para la Orquesta de Filadelfia. Theo parecía hecho para llevar un esmoquin, y su mujer, a quien la foto identificaba como Kenley Adler Harp, era su pareja perfecta: una belleza patricia de rasgos delicados y larga cabellera oscura. Tenía algo familiar, aunque no alcanzó a distinguir qué.

Investigando un poco más obtuvo su necrológica. Había muerto el febrero anterior, como había dicho Jaycie. Era tres años mayor que Theo. Se había licenciado en Bryn Mawr y tenía un máster en Administración de Empresas por Dartmouth. Una mujer hermosa e inteligente a la vez. Había trabajado en el sector financiero y dejado esposo, madre y un par de tías. No era lo que se dice una familia fértil. No se mencionaba la causa de la muerte.

¿Por qué le sonaba tanto? El cabello oscuro, los rasgos perfectamente simétricos... Finalmente cayó en la cuenta: Regan Harp podría haber tenido aquel aspecto si hubiera llegado a los treinta.

El ruido de unas muletas interrumpió aquel pensamiento espeluznante. Jaycie apareció en la puerta.

—Livia no está. Ha vuelto a salir.

—Iré a buscarla —dijo Annie, y dejó el portátil a un lado.

—No lo haría si pudiera sacarla yo de vez en cuando —comentó Jaycie, apoyada en el marco de la puerta—. Sé que está mal tenerla encerrada así. Dios mío, soy una madre horrorosa.

—Eres una madre excelente. De todos modos, necesito un poco de aire fresco.

Lo último que Annie necesitaba era aire fresco. Estaba harta del aire fresco. Harta de que el viento le cortara la cara, de que le dolieran los músculos de andar a rastras tras los gatos, de subir el camino del acantilado hasta Harp House dos veces al día. Pero por lo menos estaba empezando a recuperar las fuerzas.

Dirigió una sonrisa tranquilizadora a Jaycie y se fue a la cocina para intentar abrigarse. Tras contemplar su mochila unos instantes decidió que había llegado la hora de sacar a Scamp.

Livia estaba agazapada bajo las ramas de su árbol favorito. La nieve se había derretido alrededor del tronco y la pequeña estaba sentada con las piernas cruzadas en el suelo moviendo un par de piñas como si fueran muñequitos.

Una vez deslizó la mano en Scamp, Annie dispuso la falda rosa del muñeco de modo que le cayera sobre el antebrazo. Vio que la niña fingía no ver cómo se acercaba y se sentó finalmente en un saliente rocoso cerca del árbol. Apoyó entonces el codo en una pierna y dejó libre a Scamp.

—*Psss... Psss...*

La *p* era uno de los sonidos que los ventrílocuos aficionados trataban de evitar, lo mismo que la *m*, la *b* o la *f*, que exigen mover los labios. Pero Annie tenía años de experiencia sustituyendo sonidos, y ni siquiera los adultos eran capaces de distinguir que utilizaba una versión suavizada de la *t* en lugar de la *p*. El movimiento era otra distracción que impedía que el público notara la sustitución de sonidos. Por ejemplo, decir *ni* en lugar de *mi*.

Livia alzó la cabeza con los ojos puestos en el muñeco.

—*¿Te gusta mi ropa?*

Scamp empezó a menearse para lucir sus medias multicolores y su camiseta adornada con una estrella y sacudió su alborotada melena de hilo.

—*Tendría que haberme puesto los vaqueros de leopardo. La falda me molesta cuando quiero dar una voltereta o saltar a la pata coja. Claro que tú no puedes saber eso. Eres demasiado pequeña para saltar a la pata coja.*

Livia sacudió la cabeza.

—*¿No lo eres?*

Después de sacudir otra vez la cabeza, Livia salió de debajo de las ramas, dobló una pierna y saltó con dificultad con la otra.

—*¡Magnífico!* —Scamp aplaudió con sus dos manitas de tela—. *¿Puedes tocarte los dedos de los pies?*

La niña dobló las rodillas y lo hizo de tal modo que rozó el suelo con las puntas de su cabello castaño.

Y así siguieron un rato. Scamp estuvo pidiendo a Livia que hiciera cosas hasta que, finalmente, después de que la niña hubiera dado una serie de vueltas alrededor de la picea mientras Scamp la apremiaba a correr cada vez más, el muñeco dijo:

—*Estás en una forma increíble para tener solo tres años.*

Aquello detuvo a Livia en seco. Miró a Scamp con el ceño fruncido y le mostró cuatro dedos.

—*Perdona, creía que eras más pequeña porque no sabes hablar.*

A Annie le alivió ver que Livia se mostraba más ofendida que avergonzada. Scamp ladeó la cabeza de modo que un mechón de pelo naranja le tapó un ojo.

—*Debe de ser duro no hablar. Yo no paro de hacerlo. Hablo, hablo y hablo. Me encuentro fascinante. ¿Y tú?*

Livia asintió, muy seria.

Scamp alzó la vista al cielo, como si estuviera pensando algo.

—*¿Has oído hablar de los secretos blindados?*

Livia sacudió la cabeza, concentrada en Scamp, como si Annie no existiera.

—*A mí me encanta* —aseguró el muñeco—. *Si digo «secreto blindado», puedo contarte lo que sea y tú no puedes enojarte. Annie y yo lo jugamos y no sabes los secretos tan horribles que me ha contado, como la vez que me rompió mi lápiz de colores preferido*—. Echó la cabeza atrás, abrió la boca de par en par y bramó—: ¡*Secreto blindado!*

Livia abrió unos ojos como platos, expectante.

—¡*Yo primero!* —exclamó Scamp—. *Y recuerda: no puedes enojarte cuando te lo diga. Igual que yo no me enojaré si me cuentas algo.* —Agachó la cabeza y habló bajito, como quien se confiesa—. *Mi secreto blindado es que... al principio no me caías bien porque tu pelo es bonito y castaño mientras que el mío es naranja. Y me daba envidia* —explicó y alzó los ojos—. ¿*Estás enojada?*

La pequeña sacudió la cabeza.

—*Muy bien.* —Había llegado el momento de comprobar si Livia aceptaría la relación entre ventrílocua y muñeco. Fingió susurrar algo a Scamp al oído.

—¿*Tenemos que hacerlo, Annie?* —le preguntó Scamp, girándose hacia ella.

Y Annie habló por primera vez:

—Sí, tenemos que hacerlo.

Scamp suspiró y volvió a dirigirse a Livia.

—*Annie dice que tenemos que entrar.*

La niña recogió las piñas y se levantó.

Tras dudar un instante, Annie hizo que Scamp se inclinara hacia la pequeña y le susurrara bastante alto:

—*Annie también me dijo que si estás sola y ves a Theo debes ir corriendo con tu mamá porque él no comprende a los niños pequeños.*

Livia se marchó corriendo hacia la casa, con lo que Annie no supo qué le había parecido aquella recomendación.

Acababa de oscurecer cuando Annie dejó Harp House, pero esta vez no regresó a pie a la cabaña y armada únicamente con una linterna contra su vívida imaginación. Cogió la llave del Range Rover de Theo colgada en el recibidor trasero y fue en coche.

Como la cabaña no tenía garaje, sino una plaza de grava para aparcar a un lado del edificio, estacionó allí y entró por la puerta lateral. Una vez dentro, encendió la luz.

La cocina estaba destrozada.

7

Annie examinó el estropicio. Armarios y cajones abiertos, cubiertos, paños de cocina, cajas y latas diseminados por el suelo. Dejó la mochila. La basura que había llenado el cubo estaba esparcida por todas partes, junto con servilletas de papel, papel film y un paquete de fideos. Los saleros y pimenteros *kitschy* de Mariah seguían en el alféizar de la ventana, pero los coladores, tazas medidoras y libros de cocina yacían sobre un lecho de arroz desparramado.

Dirigió la vista hacia el salón en penumbra y se le erizó la nuca. ¿Y si todavía había alguien en la casa? Salió por la puerta por la que acababa de entrar, corrió hacia el coche y se encerró en él.

El sonido de su respiración irregular llenó el interior. No había número de urgencias al que llamar. Ningún vecino simpático al que pudiera recurrir. ¿Qué tenía que hacer? ¿Conducir hasta el pueblo para pedir ayuda? ¿Y quién iba a ayudarla en una isla sin policía? Si se perpetraba algún delito grave, la policía tenía que venir del continente.

Sin policía y sin vigilancia vecinal. Daba igual lo que pusieran los mapas, había dejado el estado de Maine para instalarse en el estado de Anarquía.

Su otra opción era volver en coche a Harp House, pero ese era el último lugar al que podía acudir en busca de ayuda.

Creía que estaba siendo sutil con sus ruidos espeluznantes y sus bromas fantasmagóricas. Era evidente que no. Aquello era obra de Theo, su forma de devolverle la pelota.

Deseó tener un arma igual que los demás isleños. Aunque acabara disparándose a sí misma, un arma la haría sentir menos vulnerable.

Examinó el interior del coche de Theo. Un sistema de audio lujoso, GPS, un cargador de móvil y una guantera con los documentos y el manual del automóvil. En el suelo, delante del asiento del copiloto, había un raspador de hielo, y detrás un paraguas plegable. Objetos inútiles.

No podía quedarse allí sentada para siempre.

—*Yo lo haría* —aseguró Crumpet—. *Me quedaría aquí sentada hasta que alguien viniera a rescatarme.*

Lo que no iba a pasar. Le dio al interruptor del maletero y se apeó despacio. Tras mirar alrededor para comprobar que nadie se le acercaba a hurtadillas, se dirigió sigilosamente hacia el maletero. Allí encontró una pala pequeña de mango corto. Exactamente la clase de útil que un isleño inteligente llevaría para liberar el coche si se le quedaba atascado.

—*O si tuviera que enterrar un cadáver* —susurró Crumpet.

¿Y el gato? ¿Seguiría dentro, o lo habría rescatado de un supuesto peligro simplemente para llevarlo a la muerte?

Sujetó la pala, sacó la linterna que llevaba en el bolsillo del abrigo y avanzó con cuidado hacia la casa.

—*Está muy oscuro* —soltó Peter—. *Creo que me vuelvo al coche.*

La nieve se había derretido y helado, de modo que no era probable que pudiera encontrar huellas reveladoras aunque tuviera luz suficiente para verlas. Se dirigió hacia la fachada de la casa. Supuso que Theo no se habría quedado por allí después de hacer aquello, pero no tenía forma de saberlo con certeza. Se abrió paso entre las anticuadas nansas langosteras de madera cerca de la puerta principal y se agachó bajo la ventana del salón. Asomó despacio la cabeza y echó un vistazo dentro.

Estaba oscuro, pero distinguía lo suficiente para comprobar que la habitación no se había librado de los destrozos. El sillón marrón que parecía un asiento de avión estaba tumbado de lado, el sofá estaba fuera de su lugar con los cojines desparramados y el cuadro del árbol colgaba torcido en la pared.

Había empañado el cristal con su aliento. Con cuidado levantó más la linterna y dirigió la luz al fondo de la habitación. Habían tirado al suelo los libros de los estantes y dos cajones de la cómoda Luis XIV pintarrajeada estaban abiertos de par en par. No se veía el gato por ninguna parte, ni vivo ni muerto.

Se agazapó y rodeó a tientas la cabaña hacia la parte trasera, que estaba todavía más tenebrosa, más aislada. Levantó la cabeza centímetro a centímetro hasta ver bien su cuarto, pero estaba demasiado oscuro para distinguir nada. Theo podía estar escondido bajo la ventana, al otro lado de la pared.

Se armó de valor, levantó la linterna e iluminó la habitación. Estaba exactamente como la había dejado, sin otro desorden que el que ella misma había causado por la mañana.

—¿Qué coño estás haciendo?

Chilló, soltó sin querer la pala y se giró de golpe.

Theo estaba en la penumbra, a cinco metros.

Echó a correr por donde había venido. Rodeó la cabaña hacia el coche para intentar meterse en él. Como alma que lleva el diablo, aterrada. Resbaló y perdió la linterna al caer. Se levantó y siguió corriendo.

«Métete dentro y echa el cierre de seguridad. Márchate antes de que te pille.» Lo arrollaría con el coche si era necesario. Lo aplastaría.

Con el corazón desbocado, rodeó la fachada de la cabaña, cambió de dirección, alzó la vista y...

Theo estaba apoyado en la puerta del copiloto del Range Rover, con los brazos cruzados y aspecto relajado.

107

Annie se detuvo en seco. Vio que Theo llevaba la chaqueta negra de ante y unos vaqueros. Ni gorra ni guantes.

—Qué raro —dijo él con calma, la luz de la cocina iluminándole la cara—. No recuerdo que estuvieras tan loca cuando eras pequeña.

—¿Yo? ¡Tú eres el psicópata! —No era su intención gritarlo, ni siquiera decirlo. La palabra quedó suspendida en el aire entre ambos.

Pero él no se abalanzó sobre ella, sino que habló con calma:

—Esto tiene que acabar. Te das cuenta, ¿verdad?

La mejor forma que Theo tenía de lograr que aquello acabara era matarla.

—Tienes razón. Lo que tú digas —respondió, respirando agitadamente, y empezó a retroceder despacio, con cuidado.

—Lo entiendo —aseguró Theo a la vez que descruzaba los brazos—. Cuando tenía dieciséis años era un monstruo. No creas que lo he olvidado. Pero unos años yendo al psiquiatra acabaron con mis problemas.

Ningún psiquiatra podía acabar con aquella clase de patología. Asintió temblorosa.

—¡Qué bien! Estupendo. Me alegro por ti. —Dio un paso más hacia atrás.

—Han pasado muchos años. Estás haciendo el ridículo.

Eso la enfureció.

—¡Márchate! Ya has hecho bastante por hoy.

—No he hecho nada —dijo él, separándose del coche—. ¡Y eres tú la que tiene que marcharse!

—He estado dentro. He captado el mensaje. —Bajó la voz y se esforzó por parecer tranquila—. Dime... ¿has... has hecho daño al gato?

—La muerte de Mariah debe de haber sido muy dura para ti. Tal vez tendrías que hablar con alguien —comentó Theo, ladeando la cabeza.

¿De verdad creía que era ella quien tenía problemas mentales? Tenía que apaciguarlo.

—Lo haré. Hablaré con alguien. Así que ya puedes irte a casa. Llévate el coche.

—¿Te refieres a mi coche? ¿Al que te llevaste sin pedir permiso?

Le había dicho que podía usar el coche cuando quisiera, pero no iba a discutir con él por eso.

—No volveré a hacerlo. Ya es tarde, y seguro que tienes muchas cosas que hacer. Nos veremos por la mañana. —No después de aquello. Tendría que encontrar otra forma de saldar su deuda con Jaycie, porque no iba a volver a la casa principal ni loca.

—Me iré en cuanto me digas por qué te escondías aquí fuera.

—No me escondía. Solo... hacía un poco de ejercicio.

—Sandeces. —Avanzó hacia la puerta lateral, la abrió y entró.

Annie corrió hacia el coche, pero no fue lo bastante rápida. Theo salió de la casa como una exhalación.

—¿Qué coño ha pasado ahí dentro?

Su indignación fue tan convincente que Annie lo habría creído si no lo conociera muy bien.

—No pasa nada —aseguró en voz baja—. No se lo diré a nadie.

—¿Crees que yo hice eso? —preguntó, señalando la casa con un dedo.

—No, no. Claro que no.

—Sí que lo crees. —La miró con el ceño fruncido—. Ni te imaginas las ganas que tengo de largarme ahora mismo y dejar que te encargues de esto tú sola.

—P... pues hazlo.

—No me tientes —dijo, y dio dos zancadas para situarse junto a ella.

Annie dio un respingo cuando él la cogió por la muñeca. Y forcejeó mientras tiraba de ella hacia la puerta.

—¿Quieres callarte? —pidió Theo—. Tengo los tímpanos

a punto de reventar. Por no hablar de lo mucho que estás asustando a las gaviotas.

Que pareciera exasperado en lugar de amenazador obró un efecto extraño en ella: empezó a sentirse idiota en lugar de atemorizada. Como una de aquellas protagonistas tontainas de las películas en blanco y negro a las que John Wayne o Gary Cooper siempre estaban arrastrando por ahí. No le gustó la sensación y, una vez dentro, dejó de oponer resistencia.

Theo la soltó, pero tenía los ojos puestos en ella y su expresión era de lo más seria.

—¿Quién ha hecho esto?

Se dijo a sí misma que intentaba engañarla, pero no se sentía engañada, y no se le ocurrió otra cosa que decir que no fuera la verdad.

—Creía que tú.

—¿Yo? —Pareció desconcertado—. Eres un coñazo y desearía que no hubieras venido aquí, pero ¿por qué iba a destrozar el sitio donde me gusta trabajar?

Oyó un maullido. El gato entró con cautela en la cocina. Un misterio resuelto.

Pasaron unos segundos mientras Theo se quedaba mirando el animal. Y después a ella. Finalmente habló, y lo hizo con aquel exceso de paciencia que se utiliza cuando se trata con un niño o un retardado mental:

—¿Qué hace mi gato aquí?

El muy traidor restregó su cuerpecito en los tobillos de Theo.

—Me... me siguió a casa.

—Y un cuerno. —Cogió el gato y lo acarició detrás de las orejas—. ¿Qué te ha hecho esta loca, *Hannibal*?

¿Hannibal?

El gato apoyó la cabeza en la chaqueta de Theo y cerró los ojos. Él se lo llevó a la sala y ella, cada vez más desconcertada, lo siguió.

—¿Falta algo? —preguntó él tras encender la luz.

—No lo sé. Tenía el móvil y el portátil conmigo, pero...

¡Sus muñecos! Scamp seguía en su mochila, pero ¿y los demás?

Corrió hacia el estudio. Había un estante bajo la ventana para que los artistas guardaran sus utensilios. La semana anterior lo había limpiado y los había dispuesto allí. Estaban exactamente igual que cuando se había ido por la mañana. Dilly y Leo, separados por Crumpet y Peter.

—Unos amigos muy agradables —comentó Theo asomando la cabeza.

Quería levantarlos, hablar con ellos, pero no iba a hacerlo mientras él pudiera verla. Theo avanzó hacia su habitación. Lo siguió.

Un montón desordenado de prendas esperaba a que terminara de quitar el resto de las cosas de Mariah para tener más espacio. Un sujetador colgaba de la silla que había entre las ventanas junto con el pijama que se había puesto la noche anterior. Normalmente se hacía la cama, pero aquella mañana había pasado de hacerlo y hasta había dejado una toalla de baño a los pies. Lo peor era que las bragas naranjas que llevaba el día anterior estaban tiradas en medio del suelo.

—Vaya, aquí se han esmerado —comentó Theo.

¿Intentaba ser chistoso?

El gato se le había quedado dormido en los brazos, pero él seguía acariciándole el lomo, hundiendo los dedos en el pelaje negro. Regresó a la sala y después a la cocina. Annie escondió el libro de arte erótico bajo el sofá de un puntapié y lo siguió.

—¿Has notado algo extraño? —preguntó Theo.

—¡Pues sí! Me han destrozado la casa.

—No me refiero a eso. Echa un vistazo. ¿Ves algo raro?

—¿Mi vida pasando ante mis ojos?

—Basta de tonterías.

—No puedo evitarlo. Suelo bromear cuando estoy aterrada. —Trató de ver lo que él quería que viera, pero estaba demasiado aturdida. ¿De verdad era Theo inocente o simplemente un buen actor? No se le ocurría nadie más que pudiera haber hecho aquello. Barbara le había advertido sobre los forasteros de la isla, pero ¿no habría robado algo un forastero? Aunque no había demasiado que robar.

Salvo el legado de Mariah.

La idea de que otra persona pudiera saber lo del legado la dejó preocupada. Echó un vistazo a la cocina. El mayor desorden se debía al cubo de basura volcado y a los paquetes rotos de arroz y fideos. No parecía haber nada roto.

—Supongo que podría haber sido peor —admitió.

—Exacto. No hay cristales rotos. Que hayas visto, no falta nada. Parece algo calculado. ¿Te guarda rencor alguien de la isla?

Se lo quedó mirando. Pasaron unos segundos antes de que él lo entendiera.

—A mí no me mires —soltó—. Eres tú quien me guarda rencor a mí.

—¡Y con razón!

—No te estoy diciendo que te culpe por ello. Era un chaval malcriado. Solo te estoy diciendo que no tengo ningún motivo para hacer algo así.

—Claro que sí. Más de uno. Quieres la cabaña. Yo te traigo malos recuerdos. Eres... —Se detuvo antes de soltar lo que estaba pensando.

—No soy un psicópata. —Theo le leyó el pensamiento.

—No he dicho que lo seas. —Pero lo estaba pensando, desde luego.

—Era un chaval, Annie, y aquel verano tuve problemas muy serios.

—No me digas. —Quería soltarle muchas cosas pero no era el momento.

—Eliminemos temporalmente mi nombre de tu lista de sospechosos —pidió él levantando la mano, lo que perturbó al gato—. Solo como ejercicio. Puedes volver a ponerme el primero de la lista en cuanto hayamos terminado.

Se estaba burlando de ella. Eso tendría que haberla enfurecido pero, por extraño que pareciera, la reconfortó.

—No hay más sospechosos.

«Salvo quien sepa que aquí tiene que haber algo valioso.» ¿Lo habría encontrado? Había repasado todo lo dispuesto en las estanterías, pero no había hecho un inventario sistemático del contenido de las cajas del estudio ni de los armarios. ¿Cómo iba a saberlo nunca?

—¿Has tenido algún altercado con alguien desde tu llegada? —Levantó de nuevo la mano—. Aparte de conmigo.

Ella negó con la cabeza.

—Pero me han advertido sobre los vagabundos —añadió.

—No me gusta lo que ha pasado —dijo Theo, dejando el gato en el suelo—. Debes avisar a la policía del continente.

—Por lo que recuerdo, solo vienen si se trata de un asesinato.

—Tienes razón. —Se bajó la cremallera de la chaqueta—. Vamos a ordenar esto.

—Ya lo haré yo —dijo Annie—. Tú vete.

—Si quisiera matarte, violarte o lo que pienses que podría hacerte, a estas alturas ya lo habría hecho —comentó Theo, y le dirigió una mirada ligeramente desdeñosa.

—Te agradezco que no lo hayas hecho.

Theo murmuró algo y se marchó airado al salón.

Mientras se quitaba el abrigo, Annie pensó en los gurús de la autoayuda y cómo decían que la gente tenía que confiar en su instinto. Pero el instinto podía equivocarse. Como ahora, por ejemplo. Porque se sentía casi segura.

Cuando se acostó esa noche, había empezado a toser de nuevo, por lo que le costó todavía más quedarse dormida, pero ¿cómo iba a relajarse si Theo Harp estaba despatarrado en el sofá rosa? Se había negado a irse a casa, pese a que ella se lo hubiera ordenado. Y lo más terrible era que, en el fondo, quería que se quedara. Era tal como había sido cuando tenía quince años. Se comportaba como si fuera un amigo, se ganaba su confianza y después se convertía en un monstruo.

El día había sido agotador y, cuando finalmente la venció el sueño, durmió profundamente. Al amanecer, la tenue luz matinal se le coló por los párpados cerrados y vivió uno de esos maravillosos momentos de somnolencia en que es demasiado pronto para levantarte y puedes quedarte un rato más en la cama. Abrigada y cómoda, dobló las rodillas. Y rozó algo.

Abrió los ojos de golpe.

Theo estaba acostado a su lado. Allí mismo. Boca arriba. A pocos centímetros de distancia.

Annie boqueó y soltó un resuello.

Los labios de Theo se movieron, aunque él seguía con los ojos cerrados.

—Avísame si vas a chillar para que pueda suicidarme antes —murmuró.

—¿Qué haces aquí? —exclamó airada. Sin chillar.

—La espalda me estaba matando en el sofá. Es demasiado corto.

—¡Te dije que usaras la cama del estudio!

—Está llena de cajas y había que hacerla. Demasiado jaleo.

Estaba echado sobre las mantas, con los vaqueros y el jersey puestos, cubierto hasta el pecho con el edredón que le había dado la noche anterior. A diferencia del aspecto con que ella se levantaba por la mañana, él tenía el pelo perfectamente revuelto, la mandíbula atractivamente poblada de barba incipiente y la tez morena que había heredado de su madre realzada por el blanco inmaculado de la almohada. Seguramente ni siquiera tenía mal aliento. Y no mostraba el menor deseo de moverse.

A Annie se le fueron las ganas de volver a dormirse. Pensó en la clase de cosas que quería decir: «¡Maldito seas! ¡Cómo te atreves!» Pero parecían salidas de un diálogo malo de una de sus viejas novelas góticas. Apretó los dientes.

—Sal de mi cama, por favor.

—¿Llevas algo puesto? —preguntó Theo con los ojos aún cerrados.

—¡Sí, llevo algo puesto! —Logró imprimir una justificada indignación a su voz.

—Estupendo. Así no habrá ningún problema.

—No habría habido ningún problema aunque no llevara nada puesto.

—¿Estás segura?

¿Se le estaba insinuando? Si no fuera porque ya estaba completamente despierta, eso la habría despertado. Salió pitando de la cama, consciente de su pijama de franela amarillo de Santa Claus, un regalo bromista de una amiga. Tomó con furia la bata de Mariah y los calcetines del día anterior, y salió de la habitación.

Los pasos de Annie se fueron apagando. Theo sonrió. Había dormido mejor que en más tiempo del que podía recordar. Casi se sentía descansado. Estar allí tumbado irritando a Annie había sido... Buscó la palabra hasta encontrarla. Pero le resultaba tan poco familiar que tuvo que valorarla un momento para asegurarse de que era la correcta.

Irritar a Annie había sido... divertido.

Ella le tenía un miedo terrible, y no era ningún misterio por qué, pero no se había amedrentado. Ya cuando era una adolescente torpe y bastante insegura, había sido más valiente de lo que ella misma creía, más de lo que tendría que haber sido, dada la forma en que su madre la ninguneaba. También tenía muy desarrollado el sentido del bien y del mal. No había áreas grises para Antoinette Hewitt. Puede que eso fuera lo que lo había atraído cuando eran unos adolescentes.

No podía soportar tenerla allí, pero era evidente que no iba a marcharse por un tiempo. Aquel maldito acuerdo de divorcio. Quería poder usar la cabaña cuando le apeteciera y ella le había fastidiado esos planes. Pero no solo era la cabaña. Era Annie en sí, con su ridícula ingenuidad y su vínculo con un pasado que quería olvidar. Annie, que sabía demasiado.

Se había cabreado al verla con el coche atascado en la carretera. Por eso la había atormentado haciendo que lo empujara para intentar sacarlo ella, aunque sabía muy bien que no podría. Sentado al volante, ordenándole que se esforzara más, había sentido algo extraño. Había sido casi como meterse en la piel de otro. Un hombre cualquiera al que le gustaba divertirse un poco con la gente.

Una ilusión. Él no era nada normal. Pero esta mañana casi se sentía como si lo fuera.

La encontró ante el fregadero de la cocina. La noche anterior habían limpiado la peor parte del estropicio, y ahora estaba lavando los cubiertos recogidos del suelo. Estaba de espaldas, con sus desbocados rizos castaños formando su revoltijo habitual. Siempre le habían atraído mujeres de una belleza clásica, y Annie no era así. Su excitación lo inquietó, pero llevaba mucho tiempo sin sexo y fue instintiva.

La recordó con quince años: torpe, divertida y tan enamorada de él que no había necesitado esforzarse para impresionarla. Sus manoseos sexuales eran cómicos vistos ahora, pero normales para un adolescente caliente. Puede que fuera lo único que había sido normal en él.

La bata azul marino le llegaba hasta la pantorrilla y, por debajo, le asomaba un pijama amarillo de franela con Santa Claus intentando bajar por una chimenea.

—Bonito pijama.

—Ya puedes irte a casa —replicó Annie.

—¿Tienes alguno con el conejito de Pascua?

Se volvió con una mano en la cadera para responder:

—Me gusta la ropa de dormir sexy. ¿Qué pasa?

Theo soltó una carcajada, desentrenada sí, pero carcajada al fin y al cabo. No había tinieblas cerca de Annie Hewitt. Con sus grandes ojos, su nariz pecosa y su cabello alborotado, le recordó a un hada. No una de aquellas hadas frágiles que revolotean grácilmente de flor en flor, sino un hada ensimismada. La clase de hada que es más probable que tropiece con un grillo dormido antes que esparcir polvos mágicos. Sintió que se relajaba un poco.

Lo repasó con la mirada de la cabeza a los pies. Estaba acostumbrado a que las mujeres lo contemplaran, pero no solían fruncir el ceño al mismo tiempo. Cierto, había dormido con la ropa puesta y necesitaba un afeitado, pero ¿tan mala pinta hacía?

—¿Tienes siquiera mal aliento? —soltó Annie todavía con el ceño fruncido.

—No creo; acabo de usar tu pasta de dientes —respondió desconcertado—. ¿Alguna razón por la que quieras saberlo?

—Estoy redactando una lista de cosas repulsivas en ti.

—«Psicópata» está ya en lo alto de tu lista, así que no creo que necesites añadir mucho más —dijo a la ligera, como si fuera una broma, aunque los dos sabían que no lo era.

Annie cogió la escoba y empezó a barrer unos granos de arroz que se les habían pasado por alto.

—Es significativa la forma en que apareciste anoche justo en el momento exacto.

—Vine en busca de mi coche. ¿Recuerdas mi coche? El que me birlaste.

Le había dicho que podía tomarlo prestado, pero ¿qué más daba? Annie sabía cuándo debía pelear y cuándo no, así que ignoró la acusación.

—Llegaste muy deprisa.

—Seguí el camino de la playa.

—Lástima que anoche no usaras tu telescopio para espiar. Tal vez habrías visto quién hizo esto —soltó tras dejar la escoba en el rincón.

—La próxima vez seré más concienzudo.

—¿Por qué ibas vestido como Beau Brummell el primer día? —quiso saber mientras intentaba sacar un fideo de debajo de la cocina.

Theo tardó un momento en recordar a qué se refería.

—Me documentaba para mi próxima novela. Quería saber qué se siente al moverse con esa ropa... Me gusta meterme en la piel de mis personajes. Especialmente de los más retorcidos.

Ella pareció desconcertada. Pero ¿por qué? Dirigió la vista a los armarios.

—Tengo hambre. ¿Dónde están los cereales?

Annie guardó finalmente la escoba en el armario.

—No me quedan.

—¿Y huevos?

—Tampoco.

—¿Pan?

—No hay.

—¿Sobras?

—Ojalá.

—Dime que mi café sigue aquí.

—Solo un poco, y no voy a compartirlo.

—Es evidente que todavía no sabes cómo comprar comestibles en la isla —dijo él, abriendo armarios para buscarlo.

—No toques mis cosas.

Encontró lo que quedaba de su bolsa de café molido sobre el refrigerador. Annie quiso arrebatárselo de las manos, pero Theo lo sujetó por encima de la cabeza.

—Sé amable —pidió Annie.

«Amable.» Una mierda de palabra. Él apenas la usaba. No tenía peso moral. No hacía falta ser valiente para ser amable.

Ser amable no exigía sacrificio ni firmeza de carácter. Ojalá lo único que tuviera que hacer fuera ser amable...

Bajó un brazo, y con la mano libre le tiró del cinturón de la bata. Cuando se abrió, le puso la palma en la piel que el escote del pijama de franela dejaba al descubierto.

Annie, sobresaltada, abrió unos ojos como platos.

—Olvídate del café —dijo Theo—. Quítate esto para que pueda ver si lo que hay debajo ha crecido un poco.

Nada amable. Antes bien, todo lo contrario.

Pero en lugar de propinarle el bofetón que se merecía, Annie se lo quedó mirando con un asco inquietante.

—Estás como una cabra —le espetó, y se marchó con el ceño fruncido.

«Tienes razón —pensó Theo—. Y nunca lo olvides.»

8

Annie estaba junto a la ventana de la cocina, mirando como el gato subía de un salto al coche de Theo y ambos se iban juntos. «No te descuides ni un segundo, *Hannibal*», pensó.

No había sido nada erótico que Theo le abriera la bata. Era propio de un cabrón portarse como un cabrón, solo había hecho lo que le era propio. Pero al alejarse de la ventana, pensó en la mirada calculadora que le había dirigido cuando lo hacía. Había intentado deliberadamente desquiciarla, pero no lo había conseguido. Era un gilipollas taimado, pero ¿también peligroso? Su intuición le decía que no, pero la razón le estaba lanzando señales de alarma como para parar un tren de carga.

Se dirigió hacia el dormitorio. Se suponía que su obligado alquiler de la cabaña empezaba ese día, y tenía que largarse antes de que él regresara. Se puso lo que se había convertido en su uniforme isleño: vaqueros, calcetines de lana, camiseta de manga larga y jersey grueso. Echaba de menos las telas vaporosas y los estampados coloridos de sus vestidos bohemios de verano. Echaba de menos sus conjuntos *vintage* de los años cincuenta con canesús entallados y faldas amplias. Uno de sus favoritos lucía un estampado con cerezas maduras. Otro tenía una cenefa con diminutas copas de martini en diferentes posiciones. A diferencia de Mariah, a Annie le encantaban las

120

prendas de vestir coloridas con ribetes de fantasía y botones decorativos. Ninguna de esas cosas daba vida a los vaqueros y suéteres raídos que había llevado a la isla.

Volvió al salón y miró por la ventana. No vio ni rastro del coche de Theo. Se vistió deprisa, tomó el bloc con el inventario y empezó a recorrer las estancias de la cabaña para ver si faltaba algo. Había querido hacerlo la noche anterior, pero no iba a permitir que Theo supiera nada sobre el legado ni sobre sus sospechas de que el allanamiento guardaba relación con eso.

Todo lo anotado en su lista seguía en su sitio, pero lo que buscaba podía estar escondido en el fondo de un cajón o en uno de los armarios que todavía no había revisado a fondo. ¿Habría encontrado el intruso lo que ella había sido incapaz de localizar?

Theo la preocupaba. Al subirse la cremallera del abrigo, se replanteó la posibilidad de que el allanamiento no tuviera que ver con el legado de Mariah y sí con que Theo quisiera vengarse por asustarlo. Pensaba que no la había pillado por lo del reloj, pero ¿y si no era así? ¿Y si la hubiera calado y aquello fuera una represalia? ¿Debería hacer caso a su razón o a su intuición?

A su razón, por supuesto. Confiar en Theo Harp era poco menos que confiar en que una serpiente venenosa no te morderá.

Dio una vuelta alrededor de la cabaña. Theo había hecho lo mismo antes de irse, aparentemente en busca de huellas... o tal vez para eliminar cualquier indicio que pudiera haber dejado él mismo. Le había dicho que la falta de nieve nueva y la confusión de las pisadas que había dejado ella hacían imposible ver nada inusual. No lo había creído del todo, pero al examinar la misma zona, tampoco encontró nada sospechoso. Se volvió hacia el mar. Estaba bajando la marea matinal. Si Theo había podido recorrer anoche el camino de la playa, ella tendría que poder hacerlo ahora.

Unas rocas húmedas y recortadas bordeaban la costa cerca de la cabaña, y el gélido viento marino transportaba olor a sal y algas. Si hiciera más calor, habría andado junto a la orilla, pero se mantuvo alejada de ella, eligiendo con cuidado su camino por un angosto sendero que en verano era de arena pero ahora estaba cubierto de nieve helada.

El sendero no estaba bien definido, y tuvo que encaramarse a algunas de las rocas en las que antes se sentaba a leer. Había pasado horas allí soñando despierta con los personajes de la novela de turno. Las protagonistas femeninas mostraban su firmeza de carácter cuando se enfrentaban a aquellos hombres intimidantes de noble linaje con sus bruscos cambios de humor y sus narices aguileñas. Más o menos como un tal Theo Harp, aunque su nariz no era aguileña. Recordó la decepción que se llevó cuando había buscado aquella palabra tan romántica y había comprobado su significado real.

Un par de gaviotas luchaban contra el viento. Hizo un alto para admirar la belleza impetuosa del océano que golpeaba la costa y sus espumosas crestas grises que se zambullían en agitados valles oscuros. Había vivido tanto tiempo en la ciudad que había olvidado aquella impresión de estar completamente sola en el universo. Era una sensación agradable, de ensueño en verano pero inquietante en invierno.

Siguió adelante. La capa de hielo crujió bajo sus pies cuando llegó a la playa de Harp House. No había estado allí desde el día en que casi perdió la vida. El recuerdo que se había esforzado tanto por suprimir la asaltó de nuevo.

Regan y ella habían encontrado una camada de perros unas semanas antes del final del verano. Annie seguía abatida por el distanciamiento hostil de Theo y se había alejado de él. Aquella mañana en concreto, mientras él hacía surf, Regan, Jaycie y ella estaban en la cuadra con los cachorros recién nacidos. La perra preñada que rondaba por el jardín los había parido por la noche.

Los animalitos, acurrucados contra su madre, tenían apenas unas horas. Eran seis bolitas de pelaje blanco y negro que se retorcían con los ojos aún cerrados y los vientrecitos rosados agitándose con cada respiración. Su madre, una mezcla de tantas razas que era imposible deducir su pedigrí, se había presentado a principios de verano. Al principio Theo había dicho que era suya, pero cuando el animal se lastimó una pata había perdido interés en él.

Las tres chicas estaban sentadas con las piernas cruzadas en la paja, charlando animadamente mientras observaban cada cachorrito.

—Este es el más guapo —afirmó Jaycie.

—Ojalá pudiéramos llevárnoslos a todos cuando nos vayamos.

—Quiero ponerles nombre.

Al final, Regan se había quedado callada. Cuando Annie le preguntó si pasaba algo, se enroscó un mechón de pelo reluciente alrededor de un dedo y hurgó el suelo con una brizna de paja.

—No contemos lo de los cachorros a Theo.

Annie no tenía ninguna intención de contar nada, pero quiso saber igualmente a qué venía aquello.

—¿Por qué no? —preguntó.

—Es que a veces, él... —contestó Regan, pasándose el mechón por la mejilla.

—Es un chico —intervino Jaycie—. Los chicos son más brutos que las chicas.

Annie pensó en el oboe de Regan y en la libreta con sus poemas. Pensó en ella misma, encerrada en el montaplatos, atacada por las gaviotas, empujada a la marisma.

—Venga, vamos —dijo Regan, y se puso de pie ágilmente como deseosa de cambiar de tema.

Las tres habían salido de la cuadra, pero después, aquella tarde, cuando Regan y ella regresaron para ver cómo seguían los cachorros, Theo estaba allí.

Annie se quedó atrás mientras Regan se situaba a su lado.

123

Estaba en cuclillas en la paja, acariciando uno de los cuerpecitos temblorosos.

—Son muy guapos, ¿verdad? —dijo Regan, como si necesitara que él validara su opinión.

—Son chuchos —soltó Theo—. Nada del otro mundo. No me gustan los perros. —Se levantó de la paja y salió de la cuadra sin mirar siquiera a Annie.

Al día siguiente, Annie lo encontró de nuevo en la cuadra. Estaba lloviendo y el olor del otoño impregnaba ya el ambiente. Regan estaba recogiendo sus últimas cosas para el viaje a casa del día siguiente, y Theo sujetaba uno de los cachorros. Las palabras de Regan le vinieron a la cabeza y se lanzó hacia él.

—¡Suéltalo! —exclamó.

Sin discutir, Theo dejó el cachorro con los demás. La miró sin su habitual expresión enfurruñada y a ella le pareció más triste que huraño. El romántico ratón de biblioteca que llevaba dentro olvidó su crueldad y pensó solamente en sus queridos galanes incomprendidos con sus oscuros secretos, su nobleza oculta y sus pasiones prodigiosas.

—¿Qué pasa? —preguntó.

—El verano se ha acabado —respondió Theo encogiéndose de hombros—. Vaya mierda, que llueva nuestro último día.

A Annie le gustaba la lluvia. Le proporcionaba una buena excusa para acurrucarse a leer. Y le alegraba irse. Los últimos meses habían sido demasiado duros.

Los tres volverían a sus respectivos colegios. Theo y Regan a los elegantes internados de Connecticut y ella a su primer curso de secundaria en LaGuardia High, el instituto en que se inspiró *Fama*.

—Las cosas no van demasiado bien entre tu madre y mi padre —comentó Theo, con las manos metidas en los bolsillos de sus *shorts*.

Ella también había oído las peleas. Las rarezas de Mariah

que al principio Elliott había encontrado tan encantadoras habían empezado a molestarlo, y había oído a su madre acusarlo de ser estirado, que lo era, pero su estabilidad era lo que Mariah había querido, más aún que su dinero. Ahora Mariah decía que Annie y ella volverían a su viejo piso cuando regresaran a la ciudad. Solo para recoger las cosas, decía, pero Annie no la creía.

La lluvia repiqueteaba en las ventanas polvorientas de la cuadra. Theo hundió la punta de su zapatilla deportiva sobre la paja.

—Siento que las cosas se hayan enrarecido entre nosotros este verano.

Las cosas no se habían enrarecido. Él se había vuelto raro. Pero no le gustaban los enfrentamientos, así que se limitó a murmurar:

—No pasa nada.

—Me... me gustaba hablar contigo.

A ella también le gustaba hablar con él, y los ratos en que se lo montaban todavía más.

—A mí también —afirmó.

No sabía muy bien cómo pasó, pero terminaron sentados en uno de los bancos de madera con la espalda contra la pared de la cuadra, hablando sobre los estudios, sobre sus padres, sobre los libros que tenían que leer el año siguiente. Era exactamente como antes, y podría haber estado charlando horas con él, pero aparecieron Jaycie y Regan. Theo saltó del banco, escupió en la paja y señaló la puerta con la cabeza.

—Vamos al pueblo —les dijo—. Me apetecen unas almejas fritas.

No invitó a Annie a ir con ellos.

Se sintió idiota por haber vuelto a hablar con él. Pero aquella noche, tras terminar de hacer el equipaje, encontró una nota que él le había pasado por debajo de la puerta de su cuarto:

La marea está baja. Reúnete conmigo en la cueva. Por favor.

T.

Se puso una camiseta y unos *shorts* limpios de la maleta, se peinó, se aplicó un poco de brillo labial y salió a hurtadillas de la casa.

Theo no estaba en la playa, pero no había esperado verlo allí. Siempre se encontraban en una pequeña zona de arena hacia la parte posterior, donde había una charca de marea desde donde podía contemplarse el mar.

Se había equivocado con lo de la marea. Estaba subiendo mucho. Pero habían estado en la cueva antes durante el cambio de marea y no había peligro. Aunque el agua era más profunda en el fondo de la cueva, podían salir nadando perfectamente.

El agua fría del mar le empapaba las zapatillas deportivas y le salpicaba las piernas desnudas mientras ascendía las rocas hacia la entrada. Cuando llegó, encendió la pequeña linterna rosa que había llevado.

—¿Theo? —Su voz retumbó en la cámara rocosa.

No le respondió.

Una ola le golpeó las rodillas. Iba a volverse para marcharse, decepcionada, cuando lo oyó. No su respuesta, sino los ladridos frenéticos de los cachorros.

Lo primero que pensó fue que Theo los había llevado para jugar con ellos.

—¿Theo? —llamó de nuevo, y al ver que no le contestaba, se adentró en la cueva buscándolo con la luz de la linterna.

El espacio arenoso del fondo, cerca de donde Theo y ella solían montárselo, estaba cubierto de agua. Las olas lamían el saliente que había justo encima. En aquel saliente había una caja de cartón, y de su interior procedían los ruidos que oía.

—¡Theo! —gritó, con un nudo en el estómago, y su angustia aumentó al no recibir respuesta. Empezó a andar por el agua hacia el fondo de la cueva hasta que el agua le llegó a la cintura.

El saliente sobresalía de la pared rocosa unos centímetros por encima de su cabeza. Las salpicaduras de agua estaban ya empapando la vieja caja de cartón. Si intentaba llevársela del saliente, el fondo se rompería y los cachorros caerían al agua. Pero no podía dejarlos allí. En unos momentos las olas se llevarían la caja.

«¿Qué has hecho, Theo?»

No podía pensar en eso mientras oía los gemidos de los cachorros, cada vez más frenéticos. Palpó la pared de la cueva con la punta de la zapatilla hasta encontrar una roca que usar como escalón. Se impulsó hacia arriba e iluminó el interior de la caja con la linterna. Allí estaban los seis cachorros, gimiendo aterrados, intentando escabullirse, sobre un trozo de toalla marrón que ya estaba mojada de agua salada. Dejó la linterna en el saliente, tomó dos de los animalitos y procuró mantenerlos contra su pecho para bajar del escalón. Las uñas de los cachorros le atravesaron la camiseta y perdió el equilibrio. Con unos gañidos aterrados, los dos cachorros cayeron de nuevo en la caja.

Tendría que llevarlos de uno en uno. Tomó el más grande y bajó del escalón con una mueca al notar cómo le clavaba las uñas en el brazo. Era muy fácil salir de la cueva nadando, pero muy difícil caminar por el agua arremolinada con un cachorro inquieto en los brazos.

Avanzó como pudo hacia la luz cada vez más tenue procedente de la boca de la cueva. El agua le llegaba ya a las piernas. El cachorro estaba histérico y le hacía daño al clavarle las uñas.

—Estate quieto, por favor. Por favor...

Cuando llegó a la entrada de la cueva, habían empezado a sangrarle los arañazos del brazo, y todavía había dentro cinco cachorros más. Pero, antes de que pudiera volver por ellos, tenía que encontrar un lugar seguro donde dejar al que llevaba. Se dirigió a trompicones por las rocas hasta el sitio donde encendían las hogueras.

Todavía estaban las cenizas de la hoguera de la semana anterior, pero las piedras que rodeaban el perímetro eran lo bastante altas como para impedir que el cachorro saliera y el interior estaba seco. Lo dejó en el suelo y corrió hacia la cueva. Nunca se había quedado en ella el tiempo suficiente para ver qué altura alcanzaba la marea, pero el agua seguía subiendo. Como el suelo hacía bajada, tuvo que nadar y, aunque era verano, el agua estaba helada. Tanteó con las manos la pared hasta encontrar la roca que usaba como escalón bajo el saliente. Tiritando, sacó el segundo cachorro de la caja e hizo de nuevo una mueca cuando el animalito le clavó también las uñas.

Consiguió llevar al cachorro al círculo de piedras de la hoguera, pero el agua estaba cada vez más alta, por lo que tuvo que esforzarse para llegar al fondo de la cueva para salvar al tercero. La linterna que había dejado en el saliente emitía una luz más tenue, aunque suficiente para ver que la caja de cartón estaba a punto de desmoronarse. No podría salvarlos a todos, pero tenía que intentarlo.

Levantó el tercer cachorro y bajó del escalón, pero entonces una ola la atrapó, el perrito forcejeó con ella y se le escapó de las manos, cayendo al agua.

Con un sollozo, hundió los brazos en el agua y buscó frenéticamente el cuerpecito. En cuanto lo encontró, lo sacó de un tirón.

La resaca tiraba de ella mientras se dirigía andando por el agua hacia la boca de la cueva. Le costaba respirar. El cachorro había dejado de forcejear y no supo si estaba vivo o muerto hasta que lo dejó en el círculo de piedras de la hoguera y vio que se movía.

Tres más. No podía volver aún a la cueva, tenía que descansar. Pero si lo hacía, los animales se ahogarían.

La resaca era cada vez más fuerte, y el agua subía sin pausa. En algún momento se le había caído una zapatilla, así que se quitó la otra de un puntapié. Le costaba respirar, y antes de llegar a la caja empapada se hundió dos veces en el agua. La segunda, tragó tanta agua salada que todavía se atragantaba al encaramarse al escalón.

Antes de que pudiera hacerse con el cuarto cachorro, una ola volvió a derribarla. Encontró el escalón rocoso y se subió otra vez, casi sin aliento. Sacó como pudo otro animalito. El dolor de los arañazos en brazos y pecho y el ardor de los pulmones eran insoportables. Las piernas le estaban cediendo, y los músculos le pedían a gritos que parara. Una ola la levantó del suelo y se la llevó junto con el cachorro, pero de algún modo logró aguantar el envite. Intentó expulsar tosiendo el agua que había tragado. Los músculos de brazos y piernas le ardían, pero pudo llegar a las piedras de la hoguera.

Dos más...

Si hubiera tenido claridad mental se habría detenido, pero actuaba por instinto. Toda su vida la había encaminado hacia aquel momento en que su único objetivo era salvar a los cachorros. Se cayó en las rocas al regresar a trompicones a la cueva, y se hizo un corte en la pantorrilla. Entró tambaleándose. Una ola gélida la derribó y se esforzó por nadar hasta el fondo.

Gracias a la luz apenas perceptible de la linterna del saliente vio que la caja mojada se combaba precariamente. Se arañó la rodilla en la pared rocosa al impulsarse hacia arriba.

Dos cachorros. No podría hacer aquello dos veces. Tenía que llevarse a los dos. Trató de sujetarlos juntos pero las manos no le respondieron. El pie le resbaló y volvió a caerse al agua. Sin aire, intentó salir a la superficie, pero estaba medio ahogada y desorientada. A duras penas logró subirse al escalón y meter la mano en la caja.

Solo uno. Solo podría salvar uno.

Rodeó un pelaje empapado con los dedos. Con un sollozo desgarrador, sacó el cachorro y se puso a nadar, pero las piernas no se le movían. Trató entonces de ponerse de pie, pero la resaca era demasiado fuerte. Y entonces, a la tenue luz que llegaba del exterior, vio la ola monstruosa que se abalanzaba hacia la cueva. Elevándose más y más. Una vez se coló dentro, la engulló y la lanzó contra la pared del fondo. Consciente de que se estaba ahogando, se retorció agitando los brazos.

Una mano tiró de ella, que se resistió y forcejeó. Pero los brazos eran fuertes. Insistentes. Tiraron de ella hasta que sacó la cabeza y logró respirar.

¿Theo? No era él, sino Jaycie.

—¡Deja de resistirte! —exclamó la chica.

—Los perritos... Hay otro... —Se quedó sin oxígeno.

Las golpeó otra ola, pero Jaycie siguió sujetándola con fuerza y consiguió llevarla a ella y al cachorro contracorriente hacia el exterior.

Cuando llegaron a las rocas, Annie se desmoronó, pero Jaycie no. Mientras Annie se esforzaba por sentarse, su salvadora entró otra vez en la cueva. No tardó en salir con el último cachorro.

Annie fue ligeramente consciente de que el corte de la pantorrilla le sangraba, de los arañazos que le cubrían los brazos y de las manchas que le adornaban la camiseta como rosas rojas. Oyó los ladridos de los cachorros procedentes del círculo de piedras, pero el sonido no le resultó placentero.

Jaycie se inclinó hacia las piedras de la hoguera con el cachorro que había rescatado. Annie asimiló lentamente el hecho de que la chica le había salvado la vida y a pesar de que le castañeteaban los dientes, logró pronunciar un sentido «gracias».

—Deberías dárselas a mi padre por emborracharse. He tenido que irme —replicó Jaycie encogiéndose de hombros.

—¡Annie! Annie, ¿estás ahí abajo?

Era demasiado oscuro para ver nada, pero Annie reconoció la voz de Regan.

—Está aquí —dijo Jaycie, puesto que Annie era incapaz de contestar.

Regan bajó con dificultad por las rocas y se acercó presurosa.

—¿Estás bien? —le preguntó—. Por favor, no se lo digas a mi padre. ¡Por favor!

La rabia invadió a Annie. Mientras se ponía en pie, Regan corrió hacia los cachorros. Se acercó uno a la mejilla y se echó a llorar.

—No puedes contarlo, Annie.

Todas las emociones que Annie había reprimido le explotaron en su interior. Dejó los cachorros, dejó a Regan y Jaycie y subió como pudo por las rocas hasta los escalones del acantilado. Todavía le fallaban las piernas y tiritaba, y tuvo que sujetarse al pasamanos de cuerda para impulsarse hacia arriba.

Las luces que rodeaban la piscina desierta seguían prendidas. El dolor y la rabia de Annie confirieron nuevas fuerzas a sus piernas. Cruzó rápidamente el jardín, entró en la casa y subió la escalera.

La habitación de Theo estaba al fondo, junto a la de su hermana. Abrió la puerta de golpe. El muchacho estaba tendido en la cama. Al verla, con el cabello enmarañado y apelmazado, los arañazos ensangrentados y la pantorrilla rajada, se levantó.

Siempre había un equipo de montar en su cuarto. Annie no tomó conscientemente la fusta, pero una fuerza incontrolable se apoderó de ella. Se abalanzó esgrimiendo la fusta hacia él, que se quedó de pie sin moverse, casi como si supiera lo que se le venía encima. Ella le atizó con la fusta con todas sus fuerzas, haciéndole un corte sobre la ceja.

—¡Annie! —Su madre, alertada por el jaleo, entró en la habitación seguida de Elliott. El hombre llevaba su acostumbrada camisa azul almidonada de etiqueta mientras que su madre lucía un caftán negro y unos largos pendientes de pla-

131

ta. Mariah soltó un grito ahogado al ver la cara ensangrentada de Theo y el desquicio de Annie—. Dios mío...

—¡Es un monstruo! —gritó la joven.

—Annie, estás histérica —afirmó Elliott, y se aproximó a su hijo.

—¡Los cachorros casi se ahogan por tu culpa! —bramó Annie—. ¿Te fastidia que no lo hayan hecho? ¿Te fastidia que sigan vivos?

Las lágrimas le resbalaban por la cara y volvió a abalanzarse hacia él, pero Elliott le arrebató la fusta.

—¡Basta! —le ordenó.

—Annie, ¿qué ha pasado? —Su madre la miraba como si no la reconociera.

Annie lo contó todo. Theo se había quedado allí plantado con la mirada en el suelo y la sangre manándole de la herida mientras ella hablaba sobre la nota que él le había escrito y sobre los cachorros. Les explicó cómo la había dejado encerrada en el montaplatos, cómo la había lanzado a los pájaros en los restos de aquella embarcación, cómo la había empujado a la marisma. Las palabras le salían a borbotones.

—Tendrías que haberme hablado mucho antes de todo esto. —Mariah se llevó a su hija de la habitación y dejó que Elliott se ocupara de la herida de su hijo.

Tanto el corte en la pantorrilla de Annie como el de la frente de Theo requerían puntos de sutura, pero como en la isla no había médico, tuvieron que contentarse con un simple vendaje. Eso les dejó a ambos una cicatriz: la pequeña y casi interesante de Theo, y la más larga de Annie, que al final se había ido desvaneciendo más que el recuerdo.

Aquella noche, después de que los cachorros volvieran a estar en la cuadra con su madre y de que todo el mundo se hubiera acostado, Annie seguía despierta, escuchando el tenue murmullo de voces procedentes de la habitación de los adultos. Como hablaban demasiado bajo, salió al pasillo para escucharlos a escondidas.

—Acéptalo, Elliott —decía su madre—. A tu hijo le pasa algo muy raro. Un chico normal no hace cosas así.

—Necesita disciplina, eso es todo —replicó él—. Le estoy buscando una academia militar. Se acabaron los mimos.

Su madre no se aplacó.

—No necesita una academia militar. ¡Lo que necesita es un psiquiatra! —exclamó.

—No exageres. Tú siempre exageras, y no lo soporto.

La discusión subió de tono, y al final Annie se durmió llorando.

Theo la miraba desde la torre. Annie estaba en la playa, con las puntas del cabello revoloteando al viento bajo el gorro de lana rojo mientras contemplaba la cueva. Un desprendimiento de rocas había tapado la entrada hacía años, pero sabía muy bien dónde estaba. Theo se frotó la delgada cicatriz de la ceja.

Había jurado a su padre que no tenía intención de lastimar a nadie, que aquella tarde solo había llevado los cachorros a la playa para que Annie y él pudieran jugar con ellos, pero que se había puesto a ver la tele y se había olvidado de ellos.

La academia militar a la que le envió su padre se dedicaba a reformar a chicos conflictivos, y sus compañeros de clase sobrevivían al ambiente espartano atormentándose unos a otros. Su carácter solitario, su entusiasmo por los libros y su condición de recién llegado lo habían convertido en el blanco ideal. Había tenido que participar en peleas, saliendo victorioso en la mayoría. Pero le daba lo mismo, no así a Regan, que había empezado una huelga de hambre.

Su internado era la institución hermana del colegio al que Theo iba antes, y ella quería que volviera allí. En un primer momento Elliott había ignorado su huelga de hambre, pero transigió cuando el internado amenazó con enviarla a casa debido a su anorexia. Y Theo volvió a su viejo colegio.

Ahora, se apartó de la ventana de la torre y recogió el portátil y un par de blocs para llevarlos a la cabaña. Nunca le había gustado escribir en un despacho. En Manhattan solía cambiar el que tenía en su casa por un rincón de una biblioteca o una mesa en su cafetería favorita. Si Kenley estaba trabajando, se iba a la cocina o a un sillón del salón. Kenley nunca había podido entenderlo.

—Serías más productivo si no cambiaras de sitio, Theo —le decía.

Palabras irónicas viniendo de una mujer ciclotímica cuyas emociones pasaban de cimas obsesivas a abismos paralizantes en un solo día.

No iba a dejar que Kenley lo rondara hoy. No después de haber pasado la primera noche de sueño reparador desde su llegada a Peregrine Island. Tenía que salvar su carrera y hoy iba a escribir.

El sanatorio había sido un best seller inesperado, circunstancia que había impresionado a su padre.

—Me cuesta explicar a nuestros amigos por qué mi hijo tiene una imaginación tan truculenta —decía—. Si no fuera por la insensatez de tu abuela, estarías trabajando en la empresa, como tiene que ser.

La insensatez de su abuela, como Elliott lo llamaba, era su decisión de dejar su patrimonio a Theo y, según su padre, impedir así que el joven necesitara un trabajo de verdad. Dicho de otro modo, que fuera a trabajar a Harp Industries.

La empresa tenía sus orígenes en la fábrica de botones del abuelo de Elliott pero ahora producía los pernos y tornillos de titanio a partir de superaleaciones que se utilizaban en la construcción de helicópteros Black Hawk y de bombarderos invisibles. Pero Theo no quería fabricar tuercas y tornillos. Quería escribir libros en los que la frontera entre el bien y el mal fuera clara. Donde hubiera por lo menos la oportunidad de que el orden ganara al caos y a la locura. Es lo que había hecho en *El sanatorio*, su novela de terror sobre un siniestro hospital psiquiátrico para delincuentes psicóticos con una habitación que transportaba a sus residentes, incluido el doctor Quentin Pierce, un asesino en serie especialmente sádico, hacia atrás en el tiempo.

Ahora estaba trabajando en la secuela de *El sanatorio*. Con los antecedentes ya establecidos en el primer libro y su intención de llevar a Pierce al siglo XIX en Londres, su tarea debería haber sido más fácil. Pero estaba teniendo problemas y no sabía muy bien por qué. Eso sí, sabía que tenía más probabilidades de superar su bloqueo en la cabaña y se alegraba de haber podido manipular a Annie para que le dejara trabajar en ella.

Algo le rozó los tobillos. Bajó la vista y vio que *Hannibal* le había llevado un regalo: un ratón gris.

—Sé que lo haces por amor, chavalote, pero ¿te importaría dejar de hacerlo? —pidió al gato con una mueca.

Hannibal ronroneó y restregó la cabeza contra la pierna de Theo.

—Otro día, otro cadáver —murmuró Theo. Había llegado la hora de ir a trabajar.

9

Theo le había dejado su Range Rover en Harp House. Conducirlo por la peligrosa carretera que llevaba al pueblo para la llegada semanal del barco de los suministros tendría que haber sido más relajante que ir en su Kia, pero estaba demasiado tensa por haberse encontrado a Theo durmiendo a su lado al despertarse por la mañana. Aparcó el coche en el embarcadero y se animó pensando en la ensalada que se prepararía para cenar.

En el muelle esperaba un montón de personas, la mayoría mujeres. La cantidad desproporcionada de residentes mayores confirmaba que las familias más jóvenes se marchaban, como le había explicado Barbara. Peregrine Island era bonita en verano, pero ¿quién querría vivir allí todo el año? Aunque ese día soleado, el cielo despejado y la luz brillante reflejada en el agua tenían una belleza especial.

Vio a Barbara y la saludó con la mano. Lisa, envuelta en un abrigo enorme que seguramente pertenecía a su marido, estaba charlando con Judy Kester, cuya cabellera pelirroja era tan llamativa y alegre como su risa. Ver juntas a las mujeres de la partida de *bunco* hizo que Annie echara de menos a sus amigas.

Marie Cameron se le acercó corriendo, con aspecto de haber estado chupando limones.

—¿Cómo te va lo de estar sola? —preguntó con tanto pesar como si Annie estuviera en la última fase de una enfermedad terminal.

—Bien. Sin problemas. —Annie no iba a mencionar a nadie el allanamiento de la noche anterior.

Marie se inclinó hacia ella. Olía a clavo y bolas de naftalina.

—Ten cuidado con Theo —le advirtió—. Sé lo que me digo. Estaba claro que se acercaba un temporal. Regan no habría zarpado con su embarcación con ese tiempo, no voluntariamente.

Por fortuna, el barco langostero reconvertido en ferry que transportaba semanalmente los suministros a la isla estaba llegando al embarcadero, y Annie no tuvo que responder. La embarcación transportaba cajas de plástico repletas de bolsas de provisiones, así como una bobina de cable eléctrico, tejas y un reluciente retrete blanco. Los isleños formaron una cadena humana para descargar el barco y, posteriormente, hicieron lo mismo con el correo, junto a los paquetes y cajas de plástico vacías del anterior cargamento de provisiones.

Una vez hecho esto, todos se encaminaron hacia el aparcamiento. Cada caja de plástico llena de provisiones llevaba una pegatina en la que constaba el nombre del receptor. Annie no tuvo problema en localizar tres cajas destinadas a HARP HOUSE. Estaban tan llenas que le costó lo suyo meterlas en el coche.

—Cuando llega el ferry siempre acaba siendo un buen día —le dijo Barbara desde la puerta trasera de su camioneta.

—Lo primero que voy a hacer será comerme una manzana —respondió Annie cuando dejó la última caja en la trasera del Range Rover.

Regresó para buscar su reducido pedido entre la decena de cajas que todavía no había reclamado nadie. Leyó los nombres de cada una de ellas pero no figuraba el suyo. Volvió a comprobarlo. Norton... Carmine... Gibson... Alvarez... Ningún Hewitt. Ningún Moonraker Cottage.

Mientras buscaba por tercera vez, captó la fragancia de la colonia floral de Barbara detrás de ella.

—¿Pasa algo? —le preguntó la mujer mayor.

—No veo mis provisiones. Solo las de Harp House. Alguien tiene que haberse llevado las mías por error.

—Seguramente la nueva dependienta de la tienda se ha vuelto a equivocar. El mes pasado se le olvidó la mitad de mi pedido.

Annie perdió su buen humor. Primero el allanamiento de la cabaña y ahora aquello. Llevaba allí dos semanas. No tenía pan, leche, nada, salvo unas cuantas latas y algo de arroz. ¿Cómo iba a esperar otra semana al siguiente ferry, y eso solo en caso de que pudiera realizar el trayecto?

—Hace frío suficiente para dejar las cosas en el coche media hora —dijo Barbara—. Ven a mi casa a tomar una taza de café. Puedes llamar a la tienda desde ahí.

—¿Podrías darme una de tus manzanas también? —pidió Annie con tristeza.

—Claro —contestó la mujer mayor con una sonrisa.

La cocina olía a beicon y al perfume de Barbara. Le dio a Annie una manzana y empezó a guardar sus provisiones. Annie llamó a la dependienta de la tienda del continente que se encargaba de los pedidos de los isleños y le explicó lo sucedido, pero la dependienta se mostró más contrariada que apesadumbrada.

—Recibí un mensaje en el cual se me pedía que cancelara su pedido.

—Pero yo no hice eso.

—Pues supongo que alguien le tiene manía.

Barbara dejó en la mesa un par de tazas de café con flores estampadas cuando Annie colgó.

—Alguien canceló mi pedido —la informó.

—¿Estás segura? Esa muchacha no para de meter la pata.

—Sacó una lata de galletas del armario—. Aun así... En la isla pasan esta clase de coses. Si alguien guarda rencor por algo, hace una llamada telefónica. —Destapó la caja, que estaba llena de galletas escarchadas sobre papel encerado.

Annie se sentó, aunque había perdido el apetito incluso para comerse la manzana. Barbara tomó una galleta. Se había perfilado una ceja algo torcida, lo que le daba un aspecto ligeramente chiflado, pero su mirada clara no tenía nada de locura.

—Me gustaría decirte que las cosas mejorarán, pero vete a saber.

No era lo que Annie quería oír.

—No hay motivo para que nadie me guarde rencor.

«Excepto tal vez Theo», pensó.

—Y tampoco lo hay para que surjan disputas. Me encanta Peregrine, pero no es para todo el mundo. —Ofreció la lata de galletas a Annie, moviéndola para animarla a coger una, pero Annie sacudió la cabeza. Y Barbara la tapó—. Seguramente me estoy metiendo donde no me llaman, pero creo que tienes más o menos la misma edad que Lisa, y es evidente que no eres feliz aquí. Lamentaría que te fueras, pero no tienes familia en la isla, y no hay motivo para que seas desdichada.

La preocupación de Barbara era muy importante para ella, y contuvo el impulso de confiarle lo de los cuarenta y seis días que todavía tenía que pasar allí y lo de las deudas que no podía pagar, lo del recelo que sentía hacia Theo y sus temores de cara al futuro.

—Gracias, Barbara. Estaré bien.

Al regresar en coche a Harp House, pensó en lo inteligente que la edad y las deudas la estaban volviendo. Ya no iba a intentar llegar a final de mes con los muñecos y con algún que otro trabajillo. Se acabaron las preocupaciones porque un trabajo de nueve a cinco le impidiera ir a *castings*. Buscaría algo con un sueldo regular y un bonito plan de pensiones.

—*No lo soportarás* —dijo Scamp.

—Lo soportaré mejor que ser pobre —replicó Annie.

Ni siquiera Scamp podía discutirle eso.

Pasó el resto del día en Harp House. Cuando fue a tirar la basura, vio algo raro delante del tocón que había cerca del escondite de Livia. Alguien había clavado dos hileras de ramitas en la tierra delante del hueco en la base del nudoso tocón. Unas tiras de corteza yacían sobre ellas a modo de tejado. El día antes no lo había visto, por lo que Livia tenía que haber salido hoy a hurtadillas. Ojalá Jaycie le explicara el mutismo de su hija. La niña era todo un misterio.

Como el Range Rover desapareció por la tarde, Annie se marchó con tiempo de sobra para volver a pie a la cabaña antes del anochecer. Pero como había llenado una bolsa de plástico y la mochila con comestibles de Harp House, tuvo que pararse cada tanto a descansar. Ya a lo lejos distinguió el Range Rover delante de la cabaña. No era justo. Se suponía que Theo tenía que haberse ido cuando ella volviera a casa. Lo último que quería era pelearse con él, pero si no le plantaba cara ahora, le pasaría por encima.

Entró por la puerta principal y se encontró a Theo con las piernas extendidas sobre el brazo de su sofá rosa y a Leo en el brazo. Bajó los pies al suelo al verla.

—Me gusta este tipo —dijo.

—Ya —soltó Annie. «Sois tal para cual», pensó.

—¿Cómo te llamas, tío? —preguntó Theo al muñeco.

—Se llama Bob —respondió Annie—. Y ahora que ha llegado el relevo, es decir yo, ya deberías haberte ido a casa.

—¿Traes algo rico ahí? —Señaló la bolsa de comestibles con Leo.

—Sí. —Se quitó el abrigo y fue a la cocina. Consciente de que se había llevado la comida de Theo, dejó la mochila en el suelo y puso la bolsa de plástico en la encimera. Theo la siguió, todavía con Leo en el brazo, algo que a ella le resultaba inquietante—. Suelta a Bob. Y a partir de ahora no toques mis muñecos. Son valiosos, y solo los toco yo. Debías estar trabajando, no curioseando mis cosas.

—He trabajado. —Echó un vistazo a la bolsa de plástico—. He matado a una adolescente fugada de casa y a un indigente. Los devoró una manada de lobos. Y como la escena transcurre en el civilizado Hyde Park, debo decir que estoy muy satisfecho de mí mismo.

—¡Dame eso! —Le quitó a Leo de la mano. Lo último que necesitaba era que Theo la perturbara con ataques de manadas de lobos.

«Primero, le desgarré el cuello...»

Dejó a Leo en el salón y regresó a la cocina. Ver a Leo y Theo juntos exigía una represalia.

—Hoy pasó algo extraño cuando estaba en el piso superior de Harp House. Oí... Bueno, no sé si mencionarlo. No quiero disgustarte.

—¿Desde cuándo?

—Vale. Estaba al final del pasillo, junto a la puerta de la torre, y noté un aire frío que venía del otro lado. —Siempre había sido una persona sincera y no entendía cómo se sentía tan cómoda mintiendo—. Fue como si alguien hubiera dejado abierta una ventana, solo que diez veces más frío —añadió, y no le costó fingir un ligero escalofrío—. No sé cómo soportas vivir allí.

—Supongo que hay personas a las que les molestan menos los fantasmas que a otras —respondió mientras sacaba un paquete con media docena de huevos.

Annie lo miró con dureza, pero parecía más interesado en examinar el contenido de la bolsa que en dejar que lo asustara.

—Es curioso que nos gusten tanto las mismas marcas —comentó Theo.

Como iba a enterarse en cuanto hablara con Jaycie, daba igual contárselo ella misma.

—Alguien canceló mi pedido a la tienda. Te lo devolveré todo la semana que viene cuando llegue el ferry.

—¿Esta comida es mía?

—Solo son unas pocas cosas. Un préstamo. —Empezó a sacar lo que había metido en la mochila.

—¿Me has decomisado el paquete de beicon? —Se sorprendió Theo al coger el paquete que le quedaba más cerca.

—Tenías dos. No echarás en falta uno.

—No puedo creerme que me hayas birlado el beicon.

—Me habría gustado coger donuts y pizzas congeladas, pero no pude. ¿Y sabes por qué? Porque no pediste. ¿Qué clase de hombre eres?

—Un hombre al que le gusta la comida de verdad. —La apartó para ver lo que había en su mochila y sacó un trozo del parmesano que Annie había cortado—. Excelente —dijo, y se lo pasó de una mano a otra para dejarlo en la encimera y empezar a abrir los armarios de la cocina.

—¡Oye! ¿Qué haces?

—Prepararme la cena. Con mi comida —respondió tras sacar una cacerola—. Si no me haces enfadar, quizá te dé un poco. O no.

—¡No! Vete a casa. Ahora la cabaña es mía, ¿recuerdas?

—Tienes razón. —Empezó a meter los paquetes en la bolsa de plástico—. Me llevaré esto conmigo.

«Maldita sea.» Además de toser menos, había recuperado el apetito, y apenas había comido nada en todo el día.

—Está bien —soltó de mala gana—. Tú cocinas y yo como. Después te vas.

Theo ya estaba buscando otro cacharro en el armario.

Ella dejó a Leo en el estudio y fue a su habitación. No le gustaba Theo, y él no quería que ella estuviera allí. ¿Qué pretendía, pues? Se cambió las botas por unas zapatillas de peluche y ordenó las prendas que había sobre la cama. No quería estar cerca de un hombre al que tenía miedo. Peor aún, de un hombre en el que, en el fondo, todavía quería confiar, a pesar de todas las pruebas que había en su contra. Se parecía demasiado a volver a tener quince años.

El olor a beicon chisporroteante empezó a llenar el ambiente, junto con un ligero aroma a ajo. Le gruño el estómago.

—A la mierda. —Fue de nuevo a la cocina.

Las deliciosas fragancias procedían de la sartén. Mientras hervía unos espaguetis en la olla, Theo estaba batiendo unos huevos en un bol amarillo. En la encimera había dos copas de vino al lado de una polvorienta botella del armario situado sobre el fregadero.

—¿Dónde tienes el sacacorchos? —preguntó.

Bebía buen vino tan pocas veces que no se le había ocurrido abrir ninguna de las botellas que Mariah guardaba. Ahora, el aliciente era irresistible. Rebuscó en el cajón de los cachivaches y le pasó el sacacorchos.

—¿Qué estás preparando?

—Una de mis especialidades.

—¿Hígado humano con habas y un Chianti fantástico?

—Eres adorable —repuso él con una ceja arqueada.

No iba a dejarlo correr tan fácilmente.

—Recordarás que tengo muchos motivos para esperar lo peor de ti —insistió.

—De eso hace mucho tiempo, Annie —replicó Theo mientras quitaba el tapón con un hábil movimiento de muñeca—. Ya te lo dije. Por entonces era un chaval problemático.

—Ajá... Y sigues siendo problemático.

—No sabes nada sobre cómo soy ahora. —Le llenó la copa de vino tinto.

—Vives en una casa encantada. Aterras a los niños pequeños. Sacas tu caballo a galopar en medio de una ventisca. Tienes...

Theo dejó la botella con excesiva fuerza.

—Este mes hará un año que perdí a mi mujer. ¿Qué coño esperas? ¿Sombreritos para fiesta y carracas?

143

—Lo siento —dijo Annie con una punzada de remordimiento.

—Y no maltrato a *Dancer* —aseguró sin hacer caso de sus condolencias—. Cuanto peor tiempo hace, más le gusta.

Pensó en Theo, desnudo de cintura para arriba, en medio de la nieve.

—¿Igual que a ti?

—Exacto... —respondió cansinamente—. Igual que a mí. —Tomó un rallador de queso que había encontrado en alguna parte y el pedazo de parmesano.

Annie bebió el vino. Era un cabernet delicioso, afrutado y con cuerpo. Era evidente que Theo no quería hablar, lo que la incitó a seguir.

—Háblame de tu nuevo libro.

—No me gusta hablar de un libro cuando lo estoy escribiendo —contestó pasados unos segundos—. Roba energía al texto.

Un reto parecido al que se enfrentan los actores que interpretan un papel noche tras noche. Observó cómo rallaba el queso en un bol de cristal.

—A mucha gente no le gustó nada *El sanatorio*. —Su comentario fue tan grosero que casi le dio vergüenza.

—¿Lo leíste? —quiso saber Theo a la vez que retiraba la olla hirviendo del fogón y vertía los espaguetis en un colador en el fregadero.

—No pude terminarlo. —No era propio de ella ser tan directa, pero quería que supiera que no era la misma timorata que cuando tenía quince años—. ¿Cómo murió tu mujer?

Theo pasó la pasta caliente al bol con los huevos batidos sin alterarse.

—De desesperación. Se suicidó.

Esa noticia la intranquilizó. Quiso preguntarle muchas cosas: ¿Cómo lo hizo? ¿Lo viste venir? ¿Fuiste tú el motivo? Esta última la que más. Pero no se sintió con ánimo para expresarlo en voz alta.

144

Theo añadió el beicon y el ajo a la pasta, y lo mezcló todo con un par de tenedores. Annie llevó cubiertos y servilletas a la mesa junto a la ventana voladiza que había en el salón. Después de dejar en ella las copas para el vino, ocupó su lugar. Theo salió de la cocina con los platos llenos y frunció el ceño al ver la silla con forma de sirena pintada de colores chillones.

—Cuesta creer que tu madre fuera una experta en arte... —comentó.

—No es peor que algunas cosas de las que hay aquí —repuso ella, e inhaló el aroma a ajo, beicon y parmesano—. Huele de maravilla.

—Espaguetis a la carbonara —anunció Theo, dejándole un plato y sentándose delante de ella.

El hambre debió de freírle el cerebro porque hizo una estupidez como una casa: alzó su copa.

—Por el chef —dijo.

Theo la miró a los ojos pero no levantó su copa. Ella dejó rápidamente la suya, pero él le sostuvo la mirada, y sintió un extraño cosquilleo, como si hubiera algo más que el aire que se colaba por la ventana. Solo tardó un instante en deducir lo que estaba pasando.

Algunas mujeres se sentían atraídas por hombres volubles, a veces debido a la neurosis; otras, si la mujer era romántica, debido a la ingenua fantasía de que su propia feminidad era lo bastante fuerte como para domar a uno de esos granujas. En las novelas, la fantasía era irresistible. En la vida real era una sandez absoluta. Evidentemente, sentía la atracción sexual de aquella peligrosa masculinidad. Su cuerpo había superado muchas dificultades últimamente y aquel despertar significaba que se estaba sanando. Por otro lado, su reacción le recordaba además que Theo todavía ejercía una fascinación destructiva en ella.

Se concentró en la comida, girando el tenedor en la pasta y llevándose un bocado a la boca. Era lo mejor que había saboreado nunca. Rica y jugosa, con el gusto salado del ajo y el ahumado del beicon. Delicioso.

—¿Cuándo aprendiste a cocinar?

—Cuando empecé a escribir. Descubrí que cocinar era una forma estupenda de resolver mentalmente problemas del argumento.

—No hay nada que inspire más que un cuchillo afilado, ¿eh?

Él arqueó la ceja sana.

—Puede que sea lo mejor que he probado en mi vida —añadió Annie, que decidió mostrarse menos mordaz.

—Hombre, si lo comparamos con lo que Jaycie y tú me habéis estado preparando...

—Nuestra comida no tiene nada de malo —repuso con escasa convicción.

—Ni nada de bueno tampoco. Lo mejor que puede decirse de ella es que es práctica.

—Me conformo con eso —soltó Annie mientras trataba de pinchar un trocito de beicon con el tenedor—. ¿Por qué no te cocinas tú mismo?

—Demasiado follón.

No era una respuesta del todo satisfactoria ya que disfrutaba cocinando, pero no estaba dispuesta a mostrar el interés suficiente para preguntar nada más.

Theo se recostó en la silla. A diferencia de ella, no engullía la comida, sino que la saboreaba.

—¿Por qué no hiciste un pedido de provisiones?

—Sí que lo hice... —contestó entre bocado y bocado—. Al parecer, alguien dejó un mensaje diciendo que lo cancelaba.

—Es lo que no entiendo —comentó Theo, acariciando la copa de vino—. No llevas aquí ni dos semanas. ¿Cómo has logrado cabrear a alguien tan rápido?

Habría pagado por saber si Theo sabía o no que podría tener algo valioso oculto en la cabaña.

—Ni idea —respondió, enroscando los espaguetis alrededor del tenedor.

—Hay algo que no me estás contando.

—Hay muchas cosas que no te estoy contando —soltó antes de llevarse el tenedor a la boca.

—Tienes tu propia teoría al respecto, ¿verdad?

—Sí, pero por desgracia no puedo demostrar que tú estás detrás de lo sucedido.

—Déjate de sandeces —replicó Theo con dureza—. Sabes muy bien que no destrocé esta casa. Pero estoy empezando a creer que tú puedes tener idea de quién lo hizo.

—Ninguna. Te lo juro. —Por lo menos esa parte era cierta.

—¿Y entonces qué? A pesar de la gente con que te relacionas, no eres idiota. Creo que sospechas algo.

—Puede ser. Y no, no voy a decírtelo.

La miró con una expresión inescrutable, imposible de descifrar.

—No confías en mí, ¿verdad?

Era una pregunta tan absurda que no se tomó la molestia de contestar, aunque no pudo evitar entornar los ojos. Lo que a él no le pareció nada gracioso.

—No puedo ayudarte si no eres franca conmigo —indicó con la voz de alguien acostumbrado a que le obedezcan al instante.

No iba a conseguirlo de ella. Una comida fabulosa y un vino excelente no bastaban para borrarle la memoria.

—Dime qué está pasando —insistió Theo—. ¿Por qué van a por ti? ¿Qué quieren?

—La llave de mi corazón —bromeó, llevándose la palma de la mano al pecho.

—Tus secretos no me interesan —repuso Theo con la mandíbula tensa.

—No tendrían por qué interesarte.

Acabaron de comer en silencio. Annie llevó el plato y la copa a la cocina. La puerta del armario sobre el fregadero seguía abierta de par en par, por lo que se veían las botellas que había dentro. Su madre siempre había tenido buen vino, gracias a los regalos que le llevaba la gente. Añadas escasas. Botellas muy buscadas por los coleccionistas. Vete a saber qué tenía guardado allí. Tal vez...

¡El vino! Annie se aferró al borde del fregadero. ¿Y si su legado eran aquellas botellas de vino? Se había concentrado tanto en las obras de arte que no se le había ocurrido pensar en nada más. Las botellas raras de vino alcanzaban cifras desorbitantes en las subastas. Tenía noticia de que se había vendido una por veinte o treinta mil dólares. ¿Y si Theo y ella acababan de pulirse parte de su legado?

El vino empezó a subirle por el esófago. Oyó que Theo entraba en la cocina.

—Tienes que irte —soltó—. La comida ha estado bien, pero hablo en serio. Ahora vete.

—Por mí, perfecto. —Dejó el plato en la encimera, sin mostrar ninguna emoción por ser echado.

Una vez a solas, Annie tomó el bloc, anotó la información de la etiqueta de cada botella de vino y las metió cuidadosamente en una caja. Encontró un rotulador, escribió ROPA PARA DONAR en la tapa y guardó la caja en el fondo de su vestidor. Si volvían a entrar en su casa, no iba a ponerles las cosas fáciles.

—No dejo de pensar que si esta habitación estuviera mejor, tal vez a Theo le gustaría relajarse en ella —dijo Jaycie, apoyándose precariamente en las muletas.

Lo que significaba que tendría más probabilidades de pasar tiempo con él, tal como quería. Annie sacudió los cojines del sofá del solario. Jaycie ya no era una adolescente encandilada. ¿Acaso no había aprendido a elegir mejor a los hombres?

—Anoche Theo no vino a cenar a casa.

Annie oyó la pregunta en la voz de Jaycie pero decidió que era mejor no contarle lo de la cena.

—Se quedó un rato para darme la lata. Al final lo eché.

—Oh. Puede que fuera lo mejor —comentó Jaycie mientras quitaba el polvo de los estantes.

El vino fue otra decepción. Annie buscó cada una de las botellas en internet. La más cara valía cien dólares, sin duda un precio elevado, pero la suma que alcanzaban todas juntas no podía catalogarse de legado.

Cuando cerraba la tapa del portátil, oyó a Jaycie en la puerta de la cocina:

—¡Livia! No puedes salir. ¡Ven aquí ahora mismo!

—Iré a buscarla —suspiró Annie.

—¿Tendré que empezar a castigarla? —se preguntó Jaycie, que salió cojeando al pasillo.

Al notar la duda en su voz, Annie se dio cuenta de que Jaycie era demasiado buena. Además, las dos eran conscientes de que no estaba bien tener encerrada todo el día a una niña activa. Mientras se ponía el abrigo y recogía a Scamp, Annie decidió que ser una persona decente era una lata.

Encontró a Livia en cuclillas junto al tocón. La pequeña había añadido algo a la doble hilera de ramitas clavadas en el suelo delante del tocón hueco. Un empedrado en miniatura formaba ahora un camino bajo el dosel de ramitas hasta la entrada al hueco del árbol.

Annie comprendió lo que estaba viendo: Livia había construido una casita de hadas. Aquellas moradas construidas para cualquier ser fantástico que habitara en el bosque eran comunes en Maine. Eran de ramitas, de musgo, de guijarros, de piñas... de lo que ofreciera la naturaleza.

Annie se sentó con las piernas cruzadas en el frío saliente de piedra y apoyó a Scamp en la rodilla.

—*Soy yo* —dijo el muñeco—. *Genevieve Adelaide Jose-*

phine Brown, también conocida como Scamp. *¿Cómo te va?*

Livia tocó el empedrado, casi como si quisiera decir algo.

—*Parece que has construido una casita de hadas* —comentó Scamp para animarla—. *A mí me gusta construir cosas. Una vez formé las letras del alfabeto con palitos de polo, otra hice flores con pañuelos de papel, y hasta hice un pavo de Acción de Gracias con un recorte de mi mano. Tengo grandes dotes artísticas. Pero nunca he construido una casita de hadas.*

Livia fijaba toda su atención en Scamp, como si Annie no existiera.

—*¿Han venido las hadas?*

La niña empezó a abrir la boca como dispuesta a responder. Annie contuvo el aliento. Pero la pequeña frunció el ceño, cerró la boca, volvió a abrirla, y pareció desanimarse. Encorvó los hombros y agachó la cabeza. Se la veía tan abatida que Annie lamentó haber tratado de presionarla.

—*¡Secreto blindado!*

Livia alzó la cabeza con los ojos súbitamente vivaces.

—*Este es malo, pero recuerda que no puedes enojarte* —dijo el muñeco tras llevarse las manitas de tela a la boca.

La niña asintió muy seria.

—*Mi secreto blindado es...* —bajó la voz y empezó casi a susurrar—: *Una vez tenía que haber recogido mis juguetes, pero como no me apetecía, decidí ir a explorar, aunque Annie me había dicho que no saliera. Pero salí igualmente, y ella se asustó mucho porque no sabía dónde estaba* —explicó, y tras una pausa añadió—: *Te dije que era malo. ¿Todavía te caigo bien?*

Livia asintió enérgicamente.

—*No es justo. Yo te he contado dos secretos blindados, pero tú no me has contado ninguno* —se quejó Scamp, recostada en el pecho de Annie.

Annie notó las ganas de comunicarse de la niña, la tensión que adquiría su cuerpecito, la tristeza que expresaban sus rasgos delicados.

—¡Da igual! Tengo una nueva canción. ¿Te he mencionado que soy una cantante increíble? Te la interpretaré. No cantes conmigo porque es un solo, pero puedes bailar si quieres.

El muñeco empezó a interpretar una versión entusiasta de *Girls Just Want to Have Fun*. Durante el primer estribillo, Annie se levantó y se puso a bailar mientras Scamp movía la cabeza sentada en su brazo. Livia la imitó enseguida. Cuando *Scamp* cantó el estribillo final, Annie y la niña bailaban juntas, y Annie no había tosido ni una sola vez.

Annie no vio a Theo ese día, pero la tarde siguiente, cuando Jaycie y ella seguían limpiando el solario, se hizo notar.

—Es un mensaje de Theo —anunció Jaycie tras echar un vistazo al móvil—. Quiere que limpie todas las chimeneas. Ha olvidado que no puedo hacerlo.

—No ha olvidado nada —replicó Annie. Theo encontraba siempre una nueva forma de atormentarla.

Jaycie la miró por encima del hipopótamo púrpura atado a la parte superior de la muleta.

—Es mi trabajo. Tú no tendrías que hacer estas cosas.

—Si no las hago, privaré a Theo de su diversión.

Jaycie chocó con la estantería, con lo que hizo caer de lado un libro encuadernado en cuero.

—No entiendo por qué no os lleváis bien. Quiero decir... Recuerdo lo que pasó, pero fue hace mucho tiempo. Solo era un crío. Y, por lo que sé, nunca volvió a meterse en problemas.

«Porqué Elliott lo encubriría», pensó Annie, y dijo:

—El carácter de una persona no cambia con el tiempo.

Jaycie la miró muy seria.

—Su carácter no tiene nada de malo. Si lo tuviera, me habría despedido —comentó. Era la mujer más ingenua del mundo.

Annie se tragó un comentario mordaz. No quería infligir su cinismo en la única amiga de verdad que tenía en la isla. Y puede que fuera ella la que tuviera un problema de carácter. Después de todo lo que le había pasado a Jaycie en su matrimonio, era admirable que siguiera siendo optimista con respecto a los hombres.

Cuando esa noche Annie entró cubierta de hollín en su casa, vio a Leo a horcajadas sobre el respaldo del sofá como un vaquero a caballo. Dilly estaba sentada en una silla, con la botella de vino vacía de dos noches atrás en el regazo. Crumpet yacía despatarrada en el suelo delante del libro de fotografías eróticas abierto, mientras que Peter se había deslizado tras ella para mirarle por debajo de la falda.

Theo salió de la cocina con un paño en la mano. Annie alzó la vista de los muñecos para mirarlo.

—Se aburrían —comentó él, encogiéndose de hombros.

—Tú te aburrías. No querías escribir y esta fue tu forma de dejarlo para más tarde. ¿No te había dicho que no tocaras mis muñecos?

—¿Me lo dijiste? No lo recuerdo.

—Podría discutir contigo, pero tengo que darme un baño. Por alguna razón, estoy cubierta de hollín de chimenea.

Vio que Theo esbozaba una sonrisa. Una sonrisa como Dios manda que no acababa de encajar en su rostro taciturno.

—Será mejor que te hayas ido cuando salga. —Se marchó con paso airado.

—¿Seguro que quieres que me vaya? —lo oyó decir—. Hoy he comprado un par de estupendas langostas en el pueblo.

¡Maldita sea! Estaba hambrienta, pero no iba a venderse por una comida. Por lo menos, no por comida corriente. Pero... ¿langosta? Cerró de golpe la puerta de su cuarto, lo que hizo que se sintiera como una imbécil.

—*No entiendo por qué* —dijo Crumpet, irritada—. *Yo me paso el día dando portazos.*

«Exacto», pensó Annie, y se quitó los vaqueros sucios.

Se dio un baño, se quitó el hollín del cabello, se puso unos vaqueros limpios y uno de los suéteres negros de cuello alto de Mariah. Intentó dominarse el cabello haciéndose una coleta, aunque sabía que pronto los rizos le asomarían como muelles de un colchón. Observó el escaso maquillaje del que disponía, pero se negó a aplicarse brillo labial siquiera.

La cocina olía como un restaurante de cuatro tenedores, y Theo estaba echando un vistazo al armario que había sobre el fregadero.

—¿Qué ha sido del vino que había aquí?

—Está metido en cajas a la espera de mi siguiente viaje a la oficina de correos —respondió Annie subiéndose las mangas del jersey. El valor de todas las botellas ascendía a unos cuatrocientos dólares; no era un legado, pero se agradecía—. Voy a venderlo. Resulta que soy demasiado pobre para beberme un vino que vale cientos de dólares. O para ofrecérselo a un invitado no deseado.

—Te compro una botella. Mejor aún, te la cambio por la comida que me sisaste.

—No te sisé nada. Ya te lo dije: te lo repondré todo la semana que viene cuando llegue el barco con los suministros. —Se apresuró a modificar aquella afirmación—: Salvo lo que te comiste tú.

—No quiero que me repongas nada. Quiero tu vino.

—*Dale tu cuerpo* —intervino Scamp.

«Maldita sea, Scamp. Cállate.» Annie miró los cacharros que había en los fogones.

—Hasta la botella más barata vale más que la comida que te tomé prestada.

—Estás olvidando la langosta de hoy.

—En Peregrine es más caro comer hamburguesa que langosta. Pero ha sido un buen intento.

—De acuerdo. Te compro una botella.

—Estupendo. Voy a buscar la lista de precios.

153

Oyó que murmuraba algo mientras ella se dirigía hacia su dormitorio.

—¿Cuánto te quieres gastar? —preguntó.

—Sorpréndeme —respondió Theo desde la cocina—. Y no podrás tomar ni un sorbo. Me lo voy a beber todo yo.

Sacó la caja del fondo del vestidor.

—Entonces tendré que añadir una cuota de descorchado. Te saldrá más barato compartirlo.

Oyó algo que podía ser una tos o una carcajada sorda.

Theo había preparado puré de patatas para acompañar la langosta, un puré cremoso con sabor a ajo, una prueba irrefutable de que su oferta de preparar la cena era premeditada, porque aquella mañana no había patatas en la cabaña. ¿Qué motivo tenía para estar allí? Desde luego no era altruista.

Puso la mesa, y provista de una sudadera para evitar la corriente de aire que se colaba por la ventana salediza, lo ayudó a llevar los platos desde la cocina.

—¿De verdad has limpiado todas las chimeneas? —preguntó él cuando empezaron a comer.

—Pues sí.

Theo contuvo una sonrisa mientras le llenaba la copa de vino y alzaba la suya para brindar:

—Por las mujeres buenas.

No iba a discutir con él, no mientras tuviera una langosta y un cazo con mantequilla caliente delante, así que fingió estar sola.

Comieron en silencio. Annie no lo rompió hasta haber terminado el último bocado, un pedazo especialmente sabroso de la cola, y haberse limpiado la mancha de mantequilla de la barbilla.

—Seguro que hiciste un pacto con el diablo: le diste el alma a cambio de saber cocinar.

—Y de poder ver a través de la ropa de las mujeres —añadió Theo a la vez que dejaba caer una pinza vacía en el bol para los restos del caparazón.

Aquellos ojos azules estaban hechos para el cinismo, y las chispas de sus iris la desconcertaron. Dobló la servilleta.

—Lástima que por aquí no haya nada que valga la pena verse.

—Yo no diría eso —la contradijo recorriendo el borde de su copa con el pulgar sin quitarle los ojos de encima.

Un ramalazo de electricidad sexual le recorrió el cuerpo, calentándole la piel, y por un momento se sintió como si volviera a tener quince años. Era el vino. Empujó su plato hacia el centro de la mesa.

—Es verdad —dijo—. La mujer más bonita de la isla vive bajo tu mismo techo. Me olvidaba de Jaycie.

Él pareció fugazmente perplejo; una auténtica farsa por su parte.

—No utilices tus habilidades sexuales con ella, Theo —pidió Annie mientras se sujetaba bien la coleta—. Ha perdido a su marido, tiene una hija muda y gracias a ti carece de seguridad laboral.

—Nunca la habría despedido. Y tú lo sabes.

No lo sabía en absoluto, y no se fiaba de él. Pero se le ocurrió algo.

—No la despedirás mientras puedas hacérmelo pasar mal. ¿Es eso?

—No puedo creer que realmente hayas limpiado todas las chimeneas. —La forma indolente en que Theo arqueó una ceja le indicó que le tomaba el pelo—. Si en lugar de vivir en Harp House lo hiciera en el pueblo, podría venir un par de veces a la semana —prosiguió—. Todavía puedo disponerlo así, ¿sabes?

—¿Dónde en el pueblo? ¿En una habitación en casa de alguien? Eso es peor que lo que tiene ahora.

—No tiene por qué haber problema mientras yo pueda trabajar aquí. —Vació su copa—. Y la hija de Jaycie hablará cuando esté preparada para hacerlo.

—El gran psicólogo infantil ha hablado.

—¿Quién mejor que yo para reconocer a un crío problemático?

—Pero Livia no es ninguna psicópata —soltó Annie, haciéndose la inocente.

—¿*Crees que simplemente porque soy malo no tengo sentimientos?*

Sin duda había bebido demasiado, porque aquella voz era la de Leo.

—Aquel verano tenía problemas. Me porté mal.

Su falta de emoción la enfureció, y se levantó de golpe.

—Intentaste matarme. Si Jaycie no hubiera estado paseando por la playa esa noche, me habría ahogado.

—¿Crees que no lo sé? —repuso Theo con perturbadora intensidad.

Detestaba la incertidumbre que él le provocaba. Tendría que sentirse más amenazada cuando estaban juntos, pero lo único que la amenazaba era la confusión. Claro que ¿no era lo mismo cuando tenía quince años? Entonces tampoco había querido creer que corría peligro. Hasta que casi se ahogó.

—Háblame de Regan —pidió.

—No viene al caso —dijo Theo, que dejó la servilleta en la mesa y se levantó.

Si hubiera sido cualquier otra persona, la compasión le habría hecho cambiar de tema. Pero necesitaba saber.

—Regan era una buena navegante —insistió—. ¿Por qué zarparía cuando sabía que se avecinaba una tormenta? ¿Por qué lo haría?

Theo cruzó la habitación y cogió su chaqueta.

—No hablo de Regan —espetó—. Nunca.

Segundos después, se había ido.

Annie se terminó el vino restante antes de acostarse.

Se despertó con una sed descomunal y con un dolor de cabeza más descomunal aún. No quería ir a Harp House. ¿No había dicho Theo que no despediría a Jaycie? Pero no se fiaba de él. Y aunque hubiera hablado en serio, Jaycie seguía necesitando ayuda. No podía abandonarla.

Tras dejar la cabaña, se juró que no iba a permitir que Theo le tomara el pelo exigiéndole que hiciera trabajos como limpiar las chimeneas. En Peregrine Island solo había sitio para un experto en la manipulación de muñecos, y era ella.

Algo le pasó zumbando junto a la cabeza. Con un grito ahogado, se tiró al suelo.

Se quedó tendida, respirando con dificultad, con la tierra fría bajo la mejilla mientras todo le daba vueltas. Cerró los ojos y oyó el palpitar de su corazón.

Alguien acababa de dispararle. Alguien que podría estar yendo a por ella con un arma.

10

Annie comprobó el estado de sus brazos y piernas, moviéndolos lo justo para asegurarse de que no estaba herida. Escuchó atentamente, pero solo oyó el sonido irregular de su respiración y el oleaje del mar. Un ave marina graznó. Despacio, con cuidado, levantó la cabeza.

La bala procedía del oeste. No vio nada fuera de lo normal en las piceas rojas y los árboles bajos de hoja caduca que crecían entre el lugar donde ella estaba tumbada y la carretera. Se levantó un poco más, lo que le desplazó ligeramente la mochila, y volvió la vista hacia la cabaña, hacia el mar y después hacia Harp House, en lo alto del acantilado. Todo parecía tan frío y desolado como siempre.

Se arrodilló lentamente. Con la mochila como única protección, estaba demasiado expuesta. No tenía ninguna experiencia en armas. ¿Cómo podía saber que había sido realmente una bala?

Porque lo sabía.

¿Habría sido el disparo perdido de un cazador? En Peregrine Island no había animales de caza, pero todo el mundo tenía armas en casa. Según Barbara, más de un isleño se había disparado a sí mismo o a otra persona. Por lo general accidentes, aunque no siempre.

Oyó algo tras ella; un ruido fuera de lugar: los cascos de

158

un caballo. Una nueva subida de adrenalina la envió de nuevo al suelo.

Theo se acercaba para rematarla.

En cuanto lo pensó, se puso de pie como pudo. No iba a permitir que le disparara estando encogida de miedo en el suelo. Si su intención era matarla, tendría que mirarla a los ojos al apretar el gatillo. Al volverse y ver el animal galopando hacia ella desde la playa, la invadió una terrible sensación de traición, además del ansia de creer que aquello no estaba sucediendo.

Theo se incorporó y desmontó. No llevaba ninguna arma a la vista. Ninguna arma de ningún tipo. Puede que la hubiera tirado. O...

Tenía las mejillas coloradas del frío, pero llevaba la chaqueta desabrochada, y se le abrió al correr hacia ella.

—¿Qué ha pasado? Te vi caer. ¿Estás bien?

—¿Me has disparado? —le espetó Annie. Le castañeteaban los dientes y temblaba como una vara.

—¡Claro que no! ¿Qué coño...? ¿Estás diciendo que alguien te disparó?

—¡Sí, alguien me disparó! —chilló ella.

—¿Estás segura?

—Nunca me habían disparado antes, pero sí, estoy segura. ¿Cómo es posible que no lo oyeras? —soltó con los dientes apretados.

—Estaba demasiado cerca del agua para oír nada. Dime exactamente qué pasó.

Le dolían los pulpejos de la mano bajo los guantes. Flexionó los dedos y le explicó lo sucedido:

—Iba de camino a la casa principal y una bala me pasó rozando la cabeza.

—¿De dónde venía?

Trató de recordarlo.

—Creo que de allí. —Señaló con mano temblorosa la carretera, en dirección contraria a la que traía él.

159

La examinó, como si intentara averiguar si estaba herida, y después echó un rápido vistazo en derredor.

—Quédate donde pueda verte. Después iremos juntos a Harp House. —Instantes después, cabalgaba hacia los árboles.

Annie se sentía demasiado vulnerable, pero estaría más expuesta si regresaba por la marisma a la cabaña. Esperó a que las piernas dejaran de temblarle y corrió hacia los árboles situados al inicio del camino que conducía a Harp House.

Theo no tardó en volver a su lado. Esperaba que le echara una bronca por no haberse quedado quieta, pero no lo hizo, sino que desmontó y caminó con ella llevando a *Dancer* de las riendas.

—¿Has visto algo? —preguntó Annie.

—Nada. Cuando llegué, hacía rato que quien lo hiciera se había ido.

Al llegar a lo alto del camino, Theo le dijo que tenía que desentumecer a *Dancer*.

—Me reuniré contigo en la casa —le indicó—. Entonces hablaremos.

Pero a Annie no le apetecía entrar en la casa, donde habría tenido que charlar con Jaycie. Así que se metió en la cuadra mientras Theo hacía trotar a *Dancer* por el patio. La cuadra seguía oliendo a animales y polvo, aunque como ahora solo alojaba un caballo, los olores eran más débiles que antes. Una tenue luz se colaba por la ventana sobre el tambaleante banco de madera donde Theo y ella habían hablado aquella tarde, poco antes de que hubiera ido a la cueva para encontrarse con él.

Se quitó la mochila y marcó el número de la policía del continente que se había guardado en el móvil después del allanamiento. El agente que la atendió escuchó diligentemente la información que le dio, pero no pareció interesado.

—Seguro que fue obra de algún chaval. Peregrine es un poco como el Lejano Oeste, pero supongo que ya lo sabrá.

—Los chavales están en el colegio —respondió ella, conteniendo su impaciencia.

—Hoy no. Los maestros de todas las islas están en Monhegan para su convención invernal. Los colegios tienen fiesta.

Era algo reconfortante pensar que el disparo podría haberlo hecho un crío que toqueteaba un arma en lugar de un adulto con intenciones siniestras. El agente le prometió hacer indagaciones la siguiente vez que visitara la isla.

—Si sucede algo más, no dude en informarnos —dijo.

—¿Algo como que acierten al dispararme?

—No creo que deba preocuparse por eso, señora. Los isleños son gente ruda, pero por lo general no se matan entre sí.

—Gilipollas —murmuró al colgar justo cuando Theo metía a *Dancer* en la cuadra.

—¿Qué he hecho ahora? —preguntó él.

—No tú. He llamado a la policía del continente.

—Ya me imagino lo bien que ha ido la conversación. —Llevó a *Dancer* al único compartimento acondicionado. Aunque no había calefacción, colgó la chaqueta en un gancho y empezó a desensillar el caballo—. ¿Estás segura de que alguien te disparó?

—¿No me crees? —repuso Annie levantándose del banco.

—¿Por qué no iba a creerte?

«Porque yo nunca creo lo que me dices.» Se acercó al box del caballo.

—¿No encontrarías pisadas? ¿O un casquillo de bala?

—Sí, claro. —Quitó la manta de la montura—. En medio del barrizal, fue lo primero que vi: un casquillo de bala.

—No hace falta ser sarcástico. —Como ella casi siempre era sarcástica con él, esperó que le replicara, pero Theo se limitó a gruñir que veía demasiadas series policíacas.

Mientras él terminaba de quitar los arreos a *Dancer*, Annie miró el box de al lado, donde Regan y ella habían encontrado los cachorros. Ahora solo contenía una escoba, un montón de cubos y malos recuerdos. Desvió la mirada.

Finalmente, dejó de revolotear por la cuadra con los ojos y observó lo que hacía Theo: los cepillados largos y regulares, las suaves caricias para asegurarse de que no se dejaba ningún abrojo ni mancha de barro, la forma en que lo rascaba detrás de las orejas y le hablaba en voz baja. El evidente cuidado con que lo hacía la llevó a decir algo que lamentó de inmediato:

—Realmente no pensé que hubieras sido tú.

—Sí, seguramente lo pensaste. —Dejó el cepillo y se arrodilló para comprobar los cascos de *Dancer*. Tras verificar que no se le había quedado incrustada ninguna piedra, salió del box y la miró con sus penetrantes ojos—. Basta de tonterías —soltó—. Dime ahora mismo qué está pasando.

—¿Cómo quieres que lo sepa? —repuso ella toqueteando el gorro que acababa de quitarse.

—Sabes más de lo que me cuentas. ¿No confías en mí? Allá tú. Pero ahora mismo soy la única persona en la que puedes confiar.

—Eso no tiene sentido.

—Supéralo.

Era el momento de recordarle algo.

—Cuando regresé a la isla... la primera vez que te vi, llevabas un arma.

—Una pistola de duelo, una antigualla.

—De la colección de armas de tu padre.

—Es verdad. Hay un armario lleno de armas en la casa. Escopetas, rifles, armas cortas. —Se detuvo y entornó los ojos—. Y sé dispararlas todas.

—Eso me hace sentir mucho mejor, gracias. —Se metió el gorro en el bolsillo.

Pero, irónicamente, era así. Si realmente quisiera matarla por alguna retorcida razón que solo él supiera, ya lo habría hecho. En cuanto a su legado... Era un Harp y no parecía necesitar dinero.

—*¿Por qué vive entonces en la isla?* —preguntó Dilly—. *A no ser que no tenga ningún otro sitio donde ir.*

—*Igual que tú* —señaló Crumpet.

Annie acalló las voces de los muñecos. Puede que no le gustara, y no le gustaba, pero en aquel momento Theo era la única persona con quien podía hablar.

—*Igual que cuando tenías quince años* —le recordó Dilly.

—Esto se te está escapando de las manos —insistió Theo junto a la puerta del box—. Dime qué me estás ocultando.

—Podría haber sido un crío. El maestro de la isla está en una convención, de modo que el colegio hace fiesta.

—¿Un crío? ¿Crees que un crío también te destrozó la casa?

—Quizá. —No, no lo creía en absoluto.

—Si hubiera sido un crío, la destrucción habría sido mucho mayor.

—No podemos saberlo. —Pasó a su lado—. Tengo que irme. Jaycie me esperaba hace una hora.

Antes de que pudiera dar el segundo paso, Theo se le había plantado delante y su cuerpo musculoso era un muro infranqueable.

—Tienes dos opciones para elegir —le dijo—. O te vas de la isla...

¿Y dejarle la cabaña? Ni loca.

—... o eres franca conmigo y me dejas que intente ayudarte —sentenció.

La oferta parecía sincera y entrañable, pero en lugar de hundir la cara en el jersey de Theo como quería hacer, Annie se metió en la piel de Crumpet.

—¿Qué más te da? Ni siquiera te gusto —soltó irritada.

—Me gustas mucho —lo dijo muy serio, pero ella no se lo tragaba.

—Pamplinas.

—¿No me crees? —preguntó arqueando una ceja.

—No.

—De acuerdo, pues. —Se metió las manos en los bolsillos del vaquero—. Eres bastante desastre —soltó, y añadió en voz

163

baja y ronca—: Pero eres una mujer, y eso es lo que necesito. Ha pasado mucho tiempo.

Estaba jugando con ella. Se lo veía en los ojos, pero eso no impidió que se le despertaran los sentidos. Fue una sensación inquietante, no deseada, pero comprensible. Theo era una fantasía sexual morena de ojos azules salida de sus novelas románticas y hecha realidad, y ella era una mujer alta y delgada de treinta y tres años con un rostro peculiar, un pelo rebelde y una atracción fatal por hombres no tan nobles como parecían. Combatió su magia negra con un crucifijo de sarcasmo.

—¿Por qué no lo dijiste antes? Ahora mismo me desnudo.

—Aquí hace demasiado frío. —Era la suavidad en persona—. Necesitamos una cama caliente.

—No lo creas. —«¡Cállate, coño! ¡Cállate!», se advirtió Annie, pero fue incapaz—. Ya pongo yo bastante caliente. O, por lo menos, eso me han dicho.

Agitó el cabello, tomó la mochila y pasó por su lado.

Esta vez, Theo dejó que se fuera.

Observó cómo la puerta de la cuadra se cerraba de golpe y esbozó una sonrisa cercana a una mueca. No tendría que haberla pinchado, aunque ella le siguiera el juego. Pero aquellos ojazos lo seguían tentando, haciendo que deseara jugar con ella. Divertirse obscenamente un poco. Había algo especial en la forma en que olía, no a los perfumes despiadadamente caros a que se había acostumbrado, sino a pastilla de jabón y champú afrutado de droguería.

Dancer le dio un golpecito en el hombro con el hocico.

—Ya lo sé, chico. Me ha hechizado bien. Y es culpa mía. —El caballo le tocó la mandíbula a modo de asentimiento.

Theo dejó los arreos en su sitio y llenó de agua fresca el cubo de *Dancer*. La noche anterior, cuando había intentado entrar en el portátil que Annie se había dejado en la casa, no pudo acertar la contraseña. De momento sus secretos seguían siéndolo, pero no podía dejar que continuaran así mucho tiempo más.

Tenía que dejar de meterse con ella. Además, pincharla como acababa de hacer parecía alterarlo más a él que molestarla a ella. Lo último que quería tener ahora en la cabeza era una mujer desnuda, y mucho menos a Annie Hewitt desnuda.

Que estuviera de nuevo en Peregrine era como volver a sumirse en una pesadilla. ¿Por qué tenía ganas entonces de estar con ella? Puede que fuera porque encontraba cierta seguridad extraña en su compañía. No poseía la belleza refinada que habitualmente lo atraía. A diferencia de Kenley, Annie tenía una cara más bien divertida. También era un lince, y aunque no estaba necesitada, tampoco se presentaba como una mujer indomable.

Estas eran sus cosas buenas. En cuanto a las malas...

Annie contemplaba la vida como un espectáculo de ventriloquia. No tenía ninguna experiencia en noches desgarradoras ni en una desesperación tan grande que se pega a todo lo que se toca. Puede que Annie lo negara, pero todavía creía en los finales felices. Esa era la ilusión que hacía que quisiera estar con ella.

Recogió la chaqueta. Tenía que empezar a pensar en la siguiente escena que no parecía poder escribir, y dejar de hacerlo en el cuerpo desnudo que se escondía bajo los suéteres gruesos y el voluminoso abrigo de Annie. Llevaba demasiadas prendas. Si fuera verano, la vería en traje de baño y su imaginación de escritor quedaría lo bastante satisfecha para poder dedicarse a pensamientos más productivos. Así, en cambio, seguía imaginando la flaca figura adolescente que apenas recordaba y sintiendo curiosidad por su aspecto actual.

Dio una última palmadita a *Dancer*.

—Tienes mucha suerte, chico. No tener pelotas hace que la vida sea menos complicada.

Annie pasó unas horas buscando los libros de arte más antiguos que había en la estantería, pero ninguno resultó ser raro, ni el tomo de David Hockney, ni la colección de Niven Garr ni el libro de Julian Schnabel. Cuando la frustración la venció, ayudó a Jaycie a limpiar.

Jaycie había estado todo el día más callada que de costumbre. Parecía cansada, y cuando se dirigieron hacia el despacho de Elliott, Annie le ordenó que se sentara. Jaycie apoyó las muletas en el brazo del sillón de piel y se hundió en el sofá.

—Theo me ha enviado un mensaje diciéndome que me asegure de que esta noche regresas a la cabaña en el Range Rover.

Annie no había contado a Jaycie que le habían disparado, y no pensaba hacerlo. Su intención era facilitar la vida a Jaycie, no añadirle preocupaciones.

—También me decía que hoy no le subiera cena. Es la tercera vez esta semana —comentó, pasándose un mechón de cabello rubio tras la oreja.

—No lo he invitado, Jaycie. Pero Theo hace lo que quiere —dijo Annie mientras llevaba la aspiradora hasta las ventanas delanteras.

—Le gustas. No lo entiendo. Dices cosas horribles de él.

—No le gusto yo —intentó explicar Annie—. Lo que le gusta es hacérmelo pasar mal, que es muy distinto.

—Yo no lo veo así. —Jaycie se levantó y sujetó con torpeza las muletas—. Será mejor que vaya a ver qué está haciendo Livia.

Annie la miró consternada. Estaba lastimando a la última persona del mundo a la que quería lastimar. La vida en una isla casi desierta era más complicada cada día que pasaba.

Esa tarde, justo antes de ir a buscar el abrigo, Annie vio que Livia arrastraba un taburete por la cocina, se encaramaba y le metía un papel de dibujo enrollado en la mochila. Tenía intención de examinarlo en cuanto llegara a la cabaña, pero lo primero que vio al abrir la puerta fue a Leo despatarrado en el sofá con una pajita de beber atada en el brazo como el torniquete de un drogadicto. Dilly holgazaneaba en el otro extremo con un cilindro de papel a modo de cigarrillo en la mano; tenía las piernas cruzadas como un hombre, con un tobillo sobre la rodilla contraria.

—¿Podrías dejar mis muñecos en paz? —soltó, quitándose el gorro.

Theo salió de la cocina con un paño de cocina lavanda metido en la cinturilla de los vaqueros.

—Hasta ahora, no sabía que era tan incapaz de controlar mis impulsos.

Annie detestó el placer que sintió al verlo. Pero ¿qué mujer no disfrutaría regalándose la vista con un hombre como él, paño de cocina lavanda incluido? Quiso castigarlo por su exagerada apostura siendo altanera.

—Dilly jamás fumaría. Está especializada en prevenir las adicciones.

—Admirable.

—Y se supone que tendrías que haberte ido cuando llego a casa.

—¿Ah, sí? —Tenía el aspecto de un ídolo de las fiestas infantiles propenso a tener lapsus de memoria. *Hannibal* salió de la cocina y se acurrucó en el zapato de Theo.

—¿Qué hace aquí tu pariente? —preguntó Annie mirando el minino.

—Lo necesito mientras trabajo.

—¿Para tus embrujos?

—A los escritores les van los gatos. Es imposible que lo entiendas.

La miró con una expresión tan condescendiente que ella supo que intentaba cabrearla. De modo que rescató a sus muñecos de sus recién adquiridos vicios y los llevó de vuelta al estudio.

Las cajas ya no estaban sobre la cama sino dispuestas a lo

largo de la pared bajo el mural del taxi, el cual, según sus indagaciones, carecía de todo valor, como la mayoría de lo demás. Había empezado a revisar el contenido de las cajas para inventariarlo todo, pero lo único interesante que había encontrado hasta entonces era el libro de visitas de la cabaña y su «libro de los sueños», el nombre con que se refería al álbum de recortes que había rellenado en su adolescencia. Había llenado sus páginas con sus dibujos, carteles de las obras que veía, fotos de sus actrices favoritas y reseñas escritas por ella misma sobre sus éxitos imaginarios en Broadway. Era deprimente ver lo lejos que su vida adulta se había quedado de las fantasías de aquella jovencita, y lo había guardado.

Un aroma delicioso le llegó desde la cocina. Tras pasarse un peine por el cabello y ponerse un poco de brillo labial para adecentarse, regresó al salón, donde se encontró a Theo holgazaneando en el sofá en la misma postura en que había situado antes a Leo. Incluso desde el otro lado de la habitación, pudo ver que tenía uno de sus dibujos en las manos.

—Había olvidado lo buena artista que eres.

Ver que examinaba algo que ella había hecho para entretenerse la incomodó.

—No soy nada buena. Lo hago por mera diversión.

—Te subestimas. —Volvió a mirar el dibujo—. Me gusta este chaval. Tiene carácter.

Era un esbozo de un estudioso chico moreno con el pelo lacio y un remolino que le brotaba como una fuente de la coronilla. Bajo las vueltas de los vaqueros le asomaban unos tobillos huesudos, como si estuviera pasando uno de los típicos estirones preadolescentes. Unas gafas de montura cuadrada apoyadas en la nariz, algo pecosa. Llevaba mal abrochada la camisa, y lucía un reloj demasiado grande en la muñeca. Desde luego, no era una gran obra, pero el chico tenía potencial para convertirse en un futuro muñeco.

Theo inclinó el papel para contemplarlo desde otro ángulo.

—¿Cuántos años crees que tendrá? —preguntó.

—Ni idea.

—Doce, tal vez. En plena lucha con la pubertad.

—Si tú lo dices.

Cuando dejó el dibujo, Annie se percató de que se había servido una copa de vino. Quiso quejarse, pero él le señaló la botella abierta en la cómoda de Luis XIV.

—Lo traje de casa. Y no puedes tomar hasta que respondas unas preguntas.

Algo que no quería hacer.

—¿Qué tenemos para cenar? —soltó Annie.

—Yo tengo pudin de carne. No un pudin cualquiera. Este lleva algo de panceta, dos quesos especiales y un glaseado con un ingrediente secreto que podría ser Guinness. ¿Te interesa?

—Tal vez. —De solo pensarlo se le hizo la boca agua.

—Estupendo. Pero antes tendrás que hablar. Lo que significa que se te acabó el tiempo. Decide ahora mismo si vas a confiar en mí o no.

¿Cómo iba a hacer eso? No podía haberle disparado desde donde estaba, pero eso no significaba que fuera de fiar, teniendo en cuenta su pasado. Se acercó despacio a la butaca inspirada en un asiento de avión, donde se sentó sobre los talones.

—Es una lástima que tu libro tuviera tan malas críticas —le soltó—. No puedo ni imaginarme cuánto debió de afectar a tu autoestima.

Theo tomó un sorbo de vino, con la misma indolencia que un *playboy* que se relaja en la Costa del Sol.

—La hizo pedazos. ¿Estás segura de que no lo leíste?

Había llegado el momento de hacerle pagar su condescendencia anterior.

—Prefiero una literatura más noble.

—Sí, vi algo de esa literatura más noble en tu habitación. De lo más intimidante para un escritorzuelo como yo.

—¿Qué hacías en mi habitación? —preguntó Annie con el ceño fruncido.

—Registrarla. Con más éxito que cuando intenté acceder a tu ordenador. Un día de estos tendrás que darme tu contraseña. Es lo justo.

—Va a ser que no.

—Pues tendré que seguir curioseando hasta que seas franca conmigo. —La señaló con la copa de vino—. Por cierto, necesitas bragas nuevas.

Dado lo que había fisgoneado ella en la torre, le costó indignarse como debía.

—Mi ropa interior no tiene nada de malo.

—Lo dice una mujer que no se come un rosco desde hace mucho tiempo.

—¡Eso no es verdad!

—No te creo.

Tuvo el deseo contradictorio de jugar con él y de ser sincera.

—Para tu información, me he revolcado con una larga lista de novios que no valían un pimiento. —La lista no era larga, pero como Theo se echó a reír, no iba a aclarárselo.

Cuando finalmente se puso serio, sacudió compungido la cabeza.

—Veo que sigues subestimándote. Por cierto, ¿por qué lo haces y cuándo vas a dejar de hacerlo?

La idea de que él la considerara más de lo que ella se consideraba a veces a sí misma la desconcertó.

—*Confía en él* —sugirió Scamp.

—*No seas imbécil* —dijo Dilly.

—*¡Olvídate de él!* —exclamó Peter—. *¡Yo te salvaré!*

—*No seas tan fantoche, hombre* —refunfuñó Leo—. *Puede salvarse sola.*

Puede que recordar a los dos hombres que no la habían apoyado en nada fuera lo que decantó la balanza hacia Theo. A pesar de que se dijo que los psicópatas tenían un talento especial para ganarse la confianza de sus víctimas, se sentó bien y le contó la verdad:

—Justo antes de morir, Mariah me dijo que me había dejado algo valioso en la cabaña. Un legado. Y que cuando lo encontrara, tendría dinero.

Había captado la atención de Theo.

—¿Qué clase de legado? —quiso saber tras poner los pies en el suelo y sentarse erguido.

—No lo sé. Apenas podía respirar. Justo después entró en coma y murió antes del amanecer.

—¿Y has averiguado qué es?

—He hecho búsquedas de las principales obras de arte, pero llevaba años vendiendo su colección, y nada de lo que queda parece valer demasiado. Durante unas gloriosas horas, creí que podía ser el vino.

—Aquí se alojaban escritores. Y músicos.

—Ojalá hubiera sido un poco más específica —asintió Annie.

—Mariah tenía la costumbre de ponerte las cosas difíciles. Nunca lo entendí.

—Era su forma de expresar amor —explicó ella sin amargura—. Yo era demasiado corriente para ella, demasiado modosa.

—Los buenos tiempos —dijo Theo con ironía.

—Creo que temía por mí porque era muy distinta de ella. Era beige para su carmesí. —*Hannibal* le saltó al regazo y ella le acarició la cabeza—. A Mariah le preocupaba que no pudiera hacer frente a la vida. Creía que criticarme era la mejor forma de fortalecerme.

—Algo retorcido, pero parece haber funcionado.

Antes de que pudiera preguntarle qué quería decir con eso, Theo añadió:

—¿Miraste en el desván?

—¿Qué desván?

—El espacio que hay sobre el techo.

—Eso no es ningún desván. Es un... —Pero por supuesto que era un desván—. No hay forma de acceder a él.

171

—Claro que la hay. Se entra por una trampilla situada en el vestidor del estudio.

Annie la había visto en muchas ocasiones, pero nunca había pensado dónde llevaría. Se levantó de un brinco, con lo que desplazó a *Hannibal*.

—Voy a mirarlo ahora mismo.

—Espera. Un paso en falso y atravesarás el techo. Mañana lo comprobaré.

No antes que ella. Volvió a sentarse.

—¿Me das vino ahora? Y pudin de carne.

—¿Quién más está al corriente de esto? —le preguntó mientras se acercaba a la botella de vino.

—No se lo he dicho a nadie. Hasta ahora. Espero no lamentarlo.

—Alguien allanó la cabaña, y te dispararon —dijo Theo sin hacerle caso—. Supongamos que la persona que lo hizo va tras lo que Mariah dejó aquí.

—No se te escapa ni una.

—¿Vas a seguir tirando pullas o quieres resolver ya este asunto?

—Seguiré con las pullas —respondió ella tras pensar un instante. Theo se quedó quieto, esperando pacientemente—. ¡Está bien! —exclamó levantando los brazos—. Te escucho.

—Será la primera vez. —Le tendió la copa de vino—. Supongamos que no le has contado a nadie más lo de...

—No lo he hecho.

—¿Ni a Jaycie? ¿Ni a ninguna de tus amigas?

—¿Ni a un novio imbécil? A nadie. —Sorbió el vino—. Mariah tiene que habérselo dicho a alguien. O... un marginado se coló en la cabaña en busca de dinero y, sin ninguna relación con esto, un chaval que manejaba torpemente un arma me disparó sin querer.

—Sigues buscando el final feliz.

—Es mejor que ir por la vida siendo un agonías.

—¿Te refieres a ser realista?

—¿Realista o cínico? —Frunció el ceño—. Te diré lo que no me gusta de los cínicos...

Evidentemente, a Theo le daba igual lo que no le gustaba, porque se dirigió hacia la cocina. Pero como el cinismo era uno de sus puntos débiles, ella lo siguió.

—Los cínicos evaden los problemas —aseguró, pensando en su último ex, que ocultaba su inseguridad como actor tras la condescendencia—. Ser cínico da a una persona la excusa para no pelear por nada. No tienes que ensuciarte las manos resolviendo los problemas, pues no lograrás nada. Te puedes pasar todo el día en la cama y menospreciar a todos los idiotas que intentan ingenuamente cambiar las cosas. Es una gran patraña. Los cínicos son las personas más holgazanas que conozco.

—Oye, a mí no me mires. Te he preparado un pudin de carne estupendo. —Verlo inclinarse para abrir el horno le hizo perder el hilo. Era delgado, pero nada esquelético. Musculoso, pero no exageradamente. De repente la cabaña parecía demasiado pequeña y aislada.

Tomó los cubiertos y los llevó a la mesa.

—*¡Peligro! ¡Peligro!* —la alertó la sensata Dilly.

11

El pudin de carne era todavía mejor de lo anunciado, y las verduras asadas que lo acompañaban estaban perfectamente sazonadas. A la tercera copa de vino, la cabaña se había convertido en un lugar ajeno al tiempo, donde las normas adecuadas de conducta estaban suspendidas y los secretos podían seguir siendo secretos. Un lugar donde una mujer podía abandonar sus dudas y permitirse cualquier capricho sensual sin que nadie se enterara. Trató de salir de su ensimismamiento, pero el vino se lo puso demasiado difícil.

Theo giró el pie de la copa entre sus dedos.

—¿Recuerdas lo que solíamos hacer en la cueva? —dijo con voz grave, tan suave como la noche.

—Casi nada. Fue hace mucho tiempo —respondió Annie, cortando ostentosamente una patata por la mitad.

—Yo sí lo recuerdo.

—No sé por qué.

Theo la miró trocear la patata como si supiera que había estado pensando en escondites eróticos.

—Todo el mundo recuerda su primera vez.

—No hubo ninguna primera vez —dijo Annie—. No llegamos tan lejos.

—Nos acercamos bastante. Y creía que no lo recordabas.

—Eso lo recuerdo.

—Nos lo montábamos horas seguidas. ¿Recuerdas eso? —preguntó Theo, recostándose en la silla.

¿Cómo podría olvidarlo? No paraban de besarse, en las mejillas, el cuello, los labios, besos de lengua durante minutos... horas. Y después volvían a empezar. Los adultos están demasiado pendientes del objetivo final como para dedicarle tiempo a los preliminares. Solo los adolescentes temerosos del siguiente paso se dan besos que duran una eternidad.

No estaba borracha, pero sí achispada, y no quería quedarse en aquella desconcertante cueva de los recuerdos.

—La gente ya no sabe besar.

—¿Tú crees?

—Sí. —Dio otro sorbo de aquel vino rico y embriagador.

—Puede que tengas razón —admitió Theo—. A mí se me da fatal.

—Muy pocos hombres lo admitirían. —Le costó mucho contener las ganas de corregirlo.

—Quizá es que me pongo demasiado ansioso por llegar al siguiente paso.

—Tú y todos los hombres.

Una cola negra asomó por encima del borde de la mesa. *Hannibal* había saltado al regazo de Theo, que lo acarició y volvió de dejarlo en el suelo.

Annie paseó un bocado de pudin por el plato, ya sin apetito, sin recelos.

—No lo entiendo. Te encantan los animales.

Theo no le preguntó a qué se refería. Sabía que todavía estaban en la cueva, pero ahora subía la marea y el tiempo se había vuelto traicionero. Se levantó de la mesa y se acercó a la estantería.

—¿Cómo explicar algo que ni tú mismo comprendes?

—¿Era a los cachorros? ¿Era a mí? ¿A quién querías hacer daño? —preguntó Annie con el codo apoyado en la mesa.

—En el fondo, creo que a mí mismo —respondió tras reflexionar un instante—. Por cierto, tendrías que haberme contado lo del legado de Mariah la noche que te allanaron la casa.

—Como si tú me lo contaras todo. O algo, en realidad. —Se levantó y cogió su copa de vino.

—Nadie va por ahí disparándome.

—No confío... No confiaba en ti.

Se volvió hacia ella con una mirada seductora.

—Si supieras lo que estoy pensando en este momento, tendrías motivos para no confiar en mí, porque algunos de mis recuerdos más felices son de aquella cueva. Sé que tú no piensas lo mismo.

Si no hubiera sido por lo sucedido aquella última noche, casi podría haber estado de acuerdo con él. El vino le recorría las venas.

—Es difícil sentir nostalgia por el sitio donde casi te ahogaste.

—Ya.

Estaba cansada de tener los nervios de punta y le encantaba la forma en que el vino la había relajado. Quiso enterrar el pasado, deshacerlo para que nunca hubiera tenido lugar. Hacer cuenta de que acababan de conocerse. Quería ser como sus conocidas, que podían ver a un hombre atractivo en un bar, acostarse con él y marcharse unas horas después sin tener remordimientos ni flagelarse. «Soy básicamente un hombre —le había dicho una vez su amiga Rachel—. No necesito vínculos emocionales. Solo quiero desahogarme.»

Ella también quería ser un hombre.

—Tengo una idea. —Theo se apoyó en la estantería con una ligera sonrisa—. Podríamos montárnoslo. Por los viejos tiempos.

—Va a ser que no —respondió ella, aunque, debido a las tres copas de vino, sin convicción suficiente.

—¿Estás segura? —Se separó de la estantería—. No estaríamos abriendo nuevos caminos. Y como no puedes librarte del todo de la sensación de que quiero matarte, no tendrás que fingir ningún cariño por mí. Es que... me iría bien practicar un poco.

Debido al vino que le corría por las venas no pudo resistirse a la tentación de aquella seducción despreocupada. Pero aunque estaba lo bastante borracha para aceptar, no lo estaba tanto para no imponer condiciones.

—Nada de manos.

—Bueno, no sé —replicó Theo, acercándose despacio a ella.

—Nada de manos —repitió con más firmeza.

—Muy bien..., de acuerdo. Nada de manos por debajo de la cintura.

—Nada de manos por debajo del cuello —lo corrigió Annie, ladeando la cabeza.

—Pues entonces será imposible. —Se detuvo delante de ella y le quitó la copa de la mano como si le estuviera desabrochando el sujetador.

—Tómalo o déjalo —soltó Annie. Le gustaba cómo era estando casi borracha.

—Me estás poniendo nervioso —repuso Theo—. Ya te dije que no estoy demasiado seguro de mis besos. De otras cosas sí, pero de mis besos... Nada seguro.

Sus ojos se reían de ella. El taciturno y malvado Theo Harp la estaba atrapando en una red de fantasía erótica. Se acercó la mano al pelo y se soltó la coleta.

—Pide ayuda al chico de dieciséis años que hay en ti. A él se le daba muy bien besar.

—Lo intentaré —dijo Theo mirándole el cabello. Se acabó el vino de la copa de ella y recorrió los últimos centímetros que los separaban.

Theo jamás se había vanagloriado de ello, pero siempre que había querido una mujer, la había tenido. Sin embargo, esa clase de arrogancia sexual era peligrosa con alguien como

Annie. ¿Por qué no le había seguido el juego? Porque sabía lo que le convenía.

No se acordaba de la última vez que Kenley y él se habían besado, pero sí recordaba la última vez que habían follado. Un polvo nocturno durante el cual ella lo odiaba y se había asegurado de que él lo supiera. Durante el cual él la odiaba y había intentado que no se notara.

Miró sus párpados cerrados. Le recordaron unas pálidas valvas marinas que el mar hubiera llevado a la playa. Se había vuelto algo dura con los años, pero nunca sería una tocanarices. Se aferraba a sus muñecos y a su mundo de ensueño lleno de buenas intenciones y finales felices. Y ahora estaba ahí, dispuesta a que la besara. Y ahí estaba él, a punto de aprovecharse de ello cuando en realidad debería marcharse.

Le pasó los pulgares por los pómulos y ella separó los labios ligeramente. Annie no esperaba que se portara bien. Había visto lo peor de él, y no esperaba que la rescatara, la protegiera e hiciera lo correcto. Y aún más importante, no esperaba que la amara. Eso era lo que más le gustaba a Theo. Eso y que ella fuera una absoluta descreída de su posible decencia. Hacía mucho tiempo que él no tenía la libertad de bajar la guardia y ser quien quería ser.

Un hombre sin la menor decencia.

Acercó los labios a los suyos y apenas los rozó. Sus alientos con olor a vino se mezclaron. Annie arqueó el cuello para aumentar el contacto. Él se obligó a apartarse un centímetro. Sus labios se acariciaron, nada más.

Annie tomo conciencia de lo que estaba haciendo y se separó levemente de él, dejando un espacio que Theo llenó rápidamente con un ligero roce. Tenía todos los motivos del mundo para temerlo, y dejar que se le acercara tanto era absurdo, pero movió la cabeza de modo que rozó los labios de Theo con los suyos con la suavidad de una pluma. Solo habían transcurrido unos segundos, pero él ya estaba excitado. Le selló la boca con la suya, le separó los labios y le metió la lengua.

Notó que Annie le golpeaba el pecho con los pulpejos de las manos.

—Tienes razón —le dijo, fulminándolo con unos indignados ojos castaños—. Besas de pena.

¿Cómo? ¿Él besaba de pena? No iba a dejar las cosas así. Apoyó una mano en la pared, detrás de la cabeza de Annie, rozándole el cabello.

—Perdona. Me ha dado un calambre en la pierna y he perdido el equilibrio.

—Tu oportunidad, eso es lo que has perdido.

Era la fanfarronada de alguien que no se había separado ni un centímetro de él. Jamás admitiría una derrota tan pronto. No ante Annie. Ante la batalladora y bondadosa Annie Hewitt, a quien nunca se le ocurriría pedir la última gota de sangre a un hombre.

—Mis más sinceras disculpas. —Ladeó la cabeza y le sopló suavemente la delicada piel detrás de la oreja, moviéndole el cabello.

—Eso está mejor.

Se acercó más a ella para explorar aquel punto erótico con los labios. La proximidad le resultaba angustiosa, pero no iba a permitir que su erección se impusiera.

Annie le recorrió la cintura con las manos, que deslizó por debajo de su jersey, quebrantando su propia norma, algo que él no pensaba reprocharle. Luego volvió la cabeza y le acercó la boca mucho más, pero como siempre había sido competitivo y el juego había empezado, él solo la besó en la mandíbula.

Cuando Annie arqueó el cuello, él aceptó la invitación y la besó allí. Notó cómo le deslizaba las manos más arriba bajo el jersey. El contacto de una mujer decente le resultaba placentero. Y desconocido. Contuvo las ganas de ir más allá. Al final, fue ella quien presionó su cuerpo contra el de él y acercó la boca a sus labios abiertos.

No sabía muy bien cómo habían acabado en el suelo. ¿La

había llevado él? ¿O ella? Solo sabía que estaba tumbada boca arriba, y que él estaba sobre ella. Igual que durante aquellos días dulces y apasionados en la cueva.

Quería tener a Annie desnuda, abierta de piernas, mojada y dispuesta. Lo rápido que respiraba, la forma en que le sujetaba con las manos la espalda desnuda le indicaban que ella también lo quería. Aferrándose al último autocontrol que le quedaba, volvió a besarla. En las sienes, las mejillas, los labios... Besos apasionados y sentidos. Una y otra vez.

Annie gemía suplicante mientras le rodeaba las piernas con una suya. Él enredó las manos en el cabello alborotado de ella. Se acomodó más en sus caderas. Los vaqueros de ambos le estorbaban, y los gemidos de Annie eran cada vez más apremiantes. Estaba perdiendo el control. No podía contenerse más.

Le bajó la cremallera de los pantalones, se bajó la de los suyos. Annie arqueó la espalda. Él le quitó como pudo los vaqueros, que le quedaron en un tobillo. Annie se aferró a su jersey mientras él se colocaba entre sus muslos, se liberaba y la penetraba.

Ella profirió un gemido gutural, entregado e indefenso, y se desplomó. Theo la penetró más. Se retiró. Volvió a penetrarla. Y eso fue todo.

El universo explotó a su alrededor.

Después, oyó que Annie maldecía.

—¡Cabrón! ¡Hijo de puta! —Lo apartó de ella, subiéndose los vaqueros a la vez que se ponía de pie—. ¡Dios mío, me odio a mí misma! ¡Te odio! —exclamó mientras se subía la cremallera con una especie de grotesca danza. Aleteaba con los codos y daba puntapiés en el suelo. Él se levantó y se abrochó los vaqueros mientras ella seguía con su diatriba—: ¡Soy una idiota! Alguien tendría que sacrificarme como a un animal enfermo. ¡Dios mío, qué idiota y tonta soy!

180

Theo guardaba silencio.

—¡No soy tan fácil! ¡No lo soy! —chilló ella, colorada y furiosa.

—Eres más bien fácil —soltó él sin poder contenerse.

Ella cogió un cojín del sofá y se lo lanzó. Él estaba acostumbrado a las iras femeninas, y aquello era tan insignificante que no se molestó en agacharse.

Colérica, Annie dio otro puntapié en el suelo. Agitaba los brazos y los rizos le ondeaban.

—¡Sé exactamente qué pasará ahora! En cuanto te dé la espalda, estaré de bruces en la marisma. O encerrada en el montaplatos. ¡O ahogándome en la cueva! —Tomó aliento—. ¡No confío en ti! No me gustas. Y ahora tú... tú...

—Hacía siglos que no me lo pasaba tan bien. —Nunca era pedante, pero Annie tenía algo que sacaba lo peor de él. O puede que fuera lo mejor.

—¡Te has corrido dentro de mí! —Lo fulminó con la mirada.

Dejó de hacerle gracia. Nunca había sido descuidado, y de pronto se sintió estúpido. Se puso a la defensiva.

—Fue involuntario.

—¡Tendrías que haberlo evitado! Puede que ahora mismo uno de tus nadadorcitos esté braceando hacia mi óvulo.

Lo dijo con gracia, pero él no tenía ganas de reír. Se frotó la mandíbula con el dorso del puño.

—Tomas la píldora, ¿no?

—¡Es un poco tarde para que lo preguntes! —Se volvió y se alejó airada—. ¡Y no, no la tomo!

Un frío gélido lo paralizó. La oyó en el dormitorio, y después en el cuarto de baño. Necesitaba lavarse, pero solo podía pensar en lo que había hecho y en el terrible precio que podría tener que pagar por aquel simple encuentro sexual, sin duda el peor de su vida.

Cuando Annie por fin salió, llevaba puesta la bata azul marino, el pijama de Santa Claus y unos calcetines deportivos. Tenía la cara lavada y se había recogido el pelo con una cinta de la que salían tirabuzones mojados aquí y allá. Afortunadamente, parecía más tranquila.

—Tuve neumonía —le explicó—. Eso me fastidió el calendario de la píldora.

—¿Cuándo tuviste el último período? —preguntó Theo a la vez que un escalofrío le recorría la espalda.

—¿De qué vas? ¿Ahora eres mi ginecólogo? Vete a la mierda, tío.

—Annie...

—Mira, sé que es tan culpa mía como tuya, pero ahora mismo estoy demasiado furiosa para admitir mi parte de responsabilidad.

—¡Por supuesto que también es culpa tuya! ¡Tú y tu jueguecito de los besos!

—Que tú estropeaste.

—Pues claro que lo estropeé. ¿Acaso crees que soy de piedra?

—¡Tú! ¿Y yo qué? ¿Y desde cuándo crees que está bien practicar el sexo sin condón?

—No lo creo, maldita sea. Pero no suelo llevar uno en el bolsillo.

—¡Pues deberías! Mírate. ¡No tendrías que ir a ninguna parte sin una docena! —Sacudió la cabeza y cerró los ojos. Cuando volvió a abrirlos, estaba más calmada—. Vete —pidió—. No soporto verte ni un minuto más.

Su esposa le había dicho casi esas mismas palabras en muchas ocasiones, pero mientras que Kenley parecía desquiciada al hacerlo, Annie solo parecía cansada.

—No puedo irme, Annie —dijo con cuidado—. Creía que a estas alturas ya lo sabrías.

—Claro que puedes. Y es lo que vas a hacer. Ya.

—¿De verdad crees que te dejaré aquí sola de noche después de que alguien te haya disparado?

Se lo quedó mirando. Él temió que volviera a patear el suelo o que le lanzara algo más contundente que un cojín, pero no lo hizo.

—No te quiero aquí.

—Ya lo sé.

Ella se cruzó de brazos cogiéndose los codos.

—Haz lo que quieras. Estoy demasiado alterada para discutir. Y duerme en el estudio, no pienso compartir la cama. ¿Entendido? —Un momento después se había ido dando un portazo.

Él fue al cuarto de baño, y luego se encargó de recoger la cena. Como había cocinado, no le correspondería hacerlo a él, pero no le importaba. A diferencia de la vida real, limpiar una cocina era una tarea con un principio, un desarrollo y un final claros. Como un libro.

Al levantarse por la mañana, Annie estuvo a punto de tropezar con *Hannibal*. Encima, parecía haberse conseguido un gato a tiempo parcial. La noche anterior se había dormido contando y recontando los días que habían pasado desde su última regla. Tendría que estar a salvo, pero «tendría» no era ninguna garantía. Que ella supiera, podría estar incubando la semilla del diablo. Y si eso sucedía... No soportaba pensarlo.

Creía que se había librado del poder que aquellos ficticios galanes atractivos y taciturnos ejercían sobre ella. Pero no. Bastaba con que Theo mostrara un poco de interés y ahí estaba, abierta de piernas con los ojos cerrados como la protagonista más tonta jamás descrita. Era de lo más estúpido. Por imposible que fuera la búsqueda, quería amor eterno. Quería hijos y la vida familiar convencional que nunca había conocido, pero nunca los tendría con aquellos hombres lastimados y distantes. Y aun así, allí estaba, volviendo a lo de antes, solo que mucho peor. Estaba atrapada en la red de Theo Harp, no porque él se la hubiera lanzado diabólicamente, sino porque ella misma había corrido hacia él con los brazos abiertos.

Tenía que subir al desván antes que él. En cuanto lo oyó en el cuarto de baño, sacó la escalera de mano del trastero y la llevó al estudio. Theo ya había hecho la cama, y sus muñecos seguían dispuestos en el estante situado bajo la ventana. Una vez tuvo puesta la escalera en el vestidor, subió y abrió la trampilla. Asomó con cautela la cabeza en el frío desván y lo iluminó con la linterna que había llevado, pero solo vio vigas y material aislante.

Otro callejón sin salida.

Oyó que el agua se cerraba en el cuarto de baño y se dirigió hacia la cocina para prepararse rápidamente un bol de cereales, que se llevó a su habitación. No le gustaba esconderse en su propia casa, pero no soportaba la idea de verlo en aquel momento.

No recordó el papel que Livia le había metido en la mochila hasta que él se hubo marchado. Lo sacó y se lo llevó a la mesa, donde lo desdobló. Livia había dibujado con rotulador negro tres muñecos de palitos, dos grandes y uno muy pequeño. El menor, en un lado de la hoja, tenía el cabello lacio. Bajo él, Livia había puesto su propio nombre en letra cursiva mayúscula. Las otras dos figuras no estaban etiquetadas. Una estaba postrada con una camisa que lucía una flor roja, y la otra estaba de pie con los brazos extendidos. Al pie de la página, Livia había escrito laboriosamente: *SECREINDADO*.

Annie examinó el dibujo más atentamente. Se fijó en que la figura pequeña no tenía boca. *SECREINDADO*. Y por fin lo entendió. No sabía exactamente qué estaba viendo pero sabía por qué Livia se lo había dado. Aquel dibujo era el secreto blindado de Livia.

12

Annie aparcó el Range Rover en el garaje de Harp House. Pensar en el dibujo de Livia le habría ido bien para no preocuparse por su posible embarazo si lo que la niña había plasmado no fuera tan inquietante. Quería enseñar el dibujo a Jaycie por si ella sabía descifrarlo, pero había hecho un pacto y, aunque fuera con una niña de cuatro años, no iba a romperlo.

Cerró la puerta del garaje y se dirigió hacia la entrada. Había llegado a Harp House antes que Theo. Al mirar hacia abajo, lo vio en el camino de la playa: una figura solitaria recortada contra la inmensidad del mar. Como de costumbre, llevaba la cabeza descubierta y su chaqueta negra de ante como única protección frente el viento. Se agachó para examinar una charca de marea y después se acuclilló para contemplar el mar. ¿En qué estaría pensando? ¿En algún argumento espantoso? ¿En su difunta esposa? ¿O tal vez estaría planeando cómo librarse de una mujer inoportuna a la que podría haber dejado embarazada sin querer?

Theo no iba a matarla. De eso estaba segura. Pero podría lastimarla de muchas otras formas. Sabía que tenía tendencia a idealizar a los hombres como Theo, así que debía estar prevenida. La noche anterior se había acostado con una fantasía. La fantasía romántica de una rata de biblioteca.

Lavó los platos del desayuno de Jaycie y Livia y arregló la cocina.

Cuando terminó, seguía sin haber visto a Jaycie, y fue a buscarla.

Como vivían en las dependencias de la antigua ama de llaves en la casa, al otro lado de la torre, recorrió el pasillo trasero hasta la puerta del fondo.

Estaba cerrada, así que llamó.

—¿Jaycie?

No hubo respuesta. Llamó otra vez. Cuando iba a girar el pomo, Livia abrió la puerta. Estaba adorable con una corona de papel casera tan encasquetada que le sobresalían las orejas.

—Hola, Liv. Me gusta tu corona.

A Livia solo le interesaba comprobar si Annie había llevado a Scamp, y al no ver el muñeco su decepción fue evidente.

—Scamp está echando una siesta —explicó Annie—. Pero después vendrá a verte. ¿Está tu mamá?

Livia abrió más la puerta para dejarla pasar.

Las dependencias del ama de llaves en forma de L tenían salón y dormitorio. Antes de romperse el pie, Jaycie había convertido el salón en la habitación de Livia. El cuarto de ella era austero: una cama, una silla, una cómoda y una lámpara, todos desechos de la casa. El espacio de Livia era más alegre, con una estantería rosa fuerte, una mesa y sillas infantiles, una alfombra rosa y verde y una cama con un edredón de Tarta de Fresa.

Jaycie estaba ante la ventana, mirando fuera. El hipopótamo atado a la muleta se había movido y estaba boca abajo. Se volvió despacio, con los vaqueros y el jersey cereza marcándole las curvas.

—Estaba... arreglando un poco todo esto.

Annie no la creyó: los juguetes de Livia estaban esparcidos por el suelo, y unos cuantos muñecos de peluche asomaban del revoltijo de sábanas de la cama deshecha.

—Tenía miedo de que estuvieras enferma —dijo.

—No. No estoy enferma.

Annie cayó en la cuenta de que conocía a Jaycie tan poco como la primera vez que había ido a Harp House hacía menos de tres semanas y tuvo la sensación de estar contemplando una fotografía algo desenfocada.

—Theo no vino a casa anoche —comentó Jaycie, apoyándose en su pie sano.

La culpa hizo que Annie se acalorara. Entendió que por ese motivo Jaycie se había recluido. Y aunque no creía que Theo tuviera ningún interés personal en Jaycie, tuvo la impresión de haber traicionado su amistad. Tenía que contarle por lo menos parte de la verdad, pero no mientras Livia estuviera allí pendiente de todo lo que decían.

—A Scamp le encantan tus dibujos, Liv. Mientras tu mamá y yo hablamos tal vez podrías hacernos uno para colgar en la cocina.

Livia no protestó. Se fue a su mesa y abrió la caja de lápices de colores. Annie salió al pasillo y Jaycie la siguió. No iba a mentirle, pero sería cruel contarle demasiado.

—Han estado pasando cosas extrañas —explicó, sin poder deshacerse del sentimiento de culpa—. No quería molestarte, pero supongo que tienes que saberlo. Anteanoche, cuando volví a la cabaña, alguien la había destrozado por dentro.

—¿Cómo?

Annie le describió lo que se había encontrado. Y después le contó lo demás.

—Ayer por la mañana, cuando venía hacia aquí, alguien me disparó.

—¿Te disparó?

—La bala me pasó rozando. Theo me encontró justo después. Por eso no vino a casa anoche. No quería dejarme sola, aunque le dije que no hacía falta que se quedara.

—Sería un accidente, seguro. Algún imbécil que disparaba a los pájaros —sugirió Jaycie, apoyada en la pared tras ella.

—Fue a campo abierto. Estaba muy claro que yo no era ningún pájaro.

Pero Jaycie no la estaba escuchando.

—Apuesto a que fue Danny Keen. Siempre hace cosas así. Seguramente fue a la cabaña con un par de sus amigos. Llamaré a su madre.

Annie no creía que la explicación fuera tan sencilla, pero Jaycie ya había empezado a recorrer el pasillo, moviéndose con las muletas mucho mejor que cuando Annie había llegado. Se recordó que Jaycie jamás debía saber lo que había sucedido en la cabaña. Nadie debía saberlo. A no ser que realmente estuviera embarazada...

—*¡Para!* —exigió Dilly—. *No vas a pensar en eso.*

—*Yo me casaré contigo* —intervino Peter—. *Los galanes siempre hacen lo que es debido.*

Peter empezaba a ponerla nerviosa.

Livia entró en la biblioteca con su abrigo rosa, la corona de papel todavía en la cabeza y arrastrando la mochila de Annie. No había que ser un lince para imaginar lo que quería. Annie cerró el portátil y fue a buscar su abrigo.

Salieron. La temperatura había subido por encima de los cero grados y por las canaletas fluía el agua. La nieve empezaba a desaparecer de todos los lugares con excepción de los más sombreados. Al acercarse a la casita de hadas, vio que disponía ahora de una piedra del tamaño de un huevo coronada por una diminuta capa de musgo: un lugar acolchado donde sin duda podría situarse un diminuto habitante del bosque. Se preguntó si Jaycie sabría que Livia había salido antes.

—Las hadas tienen un sitio nuevo donde sentarse.

Livia se puso en cuclillas para examinar la piedra.

Annie iba a reprenderla por salir sola, pero se lo pensó mejor. La niña solo se alejaba hasta el árbol. No le pasaría nada malo, siempre y cuando Theo tuviera la puerta de la cuadra cerrada.

Se sentó en el saliente de piedra y sacó a Scamp.

—Buon giorno, *Livia! —dijo—. Soy Scamperino. Estoy practicando mi italiano. ¿Hablas algún idioma?*

Livia sacudió la cabeza.

—*Qué pena. El italiano es la lengua de la pizza, una comida que adoro. Y del gelato, el helado. Y de torres muy mal construidas. Pero bueno... —Agachó la cabeza—. No hay ni pizza ni gelato en Peregrine Island.*

A la niña pareció no gustarle aquello.

—*¡Tengo una idea genial! —exclamó Scamp—. A lo mejor Annie y tú podríais preparar pizzas de mentirijillas con magdalenas esta tarde.*

Esperaba que Livia se opusiera, pero asintió. Scamp sacudió la cabeza para ahuecar sus rizos naranjas.

—*El dibujo que me dejaste ayer era eccellente —prosiguió Scamp—. Significa excelente en italiano.*

Livia bajó la cabeza para mirarse los pies, pero Scamp no se rindió.

—*Soy excepcionalmente lista, y he deducido, que significa que he comprendido —aclaró y prosiguió susurrando—, he deducido que el dibujo es tu secreto blindado.*

La carita de Livia se ensombreció de aprensión.

—*No te preocupes. No estoy enojada contigo —dijo Scamp en voz baja con la cabeza ladeada.*

La pequeña alzó finalmente los ojos hacia ella.

—*La del dibujo eres tú, ¿verdad? Pero no estoy segura de quiénes son los demás... ¿Tal vez tu madre?*

Livia asintió de forma casi imperceptible.

Annie tuvo la sensación de adentrarse en una habitación oscura con los brazos extendidos intentando no tropezar con nada.

—*Parece que lleva algo bonito. ¿Es una flor o quizá una felicitación de San Valentín? ¿Se la regalaste tú?*

La niña sacudió la cabeza y se le llenaron los ojos de lágrimas, como si el muñeco la hubiera traicionado. Con un sollozo, se alejó corriendo hacia la casa.

Cuando la puerta de la cocina se cerró de golpe, Annie hizo una mueca. Unas clases de psicología en la universidad no la habían capacitado para entrometerse en algo así. No era psicóloga infantil. No era madre...

Pero podría serlo.

Notó una punzada en el pecho. Dejó a Scamp y regresó a la cocina, pero no quería estar en Harp House.

La brillante luz invernal contrastaba con su sombrío estado de ánimo al marcharse. Con los hombros encorvados, rodeó la casa hasta la fachada y se situó al borde del acantilado. El porche delantero se extendía tras ella. A sus pies, los escalones de granito esculpidos en la cara de la roca conducían a la playa. Empezó a descender.

Eran escalones estrechos y resbaladizos, y se sujetó con fuerza al pasamanos de cuerda. ¿Cómo se le había embrollado tanto la vida? De momento, la cabaña era su único hogar, pero una vez saliera a flote... si lograba salir a flote... Una vez encontrara un trabajo estable, no podría dejarlo dos meses para ir allí. Tarde o temprano, la cabaña volvería a manos de los Harp.

—Pero todavía no —dijo Dilly—. *Ahora estás aquí y tienes algo que hacer. Basta de lamentos. Da el callo. Sé positiva.*

—*Cállate, Dilly* —soltó Leo con desdén—. *A pesar de tu supuesta sensatez, no tienes ni idea de lo complicada que puede ser la vida.*

Annie parpadeó. ¿Había sido realmente Leo? Las voces se le mezclaban en la cabeza. Peter era su apoyo. Leo solo incordiaba.

Se metió las manos en los bolsillos. El viento le apretaba el abrigo contra el cuerpo y le agitaba las puntas del cabello que le asomaban bajo el gorro de lana. Contempló el agua, imaginando que gobernaba las olas, las corrientes y las mareas.

Imaginando que era poderosa, cuando nunca se había sentido tan impotente.

Finalmente, se obligó a volverse.

Un desprendimiento de rocas había tapado la entrada, pero sabía exactamente dónde estaba. Para ella, la cueva siempre sería un escondrijo secreto que lanzaba su canto de sirena a quien pasaba por allí: «Entra. Ven a hacer un pícnic, a jugar, trae tus sueños y fantasías. Reflexiona... Explora... Haz el amor... Muere.»

Una ráfaga de viento le ladeó el gorro. Se lo sujetó antes de que le saliera volando hacia el mar y se lo guardó en el bolsillo. Hoy no iba a volver a subir a la casa principal, dada la vorágine de emociones que se arremolinaba en su interior. Avanzó con dificultad por las rocas y se dirigió hacia la cabaña.

No estaba el Range Rover, ni Theo. Se preparó una taza de té para entrar en calor y se sentó a la mesa junto a la ventana, acariciando a *Hannibal* y pensando en su posible embarazo. Si estuviera en la ciudad, podría ir a la farmacia de la esquina a comprar un test de embarazo. Aquí tendría que encargarlo y esperar a que llegara con el ferry.

Solo que recordaba cómo los isleños se iban pasando uno a otro las cajas con las bolsas abiertas de provisiones. Ella misma había visto Tampax, alcohol, pañales para adultos incontinentes. ¿Quería que todos los habitantes de la isla supieran que había comprado un test de embarazo? Añoró el anonimato de la gran ciudad.

Tras terminarse el té, tomó el bloc con el inventario y se encaminó hacia el estudio. Tenía que repasar más metódicamente las cajas. Entró y se quedó paralizada en el umbral.

Crumpet colgaba de una soga del techo.

Crumpet. Su princesita tonta, vanidosa y consentida... La cabeza le colgaba en un ángulo macabro, los rizos de hilo amarillo le caían a un lado de la cara. Las piernecitas de tela le colgaban impotentes y uno de sus zapatitos de charol rosa yacía en el suelo.

Tras soltar un sollozo, acercó una silla para bajarla de la soga, que estaba clavada al techo.

—¡Annie! —La puerta principal se abrió de golpe.

Se volvió y salió como una exhalación del estudio.

—¡Eres un gilipollas! ¿Cómo se puede ser tan asqueroso e insensible?

—¿Te has vuelto loca? —espetó Theo, entrando en el salón como un león que persigue un ñu.

—¿Te parece gracioso? —soltó Annie con lágrimas en los ojos—. No has cambiado nada.

—¿Por qué no esperaste? ¿Quieres que vuelvan a dispararte?

—¿Es eso una amenaza? —dijo con los dientes apretados.

—¿Amenaza? ¿Tan ingenua eres que crees que no puede volver a ocurrir?

—Si vuelve a ocurrir, ¡te juro que te mato!

Aquello los detuvo a ambos. Annie nunca se había imaginado capaz de semejante fiereza, pero la habían atacado al nivel más elemental. Por más egocéntrica que fuera Crumpet, formaba parte de ella, y ella era su guardiana.

—¿Si vuelve a ocurrir qué? —preguntó Theo en voz más baja.

—Al principio, las posturas en que ponías a mis muñecos eran graciosas. —Señaló el estudio con una mano—. Pero esto es cruel.

—¿Cruel? —Pasó por su lado. Annie se volvió y vio que se asomaba a su dormitorio y seguía después hacia el estudio.

—Cabrón —murmuró.

Lo siguió y se detuvo en la puerta para observar cómo alargaba el brazo para descolgar la soga. La quitó del cuello de Crumpet y le llevó el muñeco a Annie.

—Haré venir al cerrajero en cuanto pueda —anunció en tono grave.

Annie lo siguió con la mirada hacia el rincón de la habitación y abrazó a Crumpet más fuerte al ver lo que antes le había pasado por alto: sus demás muñecos ya no estaban en el estante bajo la ventana, sino metidos en la papelera, las cabezas y las extremidades colgando fuera.

—Quieto. —Corrió hacia ellos. En cuclillas, con Crumpet en el regazo, los sacó uno por uno. Les arregló la ropa y el pelo. Cuando terminó, alzó la vista hacia Theo, escudriñándole la cara y los ojos, pero no vio nada sospechoso.

—Tendrías que haber esperado el coche en la casa principal. No tardé mucho. No vuelvas a venir sola a pie —dijo él, tenso, antes de salir del estudio.

Por eso estaba tan enojado cuando había llegado precipitadamente.

Dejó a Dilly, Leo y Peter en el estante.

—*Gracias* —susurró Peter—. *No soy tan valiente como pensaba.*

No estaba preparada aún para separarse de Crumpet, y la llevó al salón, donde Theo se estaba quitando la chaqueta.

—No puedo permitirme un cerrajero —confesó en voz baja.

—Yo sí. Y voy a hacer instalar una cerradura nueva. Nadie va a curiosear mis cosas cuando no esté aquí.

¿Solo pensaba en sí mismo o acaso era su forma de evitarle una situación violenta?

Se puso a Crumpet en el antebrazo. La conocida sensación del vestido con volantes del muñeco la calmó. Levantó el brazo, sin pensárselo demasiado.

—*Gracias por salvarme* —soltó Crumpet con su voz susurrante y coqueta.

Theo ladeó la cabeza, pero Annie se dirigió al muñeco en lugar de a él.

—¿No tienes que decir nada más, Crumpet?

—*Estás como un queso* —dijo Crumpet tras mirar a Theo de pies a cabeza.

—¡Crumpet! —la regañó Annie—. ¿Dónde están tus modales?

Crumpet parpadeó con coquetería para mostrar sus largas pestañas a Theo.

—*Está usted como un queso.*

—¡Ya está bien, Crumpet! —la regañó Annie.

Crumpet agitó los rizos, enfurruñada.

—*¿Qué quieres que diga?* —preguntó.

—Quiero que digas que lo sientes —respondió Annie.

—*¿Qué es lo que tengo que sentir?* —dijo Crumpet, cada vez más irritada.

—Lo sabes muy bien.

—*Preferiría preguntarle a qué peluquería va* —susurró Crumpet al oído de Annie lo bastante fuerte para que Theo pudiera oírlo—. *Ya sabes lo mal que me fue la última vez que fui.*

—Eso fue porque insultaste a la *champunier* —le recordó Annie.

—*Se creía más guapa que mí* —soltó Crumpet levantando la nariz con altivez.

—Más guapa que yo.

—*Era más guapa que tú* —dijo Crumpet en tono triunfal.

—Déjate de evasivas y di lo que tienes que decir —suspiró Annie.

—*Oh, está bien.* —Crumpet soltó un chasquido de mala gana. Y a continuación habló de más mala gana todavía—: *Siento haber pensado que habías sido tú quien me había colgado del techo.*

—¿Yo? —Theo se dirigió realmente al muñeco.

—*En mi defensa...* —se excusó Crumpet, que se sorbió la nariz— *puedo alegar que tienes un pasado. Todavía no me he recuperado de la forma en que hiciste que Peter me mirara por debajo de la falda.*

—Eso te encantó, y lo sabes —replicó Annie.

Theo sacudió la cabeza.

—¿Cómo sabes que no te colgué yo? —preguntó.

—¿Lo hiciste? —Annie le habló por fin directamente a él.

194

—Como ha dicho tu amiga —respondió Theo, esta vez mirando a Annie—, tengo un pasado.

—Y no me habría sorprendido si al llegar a casa me hubiera encontrado a Crumpet y Dilly montándoselo en mi cama. —Se quitó el muñeco del brazo—. Pero no esto.

—Todavía tienes demasiada fe en las personas. —Theo hizo una mueca desagradable—. No llevas aquí ni un mes y ya has olvidado quién es el malo de tu cuento de hadas.

—Tal vez sí. O no.

Él se la quedó mirando.

—Tengo trabajo —dijo finalmente y se dirigió hacia el estudio.

Desapareció sin defenderse, sin negar nada.

Esa noche no había una deliciosa cena para dos, así que Annie se preparó un emparedado y después llevó algunas cajas del estudio al salón. Se sentó en el suelo con las piernas cruzadas y abrió la primera. Estaba llena de revistas, desde elegantes publicaciones de moda hasta viejos fanzines fotocopiados. Algunas de ellas contenían artículos que Mariah había escrito o que hablaban de ella. Annie anotó en su bloc el nombre de cada revista, junto con su fecha de publicación. No parecía probable que ninguna de ellas fuera un objeto coleccionable, pero debería comprobarlo.

La segunda caja contenía libros. Los examinó en busca de autógrafos y se aseguró de que no hubiera nada importante entre las páginas. Después, añadió todos los títulos en el bloc. Le llevaría siglos comprobar todo aquello, y todavía le quedaban dos cajas por repasar.

Aunque físicamente se sentía mejor que cuando había llegado a la isla, todavía necesitaba más horas de sueño de lo normal. Se puso un pijama de hombre de Mariah y sacó las zapatillas de peluche de debajo de la cama. Pero al meter el pie en la primera notó algo...

Soltó un alarido y sacó el pie de inmediato.

La puerta del estudio se abrió de golpe. Se estremeció de pies a cabeza.

—¿Qué ocurre? —preguntó Theo, entrando como una exhalación.

—¡Todo! —Se agachó y levantó con precaución la zapatilla, sujetándola entre el pulgar y el índice—. ¡Mira esto! —Inclinó la zapatilla y un ratón muerto cayó al suelo—. ¿Qué clase de pervertido hace algo así? —Dejó caer la zapatilla al suelo—. ¡No soporto este sitio! —prosiguió—. ¡No soporto esta isla! ¡No soporto esta casa! —Se volvió hacia él—. Y no creas que me asusta un ratoncito. He vivido en cuchitriles inmundos. ¡Pero no esperaba que un psicópata me dejara uno en una zapatilla!

—Tal vez no haya sido ningún psicópata —comentó Theo, metiéndose una mano en un bolsillo de los vaqueros.

—¿Te parece normal hacer algo así? —chillaba de nuevo y no le importaba.

—Puede. —Theo se frotó la mandíbula—. Si eres un gato.

—¿Me estás diciendo que...? —Se quedó mirando a *Hannibal*.

—Considéralo una carta de amor —dijo Theo—. Solo ofrece estos regalos especiales a la gente que quiere.

Annie se volvió hacia el gato.

—Nunca vuelvas a hacer algo así, ¿me oyes? —le advirtió—. ¡Es asqueroso!

Hannibal levantó los cuartos traseros para estirarse y después cruzó la habitación y le dio un golpecito en el pie descalzo con la nariz.

—¿Se va a acabar alguna vez este día? —gimió Annie.

Theo sonrió y recogió el gato del suelo. Lo sacó al pasillo y cerró la puerta para quedarse con ella.

Mientras se ponía la bata que tenía colgada en la puerta del vestidor, Annie recordó un incidente que había intentado olvidar.

—Una vez me dejaste un pescado en la cama.

—Sí, es verdad. —Theo se acercó a la fotografía a tamaño real de una cabecera de cama de madera tallada que hacía las veces de cabecera de su cama y empezó a examinarla.

—¿Por qué? —preguntó Annie, mientras *Hannibal* maullaba en el pasillo.

—Porque me pareció divertido —respondió, recorriendo el borde superior de la fotografía con el dedo, prestándole más atención de la que merecía.

—¿A quién más atormentabas aparte de mí? —quiso saber mientras esquivaba el cadáver del ratón.

—¿Crees que una víctima no era suficiente?

Tras tapar el ratón con una papelera volcada, Annie abrió la puerta para dejar entrar a *Hannibal* y lograr así que dejara de quejarse. No le apetecía una charla con Theo esa noche, especialmente en su cuarto, pero tenía muchas preguntas.

—Estoy empezando a creer que detestas Harp House casi tanto como yo. ¿Me gustaría saber por qué viniste a la isla, entonces?

—Tengo un libro que terminar y necesitaba un sitio donde escribir sin que nadie me molestara —explicó tras dirigirse hacia la ventana y contemplar el desolado prado invernal.

—¿Y cómo te va hasta ahora? —preguntó ella, pues no se le había escapado la ironía.

—No ha sido mi mejor idea. —Empañó la ventana con su aliento.

—Todavía queda mucho invierno. Podrías alquilar una casa en una playa en el Caribe.

—Estoy bien donde estoy.

Pero no lo estaba. Annie estaba harta de los misterios que lo rodeaban, harta de lo impotente que la hacía sentir no saber más cosas sobre él.

—¿Por qué viniste a Peregrine? —insistió Theo—. La verdad. Quiero saberlo. —Se volvió hacia ella con una expresión tan fría como el cristal helado—. Es que no lo entiendo.

Su actitud altanera no la intimidó, y logró hablar en un tono que esperaba que sonara desdeñoso.

—Atribúyelo a mi insaciable curiosidad por el funcionamiento de una mente patológica.

—No hay nada más desagradable que escuchar a alguien con un sustancioso fondo fiduciario y un contrato de edición firmado lamentarse de lo injusta que ha sido su vida —ironizó Theo con una ceja arqueada.

—Cierto. Pero el caso es que perdiste a tu mujer.

—No soy el único hombre al que le ha pasado —replicó Theo, encogiéndose de hombros.

O estaba disimulando o era tan distante como ella siempre había creído.

—También perdiste a tu hermana gemela. Y a tu madre.

—Se marchó cuando tenía cinco años. Apenas la recuerdo.

—Háblame de tu mujer. Vi su foto en internet. Era muy bonita.

—Bonita e independiente. Es la clase de mujeres que me atrae.

Cualidades de las que Annie sabía poco.

—Kenley era también brillante —prosiguió Theo—. Increíblemente lista. Y ambiciosa. Pero lo que más me atraía de ella era su gran independencia.

En el partido de la vida, el resultado era claro: Kenley Harp, cuatro; Annie Hewitt, cero. No era que estuviera celosa de una difunta, sino que anhelaba ser muy independiente también. Y poseer una belleza rutilante junto con un megacerebro tampoco estaría mal.

Si hubiera sido cualquier otro, Annie habría cambiado de tema, pero su relación distaba tanto de ser normal que podía decir lo que quisiera.

—Si tu mujer poseía todas esas cualidades, ¿por qué se suicidó?

Theo tardó en contestar. Primero apartó a *Hannibal* de la papelera volcada y comprobó el pestillo de la ventana.

—Porque quería castigarme por hacerla infeliz —respondió por fin.

Su indiferencia encajaba perfectamente con todo lo que había pensado de él, pero que ya no le parecía cierto.

—También me haces infeliz a mí pero no voy a suicidarme —replicó.

—Eso me tranquiliza. Pero a diferencia de Kenley, tu independencia no es pura fachada.

Estaba intentando asimilar lo que acababa de decirle cuando Theo pasó al ataque.

—Basta de tonterías. Desnúdate.

13

—¿Que me desnude? Tú deliras.

—¿Ah, sí? —Theo rodeó al gato—. Después de lo de anoche, no tenemos nada que perder. Y te gustará saber que la cabaña ya está bien surtida de condones. Hay en todas las habitaciones.

—¿Aquí también? —preguntó Annie echando un vistazo alrededor y pensando que era realmente pervertido.

—En el cajón de arriba de la mesilla de noche. —Y señaló hacia el mueble con un gesto de cabeza—. Al lado de tu osito de peluche.

—Es un Beanie Baby coleccionable.

—Te pido disculpas. —Era un hombre frío y relajado que lo más complicado que tenía en la cabeza era la seducción—. También puse en el estudio, la cocina, el cuarto de baño y llevo más en los bolsillos —explicó, y le recorrió el cuerpo con la mirada—. Aunque... no hace falta condón para todo lo que estoy pensando hacerte.

Ella dio un respingo y su imaginación repasó un catálogo de imágenes lascivas, tal como él quería. Se obligó a regresar a la realidad.

—Das muchas cosas por sentadas.

—Como tú misma dijiste, queda mucho invierno.

Era una falsa seducción; en realidad buscaba que ella deja-

200

ra de hacerle preguntas. O tal vez no. Se ciñó el cinturón de la bata.

—Si hay algo que me distingue... es que sin intimidad emocional no me interesa.

—Recuérdame qué clase de intimidad emocional tuvimos anoche... porque parecías muy interesada.

—Fue una excepción debida al alcohol. —No era del todo cierto, y no daba la impresión de que Theo se lo hubiera tragado. *Hannibal* tocó otra vez la papelera con una pata y como casi la tiró, Annie lo recogió del suelo—. Déjalo ya y dime por qué viniste a Peregrine en lugar de ir a un sitio más agradable.

—No seas cotilla. No tiene nada que ver contigo. —La suave seducción se desvaneció.

—Sí, si quieres que me desnude —susurró. ¿Estaba realmente tratando de utilizar el sexo como moneda de cambio? Tendría que darle vergüenza, pero como Theo no se rio, ella ni siquiera se sonrojó—. Sexo a cambio de sinceridad. Esta es mi oferta.

—No hablas en serio.

«En absoluto», pensó ella.

—No me gustan los secretos. Si quieres verme desnuda, tendrás que darme algo a cambio —afirmó mientras acariciaba al gato entre las orejas.

—No estoy tan ansioso por verte desnuda —replicó Theo, ceñudo.

—Tú te lo pierdes —repuso Annie, sin saber de dónde había sacado aquella seguridad en sí misma, aquella actitud desafiante. Allí estaba, toda ufana, con un pijama de hombre que le iba grande, una vieja bata andrajosa y, no había que olvidarlo, posiblemente embarazada. Y aun así, actuaba como si acabara de recorrer la pasarela en un desfile de Victoria's Secret—. Sostén tu gato mientras me encargo de nuestro difunto amigo.

—Ya me ocuparé yo.

—Como quieras. —Levantó el gato hasta que sus narices casi se tocaron—. Ven conmigo, *Hannibal*. Tu papá tiene que librarse de otro cadáver.

Se marchó triunfante de la habitación con el gato en brazos y henchida de satisfacción. No había averiguado gran cosa, pero de algún modo había logrado nivelar las condiciones entre ambos. Cuando dejó el minino en el suelo, reflexionó sobre lo que él había dicho respecto a que su independencia, la de ella, no era pura fachada. ¿Y si era verdad? ¿Y si no era tan desastre como se consideraba a sí misma?

Era una idea nueva, pero últimamente lo había pasado tan mal que la rechazó sin más. Salvo que... si al final era verdad, tendría que modificar radicalmente la opinión que tenía de sí misma.

—Agallas, Antoinette. Eso es lo que te falta. Unas buenas agallas —decía su madre.

«No, madre —pensó—. Que no sea tú no significa que no tenga agallas de sobras. Tuve las suficientes para darte todo lo que necesitabas antes de morir, ¿no?»

Y ahora lo estaba pagando.

La puerta de la cocina se abrió y se cerró. Un momento después, Theo entró en el salón. Habló en voz tan baja que casi no distinguió lo que decía.

—No podía escribir. Tenía que alejarme de todos.

Annie se volvió. Atenta.

Él estaba junto a la estantería, con el pelo algo despeinado debido a la salida para deshacerse del ratón.

—No soportaba la compasión de mis amigos y el odio de los de ella. —Soltó una carcajada—. Su padre me dijo que era como si yo mismo le hubiera metido aquellas pastillas garganta abajo. Y puede que tuviera razón. ¿Satisfecha?

Cuando se giró para irse al estudio, ella lo siguió.

—El caso es que si querías alejarte, ¿por qué no fuiste a un sitio que no detestaras? La Riviera francesa. Las islas Vírgenes. Yo qué sé. Puedes permitírtelo. Y, en cambio, viniste aquí.

—Me encanta Peregrine. Lo que no me gusta es Harp House. Y eso lo convierte en el lugar ideal para empezar a escribir de nuevo. Nada de distracciones. Por lo menos hasta que tú apareciste. —Se metió en el estudio.

Tenía sentido, pero faltaba algo. Cruzó la puerta tras él.

—Hace un par de semanas te vi salir de la cuadra. Hacía un frío terrible, pero te quitaste el jersey. ¿Por qué lo hiciste?

Theo se quedó mirando un arañazo que había en el suelo. Annie creyó que no iba a contestar. Pero lo hizo:

—Porque quería sentir algo.

Uno de los signos clásicos de un psicópata es su incapacidad de experimentar emociones normales, pero el dolor que reflejaba su rostro daba fe de que lo sentía todo. Una enorme desazón se apoderó de Annie. Como no quería oír más, se volvió para marcharse.

—Te dejaré solo.

—Al principio éramos felices —aseguró Theo—. Por lo menos, eso creía yo.

Ella se giró para mirarlo.

Tenía los ojos puestos en el mural de la pared, pero Annie tuvo la sensación de que no veía el taxi pintado que se estrellaba contra el escaparate.

—Pasado un tiempo, empezó a llamarme con más frecuencia desde el trabajo. No le di mayor importancia hasta que, poco después, empecé a recibir montones de mensajes cada día... cada hora. De texto, llamadas telefónicas, correos electrónicos. Quería saber dónde estaba, qué estaba haciendo. Si no le contestaba enseguida, montaba en cólera y me acusaba de estar con otras mujeres. Nunca le fui infiel. Nunca.

Finalmente miró a Annie.

—Dejó su empleo —continuó—. O quizá la obligaron a dejarlo. No lo sé con certeza. Su comportamiento se volvió más extraño. Explicó a su familia y a alguno de sus amigos que la estaba engañando, que la había amenazado. Al final, la llevé a un psiquiatra. La medicó, y la situación mejoró un tiempo hasta que dejó de tomar las pastillas porque decía que estaba intentando envenenarla. Traté de conseguir ayuda de su familia, pero nunca les mostraba su peor cara y se negaban a creer que realmente le pasara algo malo. Empezó a atacarme físicamente, puñetazos y arañazos. Tenía miedo de acabar lastimándola y me fui de casa. —Apretó los puños—. Una semana después se suicidó. ¿Qué te parece este cuento de hadas de la vida real?

Annie estaba horrorizada, pero como todo en él rechazaba que le tuvieran lástima, se mantuvo fría.

—Solamente a ti se te ocurriría casarte con una psicópata —soltó.

Él pareció sobresaltarse, pero relajó los hombros.

—Sí, bueno, Dios los cría y ellos se juntan, ¿no?

—Eso dicen. —Miró los muñecos, que descansaban en el estante y después de nuevo a él—. Recuérdame que parte de todo esto es culpa tuya. Aparte de haberte casado con ella.

—Venga, Annie —resopló él, otra vez tenso, además de enfadado—. No seas ingenua. Sabía muy bien lo enferma que estaba. Nunca tendría que haberla dejado. Si me hubiera enfrentado a su familia y la hubiera ingresado en un hospital, como necesitaba, puede que siguiera viva.

—Hoy en día es algo difícil internar a alguien contra su voluntad.

—Podría haber encontrado la manera.

—Tal vez sí. O no. —*Hannibal* ronroneó—. No sabía que fueras tan machista.

—¿De qué estás hablando? —soltó Theo, levantando la cabeza de golpe.

—Cualquier mujer racional casada con un hombre que la maltratara como tu mujer a ti lo habría dejado, se habría ido a un refugio, habría hecho lo que fuera para marcharse. Pero como tú eres hombre, tenías que quedarte con ella. Es así como va el asunto, ¿eh?

—No lo entiendes —dijo, desconcertado.

—¿Ah, no? Si quieres sentirte culpable por algo, hazlo por un pecado real, como no prepararme la cena hoy.

—¿Qué es lo que te pasa? —soltó Theo tras esbozar una fugaz sonrisa que le suavizó los rasgos—. Eres pura bondad y también pura estupidez. Prométeme que no volverás a hacer más desplazamientos a pie. Y que cuando conduzcas, tendrás los ojos muy abiertos.

—Abiertos del todo. —Ahora que sabía la verdad sobre su matrimonio, deseaba no saberla. Para satisfacer su curiosidad, había permitido que se formara una grieta más en el muro que los separaba, que cayera un ladrillo más—. Buenas noches.

—Oye, habíamos hecho un trato. ¿No se supone que ahora tienes que desnudarte?

—Sería sexo por compasión —simuló reconocer—. No te insultaré de ese modo.

—Adelante. Insúltame.

—Estás demasiado revolucionado. Más adelante me lo agradecerás.

—Lo dudo —murmuró cuando lo dejó solo.

El sábado por la noche se celebraba la Langosta Hervida, una cena mensual que compartían todos en el pueblo, y Jaycie había pedido a Annie que la llevara.

—No es por mí —le dijo—. Es que Livia apenas está con otros niños. Y así podré presentarte a quienes todavía no conozcas.

Era la primera noche libre de Jaycie desde que se había roto el pie. Sus grandes sonrisas mientras preparaba la tarta de chocolate con pacanas para el acontecimiento indicaban lo mucho que le apetecía ir por su propio bien, no solo por el de Livia.

El destartalado Chevrolet Suburban de Jaycie estaba aparcado en el garaje. Como muchos de los vehículos muy rodados de la isla, tenía la carrocería oxidada, le faltaban los tapacubos y no llevaba matrícula, pero tenía incorporada la sillita infantil para Livia, de modo que iban a usarlo.

Annie abrochó el cinturón de la pequeña, dejó la tarta en el suelo, detrás del asiento del pasajero, y ayudó a sentarse a Jaycie. Hacía viento, pero como no había nieve reciente y las peores placas de hielo se habían derretido, la carretera no estaba tan peligrosa como antes. Aun así, a Annie le alegró conducir el Suburban en lugar de su coche.

Para ir elegante se había puesto la única falda que tenía allí: una estilizada de tubo verde oscuro con un suave volante de lana de siete centímetros que le rozaba las rodillas. La había conjuntado con uno de los tops de ballet blancos de manga larga de Mariah, unas medias color arándano y unas botas de diseño que se abrochaban encima de los tobillos. Las había visto el invierno anterior en el escaparate de una tienda de segunda mano y se las compró por una bicoca. Con un buen cepillado y unos cordones nuevos, parecían casi nuevas.

Cuando salieron a la carretera principal, Annie se dirigió a Livia por encima del hombro:

—Scamp lamenta no poder acompañarte esta noche. Le duele la garganta.

Livia frunció el ceño y golpeó la sillita con las zapatillas deportivas, de modo que le temblaron las orejas de gato de terciopelo marrón de la diadema. No necesitó palabras para expresar cómo se sentía por la ausencia del muñeco.

—Tal vez pueda conocer a Scamp algún día —intervino Jaycie mientras jugueteaba con la cremallera de su abrigo—. ¿Cómo está Theo?

Incluso en aquella tenue luz resultaba doloroso ver su luminosa sonrisa. Annie no soportaba verla así. A pesar de lo bonita que era, Jaycie no tenía la menor oportunidad con Theo. A él le atraían las mujeres hermosas, brillantes y alocadas, cualidades que ni Jaycie ni ella poseían. Para Annie, aquello era una ventaja, pero su amiga no lo vería igual.

—Anoche, cuando me acosté, estaba trabajando en el estudio, y esta mañana apenas lo vi —dijo Annie, esquivando la verdad.

Pero había visto lo suficiente. Su imagen saliendo del cuarto de baño con una toalla a la cintura y gotas de agua brillándole en los hombros la había embobado. Exactamente la clase de reacción por la que podría haberse quedado embarazada.

Tragó saliva para mitigar su inquietud.

—Alguien volvió a colarse ayer en la cabaña cuando estaba vacía. —Consciente de Livia en el asiento trasero, no entró en detalles—. Después te cuento.

—No he podido ponerme en contacto con Laura Keen para hablar sobre Danny. A lo mejor la veré esta noche —comentó Jaycie, retorciéndose las manos en el regazo.

Alzaron los ojos hacia el ayuntamiento bien iluminado. La bandera ondeaba en su mástil, y la gente entraba con bolsas de tarta, paquetes de cerveza y botellas de refresco de litro. Jaycie parecía nerviosa, y Annie recogió la muleta que se le cayó al salir del coche.

Se batieron contra el viento hasta llegar a la puerta. Livia se aferraba a su peluche rosa, con el pulgar en la boca. Tal vez fueran imaginaciones suyas, pero a Annie le pareció que se hizo un silencio momentáneo en la sala cuando ellas tres entraron. Pasaron los segundos y entonces varias mujeres mayores se les acercaron: Barbara Rose, Judy Kester y Naomi, la capitana de barco.

Barbara dio un abrazo cariñoso a Jaycie, envolviéndola en una nube de su perfume floral.

—Temíamos que no vinieras.

—Hace demasiado tiempo que no estamos en contacto —dijo Naomi.

—¡Caramba, cómo has crecido! —exclamó Judy, que se había agachado delante de Livia—. ¿Me das un abrazo?

Livia se escondió detrás de Annie para que la protegiera,

y ella alargó la mano y le acarició el hombro. Le encantó que la niña buscara refugio en ella.

Judy retrocedió riendo, tomó la tarta de Jaycie y la llevó a la mesa de los postres. Ellas se quitaron los abrigos. Los pantalones negros y el jersey azul marino de Jaycie estaban muy gastados pero la favorecían. Llevaba la larga cabellera rubia peinada con la raya a un lado, y el maquillaje que se había puesto con esmero incluía rímel, sombra de ojos y lápiz de labios cereza.

La sala de reuniones del ayuntamiento apenas era tan grande como el salón de Harp House, y la ocupaban unas largas mesas cubiertas con manteles de papel blanco. Las paredes grises, llenas de rozaduras, mostraban el tablón de anuncios municipal, amarillentas fotografías históricas, un óleo más bien *amateur* del puerto, carteles de primeros auxilios y un extintor. Una puerta daba a la diminuta biblioteca, la otra a la sala que servía de despacho, oficina de correos y, a juzgar por los sabrosos aromas, cocina.

Langosta Hervida, según le explicó Jaycie, no era un buen nombre para aquel acto mensual, pues no incluía ese crustáceo.

—Comemos tanta que hará unos veinte años se decidió cambiar el menú por una cena hervida tradicional de Nueva Inglaterra. Carne de ternera o jamón en invierno, almejas y mazorcas de maíz en verano. No sé por qué lo seguimos llamando Langosta Hervida.

—No vaya a ser que alguien acuse a los isleños de no seguir las tradiciones —comentó Annie.

—En ocasiones creo que voy a asfixiarme si sigo aquí un día más —aseguró Jaycie tras morderse el labio inferior.

Lisa McKinley salió de la cocina. Llevaba unos vaqueros y una blusa con cuello de pico que mostraba un collar de estilo victoriano, un regalo que, como se apresuró a anunciar, era de Cynthia Harp. Annie la dejó con Jaycie para que pudieran ponerse al día. Mientras se movía entre las mesas, fue captando retazos de conversación.

—... doscientos kilos menos de capturas que el año pasado a estas alturas.

—... se me olvidó pedir masa precocinada, así que tengo que prepararlos de cero.

—... eso es más que una bomba de barco nueva.

Annie examinó el grabado en blanco y negro que colgaba torcido en la pared. Mostraba unos personajes con vestimenta del siglo XVII a orillas del mar. Naomi se le acercó por detrás y señaló la imagen con la cabeza.

—En la época colonial, las langostas llegaban hasta la playa misma. Había tantas que alimentaban con ellas a los cerdos y a los presos de la cárcel.

—Para mí siguen siendo un festín —aseguró Annie.

—Para la mayoría de la gente lo son, y eso nos va bien. Pero la pesca tiene que ser sostenible o se nos acabará el negocio.

—¿Cómo lo hacéis?

—Con muchas normativas sobre dónde y cuándo se puede pescar. Y las reproductoras son intocables. Si capturamos una hembra reproductora, le grabamos una V en la cola para identificarla y la devolvemos al agua. Tenemos que devolver al agua el ochenta por ciento de las langostas que capturamos porque son demasiado pequeñas o demasiado grandes, o están marcadas con la V o llevan huevos.

—Una vida dura.

—Tiene que gustarte mucho, eso seguro. —Se tiró de un pendiente de plata—. Si te interesa, puedes venir en mi barco. Parece que el tiempo será bastante decente a principios de semana, y no hay demasiada gente de ciudad que pueda decir que ha trabajado en la popa de una embarcación langostera de Maine.

—Me encantaría —aceptó Annie, sorprendida por la invitación.

—Tendrás que madrugar. Y no lleves tu mejor ropa —advirtió Naomi, que parecía contenta.

Cuando acababan de quedar en que Annie se encontraría

con Naomi en el muelle del cobertizo el lunes por la mañana, se abrió la puerta principal y una ráfaga de aire frío se coló en la sala. Y entró Theo.

El nivel de ruido fue reduciéndose a medida que la gente era consciente de su presencia. Theo saludó con la cabeza y la charla remontó, pero la mayoría de los presentes siguieron mirándolo de soslayo. Jaycie interrumpió su conversación con Lisa para contemplarlo. Un grupo de hombres con la cara curtida le hicieron señas para que se uniera a ellos.

Annie notó que algo le tiraba de la falda y, al bajar la vista, vio que Livia estaba intentando captar su atención. La pequeña, aburrida de la conversación de los mayores, se había fijado en un grupo de tres niños y dos niñas que estaban en un rincón. Gracias a su visita a la biblioteca, Annie sabía que la más pequeña era la hija de Lisa. Y no tuvo ningún problema en interpretar la súplica en la expresión de Livia. Quería jugar con aquellos niños, pero era demasiado tímida para acercarse sola a ellos.

La tomó de la mano y fueron juntas. Las niñas estaban poniendo pegatinas en un libro mientras los niños discutían sobre un videojuego portátil. Sonrió a las pequeñas, cuyas mejillas redondeadas y cabello rojizo identificaban como hermanas.

—Me llamo Annie. Y ya conocéis a Livia —dijo.

—Hace mucho que no te veíamos —dijo la mayor—. Yo soy Kaitlin y esta es mi hermana, Alyssa.

—¿Cuántos años tienes? —preguntó Alyssa a Livia.

Livia levantó cuatro dedos.

—Yo tengo cinco. ¿Cuál es tu segundo nombre? El mío es Rosalind.

Livia agachó la cabeza.

Cuando fue evidente que la niña no iba a contestar, Alyssa miró a Annie.

—¿Qué le pasa? ¿Por qué no habla?

—Cállate, Alyssa —la reprendió su hermana—. Ya sabes que no tenemos que preguntar eso.

Annie se había hecho a la idea de que Jaycie y Livia estaban, de algún modo, separadas de la comunidad, pero no era así. Estaban tan arraigadas como cualquiera de los demás.

La pelea de los niños por el videojuego se estaba descontrolando.

—¡Me toca a mí! —gritó uno.

—¡No! ¡El juego es mío! —El niño más corpulento atizó al que se había quejado y, acto seguido, los tres estaban de pie dispuestos a liarse a tortazos.

—¡Quietos, pillastres!

Los pequeños, perplejos, miraron alrededor en busca del origen de la voz del capitán Jack Sparrow. Livia, que tenía ventaja, sonrió.

—¡Si seguís así, os pasaré a todos por la quilla!

Los niños fueron centrándose en Annie, que había formado un muñeco con la mano derecha. Agachada, movía el pulgar para que el muñeco hablara.

—Tenéis suerte de que me haya dejado el alfanje en la cubierta de popa, marineros de agua dulce, porque si no os pincharía el culo.

Los críos eran iguales en todas partes. Bastaba con decir «culo» o alguna otra palabra tabú y ya los tenías en la palma de la mano.

Dirigió el improvisado muñeco hacia el niño más pequeño, un rubito con aspecto de querubín y un ojo morado.

—¿Qué me dices, grumete? Pareces lo bastante fuerte como para navegar en el *Jolly Roger*. Estoy buscando el tesoro de la ciudad perdida de la Atlántida. ¿Quién quiere venir conmigo?

Livia fue la primera en levantar la mano, y Annie casi abandonó al capitán Jack para darle un abrazo.

—¿Estás segura, preciosa? Tendremos que enfrentarnos a terribles serpientes marinas. Habrá que ser valiente. ¿Lo eres?

Livia asintió feliz con la cabeza.

—¡Yo también soy valiente! —exclamó Kaitlin.

—¡Tú no eres tan valiente como yo, idiota! —soltó el querubín.

—No seas maleducado, grumete, o pasearás por la tabla —gruñó el capitán Jack, que por costumbre prosiguió—: Los abusones no tienen cabida en el *Jolly Roger*. Tenemos que estar todos unidos para luchar contra los dragones marinos. Si alguien se porta como un abusón a bordo de mi barco, se lo doy de comer a los tiburones.

Eso los impresionó.

No tenía nada en la mano para crear un muñeco, ni siquiera unos ojos dibujados con rotulador, pero los niños estaban embelesados. El mayor, no obstante, no era tonto.

—No tienes pinta de pirata. Pareces una mano.

—¡Sí, voto a bríos! Eres muy listo al haberte fijado. Mis enemigos me lanzaron un hechizo, y la única forma que tengo de romperlo es encontrar el tesoro perdido. ¿Qué me decís, grumetes? ¿Sois lo bastante valientes?

—Yo zarparé con usted, capitán.

No era la voz de ningún niño, sino una sumamente familiar.

Se volvió. Un puñado de adultos se había reunido detrás de ella para ver el espectáculo. Theo estaba entre ellos, con los brazos cruzados y una expresión divertida.

—Solo voy a llevar mozalbetes robustos —indicó el capitán Jack tras echarle un vistazo—. Tú ya estás un poco crecidito.

—Lástima —dijo Theo, con todo el aspecto de un galán de la Regencia—. Con lo que me apetecía ver esas serpientes marinas...

Sonó la campana de la cena.

—La comida está a punto. ¡Haced cola! —anunció una voz.

—Adelante, mis valientes, id a comer galletas. Yo tengo que regresar al barco. —Abrió mucho los dedos, dando así una despedida majestuosa al capitán Jack.

Tanto los niños como los adultos estallaron en aplausos. Livia se arrimó a ella. Los niños mayores empezaron a acosarla a preguntas y comentarios.

—¿Cómo hablas sin mover los labios?

—¿Puedes hacerlo otra vez?

—Yo navego en la langostera de mi padre.

—Quiero hablar así.

—Yo me disfracé de pirata en *Halloween*.

Los adultos empezaron a llamar a sus hijos y conducirlos hacia la cola que se había formado en el mostrador donde se servía la comida en la habitación contigua.

—Ahora están claras muchas cosas que otrora eran confusas —comentó Theo tras acercarse a ella.

—¿Otrora?

—Se me escapó. Pero hay algo que sigo sin entender. ¿Cómo lograste hacer lo del reloj?

—No sé de qué me hablas.

Él le dirigió una mirada que indicaba que negarlo era ridículo y que, si tenía algo de prestancia, confesaría la verdad.

Bien, la actuación había terminado. Sonrió, se puso a su lado y emitió uno de sus mejores gemidos fantasmagóricos en voz baja para que solo él pudiera oírlo.

—Precioso —dijo Theo.

—Llámalo «La venganza del montaplatos».

Esperaba que la ignorara pero, en lugar de eso, pareció sinceramente arrepentido.

—Lo siento mucho.

Pensó que ninguno de sus dos novios le había dicho «lo siento» por nada, en todo el tiempo que habían salido.

Livia se marchó corriendo con su madre. Jaycie seguía con Lisa, pero tenía la atención puesta en Theo. Cuando Annie se reunió con ellas, oyó que Lisa le estaba diciendo:

—Tienes que volver a llevarla al médico. Ya tendría que hablar.

No pudo oír la respuesta de Jaycie.

Todos hicieron cola para llenar sus platos. Marie y Tildy, de la partida de *bunco*, se llevaron a Theo con ellas y empezaron a acribillarlo a preguntas sobre su escritura, pero después de que lo hubieran servido, las dejó para irse a la mesa que Annie compartía con Jaycie y Livia. Se sentó al lado de Annie y delante de Lisa y su marido, Darren, que era langostero y también el electricista de la isla. Livia observó con recelo a Theo, y Jaycie perdió el hilo de la conversación que mantenía con Lisa.

Theo y Darren se conocían de veranos anteriores y empezaron a hablar sobre pesca. Annie se fijó en la facilidad con que Theo charlaba con todo el mundo, lo que le resultó interesante, teniendo en cuenta lo mucho que defendía su privacidad.

Pero estaba harta de pensar en las contradicciones de Theo, así que se concentró en la comida. Además de ternera muy bien condimentada, la cena hervida incluía patatas, cogollos de lechuga, cebollas y diversos tubérculos. A excepción de los colinabos, de los que tanto ella como Livia huyeron como de la peste, lo demás estaba delicioso.

A pesar de su interés por Theo, Jaycie no hizo nada para llamar su atención aparte de dirigirle alguna que otra mirada anhelante.

—Te colaste en la torre mientras dormía y cambiaste la pila del reloj. Tendría que haberlo deducido —comentó Theo.

—No es culpa tuya que seas tan lerdo. Supongo que es difícil recuperarse de un golpe en la cabeza con una cuchara de plata.

Theo arqueó una ceja.

Livia dio un golpecito a Annie, levantó un brazo y formó un muñeco con los dedos, que movió torpemente para indicarle que quería ver otro espectáculo de ventriloquia.

—Después, cielo —dijo Annie, dándole un beso en la cabeza, justo detrás de las orejas de gato.

—Te has ganado una amiga —dijo Theo.

—Más bien Scamp. Liv y ella son muy buenas amigas. ¿Verdad, tesoro?

Livia asintió y tomó un sorbito de leche.

Los isleños habían empezado a hacer cola en la mesa de los postres, y Jaycie se levantó.

—Te traeré un pedazo de mi tarta de chocolate con pacanas, Theo.

Aunque él quería evitar los platos de Jaycie, asintió.

—Me sorprende verte aquí —le comentó Annie—. No eres lo que se dice muy sociable.

—Alguien tiene que vigilarte.

—Vine con Jaycie en el coche y aquí estoy con mucha gente.

—Aun así...

Un silbido penetrante llenó la sala y acalló a los presentes. En la puerta principal había un hombre robusto con un anorak.

—Atención todo el mundo. El servicio de guardacostas ha recibido una llamada de socorro hace veinte minutos de una trainera a unos tres kilómetros de Jackspar Point. Ya han enviado ayuda, pero nosotros podemos llegar antes.

Señaló con la cabeza a un langostero fornido con camisa de franela sentado a la mesa contigua y al marido de Lisa, Darren. Los dos se levantaron. Para sorpresa de Annie, Theo los imitó. Le sujetó el respaldo de la silla y se inclinó hacia ella.

—No vuelvas a la cabaña esta noche. Pasa la noche en Harp House con Jaycie. Promételo —le pidió.

Sin esperar respuesta, se reunió con los tres hombres en la puerta. Les dijo algo y después de que uno de ellos le diera una palmada en la espalda, se marcharon.

Annie estaba asombrada. Jaycie parecía a punto de echarse a llorar.

—No lo entiendo. ¿Por qué va Theo con ellos?

Annie tampoco lo entendía. Theo navegaba por placer. ¿Por qué iba a participar en una misión de rescate?

—Esto no me gusta nada —dijo Lisa, mordiéndose el labio inferior—. Debe de haber ráfagas de viento de cuarenta nudos.

Naomi la oyó y se sentó a su lado.

—Darren no tendrá ningún problema, Lisa. Ed es uno de los mejores marinos de la isla y su barco es de lo mejorcito que hay.

—Pero ¿y Theo? —preguntó Jaycie—. No está acostumbrado a estas condiciones meteorológicas.

—Voy a enterarme. —Naomi volvió a levantarse.

Barbara fue a consolar a su hija.

—Darren acaba de recuperarse de una gripe intestinal —se quejó Lisa, tomándole la mano—. Está noche será horrible. Si el *Val Jane* se congela...

—Es un buen barco —replicó Barbara, aunque parecía tan preocupada como su hija.

Naomi regresó y se dirigió a Jaycie.

—Theo es auxiliar sanitario. Por eso va con ellos —aclaró.

¿Auxiliar sanitario? Annie no podía dar crédito. Theo se dedicaba a descuartizar cuerpos, no a remendarlos.

—¿Tú lo sabías? —preguntó a Jaycie, que sacudió la cabeza.

—Hace casi dos años que no teníamos a nadie con conocimientos médicos en la isla —comentó Naomi—. Desde que Jenny Schaeffer se marchó con sus hijos. Es una de las mejores noticias que hemos recibido este invierno.

—Theo no tiene ninguna experiencia en navegar con esta clase de tiempo. Tendría que haberse quedado aquí —soltó Jaycie, cada vez más nerviosa.

Annie no podría haber estado más de acuerdo con ella.

La preocupación de los isleños por los hombres que se habían ido y por la embarcación en peligro acabó con el placer de la reunión y todos empezaron a recoger. Annie ayudó a las mujeres a retirar las mesas mientras Jaycie cuidaba de Livia y las hijas de Lisa. Al entrar en la cocina con un montón de platos sucios, Annie oyó un fragmento de una conversación que la dejó pasmada.

—No es de extrañar que Livia siga sin hablar —decía una mujer—. Después de lo que vio...

—Puede que no hable nunca —comentó otra—. Eso le romperá el corazón a Jaycie.

—Jaycie tiene que prepararse para afrontarlo —repuso la primera mujer—. No pasa cada día que una niña vea a su madre asesinar a su padre.

Alguien abrió el grifo del fregadero y Annie no pudo oír nada más.

14

Theo se preparó para recibir una ola monstruosa que golpeó la proa del *Val Jane*. Había crecido entre veleros y zarpado más de una vez en embarcaciones langosteras. Se había enfrentado a tempestades veraniegas, pero nunca a nada como esto. El casco de fibra de vidrio enfiló otro valle, y Theo tuvo un estimulante subidón de adrenalina. Por primera vez desde hacía siglos se sentía totalmente vivo.

El barco langostero se elevó con el oleaje, se quedó suspendido un momento y volvió a descender. Incluso con el traje naranja de supervivencia para el mal tiempo, estaba helado hasta los huesos. El agua salada le resbalaba cuello abajo, y tenía todas las partes expuestas del cuerpo mojadas y entumecidas, pero el refugio de la timonera no lo tentaba. Quería vivir aquello. Experimentarlo. Asimilarlo. Necesitaba tener el pulso así de acelerado, los sentidos así de aguzados.

Otra masa de agua se elevó, imponente, ante ellos. El servicio de guardacostas había comunicado por radio que el *Shamrock*, la trainera perdida, había perdido potencia después de que se le inundara el motor, y que llevaba dos hombres a bordo. Ninguno duraría mucho tiempo en el agua, dadas las temperaturas gélidas del océano. Ni siquiera el traje de supervivencia los protegería. Theo repasó mentalmente todo lo que sabía sobre cómo tratar la hipotermia.

Había iniciado su formación como auxiliar sanitario cuando se documentaba para *El sanatorio*. La idea de ser capaz de intervenir en situaciones de crisis estimuló su imaginación de escritor y redujo su creciente sensación de ahogo. Lo había hecho a pesar de las objeciones de Kenley.

«¡Tienes que pasar el tiempo conmigo!»

Una vez titulado, se había ofrecido para trabajar como voluntario en el Center City de Filadelfia, donde había tratado de todo, desde fracturas de huesos de turistas o infartos de practicantes de *footing* hasta lesiones de patinaje y mordidas de perro. Había ido en coche a Nueva York durante el huracán que había castigado duramente la ciudad para ayudar a evacuar el Hospital de Veteranos de Manhattan y una residencia de ancianos de Queens. Sin embargo, nunca había tratado a hombres rescatados del Atlántico Norte en pleno invierno. Esperaba que no fuera demasiado tarde.

El *Val Jane* encontró el *Shamrock* de repente. La trainera apenas se mantenía a flote, muy escorada a estribor, y cabeceaba en el agua como una botella de plástico vacía. Un hombre se aferraba a la borda. Theo no distinguía al otro.

Oyó el zumbido del motor diésel mientras Ed maniobraba el *Val Jane* para acercarlo más a pesar de que el fuerte oleaje trataba de separar las dos embarcaciones. Darren y Jim Garcia, el otro miembro de la tripulación que Ed había elegido para aquella misión, se esforzaban en la cubierta helada por amarrar la trainera al *Val Jane*. Como Theo, llevaban chalecos salvavidas sobre su equipo de supervivencia.

Theo alcanzó a ver el rostro aterrado del hombre que se aferraba como podía a la borda y vislumbró después al segundo tripulante, que estaba inmóvil y atrapado en el cordaje. Darren estaba empezando a atarse un cabo de seguridad a la cintura para abordar la trainera. Theo se dirigió con dificultad hacia él y se lo arrebató.

—¿Qué haces? —gritó Darren por encima del ruido del motor.

—¡Necesito ejercicio! —respondió Theo, y empezó a rodearse la cintura con el cabo.

—¿Te has vuelto...?

Pero Theo ya estaba atando el nudo y, en lugar de perder tiempo discutiendo, Darren sujetó el otro extremo a una cornamusa de cubierta.

—No quiero tener que rescatarte a ti también —gruñó mientras daba su cuchillo a Theo.

—Eso no pasará —aseguró Theo con una chulería que no sentía. Pensaba quién sufriría si no salía airoso de aquello. ¿Su padre? ¿Unos cuantos amigos? Lo superarían. ¿Y Annie?

Annie lo celebraría con una botella de champán.

Pero no lo haría. Eso era lo malo de ella. No tenía vista con la gente. Esperaba que hubiera ido a Harp House como le había dicho. Si la había dejado embarazada...

No podía permitirse esa clase de distracción. El *Shamrock* se estaba hundiendo. En cualquier momento tendrían que soltar las amarras o pondrían en peligro el *Val Jane*. Al mirar el espacio que separaba las dos embarcaciones, esperó volver a estar a bordo antes de que eso sucediera.

Observó las olas, esperó su oportunidad y se arriesgó a pasar a la acción. Logró salvar la distancia entre ambos barcos y encaramarse con dificultad al casco resbaladizo y medio sumergido del *Shamrock*. Al pescador que se aferraba a la borda solo le quedaban fuerzas para alargar un brazo.

—Mi hijo... —soltó como pudo.

Theo echó un vistazo al puente de mando. El muchacho atrapado en su interior tendría unos dieciséis años y estaba inconsciente. Se concentró primero en el hombre mayor. Hizo gestos a Darren y lo levantó lo suficiente para que este y Jim pudieran sujetarlo y subirlo al *Val Jane*. El hombre tenía los labios azules y necesitaba atención inmediata, pero Theo tenía que liberar antes al chico.

Se introdujo en el puente de mando, chapoteando con sus botas en el agua. El muchacho tenía los ojos cerrados y no se movía. Como el barco se estaba hundiendo, Theo no perdió el tiempo en buscarle el pulso. Había una norma básica a la hora de tratar la hipotermia extrema: nadie está muerto hasta que está caliente y muerto.

Se abrió camino a través de las cuerdas enmarañadas que atrapaban las piernas del chico mientras lo sujetaba por la chaqueta de supervivencia. No iba a liberarlo para ver cómo el mar se lo llevaba.

Jim y Darren se peleaban con las amarras, haciendo todo lo posible para que las embarcaciones siguieran estando cerca. Theo cargó al muchacho hasta dejarlo en el casco. Una ola lo cubrió, cegándolo. Sujetó al chico con todas sus fuerzas y parpadeó para aclararse la vista, pero recibió el impacto de otra ola. Finalmente, Darren y Jim pudieron alargar los brazos lo suficiente para subir al pescador a bordo del *Val Jane*.

Unos momentos después Theo se desmoronó en la cubierta, pero cada segundo acercaba más a aquellos hombres a la muerte, de modo que se levantó de inmediato. Mientras Jim y Ed se encargaban de la trainera, Darren lo ayudó a llevarlos al puente de mando.

A diferencia del chico, que apenas tenía edad para afeitarse, el hombre mayor era barbudo y tenía la piel curtida de alguien que ha pasado casi toda su vida al aire libre. Había empezado a temblar, lo que era buena señal.

—Mi hijo...

—Yo cuidaré de él —dijo Theo, y rogó que los guardacostas llegaran pronto. Llevaba un equipo de emergencias sanitarias en el coche, pero carecía del equipo de reanimación que esos dos hombres necesitaban.

En otras circunstancias le habría efectuado la reanimación cardiopulmonar al chico, pero podría resultar fatal para alguien con hipotermia extrema. Sin sacarse el equipo, les quitó el traje de supervivencia a los hombres y los envolvió en mantas secas. Preparó unas bolsas de calor improvisadas y las puso bajo las axilas del muchacho. Finalmente, le encontró el pulso: débil.

Cuando llegó la embarcación del servicio de guardacostas, Theo había tapado a los dos hombres y los había hecho reaccionar con más bolsas de calor. Para su alivio, el muchacho había empezado a moverse, mientras que su padre ya articulaba frases cortas.

Theo informó a la sanitaria de los guardacostas mientras ella les ponía una vía y les suministraba oxígeno caliente y humidificado. El muchacho tenía los ojos abiertos, y su padre intentaba incorporarse.

—Le ha salvado... la vida. Ha salvado la vida... de mi hijo.

—No se mueva —dijo Theo, empujando con cuidado al hombre para que se acostara—. Me alegra haberles ayudado.

Cuando llegó a Harp House eran casi las dos de la madrugada. A pesar de llevar la calefacción del Range Rover a tope, le castañeteaban los dientes. Unas semanas antes anhelaba aquella clase de incomodidad, pero esa noche le había ocurrido algo, y ahora ansiaba quitarse la ropa mojada y entrar en calor. Aun así, se detuvo en Moonraker Cottage. Para su alivio, la cabaña estaba vacía. Era difícil de creer que Annie hubiera seguido sus indicaciones.

Y mucho más dónde iba a encontrarla.

En lugar de acurrucada en una de las habitaciones de Harp House, estaba dormida en el sofá de la torre, con la luz prendida y un ejemplar de la *Historia de Peregrine Island* abierto en el suelo a su lado. Pero tenía que haberse parado antes en la cabaña, porque se había cambiado y llevaba su habitual conjunto de vaqueros y jersey. A pesar de lo cansado que estaba, al ver sus rizos alborotados en el viejo cojín de damasco empezó a tranquilizarse.

Annie se volvió de costado y parpadeó.

—Cariño, ya estoy en casa —no pudo evitar decir Theo.

Ella se había tapado con la parka gris de él, que se deslizó hasta la alfombra al incorporarse. Se apartó el pelo de la cara.

—¿Encontrasteis el barco? ¿Qué pasó?

—Salvamos a los hombres. El barco se hundió —comentó, quitándose la chaqueta.

Annie se levantó y vio lo despeinado que iba y lo mojados que tenía el cuello del jersey y los vaqueros.

—Estás empapado —comentó.

—Lo estaba mucho más hace unas horas.

—Y estás tiritando.

—Hipotermia de grado uno. El mejor tratamiento es desnudarse y entrar en contacto con otra persona desnuda.

—¿Qué tal una ducha calentita? —ofreció Annie, ignorando su broma, viendo lo cansado que estaba y mirándolo con verdadera preocupación—. Sube.

No tenía fuerzas para discutir.

Ella se le adelantó y cuando él llegó a lo alto de la escalera, ya le alargaba el albornoz. Lo empujó hacia el cuarto de baño y abrió el grifo de la ducha, como si él fuera un minusválido. Quiso decirle que lo dejara solo, que no necesitaba una madre. Annie no tendría que estar allí, esperándolo, confiando en él. Su simpleza lo volvía loco. Al mismo tiempo, quería darle las gracias. Que él recordara, la última persona que había intentado cuidar de él había sido Regan.

—Te prepararé una bebida caliente —anunció mientras se volvía para marcharse.

—Que sea whisky. —Exactamente lo peor que puedes beber cuando estás tan helado, pero tal vez ella no lo supiera.

Lo sabía. Cuando salió del cuarto de baño recién duchado y con el albornoz puesto, lo estaba esperando en la puerta con una taza de humeante chocolate.

—Espero que le hayas echado algo —comentó Theo, mirando el líquido con repugnancia.

—Ni siquiera un malvavisco. ¿Por qué no me contaste que eras auxiliar sanitario?

—Temí que me pidieras un examen pélvico gratuito. Siempre me pasa.

—Eres un depravado.

—Gracias. —Se metió en su cuarto y, por el camino, tomó un sorbo de chocolate. Estaba riquísimo.

Se paró en la puerta. Annie había abierto las sábanas y hasta le había mullido las malditas almohadas. Bebió más chocolate y se volvió para mirarla, allí, de pie, en el pasillo. Llevaba el jersey verde arrugado, y la vuelta de una pernera de los vaqueros se le había quedado enganchada en el calcetín deportivo. Iba despeinada y estaba acalorada, y nunca había estado más *sexy*.

—Sigo teniendo frío —soltó, aunque se decía que lo mejor era no insistir hasta mañana—. Muchísimo frío.

—Buen intento —comentó Annie con la cabeza ladeada—. Pero no voy a meterme en la cama contigo.

—Pero quieres hacerlo. Admítelo.

—Sí, claro. ¿Por qué no volver a meterme en la boca del lobo? —Sus iris le lanzaron chispas doradas—. Mira dónde me ha llevado eso hasta ahora. Seguramente a quedarme embarazada. ¿No le parece un buen cubo de agua fría sobre sus ardientes partes íntimas, señor Cachondo?

No era gracioso. Era horripilante. Solo que, al decirlo con toda aquella indignación airada, a él le entraron unas ganas locas de besarla.

—No estás embarazada —dijo con más seguridad de la que sentía. Y como la primera vez que se lo preguntó, se había negado a responderle, añadió—: ¿Cuándo te toca el período?

—Eso es asunto mío.

Se hacía la antipática. Era su forma de distraerlos de lo que ambos querían hacer. ¿O quizá solo él lo quería?

—¿Sabías que Jaycie mató a su marido? —soltó Annie tras pasarse un mechón de pelo por detrás de la oreja.

El cambio brusco de tema lo desconcertó un instante. Levantó la taza; todavía no podía creerse que le hubiera preparado chocolate caliente.

—Claro. Era un auténtico cabronazo. Por eso nunca la habría despedido.

—Deja de hacerte el santo —replicó Annie—. Los dos sabemos que me tendiste una trampa. —Se rascó el brazo por encima del jersey—. ¿Por qué Jaycie no me lo contó?

—Dudo que le apetezca hablar de ello.

—Aun así, llevamos semanas trabajando juntas. ¿No opinas que podría haberme dicho algo?

—Parece que no. —Dejó la taza—. Grayson era unos años mayor que yo. Era un muchacho hosco, que no caía demasiado bien ya entonces, y no parece que nadie lo eche demasiado de menos.

—Tendría que habérmelo dicho.

No le gustaba ver alterada a aquella mujer de cabello rizado que manipulaba muñecos y confiaba en quien no debía. Quería llevársela a la cama. Hasta prometería no tocarla con tal de borrar aquellas arrugas de preocupación. Pero no tuvo ocasión de hacerlo. Annie apagó la luz y empezó a bajar la escalera. Tendría que haberle dado las gracias por cuidar de él, pero ella no era la única antipática que había por allí.

Como no consiguió volver a dormirse, Annie se puso el abrigo, cogió las llaves del Range Rover y salió. Durante el camino de vuelta tras la cena de la Langosta Hervida no había hablado con Jaycie sobre lo que había averiguado. Y su amiga no sabía que ella había ido a la torre a esperar a Theo.

El cielo nocturno se había despejado, y el velo estrellado de la Vía Láctea se extendía sobre ella. No quería hablar con Jaycie ni con Theo por la mañana, pero en lugar de subirse al coche se dirigió hacia el borde del camino y miró hacia abajo. Estaba demasiado oscuro para ver la cabaña, pero si hubiera habido alguien allí haciendo algo, ya se habría ido. Hacía semanas, le habría dado miedo ir a la cabaña en plena noche, pero la isla la había curtido. Ahora casi esperaba que hubiera alguien. Así, por lo menos, sabría quién la atormentaba.

El Range Rover olía como Theo: a cuero y al frío invernal. Estaba bajando la guardia tan deprisa que apenas podía mantener su posición. Y también estaba Jaycie. Aunque había pasado casi un mes con ella, su amiga no había mencionado ni una sola vez el pequeño detalle de que había matado a su marido. De acuerdo, no era el tipo de tema que podía sacarse fácilmente en una conversación, pero tendría que haber encontrado la forma. Aunque ella estaba acostumbrada a intercambiar confidencias con sus amigas, sus conversaciones con Jaycie siempre eran superficiales. Era como si Jaycie llevara un cartel de prohibida la entrada colgado del cuello.

Annie llegó a la cabaña y salió del coche. El cerrajero que no podía permitirse no iba a ir hasta la semana siguiente. Podía encontrarse a cualquiera dentro. Abrió la puerta, entró en la cocina y prendió la luz. Todo estaba tal como lo había dejado. Recorrió la casa, encendiendo las luces, y echó un vistazo al trastero.

—*Cobardica* —se mofó Peter.

—Cállate, imbécil. Estoy aquí, ¿no? —replicó. Últimamente Leo no la había fastidiado, mientras que Peter, su galán, se mostraba cada vez más agresivo. Otra cosa desequilibrada en su vida.

A la mañana siguiente le dolía la cabeza y necesitaba un café. Salió de la ducha, se envolvió en una toalla y se dirigió a la cocina. Un sol reluciente entraba por las ventanas delanteras y hacía brillar las escamas tornasoladas de la silla con forma de sirena. ¿Cómo había conservado Mariah algo tan feo? La sirena le recordaba a una de las esculturas *kitsch* e increíblemente caras de Jeff Koons. Sus estatuas de la *Pantera Rosa* y Michael Jackson, los animales de acero inoxidable que recordaban globos coloreados de Mylar lo habían hecho famoso. La sirena podría haber pasado por una obra de Koons si...

Soltó un grito ahogado y cruzó corriendo el salón hacia las cajas que había dejado allí. ¿Y si la sirena era una de las piezas de Koons? Se arrodilló y, sin prestar atención a que se le cayó la toalla al hacerlo, buscó con torpeza el libro de invitados de la cabaña. Su madre jamás habría podido permitirse una obra de Koons, por lo que tendría que tratarse de un regalo. Encontró el libro y lo hojeó frenética en busca del nombre de ese artista. Como no lo encontró, volvió a empezar desde el principio.

No estaba ahí. Pero que no hubiera visitado la cabaña no significaba que la silla no fuera obra suya. Había hecho una búsqueda de los cuadros, las esculturas pequeñas y la mayor parte de los libros sin encontrar nada. Tal vez...

—Esto me gusta más que Harp House —dijo una voz suave tras ella.

Se volvió hacia la puerta de la cocina. Allí estaba Theo, con los dedos en los bolsillos delanteros, vestido con la parka gris con que ella se había tapado para dormir la noche anterior, mientras que su toalla yacía en el suelo.

A pesar del sexo alocado que habían practicado en aquella misma habitación, él nunca la había visto desnuda, pero dominó el impulso de recoger con rapidez la toalla para cubrirse como una virgen victoriana. Así que la cogió despacio, como si no pasara nada.

—Eres preciosa —aseguró Theo—. ¿Te lo dijo alguno de tus patéticos novios?

«No de esa forma. Bueno, de ninguna forma, en realidad.» Y era bonito oírlo, aun de labios de Theo. Se colocó bien la toalla pero, en lugar de levantarse grácilmente, perdió el equilibrio y cayó hacia atrás.

—Por suerte —comentó él—, prácticamente soy médico, de modo que nada de lo que estoy viendo me resulta desconocido.

—No eres prácticamente médico, y espero que hayas disfrutado de lo que has visto porque no lo verás más —sentenció Annie sujetándose bien la toalla y poniéndose en pie.

—Lo dudo.

—¿De verdad? ¿Realmente quieres insistir? —preguntó Annie.

—Me cuesta creer que hayas olvidado lo que hice anoche.

Ella ladeó la cabeza.

—La forma heroica con que me enfrenté a tiburones y olas monstruosas —precisó Theo, sacudiendo la cabeza con tristeza—. Y los icebergs. ¿Te mencioné los piratas? Pero bueno, supongo que el heroísmo es suficiente recompensa en sí mismo. No habría que esperar nada más.

—Buen intento. Ve a prepararme un café.

—Deja que antes te ayude a levantarte —sugirió, y se acercó a ella lánguidamente con una mano extendida.

—No te acerques. —Se levantó—. ¿Cómo es que has venido tan temprano?

—No es tan temprano, y no tendrías que haber regresado sola.

—Lo siento —dijo ella con sinceridad.

Theo dejó de mirarle las piernas desnudas y fijó los ojos en el lío que había formado en el suelo.

—¿Otro allanamiento? —preguntó.

Iba a decirle lo de la silla con forma de sirena, pero le estaba contemplando de nuevo las piernas y, dado que solo llevaba una toalla, estaba en desventaja.

—Tomaré huevos de codorniz escalfados y zumo de mango natural. Si no es demasiado pedir.

—Deja caer esa toalla y le añadiré champán.

—Es tentador —repuso ella, yendo hacia la habitación—. Pero como podría estar embarazada, no debería beber alcohol.

Theo soltó un largo suspiro.

—Y esas palabras escalofriantes apagaron el violento fuego en su entrepierna —soltó.

Mientras Theo escribía en el estudio, Annie fotografió la silla con forma de sirena desde todos los ángulos. En cuanto llegara a Harp House, enviaría las fotografías por correo electrónico al agente de Koons en Manhattan. Si realmente era una de sus obras, su venta le permitiría pagar sus deudas y aún le sobraría dinero.

Cerró la mochila mientras sus pensamientos vagaban hacia el hombre encerrado en el estudio.

«Eres preciosa.»

Aunque no era verdad, resultaba agradable oírlo.

Se había acostumbrado a ir a ver la casita de hadas todos los días, y ahora había una pluma de gaviota colgada de un par de ramitas para formar una delicada hamaca. Mientras observaba esta última adición, pensó en el dibujo del secreto blindado de Livia. La burda mancha al final del brazo extendido del adulto que estaba de pie no era ningún error. Era un arma. ¿Y el cuerpo en el suelo? La mancha roja del pecho no era una flor ni un corazón, sino sangre. Livia había dibujado el asesinato de su padre.

Lisa salió por la puerta trasera. Vio a Annie y la saludó con la mano antes de dirigirse hacia el embarrado todoterreno estacionado delante del garaje. Annie se armó de valor y entró.

La cocina olía a tostadas y Jaycie lucía, como en demasiadas ocasiones, una expresión de ansiedad.

—Por favor, no digas a Theo que Lisa ha estado aquí. Ya sabes cómo es.

—Theo no va a despedirte, Jaycie. Te lo aseguro.

—Lo vi marcharse a la cabaña esta mañana —dijo en voz baja, volviéndose hacia el fregadero.

Annie no iba a hablar de Theo. ¿Qué iba a decir? ¿Que podría haberla dejado embarazada? Había sido cosa de una sola vez.

—*¿De veras crees eso?* —soltó Dilly, chasqueando la lengua.

—*Annie se está volviendo un poco guarra.* —Peter, su antiguo galán, se había vuelto en su contra.

—*¿Quién es el abusón ahora?* —intervino Leo—. *Cuidado con lo que dices, tío.* —Habló con su desdén habitual, pero aun así...

No sabía qué le estaba pasando a su cabeza. Pero, como tenía a Jaycie delante, no era el momento de averiguarlo.

—Me enteré de cómo murió tu marido —soltó.

Jaycie se tambaleó hacia la mesa y se dejó caer en una silla.

—Y ahora piensas que soy una persona horrible —comentó sin mirarla a los ojos.

—No sé qué pensar. Ojalá me lo hubieras contado.

—No me gusta hablar de ello.

—Lo comprendo. Pero somos amigas. Si lo hubiera sabido, habría entendido desde el principio la mudez de Livia.

—No es seguro que esa sea la razón —repuso Jaycie, estremeciéndose.

—Ya basta, Jaycie. Me he documentado un poco sobre el mutismo.

—No te puedes imaginar cuán terrible es saber que has lastimado a tu propia hija —comentó Jaycie, y se tapó la cara con las manos.

Como Annie no soportaba la infelicidad, se frenó.

—Bueno, vale, no tenías obligación de contármelo.

—No se me dan bien las amistades. —Jaycie alzó los ojos hacia ella—. No había demasiadas niñas de mi edad cuando era pequeña. Y como no quería que nadie supiera lo mal que iban las cosas con mi padre, alejaba de mí a cualquiera que intentara acercárseme. Incluso a Lisa. Es mi mejor amiga, pero no hablamos demasiado sobre asuntos personales. A veces creo que la única razón por la que viene es para comprobar cómo va todo para luego informar a Cynthia.

A Annie no se le había ocurrido que Lisa fuera un topo de Cynthia.

—Me gustaba estar con Regan porque ella nunca hacía preguntas. Pero era mucho más lista que yo, y vivía en otro mundo —dijo Jaycie mientras se frotaba la pierna.

Annie se acordaba de Jaycie como alguien que se mantenía en un segundo plano aquel verano, alguien a quien tal vez no recordaría si no hubiera sido por lo sucedido en la cueva.

—Podría haber acabado en la cárcel —prosiguió su amiga—. Cada día doy gracias a Dios porque Booker Rose me oyó gritar y corrió a la casa a tiempo para verlo todo por la ventana. —Cerró los ojos y volvió a abrirlos—. Ned estaba borracho. Se me acercó blandiendo su pistola, amenazándome. Livia estaba jugando en el suelo y se echó a llorar, pero a Ned le dio igual. Me puso la pistola en la cabeza. No creo que me hubiera disparado, solo quería que supiera quién mandaba. Pero no soporté oír llorar a Livia y le arrebaté el arma y... Fue horrible. Pareció asombrado cuando el arma se disparó, como si no pudiera creerse que ya no estuviera al mando.

—Oh, Jaycie...

—Nunca he sabido explicárselo a Livia. Siempre que lo intentaba, hacía lo posible por escabullirse, así que dejé de intentarlo con la esperanza de que lo olvidara.

—Debería acudir a un psicoterapeuta —sugirió Annie con delicadeza.

—¿Cómo voy a conseguir eso? No hay ninguno aquí, en la isla, y aunque pudiera llevarla al continente no puedo permitírmelo. —Parecía derrotada, mayor de lo que era—. Tú eres la única persona con la que ha conectado desde que pasó aquello.

«Conmigo no», pensó Annie. Scamp era quien se había ganado a Livia.

—No puedo creer que te haya lastimado a ti también. Después de todo lo que has hecho por mí —se lamentó Jaycie con lágrimas en los ojos.

Livia entró corriendo en la habitación y su presencia puso punto final a la conversación.

Después de que Annie se hubiera ido a Harp House, Theo se instaló en el salón para escribir, pero el cambio de escenario no lo ayudó. No había forma de que el maldito crío se muriera.

El chaval lo miraba desde el dibujo de Annie. A Theo le encantaba el enorme reloj de pulsera que llevaba en la muñeca, las ligeras arrugas de preocupación que le surcaban la frente. Annie no había valorado su talento como artista, y aunque no fuera un maestro de la pintura, era una ilustradora excelente.

Aquel chico lo había subyugado de inmediato, y estaba tan vivo en su imaginación como cualquiera de sus personajes novelescos. Sin planearlo, había terminado incluyéndolo en su manuscrito como un personaje secundario, un chaval de doce años llamado Diggity Swift, que había sido transportado desde la actual Nueva York hasta las calles del Londres victoriano. Diggity tenía que ser la siguiente víctima del doctor Quentin Pierce, pero hasta entonces el niño había logrado hacer lo que los adultos no podían: eludir al siniestro doctor. Y ahora este sufría un ataque de furia psicópata y estaba empeñado en acabar con el pilluelo de la forma más dolorosa posible.

Había decidido no describir la muerte del niño, algo que podría haber hecho en *El sanatorio*, pero esta vez no se sentía con ánimos. Bastaría una breve referencia al olor procedente del horno.

El chaval era astuto. Aunque había sido transportado a un entorno desconocido, un entorno que iba más allá del tiempo y el espacio, había conseguido eludir a su perseguidor. Y lo estaba haciendo sin la ayuda de asistentes sociales, leyes de protección de menores o el apoyo de ningún adulto, por no hablar de la ayuda de un móvil o un ordenador.

Al principio no entendía cómo aquel chaval podía escaparse de forma tan milagrosa, pero al final cayó en la cuenta: era gracias a los videojuegos. Jugar horas y horas mientras sus padres ricos y adictos al trabajo conquistaban Wall Street había dotado a Diggity de rapidez de reflejos, una gran capacidad de deducción y cierta aclimatación a lo extraño. Diggity estaba aterrado, pero no se rendía.

Theo nunca había introducido un niño en un libro, y no repetiría ni por todo el oro del mundo. Pulsó la tecla de suprimir para eliminar dos horas de trabajo. Aquella historia no iba del chico, tenía que recuperar el control antes de que el muy granuja lo asumiera.

Estiró las piernas y se frotó la mandíbula. Annie había vuelto a cerrar las cajas del suelo, pero no las había retirado de allí. Lo veía todo de color rosa. Él no creía que Mariah le hubiera dejado nada.

Pero no lo veía todo de color rosa en lo que a él se refería. Ojalá ella dejara de fastidiarlo con ese posible embarazo o le dijera cuándo lo sabría con certeza. Kenley nunca había querido tener hijos, lo que había resultado una de las pocas cosas que tenían en común. La idea de volver a ser algún día responsable de otro ser humano le daba escalofríos. Preferiría pegarse un tiro.

Apenas había pensado en Kenley desde la noche en que había hablado de ella a Annie, y eso no le gustaba. Annie quería redimirlo de la muerte de su mujer, pero eso solo decía algo de Annie y nada de él. Necesitaba aquel sentimiento de culpa. Era la única forma en que podía vivir consigo mismo.

15

El lunes, al amanecer, Annie salió a trompicones de la cama cuando todavía estaba oscuro para arreglarse con vistas de hacerse a la mar con Naomi, pero no había dado tres pasos antes de despejarse de golpe. ¿Hacerse a la mar con Naomi? Gimió y se tapó la cara con las manos. ¿Dónde tenía la cabeza? ¡No se había dado cuenta! No podía zarpar en la embarcación de Naomi. ¿Por qué su mente había sido incapaz de comprenderlo? En cuanto el *Ladyslipper* saliera del puerto, habría abandonado oficialmente la isla. Pero como el barco estaba anclado en Peregrine, y salía y regresaba cada día, como Naomi formaba parte de la isla, como había estado distraída, no había establecido la conexión. Seguro que estaba embarazada. ¿Cómo, si no, podía explicarse semejante lapsus?

—*Si no te pasaras tanto rato contemplando extasiada a Theo Harp, volverías a tener cerebro* —advirtió Crumpet.

Ni siquiera Crumpet era tan corta. Tenía que encontrarse con Naomi en el muelle, y no podía dejar de presentarse sin una explicación. Se vistió y fue al pueblo en el Suburban; Jaycie se lo había dejado.

La carretera estaba llena de barro congelado después de la tormenta del sábado por la noche, y condujo con cuidado, todavía aturdida por su propio atolondramiento. Llevaba vein-

234

tidós días atrapada en una isla que existía gracias al mar, pero no podía aventurarse a salir a ese mar. No podía volver a cometer un error tan elemental.

El cielo había empezado a iluminarse cuando se reunió con Naomi en el muelle, que estaba cargando cosas en el esquife que la llevaría al *Ladyslipper*, anclado en el puerto.

—¡Has venido! —exclamó Naomi saludándola alegremente con la mano—. Tenía miedo de que hubieras cambiado de opinión.

Antes de que Annie pudiera explicarle nada, empezó a comentarle la predicción meteorológica del día.

—Naomi, no puedo ir contigo —la interrumpió por fin Annie.

En aquel instante, un coche que llegaba levantó grava al aparcar derrapando en una plaza situada junto al cobertizo. Theo se apeó bruscamente.

—¡Annie! ¡No te muevas!

Las dos vieron cómo corría hacia ellas por el muelle. El cabello despeinado le ondeaba y tenía una marca de la almohada en la mejilla.

—Lo siento, Naomi —se disculpó al detenerse junto a ellas—. Annie no puede dejar la isla.

Otro error. Annie había olvidado romper la nota apresurada que había dejado a Theo la noche anterior, y ahora ahí estaba.

—¿Por qué no? —preguntó Naomi tras llevarse una mano a la cadera, haciendo gala del temple que la había convertido en una próspera langostera.

Como había empezado a aducir que tenía gastroenteritis, Annie se devanó los sesos en busca de una explicación creíble, pero Theo se le adelantó.

—Annie está bajo arresto domiciliario —soltó, poniéndole una mano en el hombro.

—¡¿Qué?! —Naomi se llevó la otra mano a la cadera.

—Se metió en un lío antes de venir aquí. Nada importante. Trabajaba con sus muñecos sin licencia. Nueva York tiene leyes muy estrictas al respecto. Por desgracia para ella, cometió varias veces esta infracción.

Annie lo fulminó con la mirada, pero estaba lanzado.

—En lugar de enviarla a prisión, el juez le dio la opción de irse un par de meses de la ciudad. Aceptó que viniera aquí, pero solo con la condición de que no abandonara la isla. Una especie de arresto domiciliario. Algo que, evidentemente, se le ha olvidado.

Esta explicación fascinó y horrorizó a la vez a Annie. Se apartó la mano de Theo del hombro.

—¿Y tú qué pintas en todo esto?

La mano volvió al hombro.

—Bueno, Annie. Ya sabes que el juez te puso bajo mi tutela. Voy a pasar por alto esta pequeña infracción, pero solo si prometes que no volverá a ocurrir.

—Los de ciudad estáis como una regadera —resopló Naomi.

—Especialmente los neoyorquinos —concedió Theo muy serio—. Vamos, Annie. Alejémonos de la tentación.

—Relájate, Theo —pidió Naomi, sin dar su brazo a torcer—. Es solo un rato en mi barco. Nadie va a enterarse.

—Lo siento, Naomi, pero me tomo muy en serio mi deber judicial.

Annie se debatía entre las ganas de reírse y el deseo de lanzarlo al agua de un empujón.

—Esa clase de cosas importan un rábano aquí —arguyó Naomi. Estaba realmente enojada, pero Theo no cedió.

—Hay que hacer lo correcto. —Hundió los dedos en el hombro de Annie—. Voy a pasar por alto este pequeño incidente, pero que no vuelva a ocurrir —sentenció, y se la llevó del muelle.

—¿Trabajaba con los muñecos sin licencia? —soltó Annie en cuanto estuvieron fuera del alcance del oído de Naomi.

—¿De verdad quieres que todos sepan tus cosas?

—No. Como tampoco quiero que piensen que soy una delincuente convicta.

—No exageres. Lo de los muñecos es solo una falta.

—¿No podía habérsete ocurrido nada mejor? ¿Como una llamada urgente de mi agente? —replicó, levantando las manos.

—¿Tienes agente?

—Ya no. Pero Naomi no lo sabe.

—Mis más sinceras disculpas —dijo como un personaje decimonónico—. Acababa de levantarme y estaba sometido a mucha presión. —Y pasó al ataque—: ¿De verdad ibas a subirte alegremente a ese barco y zarpar? De verdad, Annie, necesitas que alguien cuide de ti.

—No iba a embarcarme. Iba a decirle que no podía ir justo cuando llegó la caballería.

—¿Y por qué aceptaste, para empezar?

—Tengo muchas cosas en la cabeza, ¿sabes?

—No eres la única. —La condujo por el aparcamiento hacia el ayuntamiento—. Necesito un café.

Varios pescadores locales seguían alrededor de la cafetera comunitaria que había junto a la puerta. Theo los saludó con la cabeza mientras llenaba dos vasos de plástico de algo que parecía agua sucia y les ponía la tapa.

Luego se dirigieron hacia sus coches. El de Theo estaba mal aparcado, a un par de metros del de ella. Cuando tomó un sorbo de café, la voluta de humo hizo que Annie se fijara en los labios perfectamente delineados de Theo. El pelo alborotado, la barba de un día y la nariz enrojecida por el frío le daban el aspecto de un anuncio desaliñado de Ralph Lauren.

—¿Tienes prisa por volver? —preguntó Theo.

—No especialmente. —No hasta que supiera por qué no la había empujado a bordo del barco y la había despedido alegremente con la mano.

—Pues sube. Quiero enseñarte algo.

—¿Tiene relación con alguna cámara de tortura o una tumba sin nombre?

La miró indignado.

Annie esbozó aquella sonrisa de satisfacción a la que estaba empezando a acostumbrarse.

Theo entornó los ojos y abrió la puerta del pasajero.

En lugar de volver a la casa, tomó la dirección contraria. La destartalada caravana estática que servía de escuela ocupaba un lugar en la colina junto a las ruinas del anterior edificio. Pasaron frente a una galería de arte y un par de restaurantes que anunciaban bocadillos de langosta y almejas al vapor, cerrados. El almacén de pescado estaba al lado de Christmas Beach, donde los pescadores sacaban sus embarcaciones del agua para repararlas.

Los baches de la carretera hacían que beber algo caliente, aunque tuviera tapa, resultara difícil. Annie sorbió con cuidado el café amargo.

—Lo que Peregrine necesita es un buen Starbucks.

—Y un *delicatessen* —añadió Theo, que se puso unas gafas de sol—. Vendería mi alma por un *bagel* decente.

—Ah, ¿pero es que todavía tienes alma?

—¿Has terminado ya?

—Perdona. No puedo contenerme. —Entornó los ojos al sol reluciente del invierno—. Una pregunta, Theo...

—Después. —Tomó un camino en muy malas condiciones que enseguida se volvió intransitable. Aparcó en un bosquecillo de piceas—. A partir de aquí hay que andar.

Unas semanas atrás, hasta el menor de los paseos le habría supuesto un esfuerzo enorme, pero no recordaba cuándo había tenido el último acceso de tos. La isla le había devuelto la salud. Por lo menos, hasta que alguien volviera a dispararle.

Theo acortó su larga zancada y la tomó del codo mientras recorrían el terreno helado. Ella no necesitaba que la ayudara, pero le gustaba la gentileza de sus modales del Viejo Mundo. Un par de surcos paralelos señalaban lo que quedaba de un sendero que atravesaba un pinar. A partir de ese punto, el camino descendía ligeramente, pasaba junto a un árbol caído y, tras una curva, daba a lo que, en verano, debía de ser un magnífico prado. En el centro había una casa abandonada de labranza de piedra con tejado de pizarra y un par de chimeneas. Unos matorrales quizá de arándanos crecían junto a un viejo cobertizo de piedra. El mar se extendía a lo lejos, no tanto como para que la vista no fuera espectacular, pero sí para que su furia no alcanzara hasta allí. Incluso en un frío día invernal, aquel prado apartado y abrigado parecía encantado.

—Es el sueño de lo que tendría que ser una isla de Maine —comentó Annie tras suspirar.

—Mucho más acogedor que Harp House.

—Una cripta es más acogedora que Harp House.

—No voy a discutírtelo. Esta es la granja más antigua de la isla. O por lo menos lo era. Aquí se criaban ovejas, se cultivaba algo de grano y verduras. Lleva abandonada desde los años ochenta.

—Alguien sigue conservándola —dijo ella al fijarse en el tejado en buen estado y las ventanas intactas.

Theo se limitó a tomar un sorbo de café.

Annie ladeó la cabeza para mirarlo, pero tenía los ojos ocultos tras las gafas de sol.

—Tú —soltó—. Eres tú quien la ha estado conservando.

Él se encogió de hombros como si no fuera importante.

—La compré tirada de precio.

Su tono indiferente no la engañó. Puede que detestara Harp House, pero aquella casa le encantaba.

—No tiene calefacción ni electricidad —prosiguió él, sin apartar la mirada del mar—. Hay un pozo, pero no agua corriente. No vale demasiado.

Pero para él sí. Los lugares sombreados del prado conservaban zonas de nieve virgen. Annie dirigió la vista al agua, donde el sol matutino plateaba las crestas de las olas.

—¿Por qué impediste que embarcara con Naomi? En cuanto hubiera salido del puerto, la cabaña habría sido tuya.

—Habría sido de mi padre.

—¿Y?

—¿Te imaginas lo que Cynthia haría con ella? La convertiría en una choza campesina o la demolería para construir una aldea inglesa. Vete a saber qué se le ocurriría.

Otra cosa que creía saber de él que se iba al garete: Theo quería que se quedara la cabaña. Tenía que aclararse las ideas.

—Sabes muy bien que es solo cuestión de tiempo que pierda la propiedad. En cuanto encuentre un trabajo estable, me será imposible pasar aquí dos meses al año.

—Ya abordaremos ese problema cuando llegue el momento.

Habló en plural. No lo abordaría ella sola.

—Ven. Te la enseñaré por dentro —dijo.

Lo siguió hacia la casa de labranza. Se había acostumbrado tanto al fragor de las olas que los cantos de los pájaros y los silencios del prado le parecían encantados. Al acercarse a la puerta, se arrodilló para contemplar un macizo de campanillas de invierno. Sus diminutos pétalos se agachaban a modo de disculpa por lucir su belleza cuando todavía quedaba tanto invierno por delante. Tocó una de las flores blancas.

—Todavía hay esperanza en el mundo —comentó.

—¿De veras?

—Tiene que haberla. Si no, ¿qué sentido tendría nada?

—Me recuerdas a un chaval que conozco. No puede ganar pero no deja de luchar. —Soltó con una carcajada sin alegría.

—¿Estás hablando de ti mismo? —preguntó Annie con la cabeza inclinada socarronamente.

—¿De mí? —Se sorprendió—. No. El chaval es... Olvídalo. Los escritores tenemos tendencia a mezclar la realidad con la ficción.

«Los ventrílocuos también», pensó Annie.

—*No tengo ni idea de qué estás hablando* —intervino Scamp con su habitual desdén.

Theo encontró la llave que buscaba y la introdujo en la cerradura, que giró fácilmente.

—Creía que nadie cerraba con llave en la isla —comentó Annie.

—Cuando se es de ciudad...

Entró tras él en una sala vacía con un gastado suelo entarimado y una gran chimenea de piedra. Un coro de motas de polvo, que la corriente de aire había movido, danzó delante de una ventana soleada. La habitación olía a humo de leña y a viejo, pero no a abandono. No había basura ni agujeros en las paredes, cubiertas de un empapelado floral descolorido y anticuado con las puntas despegadas.

Se desabrochó el abrigo. Theo estaba en el centro de la habitación, con las manos en los bolsillos de la parka, casi como si le diera vergüenza que ella viera la casa. Pasó por delante de él en dirección a la cocina. No había electrodomésticos, solo un fregadero de piedra y unos armarios de metal abollados. Una vieja chimenea ocupaba la pared del fondo. La habían limpiado y le habían puesto leña recién cortada.

«Me encanta esta casa», pensó Annie. Estaba en la isla pero alejada de sus conflictos.

Se quitó el gorro y se lo metió en el bolsillo. Sobre el fregadero, una ventana daba a un claro que en su día debió de ser un jardín. Se lo imaginó en flor: malvarrosas y gladiolos coexistiendo con guisantes, repollos y remolachas, todos lozanos.

Theo entró en la cocina y la vio mirando por la ventana con el abrigo desabrochado y ligeramente caído de un hombro. No se había molestado en maquillarse y, en aquella antigua cocina, podría haber pasado por una granjera de los años treinta. Sus ojos marcados y su cabello rebelde no se ajustaban a los cánones contemporáneos de belleza manufacturada. Era única.

Se imaginaba todo lo que Kenley y sus modernas amigas le habrían aconsejado a Annie si hubieran podido: productos químicos para alisarle el cabello, relleno para aumentarle los labios hasta proporciones de actriz porno, implantes mamarios y algo de liposucción, aunque no se le ocurría dónde. Lo único malo que tenía el aspecto de Annie era...

Absolutamente nada.

—Este es tu sitio. —En cuanto las palabras le salieron de la boca, deseó poder retirarlas. Así que añadió en tono de broma—: Está todo a punto para arar los campos, dar de comer a los cerdos y pintar el retrete exterior.

—Caramba, gracias. —Annie debería haberse molestado, pero solo echó un vistazo alrededor y sonrió—. Me gusta tu casa.

—Está bien, supongo.

—Más que bien. Sabes perfectamente lo especial que es. ¿Por qué tienes que hacerte siempre el duro?

—No me hago el duro. Lo soy.

—Ya —repuso Annie tras reflexionar un momento—. Pero en el mal sentido.

—En tu opinión. —No le gustaba que viera sus puntos débiles, su opinión bondadosa de su relación con Kenley, su voluntad de dejar a un lado todo lo que había pasado aquel verano, tantos años atrás. Hacía que temiera por ella.

Un rayo de luz acarició las pestañas de Annie y sintió un impulso visceral por dominarla. De demostrarse a sí mismo que todavía controlaba la situación. Se acercó a ella despacio, mirándola a los ojos.

—Para —pidió Annie.

—¿Qué? —preguntó levantando un rizo que le caía junto a la oreja y pasándoselo por los dedos.

—Deja de comportarte como si fueras Heathcliff —respondió, y le apartó la mano.

—Si supiera de qué estás hablando...

—Esa forma de pasearte como si nada te importara. Los párpados caídos, ese aire entre triste y arrogante.

—Nunca me he paseado como si nada me importara. —A pesar de las quejas de ella, no se movió ni un milímetro. Le acarició las mejillas con el pulgar...

Le estaba lanzando su diabólico hechizo. O puede que fuera por aquella casa de labranza. Fuera cual fuese la causa, no parecía poder alejarse de él, aunque había algo inquietante en su mirada. Algo que no le gustaba del todo.

Solo tenía que volverse... pero no lo hizo. Y tampoco lo detuvo cuando le quitó el abrigo de los hombros y después hizo lo mismo con el suyo. Ambas prendas aterrizaron en un charco de sol invernal que se colaba por la ventana.

Mientras estaban allí de pie, con los brazos a los costados y mirándose a los ojos, Annie fue cada vez más consciente de su cuerpo. Su sensibilidad había aumentado tanto que notaba cómo la sangre le circulaba por las venas. Y a él. No estaba hecha para practicar sexo sin más. Era incapaz de tomar lo que un hombre pudiera ofrecerle y olvidarlo después. En una época de poderío femenino, esta falta de desapego era una debilidad. Un defecto. Otra tacha en ella.

Theo le tocó la mejilla.

«No me toques así. No me toques nada... Tócamelo todo.»

Él lo hizo con un beso brusco, casi enfadado. ¿Porque no era tan guapa como él, tan privilegiada, tan próspera?

Su lengua le invadió la boca, y ella le sujetó los brazos. Separó los labios, se entregó al poder seductor del beso. Él se apretó contra su cuerpo. Era más alto y no tendrían que encajar bien, pero se unieron a la perfección.

Le deslizó la mano bajo el jersey y le acarició la espalda. Le recorrió la columna con los pulgares. Había asumido el mando. Ella tenía que detenerlo, dar un paso adelante e imponerse como haría una mujer de hoy. Usarlo, en lugar de que él la utilizara a ella. Pero era tan agradable sentirse deseada...

—Quiero verte —le murmuró él en los labios—. Tu cuerpo dorado al sol.

Sus palabras de escritor llovieron sobre ella como poesía, y no se le ocurrió ninguna ironía que erigir entre ambos. Hasta levantó los brazos para que él le quitara el jersey. Le desabrochó el sujetador, que cayó al suelo, y luego se quitó su propio jersey sin apartarle los ojos de los pechos. El sol le bañó el cuerpo y aunque la casa era fría, tenía calor. Mucho.

Quería más poesía. Quería más de él. Se agachó y se descalzó. Cuando se quitó los calcetines, él le deslizó los dedos por las prominencias de la columna vertebral curvada.

—Como una sarta de perlas —susurró.

Annie se excitó. Los hombres no hablaban así mientras practicaban el sexo. A duras penas hablaban. Y cuando lo hacían, solían decir cosas ordinarias y poco imaginativas que reducían la libido.

No apartó los ojos de los de Theo mientras se bajaba la cremallera de los vaqueros. Con una leve sonrisa, él se arrodilló y le besó el vientre por encima de la cinturilla de las bragas. Ella le acarició el pelo y notó su cuero cabelludo bajo los dedos. Le sujetó varios mechones sin tirar de ellos, para notar su textura, su tacto.

Theo se tomó su tiempo, le buscó la cadera y el ombligo, y le rascó ligeramente la piel con la barba incipiente. A través de la fina tela de nailon, le recorrió con los dedos la raja entre las nalgas. Ella le cogió los hombros, mientras Theo, cada vez más impaciente, le bajaba las bragas junto con los vaqueros hasta los tobillos, para inhalar y tocarle con la nariz todo lo que había quedado al descubierto.

Quiso separarle las rodillas, en busca de más sensaciones. Ella anhelaba obedecerle, pero los vaqueros en los tobillos se lo impedían, algo a lo que él enseguida puso remedio.

Cuando le tocó la parte posterior de los muslos, ella se

aferró con más fuerza a sus hombros y separó las piernas como él quería para que profundizara más su exploración.

Arqueó el cuello. Intentó encontrar el aire que necesitaba. Las rodillas amenazaban con ceder. Y le cedieron.

Cayó de espaldas sobre los abrigos con las piernas torpemente abiertas. Él se situó entre ellas y contempló todo lo que había que ver.

—Un desordenado jardín de rosas. En plena floración.

La estaba matando con aquella poesía lasciva. Quería matarlo a su vez, conquistarlo. Pero era tan agradable recibir...

Se quitó el resto de la ropa ante ella, de pie entre sus rodillas, inmenso, desnudo. ¿Desafiándola?

«Oh, sí...»

Él se arrodilló y se colocó los tobillos de ella en los hombros. La abrió con los pulgares. Le acercó la boca.

Annie cerró los ojos. Arqueó más el cuello.

Theo fue concienzudo, muy concienzudo. Se detuvo. Volvió a empezar. La tocó con los dedos. La tocó con los labios, con la lengua. La refrescó con su aliento y después la calentó. Hizo que su excitación aumentara. Todavía más. Y más. Hasta llegar al máximo... La hizo esperar... Prosiguió...

Y llegó aquel largo y maravilloso estallido de placer.

—No has acabado —dijo entonces, sin permitir que cerrara las piernas—. Tranquila. Chis... No te opongas.

Su cuerpo era de él.

¿Cuántas veces? La excitación, el anhelo, el estallido... Estaba viendo su aspecto más vulnerable, más indefenso. Y ella se lo permitía.

Solo se resistió cuando ya no pudo aguantar más. Él le dio un respiro, y luego empezó a acercar su cuerpo al de ella, concentrado en reclamar lo que al parecer consideraba suyo. Encima de ella. Todavía dominándola, controlando su propia satisfacción.

No eran verdaderos amantes, y ella no iba a consentirlo. Se retorció bajo él antes de que pudiera sujetarla contra el suelo.

Entonces él pasó a estar de espaldas sobre los abrigos. Rodó hacia un lado y volvió a dejarla bajo su cuerpo. Gracias al placer que él le había proporcionado, Annie poseía una energía de la que él carecía. Le puso las manos en el pecho y lo empujó con fuerza para dejarlo tumbado boca arriba y poder practicar su magia.

Examinó el musculoso tórax de Theo, su abdomen plano y firme. Y descendió la mirada, inclinándose hacia él. Le rozó la piel con el cabello. Theo levantó las manos para tomar sus mechones rizados, sin tirar de ellos. Ella casi lo saboreaba ya.

Le hizo lo mismo que él le había hecho a ella. Jugueteó. Paró. Jugueteó de nuevo, su piel pálida contra su complexión más morena. Solo existía la luz del sol y el polvo, el olor a sexo, a ella y a él. Theo intentó bajarle la cabeza, pero ella se resistió. Era la cortesana más experta del mundo, capaz de dar satisfacción o de negarla.

Hacía rato que Theo había cerrado los ojos. Arqueó la espalda y sus rasgos se contrajeron. Estaba a merced suya.

Finalmente, le proporcionó el alivio que él ansiaba.

Aquello no fue el final. Poco después, la cremallera de un abrigo se le hincó en la espalda a Annie. Y luego ella estaba encima. Y debajo otra vez. En algún momento, él la dejó para ir a encender el fuego. No había bromeado al hablar de los condones. Los llevaba encima, y parecía querer usarlos todos.

Mientras la vieja casa de labranza crujía, se exploraron más despacio. A Theo parecía gustarle su ridículo cabello, y ella le rozaba el cuerpo con él. Ella adoraba las caderas de Theo. Él volvió a decirle que era preciosa, y ella quiso llorar.

El sol alcanzó su cénit antes de que estuvieran saciados.

—Hemos fumado la pipa de la paz —le murmuró Theo al oído.

Sus palabras rompieron el hechizo que la había cautivado. Levantó la cabeza del hombro de él.

—¿De qué paz hablas? No nos habíamos peleado. Para variar.

Theo se puso de costado y le tomó con los dedos un rizo que le caía sobre la mejilla.

—Estoy haciendo las paces contigo por la torpeza con que te toqueteaba cuando tenía dieciséis años. Es un milagro que no perdieras para siempre interés en el sexo.

—Es evidente que no. —Un haz de luz iluminó el rostro de Theo y le realzó la cicatriz en el borde de la ceja. Se la tocó y, con mayor dureza de la que quería, dijo—: No me arrepiento de esto.

—No tienes por qué. —Se levantó del suelo tras soltarle el mechón rizado—. No me la hiciste tú.

Annie se incorporó. Vio que los abrigos, o sus uñas, le habían dejado una marca roja en la espalda.

—Ya lo creo —dijo—. Te crucé la cara con tu fusta de montar.

—Tú no me hiciste esta cicatriz. Es de un accidente de surf. Una estupidez por mi parte —explicó mientras se ponía los vaqueros.

—No es verdad. Te la hice yo —replicó Annie, también de pie.

—Estamos hablando de mi cara. ¿No te parece que debería saberlo? —Se subió la cremallera.

Estaba mintiendo. Ella le había atizado con la fusta con mucha rabia para castigarlo por lo de los cachorros, por lo que le había hecho, por lo de la cueva, por la nota que le había escrito y por haberle destrozado el corazón.

—¿A qué viene esto? Sé lo que pasó —se quejó ella, tapándose el cuerpo desnudo con el abrigo.

—Me golpeaste. Lo recuerdo muy bien. Pero me diste más o menos por aquí. —Señaló la ceja contraria, que estaba intacta, salvo por una diminuta rayita blanca.

¿Por qué mentía así? Estar en aquella casa encantada le había hecho bajar la guardia. Un error y una forma de recordarle que el sexo no era lo mismo que la confianza o la intimidad. Annie recogió su ropa.

—Vámonos —dijo.

Regresaron al pueblo en silencio. Theo se metió en el aparcamiento del puerto para que Annie recogiera el Suburban. Cuando detuvo el coche, una mujer de mediana edad que se cubría el cabello rubio teñido con una gorra se acercó corriendo a la puerta del conductor. Empezó a hablar incluso antes de que Theo hubiera bajado del todo la ventanilla.

—Vengo de casa de mi padre, Les Childers. ¿Lo recuerdas? Es el propietario del *Lucky Charm*. Tiene un corte horrible en la mano. Le sangra mucho y es profundo. Habrá que ponerle puntos.

Theo apoyó el codo en la ventanilla.

—Le echaré un vistazo, Jessie, pero un auxiliar sanitario no está autorizado para eso. Mientras no termine mi formación como sanitario lo único que puedo hacer es vendarlo. Tendrá que ir al continente.

¿Theo se estaba formando como sanitario? Una cosa más que no le había mencionado.

Jessie no se arredró.

—Esto es Peregrine, Theo. ¿Crees que a alguien le importa un rábano para qué estás autorizado? Ya sabes cómo van aquí las cosas.

Y Annie también. Los isleños cuidaban de los suyos y, según su modo de ver, era de esperar que Theo utilizara su formación médica.

Pero Jessie no había acabado.

—También te agradecería que fueras a ver a mi hermana. Tiene que dar inyecciones a su perro, que es diabético, pero le dan miedo las agujas y necesita que alguien le enseñe a hacerlo. Ojalá hubiéramos sabido que tenías conocimientos de medicina el mes pasado, cuando Jack Brownie tuvo el infarto.

Quisiera o no, había pasado a formar parte de la vida de la isla.

—Iré a verlos a los dos —aceptó a regañadientes.

—Sígueme. —Jessie saludó bruscamente con la cabeza a Annie y se dirigió hacia una camioneta oxidada, otrora roja.

—Felicidades, Theo —dijo Annie, abriendo la puerta del Range Rover—. Parece que eres el nuevo médico de la isla. Y el nuevo veterinario.

Theo se puso las gafas de sol y se frotó el puente de la nariz.

—Todo esto me supera —reconoció.

—Eso parece. Quizá deberías repasar cómo desparasitar perros. Y cómo ayudar a las vacas a parir.

—No hay vacas en Peregrine Island.

—Ahora no. —Salió del coche—. Pero espera a que todo el mundo sepa que hay un nuevo veterinario.

16

Algo andaba muy mal. La puerta de la cabaña estaba abierta, y *Hannibal* permanecía agazapado en el pórtico, cerca de las viejas nansas langosteras de madera que la nieve había dejado medio descubiertas al derretirse. Annie salió del Suburban y cruzó como una exhalación el jardín hacia la puerta abierta. Estaba demasiado enfadada para ser precavida. Quería que hubiera alguien dentro para poder estrangularlo.

Los cuadros colgaban torcidos en las paredes y los libros estaban esparcidos por el suelo. Y lo más escalofriante era que el intruso había garabateado un mensaje en rojo en la pared:

VOY A POR TI

—¡Y una mierda, cabronazo!

Annie recorrió la cabaña. La cocina y el estudio seguían tal como los había dejado. Sus muñecos estaban intactos, lo mismo que las cosas de Theo, pero alguien había sacado los cajones del tocador de su dormitorio y su contenido cubría el suelo.

La violación de su intimidad la enfureció. La desquiciaba saber que alguien se creía con la libertad de entrar cuando quisiera, de husmear entre sus cosas, de pintarle un mensaje horrible en la pared. Era demasiado. O alguien de la familia Harp quería asustarla para que se fuera, o uno de los isleños sabía lo del legado de Mariah y quería ahuyentarla para poder destripar la casa hasta encontrarlo.

Aunque Elliott tenía mal gusto a la hora de elegir esposas, nunca lo había considerado falto de ética. Pero Cynthia Harp era más problemática. Tenía dinero, un móvil y conexiones locales. El hecho de que estuviera viviendo en el sur de Francia no significaba que no pudiera estar detrás de todo aquello. Pero ¿llegaría tan lejos solo por una cabaña cuando ya tenía Harp House a su disposición? En cuanto al legado de Mariah... Si Annie dejaba la cabaña, el intruso podría pasar todo el tiempo que quisiera buscándolo sin temer que ella lo sorprendiera.

Pero ella había tenido todo el tiempo del mundo y todavía no había encontrado nada. Aun así, no había levantado las tablas del suelo ni hecho agujeros en las paredes, y puede que fuera eso lo que el intruso tenía intención de hacer. Quien estuviera detrás de todo aquello no podía haberse enterado del legado hasta después de su llegada, o ya lo habría buscado antes. Dejó a *Hannibal* escondido bajo la cama, rodeó las sábanas que habían arrancado de la cama y regresó al salón.

VOY A POR TI

La pintura roja todavía estaba húmeda. Alguien quería asustarla; si no hubiera estado tan furiosa, puede que lo hubiera logrado.

Había otra posibilidad que era reacia a contemplar, pero que ya no podía eludir, por lo menos mientras siguiera oyendo el zumbido de aquella bala que le había rozado la cabeza. ¿Y si no guardaba relación con el legado? ¿Y si simplemente era que alguien la odiaba?

Encontró una lata de pintura sobrante en el trastero, tapó el odioso mensaje de la pared y se dirigió hacia Harp House en el Suburban. Casi echó de menos la caminata. Hacía tres semanas, subir hasta la casa era como escalar el Everest, pero por fin había dejado de toser y había empezado a gustarle el ejercicio.

En cuanto bajó del coche, Livia salió corriendo en calcetines hacia ella con una ancha sonrisa.

—¡Livia! ¡Vas descalza! —gritó Jaycie—. ¡Ven aquí, diablilla!

Annie acarició la mejilla de la niña y la siguió dentro. Jaycie se acercó con dificultad al fregadero.

—Ha llamado Lisa. Os vio a ti y a Theo en coche por el pueblo esta mañana.

—Una mujer lo paró y le pidió que fuera a ver a su padre —explicó Annie, eludiendo la pregunta implícita de Jaycie—. Jessie no sé qué. Al parecer, ha corrido la voz de que Theo es auxiliar sanitario.

—Jessie Childers —precisó Jaycie mientras se volvía hacia el fregadero para servir un vaso de agua a Livia—. No ha habido asistencia médica en la isla desde que Jenny Schaeffer se marchó.

—Eso me han dicho.

Fue al despacho de Elliott para revisar su correo electrónico. Había recibido una invitación al *baby shower* de una antigua compañera de habitación, un mensaje de otra amiga y una escueta respuesta del agente de Jeff Koons: «No es obra suya.»

Quiso llorar. Se había prohibido hacerse esperanzas, pero tenía la corazonada de que la silla-sirena era de Koons. Pero se trataba de otro callejón sin salida.

Le llegó un ruido sordo de la cocina y fue a averiguar qué era. Jaycie estaba intentando enderezar una silla caída.

—Deja de correr, Livia. Vas a romper algo.

Al ver que la pequeña daba un puntapié a la silla, Jaycie se apoyó en la mesa con un suspiro de derrota.

—No es culpa suya. No tiene dónde liberar su energía.

—Me la llevaré fuera —dijo Annie—. ¿Qué te parece, Liv? ¿Te apetece dar un paseo?

La niña asintió con tanta fuerza que la diadema de plástico lavanda le cayó sobre los ojos.

Annie decidió llevarla a la playa. El sol había salido y la marea estaba baja. Livia era una niña isleña. Necesitaba estar cerca del agua.

Al descender los escalones de piedra sujetó con firmeza la mano de la niña, que intentó soltarse, ansiosa por llegar abajo, pero no se lo permitió. Sin embargo, cuando llegaron al último escalón, la pequeña se entretuvo absorbiéndolo todo, casi como si no pudiera creerse disponer de tanto espacio para correr a sus anchas.

—A ver si puedes alcanzar esas gaviotas —la animó Annie, señalando el otro lado de la playa.

Livia no necesitaba que la animaran. Echó a correr con sus piernecitas, el cabello ondeando por debajo del gorro rosa con borla. Corrió por las rocas hacia la arena, pero se mantuvo alejada del rompiente de las olas.

Annie dejó la mochila en el suelo y se sentó en una roca llana lejos de la entrada de la cueva para observar cómo Livia se encaramaba a las rocas, perseguía las gaviotas y cavaba en la arena. Cuando la pequeña de cuatro años finalmente se cansó, fue a sentarse junto a ella y su mochila. Annie sonrió, sacó a Scamp y se lo calzó en el antebrazo.

—¿*Secreto blindado?* —preguntó Scamp.

Livia asintió.

—*Estoy asustada. Aterrada.*

La niña frunció el ceño.

—*El océano es muy grande, y yo no sé nadar* —susurró Scamp—. *Eso da miedo.*

Livia sacudió la cabeza.

—¿*No te parece que el agua da miedo?*

No se lo parecía.

—*Supongo que a cada persona le asusta algo distinto.* —Se

dio golpecitos en la mejilla—. *Hay cosas de las que está bien tener miedo, como meterse en el mar si no hay ningún adulto cerca. Y hay otras que es inútil temer porque no son reales, como los monstruos.*

Livia pareció estar de acuerdo.

Mientras había observado cómo la pequeña jugaba, Annie había reflexionado sobre lo que sabía ahora de su trauma. No estaba segura de si aquello era o no buena idea, pero iba a intentarlo.

—*Como ver a tu papá tratar de lastimar a tu mamá* —prosiguió Scamp—. *Eso da miedo de verdad.*

Livia hundió el dedo en un agujerito de sus vaqueros.

Annie no era psicóloga infantil, lo único que sabía sobre tratar traumas infantiles lo había consultado en internet. Aquella situación era demasiado complicada, y tenía que parar ya mismo. Pero...

Jaycie no podía hablar con Livia sobre lo que había sucedido. Tal vez Scamp podría conseguir que el tema resultara menos tabú.

—*Da más miedo que el océano* —sentenció el muñeco—. *Si yo viera a mi mamá disparar a mi papá con una pistola, estaría tan asustada que quizá tampoco quisiera hablar.*

Con los ojos muy abiertos, la niña se olvidó del agujero de sus vaqueros y pasó a prestar toda su atención a Scamp.

Annie se quedó en un segundo plano e hizo que Scamp usara un tono alegre.

—*Pero bueno, pasado cierto tiempo me aburriría de no hablar. Especialmente si tuviera algo importante que decir. O si quisiera cantar. ¿Te he dicho que soy una cantante espléndida?*

Livia asintió enérgicamente.

A Annie se le ocurrió algo descabellado. Algo que no tenía derecho a intentar. Pero ¿y si...?

Scamp empezó a cantar, sacudiendo sus rizos de hilo al ritmo de la melodía que Annie improvisó sobre la marcha.

Vi algo que me asustó,
y lo quiero olvidar.
Hay cosas buenas y malas,
¡Y esta fue de lo peor!
¡Sí, sí, de lo peor!

Como Livia seguía la canción atentamente, al parecer sin alterarse, Annie siguió improvisando su ridícula letra:

Hay papás buenos y malos.
Eso va como va.
El de Liv era malo, muy malo.
¡Pero... no quería verlo morir, no!
No quería verlo morir.

«¡Dios mío!», pensó al darse cuenta de lo que acababa de hacer. ¡Parecía una sátira mala del *Saturday Night Live*! La melodía alegre, la letra truculenta... Había abordado el trauma de Livia como si fuera un número cómico.

Daba la impresión de que Livia quería seguir escuchando la canción, pero Annie, consternada, perdió el valor. Por más buenas que fueran sus intenciones, podría provocar daños psicológicos graves a aquella preciosa niña. Scamp agachó la cabeza.

—*Supongo que no debería cantar sobre algo tan terrible* —comentó.

Livia la observó, se bajó de la roca y se marchó corriendo en pos de una gaviota.

Theo la encontró en la cabaña dando la cena a *Hannibal*.

—Creo que no tendrías que estar aquí sola —le recordó, más malhumorado que de costumbre—. ¿Por qué huele a pintura?

—Un retoque —contestó ella con frialdad, decidida a restablecer la distancia entre ellos—. ¿Cómo te fue con la herida?

—Mal. Dar puntos de sutura a alguien sin anestesia no es lo que yo entiendo por pasar un buen rato.

—No se lo digas a tus lectores. Los decepcionarás.

—Si no estoy aquí, tienes que quedarte en Harp House —soltó Theo con el ceño fruncido.

Buen consejo, solo que cada vez tenía más ganas de estar allí la siguiente vez que el responsable de los allanamientos se presentara. El juego del gato y el ratón ya había durado bastante. Quería plantarle cara.

«Me niego a criar a una niña asustadiza, Antoinette.»

¿Cuántas opiniones de Mariah sobre ella se había creído?

«Eres tímida por naturaleza... Eres torpe por naturaleza... Tienes que dejar de soñar despierta...»

Y después: «Claro que te quiero, Antoinette. De lo contrario no me preocuparía por ti.»

Vivir en pleno invierno en aquella desolada isla tan alejada de su vida de ciudad le hacía pensar en ella misma de otra forma. De una forma...

—¿Qué coño...?

Al volverse, vio que Theo estaba mirando la pared que Annie había pintado antes.

—Tengo que darle una segunda capa —dijo ella con una mueca.

—¿Pretendes hacerte la graciosa? —soltó Theo, señalando con el dedo las tenues letras rojas que se transparentaban bajo la pintura blanca—. ¡Esto no es gracioso!

—Decídete. Puedo ser graciosa o chillar. Elige. —No tenía ganas de chillar, más bien le apetecía pegar un puñetazo a alguien.

Tras soltar un improperio, él le preguntó qué había encontrado exactamente.

—Se acabó —proclamó cuando Annie se lo contó—. Te instalarás en Harp House. Y voy a ir al continente a hablar con la policía.

—Perderás el tiempo. No les interesó el asunto cuando me dispararon. Esto les interesará menos todavía.

Theo sacó el teléfono antes de recordar que no tenía cobertura.

—Haz el equipaje. Te vas de aquí.

—A pesar de lo mucho que agradezco tu preocupación, voy a quedarme aquí. Y quiero un arma.

—¿Un arma?

—Sí, que me prestes una.

—¿Quieres que te preste un arma?

—Y que me enseñes a usarla.

—No es buena idea.

—¿Preferirías que me enfrentara desarmada a ese intruso?

—Preferiría que no te enfrentaras a nadie.

—No voy a salir huyendo.

—Maldita sea, Annie. Eres tan audaz ahora como cuando tenías quince años.

Se lo quedó mirando. Nunca se había considerado audaz, y le gustó la idea. Se la planteó respecto a su costumbre de enamorarse de hombres equivocados, a su creencia de que podía ser una gran actriz, a su determinación a llevar a su madre a Londres por última vez y, por supuesto, a haber permitido que Theo Harp pudiera dejarla embarazada.

«Madre, no me conocías en absoluto.»

Theo parecía agobiado, algo impropio de él, y eso la instó a insistir.

—Quiero un arma, Theo. Y quiero aprender a dispararla.

—Es demasiado peligroso. En la casa estarás segura.

—No quiero instalarme en la infernal Harp House. Quiero quedarme aquí.

La miró largamente con dureza y la señaló con un dedo.

—Muy bien. Práctica de tiro mañana por la tarde. Pero será mejor que prestes atención a todo lo que te diga. —Y se fue al estudio.

Annie se preparó un sándwich para cenar y volvió a repasar las cajas, pero había sido un día muy largo y estaba cansada. Mientras se cepillaba los dientes, echó un vistazo a la puerta cerrada del estudio. A pesar de sus intenciones de guardar las distancias, quería tener a Theo acostado a su lado. Lo deseaba tanto que tomó un bloc de pósits de la cocina, garabateó uno y lo pegó en la puerta de su habitación. Después se encerró dentro y se acostó.

Diggity Swift estaba muerto. Theo lo había logrado. El chaval había metido finalmente la pata, el malvado Quentin Pierce lo había atrapado y Theo no había escrito ni una palabra desde entonces.

Cerró el portátil y se frotó los ojos. Tenía el cerebro recalentado, eso era todo. Mañana podría empezar con la cabeza despejada. Para entonces, habría dejado de sentir aquella opresión en el pecho y podría seguir adelante. La parte central de la historia era la que más costaba, pero ahora que Diggity ya no estaba, encontraría la forma de salir del embrollo argumental y emprender el camino hacia los siguientes capítulos. Siempre y cuando no empezara a pensar en Annie y en lo que había pasado en la casa de labranza...

Hoy no la despertaría cuando se acostara a su lado. No era ningún animal que no pudiera controlarse, aunque así se sentía. La novedad de hacer el amor con una mujer a la que no detestaba lo fascinaba. Una mujer que no se echaba a llorar como una Magdalena después. Ni lo atacaba por algo imaginario.

Como Annie era tan distinta de las mujeres de su pasado, se preguntó si habría reparado en ella si se hubieran cruzado por la calle. Claro que sí. Su peculiar rostro le habría llamado la atención, lo mismo que sus andares, como si quisiera conquistar el suelo que pisaba. Le gustaba la forma graciosa que tenía de mirar a la gente como si realmente la viera. Le gustaban sus piernas. Sí, sin duda le gustaban sus piernas. Annie era única. Y tenía que protegerla mejor.

Ese día había hablado con Jessie y su padre para saber qué pensaba la gente de Annie, pero no había averiguado nada que levantara sus sospechas. Les intrigaba el motivo por el que había ido a la isla, pero estaban más interesados en contarle anécdotas de Mariah. Mañana, una vez hubieran llegado los barcos, rondaría el almacén de pescado. Llevaría unas cervezas a los pescadores para ver qué les sonsacaba. También se aseguraría de que Annie estuviera armada; una perspectiva inquietante, pero necesaria.

Había ido a la isla porque no toleraba estar rodeado de gente, y aun así, allí estaba, metido en todo. Había pasado una hora desde que la había oído entrar en su cuarto. Llevaría puesto aquel pijama tan horroroso. O tal vez no.

Sus buenas intenciones se desvanecieron. Dejó el portátil y salió del estudio. Pero al ver la nota adhesiva en la puerta, se paró en seco. Contenía una sola palabra: «NO.»

A la mañana siguiente, Theo no mencionó la nota. No dijo demasiado, salvo que iba a necesitar el coche. Más tarde, Annie supo que lo había usado para ir al muelle a buscar el cerrajero. Saber que no tenía dinero para pagar la factura la avergonzaba.

Cuando regresó a la cabaña, Theo fue al estudio. Ella sacó la caja de vino del vestidor y la llevó hasta su coche.

—¿Qué me has puesto en el coche? —le preguntó él al abrirle la puerta de la cocina para que entrara cuando regresaba.

—Un vino excelente. De nada. Y gracias por encargarte de las cerraduras.

Theo la caló enseguida.

—Las he cambiado por mí. No puedo arriesgarme a que me roben el portátil cuando no esté aquí —dijo.

—Ya. —Sabía que Theo quería ahorrarle la vergüenza, por lo que todavía se sentía más en deuda con él.

—No quiero tu vino, Annie. Las cerraduras no son nada para mí.

—Para mí sí.

—Muy bien. A ver qué te parece este arreglo: se acabaron las notas adhesivas en tu puerta y estamos en paz.

—Disfruta del vino. —No podía pensar con claridad teniéndolo allí delante rezumando feromonas masculinas, no después de lo que había sucedido en la casa de labranza—. ¿Has traído el arma?

Theo no insistió.

—Aquí la tengo. Ponte el abrigo —ordenó.

Fueron a la marisma. Después de haberle comentado las precauciones básicas en el uso de las armas, le enseñó a cargar y disparar la pistola automática que había elegido para ella. El arma tendría que haber repugnado a Annie, pero le gustó disparar. Lo que no le gustó fue el inesperado erotismo de tener tan cerca a Theo. Apenas habían entrado en la cabaña y ya se estaban quitando la ropa uno al otro.

—No quiero hablar de ello —gruñó Annie después, por la noche, cuando ambos yacían en la cama de su habitación.

—Me parece bien. Más que bien —dijo Theo tras bostezar.

—No puedes dormir aquí. Tienes que hacerlo en tu cama.

—No quiero dormir en mi cama —se quejó él mientras intentaba acomodarla contra su cuerpo desnudo.

Ella tampoco quería que lo hiciera, pero por más turbias que estuvieran algunas cosas, una estaba clara.

—Quiero sexo, no intimidad.

—Pues sexo tendrás —respondió Theo, rodeándole una nalga con la mano.

—Tienes dos opciones —insistió ella a la vez que se movía

para separarse de él—. O duermes solo o te quedas aquí y te pasas tres horas escuchando los detalles de todas las relaciones chungas que he tenido, por qué fueron chungas y por qué los hombres son un asco. Te lo advierto, no es nada grato verme llorar.

Theo se levantó de inmediato.

—Nos vemos por la mañana —se despidió.

—Ya me lo imaginaba.

Annie había obtenido lo que quería de Theo: el mejor sexo de su vida. Pero también había establecido límites.

—*Muy sensata* —dijo Dilly—. *Por fin has aprendido la lección.*

La tarde siguiente, Annie volvió a salir con Livia. Como hacía demasiado viento para ir a la playa, se quedaron en los peldaños del porche delantero. Annie tenía que saber si la había lastimado de algún modo el día anterior, y sentó a Scamp en la rodilla. El muñeco fue directo al grano:

—*¿Estás enojada conmigo por hablar de tu papá cuando bajamos a la playa?*

La niña frunció los labios y reflexionó un momento antes de negar con la cabeza.

—*Estupendo, porque me preocupaba que te hubieras enojado.*

Livia negó de nuevo con la cabeza y se subió a la balaustrada de piedra que había sustituido la barandilla de madera. Se sentó a horcajadas en ella, de espaldas a Annie.

¿Debía dejar el tema o insistir? Tenía que documentarse más sobre el mutismo y los traumas infantiles. Mientras tanto, confiaría en su instinto.

—*No me gustaría nada que mi papá hiciera cosas malas a mi mamá. Especialmente si no pudiera hablar de ello.*

Livia empezó a montar la balaustrada como si fuera un caballo.

—*Ni cantar sobre ello. Creo que ya te he mencionado que soy una experta vocalista.* —Y entonó una serie de escalas. Annie había necesitado muchos años de práctica para cantar bien en los diversos registros vocales de sus muñecos, lo que la destacaba de la mayoría de los ventrílocuos. Finalmente Scamp se detuvo—. *Si alguna vez quieres que cante otra canción sobre lo que pasó, dímelo.*

Livia dejó de montar su caballo y se volvió. Miró primero a Annie y después a Scamp.

—*¿Sí o no?* —preguntó Scamp animosa—. *Acataré tu sabia decisión.*

Livia agachó la cabeza y empezó a rasparse el esmalte de uñas rosa que le quedaba en el pulgar. Un no rotundo. ¿Qué había esperado? ¿De verdad creía que su torpe intromisión serviría para superar un trauma tan profundo?

Tras cambiar de postura en la balaustrada para quedarse de cara a Annie, la niña movió despacio la cabeza. Fue un asentimiento titubeante.

A Annie le dio un vuelco el corazón.

—*Muy bien. Titularé mi canción «Balada de la terrible experiencia de Livia».*

Y ganó tiempo con un carraspeo teatral. A lo más que aspiraba era a sacar el tema a la luz. Tal vez así fuera menos tabú. También tenía que contárselo a Jaycie. Empezó a cantar en voz baja.

*Las niñas no deberían ver cosas malas,
pero a veces las ven…*

Siguió cantando, improvisando como el día anterior, pero esta vez con una melodía más seria. Livia escuchó cada palabra, asintió y al final volvió a montar su caballo de piedra.

Annie oyó un ruido tras ella y se volvió.

Theo estaba apoyado en la esquina de la casa, al otro lado

del porche. Tenía el ceño fruncido. La había oído y la estaba juzgando.

La niña también lo vio y se bajó de su caballo. Theo se acercó. Llevaba el cuello de la parka levantado y sus pasos no resonaban en el suelo del porche.

«Que piense lo que quiera», pensó Annie. Por lo menos, ella estaba intentando ayudar a Livia. ¿Qué había hecho él, aparte de asustarla?

Todavía tenía a Scamp en el antebrazo, y avanzó el muñeco hacia él.

—*¡Alto! ¡Identifícate!*

—Me llamo Theo Harp y vivo aquí.

—*Eso es lo que tú dices. Demuéstralo.*

—Bueno... Mis iniciales están grabadas en el suelo de la glorieta.

Sus iniciales y las de su hermana gemela.

—*¿Eres bueno o malo, Theo?* —preguntó Scamp adelantando el mentón.

Aunque arqueó una ceja, Theo siguió mirando al muñeco.

—Procuro ser bueno, pero no siempre es fácil.

—*¿Te comes la verdura?*

—Toda, menos el colinabos.

Scamp se volvió hacia Livia e hizo un aparte con ella:

—*A él tampoco le gusta el colinabo.* —Se volvió otra vez hacia Theo—. *¿Te bañas sin protestar?*

—Me ducho. Y me gusta.

—*¿Sales de casa en calcetines?*

—No suelo.

—*¿Comes caramelos a escondidas cuando nadie te ve?*

—Solo mantequilla de cacahuete.

—*Tu caballo da miedo.*

—Por eso los niños no deben entrar en la cuadra cuando yo no estoy —replicó Theo mirando a Livia.

—*¿Gritas alguna vez?*

—Procuro no hacerlo. —Volvió a dirigirse a Scamp—. A no ser que los Sixers pierdan.

—*¿Sabes peinarte solo?*

—Ajá.

—*¿Te muerdes las uñas?*

—Claro que no.

Scamp inspiró hondo, agachó la cabeza y bajó la voz.

—*¿Alguna vez pegas a las mamás?*

—Nunca —contestó Theo sin pestañear—. Nunca jamás. Nadie debería pegar a las mamás.

Scamp se volvió hacia Livia.

—*¿Qué te parece?* —preguntó a la niña con la cabeza ladeada—. *¿Puede quedarse?*

Livia asintió sin vacilar y se bajó de la balaustrada.

—¿Podría hablar con Annie? —dijo Theo a Scamp.

—*Supongo que sí. Iré a componer canciones mentalmente.*

—Eso.

Annie guardó a Scamp en su mochila. Esperaba que Livia entrara al ver que el muñeco se había ido, pero recorrió el porche y bajó los tres peldaños delanteros. Iba a pedirle que regresara, pero la pequeña no se alejó, sino que se quedó junto a la casa.

Theo señaló con la cabeza el otro lado del porche para indicarle que quería hablar con ella a solas. Annie se acercó a él sin apartar la vista de la niña.

—¿Cuánto tiempo hace que pasa esto? —preguntó Theo en voz baja.

—Scamp y ella son amigas desde hace tiempo, pero solo empecé a hablarle de su padre hace un par de días. Y no, no sé lo que estoy haciendo. Y sí, me doy cuenta de que me estoy entrometiendo en un problema demasiado complicado para un lego en la materia. ¿Crees que estoy loca?

—No se la ve tan asustadiza como antes —respondió Theo tras reflexionar un instante—. Y parece gustarle estar contigo.

—Le gusta estar con Scamp.

—Scamp es quien empezó a hablarle sobre lo que vio, ¿verdad? ¿Fue Scamp, no tú?

Annie asintió.

—¿Y ahora quiere estar con Scamp?

—Eso parece.

—¿Cómo lo haces? —dijo frunciendo el ceño—. Soy un hombre adulto. Sé muy bien que eres tú quien hace hablar al muñeco, pero aun así, lo miro a él.

—Lo que hago se me da muy bien. —Pretendió ser sarcástica pero le salió mal.

—Ya lo creo. —Ladeó la cabeza hacia la niña—. Creo que tendrías que continuar. Si quiere que pares, te lo hará saber.

Su confianza la hizo sentir mejor.

Theo se volvió para irse, pero Livia subió corriendo al porche hacia él. Llevaba algo en las manos. Alzó los ojos hacia él y las abrió para mostrarle un par de piedrecitas y unas cuantas valvas. Theo la miró y ella le devolvió la mirada con su habitual expresión tozuda en los labios. Cuando alargó las manos hacia él, Theo sonrió, aceptó lo que le daba.

—Hasta luego, bonita —dijo, y se marchó por los escalones del acantilado hacia la playa.

¡Qué extraño! Livia tenía miedo de Theo. ¿Por qué le había dado, entonces, lo que había recogido?

Piedras, valvas...

Y cayó en la cuenta de que Livia le había regalado esos objetos porque era él quien le construía la casita de hadas.

Cada vez le costaba más relacionar al Theo que ella recordaba con el actual. Sabía que las personas cambiaban al hacerse mayores, pero la conducta inquietante de aquel adolescente parecía demasiado arraigada en la psicosis como para superarla fácilmente. Le había dicho que había ido a terapia. Al parecer, había funcionado, aunque se negaba a hablar sobre Regan y seguía encerrándose en sí mismo cuando la conversación se volvía personal. Annie no debía olvidar que seguía estando perturbado.

Más tarde, cuando sacaba la basura, dirigió la vista hacia la cabaña y vio algo que la dejó petrificada. Un coche se acercaba despacio, casi sigilosamente, hacia la casita.

Theo estaba escribiendo en el estudio de la cabaña. En ocasiones tenía la música a todo volumen mientras trabajaba. No se enteraría de nada.

Annie corrió hacia la casa, tomó las llaves del coche y bajó a toda velocidad el acantilado.

17

—¿Así que estabas dispuesta a defenderme con un raspador de hielo? —Theo dejó la parka sobre el respaldo del sofá de terciopelo rosa. Habían pasado dos horas desde el lamentable incidente, y acababa de volver por segunda vez del pueblo.

—Fue lo único que encontré en tu coche —se justificó Annie—. Las *ninjas* usamos lo que tenemos a mano.

—Prácticamente provocaste un infarto a Wade Carter.

—Estaba escondido detrás de la cabaña. ¿Qué querías que hiciera?

—¿No te parece que echártele encima fue un poco extremo?

—No si se estaba preparando para entrar a escondidas. Y ahora en serio, Theo, ¿lo conoces bien?

—Lo bastante como para saber que su mujer no se rompió el brazo solo para que él tuviera una excusa para entrar a escondidas en la cabaña. —Dejó las llaves del coche en la mesa y se dirigió hacia la cocina—. Tienes suerte de no haberle causado una conmoción cerebral.

Annie estaba bastante orgullosa de sí misma. Sí, se alegraba de no haber lastimado a aquel hombre, pero después de haberse sentido derrotada durante tanto tiempo, le gustaba saber que no le daba miedo pasar a la acción.

—La próxima vez llamará a la puerta —dijo, siguiendo a Theo.

—Hemos cambiado las cerraduras. Y ya llamó hoy, ¿recuerdas? —replicó él mientras abría la caja de vino que había vuelto a llevar a la casa.

Pero Theo no había abierto y Carter había rodeado la cabaña para averiguar si había alguien dentro. Entonces, Annie no sabía todo eso.

—A partir de ahora, se acabó lo de poner música a todo volumen mientras trabajas —dijo—. Cualquiera podría acercársete y no te enterarías hasta que fuera demasiado tarde.

—¿Por qué tendría que preocuparme si tengo a la Mujer Maravilla?

—Lo hice de fábula —aseguró Annie con una sonrisa.

—Por lo menos correrá la voz de que no eres un blanco fácil —repuso él y soltó una carcajada todavía algo empañada.

Ella se planteó preguntarle por la casita de hadas, pero hablar de ella acabaría con su magia. Además, eso era algo entre él y Livia.

—¿Cómo fue lo de la fractura de su mujer?

—Le estabilicé el brazo. Wade la llevará al continente mañana. —Leyó la etiqueta de la botella de vino—. Entonces Lisa McKinley vio mi coche y me pidió que echara un vistazo a su hija menor.

—Alyssa.

—Sí, bueno, resulta que Alyssa se había metido algo en la nariz y no le salía. Pregúntame qué sé sobre extraer gominolas de la nariz de un niño. —Encontró el sacacorchos—. A todos les digo lo mismo. Soy auxiliar sanitario, no médico, pero se comportan como si me hubiera doctorado en Harvard.

—¿Se la sacaste?

—No, y Lisa está cabreada conmigo. —A diferencia de la gominola, el tapón de la botella de vino salió a la perfección—. No llevo encima un espéculo nasal, y podría haberle provocado lesiones si le hurgaba la nariz. Irá al continente con los Carter. —Sacó dos copas de vino.

—Yo no tomaré vino —dijo Annie rápidamente—. Prefiero una infusión. Manzanilla.

—No te ha venido el período. —Le reaparecieron las habituales arrugas de la comisura de los labios adustos.

—No, no me ha llegado. —No había rechazado el vino solo porque pudiera estar embarazada, sino también porque él había vuelto a entrar el vino en la cabaña. Si se lo bebía con él, dejaría de ser un regalo.

—No fastidies y dime cuándo te toca la regla —exigió él, dejando las copas con fuerza en la encimera.

—La semana que viene. —Annie ya no podía darle más largas—. Pero me encuentro bien. Estoy segura de que no estoy...

—No estás segura de nada. —Se volvió para servirse la copa sin mirar a Annie—. Si estás embarazada, iré a ver a un abogado, estableceré un fideicomiso, me aseguraré de que tú... de que tú y el niño tengáis lo que necesitéis.

No dijo nada de librarse del «niño».

—No voy a hablar de esto —dijo Annie.

Se volvió hacia ella, con la copa de vino en la mano.

—Tampoco es mi tema de conversación favorito, pero tienes que saber que...

—¡Deja de hablar de ello! —Señaló los fogones—. Preparé la cena. No será tan buena como las tuyas, pero es comida.

—Primero práctica de tiro.

Esta vez no estaba para bromas.

Estuvieron melancólicos hasta la cena. El barco semanal de suministros había llegado con provisiones para Moonraker Cottage, encargadas en su mayor parte por Theo, y ella se había ceñido a lo que sabía hacer: albóndigas y salsa de espaguetis casera. No era alta cocina, pero a Theo le gustó.

—¿Por qué no me preparabas esto cuando ayudabas a Jaycie con la cena?

—Quería hacerte sufrir.

—Misión cumplida. —Theo dejó el tenedor—. A ver, ¿cómo quieres que vaya la cosa? ¿Seguirás poniendo notas adhesivas en la puerta de tu habitación o vamos a portarnos como adultos y hacer lo que ambos deseamos?

Desde luego, Theo sabía ir al grano.

—Ya te lo dije. No se me da bien separar los sentimientos del sexo. Sé que parece anticuado, pero yo soy así.

—Tengo algo que decirte, Annie. No se te da bien separar los sentimientos de nada.

—Sí, bueno, eso también.

—¿Te he dado las gracias? —Theo levantó la copa hacia ella.

—¿Por ser una diosa del sexo?

—También por eso. Pero... —Dejó la copa y corrió la silla de golpe hacia atrás—. Coño, no lo sé. Mi escritura se ha ido al carajo, no tengo ni idea de cómo protegerte de lo que sea que está pasando aquí, y muy pronto alguien va a pedirme que le trasplante un corazón. Pero... la cuestión es que no soy lo que se dice infeliz.

—¡Caramba! Si sigues así pronto tendrás un especial en el Club de la Comedia.

—Muy sensible por tu parte —se quejó casi sonriente—. ¿Y bien? ¿Has acabado ya con las notitas adhesivas o no?

¿Había acabado? Llevó el plato sucio a la cocina y pensó en lo que era mejor para ella. No para él. Solo para ella. Se dirigió hacia la puerta.

—Mira, te diré lo que quiero. Sexo, y en grandes dosis —dijo.

—Mi mundo es mucho más alegre ahora.

—Pero impersonal. Sin abrazos después. Y nada de dormir en la misma cama. —Se acercó de nuevo a la mesa—. En cuanto me hayas satisfecho, se acabó. No quiero charlas íntimas. Dormirás en tu propia cama.

—Será duro, pero podré soportarlo. —Inclinó la silla hacia atrás.

—Totalmente impersonal —insistió Annie—. Como si fueras un prostituto.

—¿No te parece un poco degradante? —Arqueó una de sus cejas imperiosas.

—No es problema mío. —La fantasía era deliciosa... y perfecta para el mensaje que quería transmitirle—. Eres un prostituto que trabaja en un burdel dedicado a una clientela exclusiva. —Se dirigió hacia la estantería y desarrolló la idea sin importarle cómo le sentara a Theo o si la estaría juzgando—. El local es discreto pero lujoso. Paredes blancas y sillones negros de piel. No demasiado rellenos —añadió—. De los estilizados con armazón cromado.

—Algo me dice que ya habías pensado en ello —comentó Theo irónicamente.

—Todos los hombres estáis sentados por la sala en distintos grados de desnudez. Y nadie dice una palabra.

—¿Desnudez?

—¿Qué pasa?

—Nada. Solo estoy...

—Todos los hombres son guapísimos —prosiguió Annie—. Yo recorro la habitación. —Lo hizo—. Todo está en silencio. Me tomo mi tiempo —dijo, e hizo una pausa antes de añadir—: En el centro mismo de la sala hay una plataforma circular a quince centímetros del suelo...

—Realmente lo has pensado mucho —comentó Theo con la ceja arqueada.

—Allí van los hombres —prosiguió Annie sin prestarle atención—. Para ser inspeccionados.

Las cuatro patas de la silla de Theo tocaron el suelo.

—Muy bien, me estoy excitando de verdad.

—Elijo los tres que más me gustan. Uno a uno, les señaló la plataforma.

—¿Te refieres a la plataforma circular a quince centímetros del suelo?

—Los inspecciono detenidamente. Les recorro el cuerpo con las manos, les busco defectos...

—¿Les miras los dientes?

—Compruebo su fuerza y, lo más importante, su resistencia.

—¡Ah!

—Pero ya sé a quién quiero. Y lo hago subir el último.

—Jamás había estado tan excitado y horrorizado a la vez.

—Este hombre es magnífico. Exactamente lo que necesito. Cabello oscuro, un perfil marcado, una fuerte musculatura. Y, lo mejor, la inteligencia que reflejan sus ojos me dice que es algo más que un semental. Lo elijo.

Theo se levantó de la silla y asintió de forma burlona con la cabeza.

—Gracias.

—No. Tú no. —Lo descartó con un movimiento de la mano—. Por desgracia, el hombre que he elegido ya está ocupado esta noche. Entonces me quedo contigo. —Le dirigió una sonrisa triunfal—. No eres tan caro, y ¿quién puede resistirse a una ganga?

—Tú no, al parecer. —La ligera ronquera de su voz deslució su amago de broma.

Annie se sentía como Sherezade. Bajó su voz hasta llevarlo al límite de la sensualidad, sin traspasarlo.

—Llevo una vaporosa prenda de encaje negro. Y debajo solo unas braguitas rojas.

—¡A la habitación! —graznó Theo—. ¡Ya! —Era una orden, pero ella fingió pensárselo... unos tres segundos, hasta que él la tomó por el brazo para llevarla a su cuarto.

Una vez le hizo cruzar la puerta, ella plantó los pies en el suelo, no dispuesta aún a ceder el control.

—La habitación tiene una gran cama con unos grilletes forrados con piel en la cabecera y los pies.

—Pero...

—Y una pared llena de vitrinas que exhiben todos los juguetes sexuales imaginables.

—Todo esto me supera —aseguró Theo, pero la diversión que reflejaban sus ojos lo desmentía.

—Excepto esas espeluznantes mordazas —añadió Annie—. Ya sabes a qué me refiero.

—Me temo que no.

—Bueno, son asquerosas.

—Si tú lo dices, me lo creo. —Señaló las imaginarias vitrinas—. Todo está dispuesto con buen gusto.

—¿Y por qué no? Es un establecimiento de primera clase. —Se alejó unos pasos de él—. Abrimos las puertas de cristal y examinamos juntos cada objeto.

—Con calma...

—Sacas algunos —prosiguió Annie.

—¿Cuáles?

—Los que has visto que yo miraba más detenidamente.

—Que serían...

—Te señalo los látigos. —Annie entornó los ojos.

—¡No voy a azotarte! —Se indignó él.

—Coges el látigo que he elegido y me lo acercas —prosiguió ella sin hacer caso a su indignación real o fingida—. Te lo quito de las manos —añadió mordiéndose el labio inferior.

—¡Y una mierda! —El diablo que había en su interior se apoderó de él. Se acercó a ella—. Tú no lo sabes pero no soy un prostituto de lujo cualquiera. Soy el rey de los prostitutos. Y ahora me pongo al mando.

Ella vaciló.

—Arranco una cinta de cuero del látigo —explicó Theo mientras le tomaba un mechón de pelo entre los dedos.

Annie dejó de respirar.

—Lo uso para recogerte el cabello hacia arriba...

—No sé si me gusta este rumbo —comentó Annie, pero ya tenía la piel de gallina. Le encantaba aquel rumbo.

—Ya lo creo que te gusta —la contradijo él, acariciándole la nuca con los labios y mordisqueándole después suavemente la piel—. Te gusta mucho. —Le soltó el cabello—. Especialmente cuando te separo las piernas con el mango del látigo.

A Annie la ropa le quemaba el cuerpo. Necesitaba quitársela ya mismo.

—Te lo subo por la pantorrilla... —Lo ilustró recorriéndole con los dedos el vaquero—. Después por la parte interior del muslo... ¡Desnúdate! —ordenó de pronto, y Annie se quitó el jersey.

Theo la imitó.

—Sigue desnudándote —insistió, mirándola a los ojos.

—Canalla.

Terminó de desvestirse ella primero, lo que le dio tiempo para admirar el cuerpo de Theo. Músculos y tendones, protuberancias y huecos. Era perfecto, y le daba igual si ella no lo era. Al parecer, a él también.

—¿Qué fue de ese látigo? —preguntó por si se le había olvidado...

—Me alegra que lo preguntes. —Ladeó la cabeza—. Venga. A la cama.

Solo era un juego, pero nunca se había sentido más deseada. Lo hizo despacio, sintiéndose la reina del sexo, y se arrodilló sobre las sábanas para observar cómo él se le acercaba.

Totalmente majestuoso...

Se recostó en los talones. El brillo de los ojos de Theo le indicó que estaba disfrutando tanto como ella. Pero ¿le bastaría con eso? Al fin y al cabo, era un hombre que había triunfado profesionalmente gracias al sadismo.

La empujó hacia atrás. Mientras exploraba su cuerpo, le susurró todas las cosas pervertidas, groseras y excitantes que pensaba hacerle.

—Y yo no digo nada. —Annie logró retomar su fantasía

tras respirar hondo—. Te dejo hacer lo que quieres, tocarme dónde quieres. Soy sumisa... hasta que dejo de serlo —añadió hincándole las uñas en las nalgas.

Y la reina del sexo tomó el mando. Fue magnífico.

Su juego los liberó, acabó con su seriedad, les permitió gruñir, jugar, amenazarse y forcejear. No tuvieron escrúpulos y los tuvieron todos. Las sábanas se enredaron a su alrededor a medida que sus amenazas subían de tono y sus caricias eran más apasionadas.

Fuera de su refugio erótico empezó a nevar. Dentro, ambos se perdieron en el frenesí que ellos mismos habían desatado.

Theo nunca había jugado de aquella manera erótica con una mujer. Recostado en la almohada, ponderó la idea, para él nueva, de que el sexo podía ser divertido. Recibió un codazo en las costillas.

—Se acabó —decretó Annie—. Largo.

Kenley no se cansaba nunca de él. Quería tenerlo a su lado todos los segundos del día. Y él solo quería irse.

—Estoy demasiado cansado para moverme —murmuró.

—Como quieras. —Annie se levantó sin más y se marchó de la habitación haciendo aspavientos.

Ella había dicho en serio que no iban a dormir juntos. Tendría que haberse comportado como un caballero y cumplir su deseo, pero se sintió ninguneado, así que se quedó donde estaba.

Mucho más tarde, sin haber podido pegar ojo todavía, la encontró acurrucada en la cama de su estudio. Contuvo las ganas de acostarse a su lado y recogió su portátil. Lo llevó al salón y se dispuso a escribir. Pero seguía pensando en Diggity Swift. Había matado al chaval en la última página, pero no mentalmente, y eso no le gustaba. Indignado consigo mismo, dejó el portátil y se quedó mirando nevar por la ventana.

Después de ducharse y ponerse los vaqueros y un jersey verde, Annie encontró a Theo en la cocina.

—¿Café? —ofreció él.

—No, gracias.

—De nada.

Se había duchado antes que ella y también iba completamente vestido. Hacían gala de sus mejores modales para compensar con cortesía el libertinaje exhibido la noche anterior, como si tuvieran que recuperar la dignidad y demostrar que eran criaturas civilizadas.

Mientras Theo bebía su café sentado a la mesa, Annie se hizo con una sábana vieja, buscó una lata de pintura negra en el trastero y lo llevó todo al estudio, donde el suelo estaba tan manchado que no importaría ensuciarlo más. Media hora después, Theo estaba en medio de la nieve recién caída contemplando el cartel que ella estaba colgando en el frente de la cabaña.

SE DISPARARÁ A CUALQUIER INTRUSO
SIN PREVIO AVISO

Bajó de la escalera de mano y lo miró con el ceño fruncido, desafiándolo a burlarse de ella.

—Me parece bien —se limitó a decir Theo, encogiéndose de hombros.

En el transcurso de los días siguientes, Annie tomó una decisión. No sobre Theo, pues su relación con él estaba bien clara: le encantaba ser la reina del sexo, e insistir en lo de dormir en camas separadas evitaba que se pusiera sentimental. Su decisión era referente al legado. No había encontrado nada, y ya era hora de aceptar la realidad. Su madre tomaba tantos analgésicos que no sabía lo que decía. No había ningún legado. Así las cosas, podía desmoronarse porque sus problemas financieros no iban a desaparecer mágicamente, o podía seguir adelante, paso a paso.

El ferry entre las islas llegaría el 1 de marzo, en unos pocos días. Empezó a recoger todo lo que había de valor en la cabaña para enviarlo al continente. Contrató una furgoneta para que lo transportara hasta Manhattan. El nombre de su madre todavía valía algo, de modo que todo iría a la mejor tienda de segunda mano de la ciudad.

Había enviado fotos de los distintos objetos al propietario, incluidos los cuadros, las litografías, los libros de arte, la cómoda Luis XIV del «martinete» y el bol con el alambre de púas. El hombre había aceptado adelantarle el dinero del transporte, que le descontaría de las futuras ventas.

La pieza central de la colección, el objeto con que la tienda iba a obtener más dinero, era el que a ella casi le había pasado por alto: el libro de invitados de la cabaña. Algunas de las firmas eran de artistas conocidos y varias incluían dibujitos junto a los nombres. El comerciante esperaba obtener hasta dos mil dólares por él, pero se quedaba con un cuarenta por ciento de comisión. Aunque se vendiera todo, Annie no podría saldar sus deudas, pero las reduciría considerablemente. Además, volvía a gozar de buena salud. Cuando sus sesenta días hubieran terminado, trataría de recuperar sus viejos empleos y empezaría de nuevo. Una perspectiva deprimente.

Pero el último día de febrero pasó algo que la animó.

Theo había estado cabalgando más rato del habitual, y ella no dejaba de asomarse a las ventanas de Harp House para ver si volvía. Ya casi había anochecido cuando lo divisó subiendo por el camino. Salió presurosa por la puerta lateral, cogiendo el abrigo de pasada, prescindiendo del gorro y los guantes.

—¿Qué pasa? —preguntó Theo, que tiró de las riendas en cuanto la vio correr hacia él.

—Nada. Alégrate. ¡Me ha venido la regla!

—¡Qué alivio!

No esbozó una ancha sonrisa, ni levantó el pulgar, satisfecho, ni dio las gracias a Dios. Lo observó con curiosidad.

—No sé por qué, pero me esperaba más entusiasmo —comentó.

—Te aseguro que no podría estar más entusiasmado.

—Pues no lo pareces.

—A diferencia de ti, no tengo la costumbre de dar saltitos como un niño de doce años. —Y se marchó hacia la cuadra.

—¡Deberías probarlo algún día! —le gritó ella.

Cuando lo perdió de vista, sacudió la cabeza, indignada. Un recordatorio más de que el único nexo que los unía era físico. ¿Dejaba Theo que alguien supiera qué pensaba realmente?

Por supuesto que estaba aliviado. Annie había tenido mucho descaro al decir que no se lo parecía. Que estuviera embarazada le habría jodido la vida completamente. Estaba irritable por culpa del trabajo. Le pasaba siempre que la escritura le iba mal, y en aquel momento le iba fatal. Había matado a Diggity Swift hacía una semana y estaba bloqueado desde entonces.

No lo entendía. Nunca había tenido problemas en matar a un personaje, pero ahora era incapaz de sentir el menor interés por Quentin Pierce y su banda de rufianes. De hecho, ese mismo día le había alegrado recibir una llamada de Booker Rose para hablarle de sus hemorroides. ¿No era una locura?

Annie conservó el sofá de terciopelo rosa y las camas, pero envió al continente la mayor parte de los demás muebles, incluida la silla-sirena. Envolvió los cuadros más grandes en mantas viejas y metió los objetos más pequeños en unas cajas que cogió de Harp House. Kurt, el hijo de Judy

278

Kester, tuvo que hacer dos viajes en su camioneta para llevarlo todo al embarcadero. Le pagó con el sillón marrón que él quería regalar a su mujer embarazada por su cumpleaños.

Desde que habían instalado las nuevas cerraduras hacía poco más de una semana, no había habido nuevos incidentes en la cabaña, aunque no sabía si era gracias a las cerraduras o al cartel que había colgado. Cuando Theo consideró que podía manejar una pistola, se aseguró de que en el pueblo todos supieran que estaba armada, y ella empezó a sentirse segura de nuevo.

A Theo no le hizo gracia la falta de muebles.

—Necesito un lugar donde escribir —se quejó al ver el salón casi vacío.

—Regresa a la torre. Yo ya estaré bien aquí sola.

—No iré a ninguna parte hasta que averigüemos quién está detrás de todo esto. Es increíble lo que la gente me cuenta cuando la estoy vendando. Tengo la esperanza de que, si acierto las preguntas, me enteraré de algo.

La enternecía su intención de ayudarla. Al mismo tiempo, no quería que pensara que se apoyaba en él, que era una desventurada damisela que esperaba que fuera su héroe.

—Ya has cubierto el cupo de mujeres necesitadas —le dijo—. No soy responsabilidad tuya.

—Traeré unos muebles de Harp House —comentó como si no la hubiera oído—. En el desván hay varias cosas que nadie utiliza.

—¿Realmente necesito un cadáver momificado?

—Sería una mesa de centro excelente.

No faltó a su palabra. Esperaba que apareciera con un escritorio y tal vez una butaca sin brazos, pero llevó también la mesa redonda de alas abatibles, colocada ahora al lado de la ventana delantera junto con cuatro sillas de respaldo con barras verticales. Una pequeña cómoda pintada de tres cajones descansaba ahora entre dos mullidas butacas sin brazos cubiertas con una funda a cuadros azul marino y blancos algo

279

apagados. Hasta había llevado una abollada lámpara de metal con forma de cuerno de caza.

Mariah lo habría desechado todo, especialmente la lámpara de caza. No había nada moderno ni armonioso, pero finalmente aquel sitio parecía lo que era: una humilde cabaña de Maine en lugar de un salón con pretensiones artísticas de Manhattan.

—Jim Garcia me dejó su camioneta a cambio de mis servicios médicos —le contó Theo—. Tuvo un pequeño accidente con su sierra eléctrica. Los langosteros son gente recalcitrante. Prefieren arriesgarse a tener gangrena antes que desplazarse al continente para ir al médico.

—Lisa volvió a subir a la casa principal —le informó Annie—. Todavía está enfadada contigo por no sacarle la gominola a Alyssa de la nariz. Hice una búsqueda en internet y le enseñé lo que podría haber pasado si hubieras intentado hacerlo por tu cuenta.

—Hay tres personas más cabreadas conmigo, pero ya hago más de lo que mi titulación me permite. Tienen que aceptarlo.

Tanto si quería admitirlo como si no, cada vez estaba más involucrado en la vida de la isla. Debía de sentarle bien, pues se reía más y ya no se le veía tan tenso.

—Todavía no has matado a nadie —bromeó Annie—. Es una buena noticia.

—Solo porque un par de amigos médicos me ayudan por teléfono.

Estaba tan acostumbrada a pensar que Theo era un hombre solitario que le costó imaginar que tenía amigos.

Tras otra sesión de libertinaje sexual, se quedaron dormidos en sus respectivas camas, algo que parecía fastidiar más a Theo cada noche. Unos fuertes golpes en la puerta despertaron a Annie, que se incorporó de golpe en la cama y se levantó apartándose el pelo de la cara.

—¡No disparéis! —gritó una voz desconocida.

Le alegró que alguien se tomara en serio su cartel, pero de todas formas cogió la pistola de la mesilla de noche. Cuando llegó al salón, Theo ya estaba en la puerta principal. Soplaba el típico viento de principios de marzo, y la nieve caía sobre la ventana delantera. Mantuvo la pistola en un costado mientras Theo giraba el pomo. En la puerta estaba Kurt, el hijo de Judy Kester, que le había ayudado a trasladar los muebles.

—¡Es Kim! —dijo frenético—. Se ha puesto de parto antes de tiempo, y el helicóptero medicalizado no puede despegar. Te necesitamos.

—Mierda. —No era la respuesta más profesional del mundo, pero Annie no culpó a Theo, que pidió a Kurt que entrara—. Espera aquí —le dijo, y se dirigió a Annie al ir a buscar ropa de abrigo—. Vístete. Vendrás conmigo.

18

Theo sujetaba el teléfono con una mano y el volante con la otra.

—Ya sé que hace mal tiempo. ¿Cree que no lo veo? ¡Pero necesitamos que venga un helicóptero, y lo necesitamos ya!

El viento zarandeaba el Range Rover, y las luces traseras de la camioneta de Kurt brillaban como ojos endemoniados delante de ellos mientras lo seguían por la carretera hacia el pueblo. Kurt les había explicado que su mujer, que no salía de cuentas hasta dentro de dos semanas, había planeado irse al continente el viernes.

—Íbamos a dejar a los niños con mi madre y alojarnos en casa de la prima de Kim, que vive cerca del hospital —les había contado—. Esto no tenía que haber sucedido.

Theo se tranquilizó, quizá al percatarse de que no estaba siendo razonable con la persona que tenía al otro lado del teléfono.

—Sí, lo entiendo... Sí, sí, lo sé... Muy bien.

Cuando dejó el móvil, Annie lo miró compasiva.

—¿Me llevas contigo porque no quieres dejarme sola en la cabaña o porque necesitas apoyo moral?

—Por las dos cosas. —Sujetó con firmeza el volante.

—Excelente. Temía que fuera por mis inexistentes conocimientos de comadrona.

Theo gruñó.

—Lo único que sé sobre partos lo he visto por la tele —añadió—. Y se supone que duele mucho.

No recibió respuesta.

—¿Sabes tú algo sobre partos? —preguntó Annie entonces.

—¡Qué va!

—Pero...

—He recibido formación, si te refieres a eso. Pero me falta experiencia real.

—Lo harás muy bien.

—No puedes saberlo. Es un bebé prematuro, de treinta y dos semanas.

Algo de lo que Annie ya era consciente, pero procuró animarlo.

—Es el tercer hijo de Kim. A estas alturas, ya sabe de qué va. Y la madre de Kurt podrá ayudar. —Judy Kester, con su risa fácil y su carácter positivo, sería la compañía ideal en medio de una crisis.

Pero Judy no estaba en casa de su hijo. En cuanto se hubieron quitado el abrigo, Kurt les informó que Judy estaba visitando a su hermana en el continente.

—¿Qué otra cosa podía esperarme? —ironizó Theo.

Siguieron a Kurt por un salón agradablemente desordenado que delataba la presencia de niños en la casa.

—Desde que se incendió la escuela, Kim me ha estado insistiendo para que nos vayamos de la isla —comentó mientras apartaba un par de muñecos Transformer de un puntapié—. Y esto no hará que cambie de parecer, desde luego.

Theo se detuvo en la cocina para lavarse bien las manos y los antebrazos. Cuando hizo un gesto a Annie para que hiciera lo mismo, ella le dirigió una mirada para recordarle que solo estaba allí para ofrecerle apoyo moral. Pero al ver la cara de él, hizo lo que le pedía, aunque no sin protestar.

—¿No debería quedarme aquí para hervir agua o algo?

—¿Para qué?

—Pues no sé.

—Tú te vienes conmigo —ordenó Theo.

Kurt se excusó y fue a ver cómo estaban los niños. Como no parecían haberse despertado con todo aquel jaleo, Annie sospechó que intentaba evitar estar presente durante el parto.

Siguió a Theo al dormitorio. Kim estaba tumbada en un revoltijo de sábanas estampadas con florecillas naranjas y amarillas. Llevaba un gastado camisón de verano azul celeste. Tenía manchas rojas en la piel y el ensortijado pelo castaño rojizo, enmarañado. Todo su cuerpo estaba rollizo y rechoncho: la cara, los pechos y, claro, la barriga. Theo dejó el maletín de lona roja.

—Kim, soy Theo Harp. Y ella es Annie Hewitt. ¿Cómo va eso?

—¿Cómo te parece que va? —dijo apretando los dientes debido a una contracción.

—Parece que bien —respondió él, como si fuera el tocólogo más experto del mundo. Empezó a sacar las cosas del maletín—. ¿Cada cuánto tienes las contracciones?

—Cada cuatro minutos más o menos. —El dolor remitió un poco y se hundió en la almohada.

—Avísame la próxima vez que tengas una y veremos lo que dura —pidió Theo mientras sacaba un paquete de guantes de látex y un protector de cama azul.

Le contagió su tranquilidad, de modo que asintió más calmada.

Un par de revistas del corazón, libros infantiles y frascos de loción abarrotaban una mesilla de noche con el tablero de cristal. En la otra había un despertador digital, una navaja y un táper pequeño medio lleno de monedas de un centavo. Theo abrió el protector de cama.

—Te pondremos más cómoda.

Su voz era tranquilizadora, pero la mirada que lanzó a Annie le indicó que si pensaba irse de la habitación, correría una suerte terrible, a la que seguiría un destino aún peor y una posterior aniquilación total. Annie se acercó a regañadientes a la cabecera de la cama, con menos ganas aún de ver lo que ocurría que, según sospechaba, el propio Theo.

Kim pasaba ya del pudor, y Annie dudaba que fuera siquiera consciente de cómo Theo le deslizó el protector de cama bajo las caderas y le tapó las rodillas con la sábana. Gimió debido a una contracción especialmente fuerte. Mientras la cronometraba, Theo dio a Annie una serie de instrucciones en voz baja sobre lo que sucedería y lo que quería que ella hiciera.

—¿Materia fecal? —susurró Annie cuando terminó de escuchar los detalles.

—Sucede —respondió Theo—. Y es natural. Ten un protector de cama limpio a punto.

—Y una bolsa de papel —murmuró—. Para que yo pueda vomitar.

Theo sonrió y volvió a concentrarse en su reloj de pulsera. Durante el parto, Annie permaneció en la cabecera de la cama, acariciándole el pelo y susurrándole palabras de ánimo a Kim. Entre una contracción y la siguiente, Kim se disculpaba por obligar a Theo a salir en mitad de la noche, pero ni una sola vez le preguntó por sus conocimientos de tocología.

Al cabo de una hora la cosa se puso seria.

—¡Tengo que empujar! —exclamó, y apartó de un puntapié la sábana que le ofrecía intimidad, de modo que Annie veía más de lo que deseaba.

—Vamos a echar un vistazo —dijo Theo, ya con los guantes de látex puestos.

Kim gimió mientras la examinaba.

—No empujes todavía —ordenó Theo—. Aguanta.

—¡Vete a la mierda! —gritó Kim.

—Ánimo —intervino Annie, dándole palmaditas en el brazo—. Lo estás haciendo muy bien. —Ojalá fuera verdad.

Theo se concentró en lo que estaba haciendo. A la siguiente contracción, la animó a empujar.

—El bebé está coronando —anunció con la misma calma que si estuviera informando sobre el tiempo. Pero Annie vio que el sudor le perlaba la frente.

La contracción terminó, pero no por mucho rato. Kim jadeó.

—Ya le veo la cabeza —dijo Theo.

Al oír el gruñido gutural de Kim, él le dio unas palmaditas en la rodilla y la animó.

—Empuja... Muy bien. Lo estás haciendo muy bien.

La reticencia de Annie a ver el parto había desaparecido. Tras otras dos fuertes contracciones durante las que Theo animó más a Kim, apareció la cabeza del bebé. Él la tomó con la mano.

—Vamos a quitar el cordón umbilical —comentó en voz baja mientras introducía un dedo y lo deslizaba alrededor del cuello del bebé—. Annie, ten a punto una manta. Muy bien, pequeñín... Enséñame ese hombro... Date la vuelta... Así. Muy bien.

El bebé resbaló hacia sus palmas fuertes y competentes.

—Es un niño —anunció. Ladeó al diminuto y sucio recién nacido para despejarle las vías respiratorias—. Vamos a darte un ocho, chiquitín.

Annie tardó un instante en recordar lo que le había contado sobre el test de Apgar en el primer minuto de vida del bebé y otra vez a los cinco minutos del nacimiento para valorar su estado físico. El bebé empezó a llorar tenuemente. Theo lo dejó en el pecho de Kim, tomó la toalla que le ofrecía Annie y empezó a friccionar con cuidado.

Kurt entró finalmente. Se acercó a su mujer, y ambos se echaron a llorar juntos al ver al recién nacido. Annie habría dado una colleja a Kurt por no haber estado presente, pero Kim fue más compasiva. Mientras acurrucaba al pequeño, Theo le masajeó el vientre. No tardó demasiado en tener otra contracción y expulsar la placenta.

Annie evitó mirar al darle a Theo la bolsa roja para los residuos orgánicos. Él pinzó el cordón umbilical y cambió el protector sucio por otro limpio. Para tener un sustancioso fondo fiduciario y un lucrativo contrato de edición, no le importaba ensuciarse las manos.

El bebé era un poco pequeño, pero como era su tercer hijo, Kim lo manejó con seguridad y pronto lo amamantó. Theo se pasó el resto de la noche en una butaca mientras Annie dormía como podía en el sofá. Lo oyó levantarse varias veces, y en una ocasión, cuando abrió los ojos, el bebé dormía en sus brazos.

Tenía los ojos cerrados y al recién nacido acurrucado de manera protectora en el pecho. Recordó el cariño con que trató a Kim y vio lo tierno que era con el bebé. Theo se había visto arrastrado a una situación abrumadora y la había afrontado magníficamente. Por suerte, no tuvo ninguna complicación, pero en caso contrario habría mantenido la cabeza fría y hecho lo necesario. Se había portado como un galán de novela, y los galanes eran su debilidad... Salvo que una vez aquel galán en concreto casi la había matado.

Por la mañana, Kim y Kurt dieron efusivamente las gracias a Theo mientras sus demás hijos, después de que Annie les hubiera servido el desayuno, se encaramaban a la cama para ver a su nuevo hermanito. Dado que el bebé había nacido sin problemas y que Kim estaba bien, ya no era necesaria la evacuación en helicóptero, pero Theo quería que Kurt llevara a su mujer y al recién nacido al continente para que los examinaran. Kim se negó en redondo.

—Lo hiciste tan bien como cualquier médico, y no iremos a ninguna parte.

Por más que Theo insistió, Kim no cambió de parecer.

—Conozco mi cuerpo y sé de niños. Estamos bien. Y Judy ya viene hacia aquí para echar una mano.

—¿Ves a lo que tengo que enfrentarme? —dijo Theo con

expresión de cansancio cuando volvían en coche hacia la cabaña—. Confían demasiado en mí.

—No parezcas tan competente —sugirió Annie en lugar de decirle que tal vez fuera el hombre más digno de confianza que había conocido. O tal vez no. Nunca había estado tan desconcertada.

Al día siguiente, seguía pensando en él al subir los peldaños que llevaban al desván de Harp House. Theo le había dicho que se llevara lo que quisiera a la cabaña, y quería ver si todavía había allí arriba alguno de los paisajes marinos que ella recordaba. Las bisagras de la puerta chirriaron cuando la abrió. La estancia parecía salida de una película de terror. Un espeluznante maniquí de modista custodiaba los muebles rotos, las polvorientas cajas de cartón y un montón de descoloridos chalecos salvavidas. La única luz procedía de un mugriento mirador cubierto de telarañas colgantes y dos bombillas desnudas que colgaban de las vigas del techo.

—*No pretenderás que entre ahí, ¿verdad?* —chilló Crumpet.

—*Lo siento, pero tengo que irme* —soltó Peter.

—*Menos mal que hay alguien que tiene agallas* —ironizó Leo.

—Tus agallas son las mías —le recordó Annie, que desvió así la atención de la horripilante colección de muñecas envueltas en plástico que habían pertenecido a Regan.

—*Exacto* —replicó Leo con su proverbial desdén—. *Y aquí estás.*

Allí había montones de periódicos, revistas y libros viejos que nadie leería jamás. Rodeó un talego enmohecido de lona, una sombrilla rota y una polvorienta mochila Jansport hasta unos cuantos marcos apoyados en la pared. Unas cajas de cartón salpicadas de bichos muertos le impedían acceder a los cuadros. Al empezar a apartarlas, vio una caja de zapatos con una etiqueta: PROPIEDAD PRIVADA DE REGAN HARP. La abrió con curiosidad.

Contenía fotos de Theo y Regan de pequeños. Desdobló una vieja toalla de playa y se sentó en el suelo a mirarlas. A juzgar por la composición chapucera de las imágenes, muchas las habían tomado ellos mismos. Iban disfrazados de superhéroes, jugaban en la nieve, hacían muecas a la cámara. Eran escenas tan entrañables que se le hizo un nudo en la garganta.

Abrió un sobre de papel manila atiborrado de más fotografías. La primera era de Theo y Regan juntos. Reconoció la camiseta *No fear* de Regan de habérsela visto el verano que pasaron todos juntos y recordó vagamente haber tomado ella aquella foto. Al observar la dulce sonrisa de Regan, la forma en que se apoyaba en su hermano, la asoló de nuevo lo trágica que había sido su pérdida. Lo trágicas que habían sido todas las pérdidas que había vivido Theo, empezando por el abandono de su madre y terminando por la muerte de una esposa a la que en su día debía de haber amado.

Vio el cabello desaliñado que le caía sobre la frente y el brazo con el que rodeaba despreocupadamente los hombros de su hermana. Deseó que Regan estuviera allí para ayudarle a comprender a su hermano.

Todas las fotos del sobre correspondían a aquel verano. Eran imágenes de Theo y Regan en la piscina, el porche delantero y a bordo de su velero, el mismo en el que Regan había zarpado el día que se había ahogado. La nostalgia y el dolor invadieron a Annie.

Y entonces... se quedó perpleja.

Repasó las fotos más deprisa, con el pulso acelerado. Una a una, se le fueron cayendo del regazo y esparciéndose a sus pies como hojas otoñales. Hundió la cara en las manos.

—*Lo siento* —susurró Leo—. *No sabía cómo decírtelo.*

Una hora después, Annie soportaba un frío glacial junto a la piscina vacía. Unas largas grietas recorrían sus paredes de hormigón, montones de nieve sucia y barro cubrían el fondo.

Según Lisa, Cynthia estaba planeando rellenarla. Imaginó que la sustituiría por las ruinas falsas de un capricho inglés.

Theo no la vio al salir de la cuadra, donde había estado cepillando a *Dancer*. Aquel hombre tan seductor al que conocía tan bien y tan mal a la vez era su amante. Unos copos grises de nieve se arremolinaban como cenizas en el ambiente lúgubre. La protagonista sensata de un libro no lo habría culpabilizado hasta haber ordenado sus pensamientos. Pero ella no era sensata. Estaba hecha un lío.

—Theo...

Él se detuvo y la buscó con la mirada.

—¿Qué haces aquí fuera? —Sin esperar respuesta, se acercó a ella con aquellas zancadas ya tan conocidas—. Demos por terminado el día y vayámonos a la cabaña —sugirió y, por la expresión de su mirada, Annie supo lo que tenía en mente.

—He estado en el desván —anunció con los hombros erguidos.

—¿Encontraste lo que necesitabas?

—Sí, sí. —Sacó del bolsillo del abrigo las fotografías con una mano temblorosa. Cinco, aunque podría haber llevado muchas más.

Theo se acercó al borde agrietado de la piscina para ver qué le estaba enseñando. Y al verlo se le contrajo la cara de dolor. Se volvió para marcharse.

—¡Ni se te ocurra irte! —gritó ella mientras él cruzaba, airado, el jardín—. ¿Me oyes?

Redujo el paso, pero no se detuvo.

—Déjalo correr, Annie —dijo.

—No te vayas —le ordenó sin moverse ni un paso.

Finalmente, Theo se volvió hacia ella.

—Fue hace mucho tiempo —dijo en un tono monótono que contrastaba con la vehemencia que ella había imprimido a sus palabras—. Te pido que no lo remuevas.

Aunque su expresión era dura, aprensiva, Annie tenía que saber la verdad.

—No fuiste tú —dijo.

—No sé de qué me estás hablando —replicó Theo con los puños apretados a los costados.

—Mientes —soltó, no con rabia, sino como simple afirmación—. Aquel verano. Todo el tiempo creí que habías sido tú. Pero no era así.

Él se le acercó, atacando para defenderse.

—No sabes nada. El día que los pájaros te acosaron... fui yo quien te envió donde estaban los restos de aquel barco. —Estaba en el borde de la piscina, inclinado hacia ella—. Yo te puse el pescado en la cama. Te insulté, te maltraté, te excluí. Y lo hice todo adrede.

—Empiezo a entender por qué —asintió Annie despacio—. Pero no fuiste tú quien me encerró en el montaplatos ni quien me empujó a la marisma. No llevaste los cachorros a la cueva ni escribiste la nota que me llevó a la playa. —Pasó el pulgar por las fotos que sostenía—. Y no eras tú quien quería que me ahogara.

—Te equivocas —la contradijo mirándola a los ojos—. Ya te lo dije. No tenía conciencia.

—Eso no es verdad. Tenías demasiada. —Se le hizo tal nudo en la garganta que le costaba hablar—. Fue Regan. Y todavía sigues tratando de protegerla.

La prueba estaba en las fotos. En cada una de ellas, Annie estaba recortada. Su cara, su cuerpo... cada tijeretazo era como un pequeño asesinato.

Theo no se movió, más erguido que nunca, pero se encerró en sí mismo. Fue como si se retirara a un lugar donde nadie podía alcanzarlo. Annie pensó que volvería a irse, y le asombró que no lo hiciera. Se aferró a eso.

—Jaycie aparece en algunas fotos —comentó—. Entera.

Esperaba que él se alejara o que hablara, pero como no hizo ninguna de las dos cosas, le dijo la conclusión a la que había llegado, la que él parecía incapaz de expresar en voz alta.

—Porque Jaycie no era una amenaza para Regan. Jaycie no quería acaparar tu atención como yo. Tú nunca te fijaste en ella.

Notó que Theo libraba una batalla interior. Su hermana gemela había muerto hacía más de diez años y, a pesar de ello, todavía quería protegerla de la evidencia de las fotos. Pero Annie no iba a permitírselo.

—Cuéntamelo.

—No quieres oírlo —insinuó.

—Ya lo creo que quiero —aseguró con una risita amarga—. Hiciste todas esas cosas para mantenerme a salvo de ella.

—Eras inocente.

—Y tú también —repuso ella, pensando en todos los castigos que había recibido en lugar de su hermana.

—Me voy dentro —dijo Theo cansinamente. La estaba excluyendo, encerrándose en su caparazón como de costumbre.

—No te muevas de aquí. Fui una parte importante de esta historia y merezco saberlo todo ahora mismo.

—Es una historia desagradable.

—¿Crees que no me he dado cuenta?

Se separó de ella, dirigiéndose por el borde hasta donde tiempo atrás había habido un trampolín.

—Nuestra madre nos abandonó cuando teníamos cinco años, como ya sabes. Papá se evadía trabajando, de modo que éramos Regan y yo contra el mundo. —Cada palabra que decía parecía dolerle—. Solo nos teníamos el uno al otro. Yo la quería, y ella habría hecho cualquier cosa por mí.

Annie permaneció inmóvil mientras Theo daba golpecitos a un tornillo oxidado con la puntera de la bota de montar. Creyó que no diría nada más, pero prosiguió con una voz apenas audible:

—Siempre había sido posesiva, pero yo también lo era, y eso no supuso ningún problema hasta que teníamos unos catorce años y yo empecé a fijarme en las chicas. No soportaba que lo hiciera. Se entrometía en mis llamadas telefónicas, me contaba mentiras sobre cualquier chica que me interesara. Me parecía simplemente un fastidio. Pero entonces la cosa se puso seria. —Se puso en cuclillas para observar el fondo de la piscina, pero Annie dudó que viera nada excepto el pasado. Continuó hablando con frialdad, sin emoción alguna—. Empezó a propagar rumores. Hizo llamadas anónimas a los padres de una chica diciendo que su hija se drogaba. Otra chica terminó con un hombro roto porque Regan le puso la zancadilla en el colegio. Todos creyeron que había sido sin querer porque todos querían a Regan.

—Tú no creíste que fuera sin querer.

—Quise creerlo. Pero hubo más incidentes. Una chica con la que solo había hablado unas pocas veces recibió una pedrada mientras iba en bicicleta. Se cayó y la atropelló un coche. Por fortuna no resultó herida de gravedad, pero podría haber sido peor, así que me encaré con Regan. Ella lo reconoció, se echó a llorar y me prometió que nunca volvería a hacer nada parecido. Quise creerla, pero no parecía poder contenerse. —Se puso de pie—. Me sentía atrapado.

—Y renunciaste a las chicas.

—No de inmediato —dijo, mirándola por fin—. Intentaba ocultárselo a Regan, pero ella siempre se enteraba. Poco después de sacarse el carné de conducir, intentó atropellar a una de sus mejores amigas. Después de aquello, ya no podía correr ningún riesgo más.

—Tendrías que habérselo contado a tu padre.

—Me daba miedo. Me había pasado horas en la biblioteca leyendo sobre enfermedades mentales, y sabía que Regan tenía un problema grave. Hasta le hice un diagnóstico: trastorno obsesivo-compulsivo en las relaciones sentimentales. No andaba demasiado desencaminado. Mi padre la habría internado en una institución.

—Y tú no podías permitirlo.

—Habría sido lo mejor para ella, pero era un crío y no me lo parecía.

—Porque erais los dos contra el mundo.

Él no lo admitió, pero Annie sabía que era verdad. Al mirarlo, vio en él al muchacho indefenso que había sido.

—Quise asegurarme de que nunca tuviera la sensación de que alguien se interponía entre nosotros —explicó—. Y fue así, hasta cierto punto. Si no se sentía amenazada, se comportaba normalmente. Pero explotaba con cualquier comentario inocente. Esperaba que se echara novio, y que así lo superara. Todos los chicos querían salir con ella, pero a ella solo le interesaba yo.

—¿No empezaste a odiarla?

—Nuestro vínculo afectivo era demasiado fuerte. Tú pasaste un verano con ella. Ya sabes lo dulce que podía ser. Esa dulzura era auténtica, hasta que el mal se apoderaba de ella.

—Le quemaste la libreta en que escribía sus poemas. Tenías que odiarla para hacer eso —comentó Annie tras guardarse las fotos en el bolsillo del abrigo.

—No había ningún poema en esa libreta —replicó Theo con una mueca—. Lo que había eran sus delirios más enfermizos, junto con páginas llenas de frases ponzoñosas sobre ti. Temí que alguien lo viera.

—Y ¿qué me dices de su oboe? Le encantaba, y tú lo destruiste.

—Lo quemó ella misma cuando la amenacé con contar a mi padre lo que te había estado haciendo —respondió con tristeza en los ojos—. Fue una especie de sacrificio para apaciguarme.

De todo lo que le había explicado, aquello era lo más penoso, que el amor retorcido de Regan la hubiera obligado a destruir algo que le había proporcionado tanta satisfacción.

—Aquel verano querías protegerla —dijo Annie—, pero también evitar que me hiciera daño. Estabas en una situación imposible.

—Creía que lo tenía todo controlado. Me convertí en un monje adolescente. No hablaba con las chicas, apenas las miraba por miedo a lo que Regan pudiera hacer. Y entonces apareciste tú, viviendo en la misma casa. Te veía corriendo por ahí con tus *shorts* rojos, te oía charlar, te miraba juguetear con el pelo cuando estabas leyendo un libro. No podía evitarte.

—Jaycie era más bonita que yo. ¿Por qué no te fijaste en ella?

—No leía los mismos libros, no escuchaba la música que a mí me gustaba. No me sentía cómodo con ella. La ponía verde delante de Regan. Intenté hacer lo mismo contigo, pero Regan me leía los pensamientos.

—Fue porque me tenías a mano, ¿verdad? Eso es lo más irónico. Si me hubieras conocido en la ciudad, jamás te habrías fijado en mí. —Theo estaba hecho para mujeres hermosas. El motivo de que fueran amantes era simplemente la proximidad. Metió las manos heladas en el abrigo—. Después de todo lo que pasaste con tu hermana, ¿cómo pudiste enamorarte de Kenley?

—Irradiaba independencia y seguridad en sí misma. Todo lo que yo buscaba en una mujer. Todo lo que Regan no tenía. No llevábamos ni seis meses juntos cuando me presionó para que nos casáramos. Como estaba loco por ella, pasé por alto ciertas dudas y acepté.

—Lo que te puso casi en el mismo apuro que con Regan.

—Solo que Kenley no intentaba matar a nadie, sino suicidarse.

—Como forma de castigarte.

—Me estoy quedando helado —dijo encorvando los hombros—. Me voy adentro.

¿El hombre que un día se había quitado el jersey y se había quedado con el pecho desnudo en la nieve tenía frío de repente?

—Todavía no. Acaba de contar la historia.

—Ya lo he hecho. —Se alejó de ella y se metió en la torre.

Annie sacó las fotografías del bolsillo. Le quemaban en los dedos. Las contempló entre los copos de nieve y abrió las manos. Una ráfaga de viento se las arrebató y se las llevó. Una a una, cayeron en el barro del fondo de la piscina.

En cuanto Annie entró, Livia reclamó su atención. Le dibujó viñetas mientras le daba vueltas a lo que había averiguado y a lo que todavía no sabía. Theo solo le había contado parte de la historia. Tendría que sonsacarle el resto. Tal vez hablar acabaría por derribar el gélido muro tras el que vivía.

Dio un beso a Livia en la cabeza.

—¿Por qué no montas un guiñol para tus muñecos de peluche? —sugirió fingiendo no darse cuenta de que la pequeña fruncía el ceño al ver que se levantaba de la mesa.

Oyó la música rock antes de entrar siquiera en la torre. Una vez llegó al salón, vio que la música procedía del estudio. Subió la escalera hasta el segundo piso y llamó a la puerta, pero no obtuvo respuesta.

La música estaba muy alta, aunque no tanto como para que no la oyera. Llamó otra vez y accionó el picaporte. No le sorprendió descubrir que la puerta estaba cerrada con llave. El mensaje estaba claro. Theo había terminado de hablar por hoy.

Reflexionó un momento. Dejó de sonar Arcade Fire y empezó a hacerlo The White Stripes. De repente, el maullido de un gato aterrado rasgó el aire, seguido rápidamente de la clase de ruido angustioso que solo hace un animal en peligro extremo.

La puerta se abrió de golpe. Theo salió al rellano en busca de su gato, de espaldas a Annie. Cuando bajó corriendo la escalera, ella se coló dentro.

Había tirado el abrigo sobre la otomana de piel negra que había delante de la silla que usaba para escribir. Su mesa estaba más ordenada que la última vez que había estado allí, pero básicamente había estado trabajando en la cabaña, claro. Unos cuantos estuches de cedés yacían en el suelo, junto a la butaca. El telescopio seguía frente a la ventana que daba a la cabaña, pero verlo le resultaba ahora tranquilizador, ya no amenazador. Theo, el protector. Intentando proteger a su hermana enferma mental, rescatar a su desquiciada esposa de sí misma y mantenerla a ella a salvo.

Le oyó regresar por la escalera con pasos más lentos. Apareció por la puerta. Se detuvo y la miró.

—Dime que no has sido tú...

—No puedo evitarlo. —Arrugó la nariz haciéndose la simpática—. Tengo unas dotes estrafalarias.

—Como vuelvas con tus bromitas, te juro que... —dijo él mientras avanzaba por la habitación con el ceño fruncido.

—No lo haré. Por lo menos, creo que no. Seguramente no. —«A no ser que me vea obligada», pensó.

—Solo para tranquilizarme... —soltó con los dientes apretados—. ¿Dónde está mi gato?

—No lo sé. Seguramente dormido bajo la cama del estudio. Ya sabes cómo le gusta estar ahí.

—¿Qué coño voy a hacer contigo? —masculló Theo.

—Te diré lo que no vas a hacer. —Annie pasó al ataque—. No vas a dejarte la piel cuidando de mí. Te lo agradezco pero estoy en buenas condiciones físicas, relativamente cuerda, y cuido de mí misma. Puede que no lo haga demasiado bien, pero lo hago, y voy a seguir haciéndolo. No es necesario ningún acto heroico por tu parte.

—¿De qué me hablas?

Parecía considerarse el malo en lugar del protector, pero si ella se lo hacía notar, seguramente lo negaría. Se dejó caer en la silla que Theo usaba para escribir.

—Tengo hambre. Acabemos con esto —dijo.

19

—¿Acabemos con esto? —Frunció el ceño de nuevo—.
Quieres saber si maté a Regan, ¿verdad?

El único modo en que lograría que Theo le contara el resto era sonsacárselo.

—No digas tonterías. Tú no la mataste.

—¿Cómo lo sabes?

—Porque te conozco, constructor de cabañas de hadas.
—Y era cierto. En muchos sentidos no lo había conocido hasta entonces.

Él parpadeó, pero ella lo interrumpió antes de que pudiera negar lo que había hecho por Livia.

—Plasmas toda la maldad en el papel. Ahora deja de distraerme con tu fingida peligrosidad y cuéntame qué pasó.

—Tal vez te haya contado todo lo que quiero contarte.

Theo adoptó la misma expresión de desdén que Leo, pero eso no la disuadió.

—Regan y tú acababais de titularos. Y no en la misma universidad. ¿Cómo lo conseguiste?

—Amenacé con dejar la universidad si no aceptaba que nos separásemos. Le dije que viajaría por el mundo sin decir a nadie adónde iba.

A Annie le encantó que hubiera hecho aquello para protegerse.

—Así que fuisteis a centros distintos... —No hacía falta tener una bola de cristal para imaginar qué había sucedido después—. Y conociste a una chica.

—A más de una. ¿No tienes nada mejor que hacer?

—Nada. Sigue.

Recogió el abrigo de la otomana, lo colgó junto a la puerta y lo arregló, no porque fuera un maniático del orden, sino porque no quería mirarla.

—Era como un hombre hambriento en un supermercado, pero a pesar de que nuestros campus estaban a cientos de kilómetros de distancia, seguí siendo muy reservado. Hasta el último año, en que me enamoré de una compañera de clase...

Annie se recostó en la silla, intentando parecer relajada para que siguiera hablando.

—Deja que lo adivine. Era bonita, lista y alocada —comentó.

—Dos aciertos de tres. —Logró esbozar una leve sonrisa—. Ahora es directora general de una empresa tecnológica de Denver. Está casada y tiene tres hijos. Sin duda, no era nada alocada.

—Pero tenías un gran problema...

Desplazó un bloc de su escritorio unos centímetros a la izquierda.

—Iba ver a Regan a su campus siempre que podía, y parecía estar bien. Normal. El último curso hasta había empezado a salir con chicos. Creí que había superado sus problemas. —Se alejó del escritorio—. La familia iba a reunirse en la isla para celebrar el Cuatro de Julio. Deborah no podía venir, pero quería conocer Peregrine, así que la traje la semana antes de la fecha en que estaba previsto que llegara todo el mundo —explicó mientras se dirigía hacia la ventana trasera que daba al mar—. Iba a contárselo a Regan el siguiente fin de semana, pero ella se presentó antes de tiempo.

Annie se aferró a los brazos de la silla con los dedos, sin querer oír lo que seguía, aunque tenía que hacerlo.

—Deborah y yo paseábamos por la playa. Regan nos vio desde lo alto del acantilado. Íbamos tomados de la mano. Eso es todo. —Extendió las manos a cada lado del alféizar con la vista puesta en el exterior—. Había llovido y las rocas estaban resbaladizas, de modo que no sé cómo pudo bajar tan deprisa los escalones. Ni siquiera la vi llegar, pero antes de que me diera cuenta se abalanzó sobre Deborah. La sujetó y la apartó de mí. Deborah huyó corriendo hacia la casa.

Se apartó de la ventana pero siguió sin mirarla.

—Estaba furioso —siguió—. Dije a Regan que tenía que vivir mi vida y que ella tenía que ir al psiquiatra. Fui despiadado. —Se señaló la cicatriz de la ceja—. Fue Regan quien me hizo esto, no tú —aseguró, y añadió indicando, más abajo, una marca más pequeña que Annie ni siquiera había visto—. Esta es la que me hiciste tú.

Se había sentido muy satisfecha de haberle dejado una cicatriz. Y ahora verla le daba remordimientos.

—Regan se puso como loca. Me amenazó, amenazó a Deborah. Exploté. Le dije que la odiaba. Me miró a los ojos y dijo que iba a suicidarse. —Le tembló un músculo en la mandíbula—. Estaba tan enojado que le dije que me daba igual.

La lástima invadió a Annie.

Theo se dirigió hacia la ventana con el telescopio, sin mirarla, sin ver nada.

—Se acercaba una tormenta. Cuando llegué a la casa, me había calmado lo suficiente para saber que tenía que regresar y decirle que no había querido decir aquello, aunque en el fondo sí quería. Pero fue demasiado tarde. Ya había recorrido la playa hasta nuestro muelle, y estaba subiendo a bordo del velero. Le grité desde los peldaños que volviera. No sé si me oyó. Izó las velas antes de que pudiera alcanzarla.

Annie podía verlo como si estuviera allí, y quiso borrar aquella imagen de su cabeza.

—La lancha a motor estaba en el dique seco para ser reparada —contó Theo—, así que me lancé al agua con la absurda idea de alcanzarla. Había un fuerte oleaje. Ella me vio y me gritó que regresara a tierra, pero yo seguí nadando. Aunque las olas me zarandeaban, alcancé a vislumbrar varias veces la cara. Parecía apesadumbrada, arrepentida. Muy arrepentida. Entonces ajustó las velas y se hizo a la mar en plena tormenta. —Abrió los puños—. Fue la última vez que la vi viva.

Annie apretó los puños. Estaba mal odiar a un enfermo mental, pero Regan no solo se había destruido a sí misma y casi la había matado a ella, sino que también había hecho todo lo posible por destruir a Theo.

—Regan te hizo una buena faena. La venganza perfecta.

—Tú no lo entiendes —replicó Theo con amargura—. No se suicidó para castigarme. Lo hizo para liberarme.

—¡Eso no lo sabes! —exclamó Annie, levantándose.

—Sí que lo sé. —Finalmente, la miró—. A veces podíamos leernos los pensamientos, y ese fue uno de esos momentos.

Recordó las lágrimas que Regan había derramado por una gaviota con el ala rota. En sus momentos lúcidos, debía de detestar aquella parte de sí misma.

Annie sabía que no tenía que dejar que la lástima se le reflejara en el semblante, pero lo que Theo se había hecho a sí mismo estaba mal.

—El plan de Regan no funcionó. Todavía te consideras responsable de su muerte.

—Regan. Kenley —soltó él, rechazando la compasión de Annie con un movimiento brusco de la mano—. Busca qué tienen en común y me encontrarás a mí.

—Lo que encontraré son dos mujeres enajenadas y un hombre con un sentido exagerado de la responsabilidad. No podrías haber salvado a Regan. Tarde o temprano se habría destruido a sí misma. El caso de Kenley es más peliagudo. Dices que te atrajo porque era justo lo contrario de Regan, pero ¿es eso cierto?

—Tú no lo entiendes. Era brillante. Parecía una mujer muy independiente.

—Eso lo comprendo, pero tuviste que captar la necesidad que se ocultaba bajo esa fachada.

—No lo hice.

Theo se había enfadado, pero Annie insistió.

—¿Es posible que vieras tu relación con ella como una forma de compensar lo que le había ocurrido a Regan? Habías sido incapaz de salvar a tu hermana, pero tal vez podrías salvar a Kenley, ¿no?

—Ese título en psiquiatría que te sacaste en internet te resulta muy práctico —soltó Theo con una mueca.

Había adquirido sus conocimientos sobre la psicología humana en talleres de interpretación dedicados a comprender las motivaciones más profundas de un personaje.

—Eres un cuidador nato, Theo. ¿Has pensado alguna vez que escribir podría ser tu forma de rebelarte contra lo que hay en tu interior que te lleva a sentirte responsable de los demás?

—Estás llegando demasiado lejos —soltó él con dureza.

—Piénsalo, ¿de acuerdo? Si tienes razón sobre Regan, imagina cómo detestaría que te sigas castigando así.

Su hostilidad apenas disimulada le indicó que no podía presionarlo más. Había plantado las semillas. Ahora tenía que distanciarse un poco para ver si alguna de ellas germinaba. Se dirigió hacia la puerta.

—Por si empezaras a preguntártelo... Eres un hombre excelente y un amante bastante decente, pero jamás me suicidaría por ti.

—Me alegra saberlo.

—Ni perdería un minuto de sueño.

—Ligeramente ofensivo, pero... gracias por ser tan clara.

—Es la forma en que se comportan las mujeres cuerdas. Tenlo presente de cara al futuro.

—Me aseguraré de hacerlo.

La repentina opresión que sintió en el pecho contradecía su labia. Le dolía el alma por él. No había ido a la isla a escribir. Había ido a hacer penitencia por dos muertes que consideraba culpa suya. Harp House no era su refugio, sino su castigo.

A la mañana siguiente, cuando sacaba una caja de cereales del armario, echó un vistazo al calendario colgado en la pared. Habían transcurrido treinta y cuatro días, quedaban veintiséis. Theo entró en la cocina y le dijo que tenía que ir al continente.

—Mi editora vendrá desde Portland. Voy a encontrarme con ella en Camden para tratar unos asuntos. Ed Compton me traerá de vuelta mañana por la noche en su embarcación.

—¡Qué suerte! —exclamó Annie, cogiendo un bol—. Semáforos, calles asfaltadas, Starbucks, aunque no es que pueda permitirme ir a Starbucks.

—Iré yo por ti. —Levantó una mano como anticipando las objeciones de ella—. Ya sé que estás armada y eres peligrosa, pero voy a pedirte que te alojes en Harp House mientras yo esté fuera. Solo te lo estoy pidiendo, no es ninguna orden.

Había intentado cuidar de Regan y Kenley, y ahora intentaba cuidar de ella.

—¡Qué monada de chico! —soltó Annie.

Él respondió irguiendo la espalda y fulminándola con la mirada, la personificación de la masculinidad ofendida.

—Era un cumplido —aclaró Annie—. Más o menos. Todo ese afán tuyo de cuidar de los demás... Aunque te agradezco tu actitud de perro guardián, no soy una de esas mujeres necesitadas de las que tienes tendencia a rodearte.

—Aquella idea que tuviste del látigo... —soltó Theo, sarcástico—. Cada vez me gusta más.

Annie tuvo el impulso de arrancarle la ropa y tumbarlo allí mismo, pero se limitó a sorberse la nariz.

—Me quedaré en Harp House para que no sufras, monada.

Su pulla tuvo el efecto deseado. Theo la hizo suya allí mismo, en el suelo de la cocina. Y fue muy excitante.

Por más que a Annie no le apetecía dormir en Harp House, se avino para apaciguar a Theo. De camino, se detuvo a examinar la casita de hadas. Con unas ramitas, Theo había hecho un balcón sobre la puerta. También había puesto unas valvas de lado y esparcido unas piedrecitas por el camino, prueba de una fiesta de hadas nocturna. Alzó la cara hacia el sol. Tras soportar un tiempo tan frío, nunca volvería a menospreciar un día soleado de invierno.

El aroma del pudin de plátano recién horneado le llegó en cuanto entró en la cocina. Jaycie era mejor repostera que cocinera, y había estado preparando detalles como aquel desde su conversación sobre la muerte de su marido. Era su forma de hacer las paces por no haberle confiado su pasado.

En la mesa, junto al pudin, había restos de cartulina de una de las manualidades de Livia. Annie se había pasado horas en internet leyendo artículos sobre traumas profundos de la infancia. La información que había encontrado sobre la terapia con muñecos la había fascinado. Pero era un método aplicado por terapeutas formados, y los artículos la habían hecho más consciente de lo mucho que desconocía el asunto.

Jaycie entró en la cocina. Hacía semanas que andaba con muletas, pero se seguía moviendo con la misma dificultad de siempre.

—He recibido un mensaje de Theo —dijo—. Se ha ido al continente. —Su voz adquirió un tono extraño en ella—. Seguro que lo echarás de menos.

Annie había criticado a Jaycie por haber sido tan reservada, pero ella también le ocultaba cosas, entre ellas, que Theo y ella eran amantes. Nada había cambiado el hecho de que le debía la vida.

Al caer la tarde, Annie se entristeció. Se había acostumbrado a esperar a Theo al acabar la jornada. Y no solo por el estimulante sexo que practicaban. Simplemente le gustaba estar con él.

—*Acostúmbrate* —dijo Dilly con su sinceridad habitual—. *Tu desacertada aventura amorosa pronto terminará.*

—Aventura sexual —la corrigió Annie—. ¿Y crees que no lo sé?

—*Dímelo tú.*

Tanto si le gustaba como si no, el dolor que sentía cuando él no estaba era un aviso. Se obligó a concentrarse en la noche que la esperaba, decidida a no deprimirse. Los artículos sobre la terapia con muñecos eran fascinantes. Investigó un poco más y después se puso a leer la novelita gótica que había llevado consigo. ¿Qué mejor lugar que Harp House para leer una de sus historias horripilantes favoritas?

A medianoche, sin embargo, la historia del cínico duque y la virginal dama de compañía no había cumplido su función, y seguía sin poder pegar ojo. La cena había sido escasa, y había pudin de plátano en la cocina. Se levantó de la cama y se calzó las zapatillas deportivas.

La lámpara del pasillo superior proyectaba una larga sombra amarillenta en la pared, y la escalera crujió cuando bajó al vestíbulo. La luna llena lanzaba rayos plateados a través de los cristales sobre la puerta principal. No bastaban para iluminar la estancia, pero sí para realzar su penumbra. La casa le pareció más inhóspita que nunca. Dobló la esquina para tomar el pasillo trasero... y se quedó helada.

Jaycie iba hacia su habitación, y no llevaba sus muletas.

El pánico paralizó a Annie. Jaycie andaba totalmente erguida. No le pasaba nada en el pie. Nada en absoluto.

El zumbido de aquella bala que le había rozado la cabeza le resonó en el cerebro. Visualizó a Crumpet colgada del techo y la advertencia pintada de rojo en la pared. Jaycie tenía motivos para querer que se marchara. ¿Había pasado por alto lo evidente? ¿Era Jaycie quien había puesto patas arriba la cabaña? ¿Quién le había disparado?

Casi en la puerta de su habitación, Jaycie se detuvo. Alzó la vista y ladeó ligeramente la cabeza, como si escuchara si había movimientos en el piso de arriba, o sea, movimientos de Annie...

Jaycie retrocedió por donde había ido. Annie entró en la oscura cocina y se pegó a la pared, junto a la puerta. Recuperó el aplomo. Quería zarandear a Jaycie hasta que le dijera la verdad.

Jaycie pasó de largo la cocina.

Annie salió al pasillo justo a tiempo de verla dirigirse hacia el vestíbulo. La siguió con cautela, esquivando a duras penas los muñequitos de *My Little Pony* que Livia había dejado tirados en el suelo. Se asomó a la esquina y vio a Jaycie al pie de la escalera. De pronto empezó a subir lentamente los peldaños.

La rabia y la traición quemaban a Annie. Apoyó la cabeza contra la pared. No quería creerlo. No quería aceptar la verdad que tenía ante los ojos. Había sido Jaycie. Su rabia fue en aumento. No iba a dejar que aquello quedara así.

Al apartarse de la pared, oyó la voz burlona de Scamp:

—*¿Vas tras ella ahora? Menuda estupidez. Es de noche. En esta casa hay armas y no sabes si Jaycie tiene alguna. Ya ha matado a su marido. ¿No has aprendido nada de tus novelas?*

Annie apretó los dientes. Por más que lo detestara, aquel enfrentamiento tendría que esperar a que fuera de día, cuando tuviera la cabeza más fría. Y estuviera armada. Se obligó a regresar a la cocina, tomó el abrigo que estaba allí colgado y huyó de la casa.

Oyó un tenue relincho procedente de la cuadra. Las piceas crujieron y un animal nocturno salió corriendo por la maleza. A pesar del claro de luna, el descenso era peligroso. Resbaló al pisar una piedra suelta. Un mochuelo ululó una advertencia. Todo aquel tiempo había creído que alguien iba tras el legado, pero no se trataba de eso. Jaycie quería alejarla de allí para quedarse con Theo. Era como si toda la maldad de Regan hubiera anidado en su amiga.

Cuando llegó a la marisma, le castañeteaban los dientes. Volvió la mirada hacia la casa. Había luz en una ventana de la torre. Se estremeció al imaginar a Jaycie mirándola desde allí, pero recordó que la había dejado encendida ella misma cuando se había levantado hacía un rato.

Al contemplar la inmensa sombra de Harp House y la reluciente ventana de la torre, tuvo un ramalazo de humor negro. Aquella estampa era clavada a la cubierta de una de sus viejas novelas góticas. Pero en lugar de huir de la mansión encantada al amparo de la nocturnidad llevando un ondeante camisón de gasa, ella lo hacía con un pijama de franela de Santa Claus.

Se le puso la piel de gallina al acercarse a la cabaña en penumbras. ¿Habría descubierto ya Jaycie que se había ido? Volvió a invadirle la rabia. Se encargaría del asunto por la mañana, antes de que Theo regresara e intentara asumir el control. Esta batalla era solo suya.

Pero no lo era. Le vino Livia a la cabeza. ¿Qué sería de ella?

Le volvieron las náuseas provocadas por ver a Jaycie andar normalmente. Hurgó en su bolsillo en busca de la llave y la encajó en la cerradura. La puerta se abrió con un chirrido siniestro. Entró y pulsó el interruptor de la luz.

No pasó nada.

Booker le había explicado cómo poner el generador en marcha, pero no se había imaginado que tendría que hacerlo a oscuras. Tomó la linterna que guardaba junto a la puerta y se giró para salir de nuevo. Pero entonces un ruido suave hizo que se detuviera en seco.

Algo se había movido al otro lado de la habitación.

Encogió los dedos de los pies y contuvo la respiración.

Tenía la pistola en su habitación. Solo disponía de la linterna. Alzó el brazo y recorrió la habitación con el haz de luz.

Los ojos amarillos de *Hannibal* la miraron mientras sujetaba con las patas su ratón de peluche.

—¡Me has dado un susto de muerte! —suspiró Annie.

Hannibal levantó la nariz y golpeó su juguete en el suelo.

Lo observó con el ceño fruncido mientras esperaba que el corazón se le acompasara. Una vez se recuperó lo suficiente para moverse, salió de la cabaña. No había nacido para ser isleña.

—*Lo estás haciendo muy bien* —aseguró Leo.

—Deja ya de animarme. Me pone de los nervios.

—*Estás regañando a un muñeco* —le recordó Dilly.

A un muñeco que había dejado de comportarse como era habitual en él.

Llegó donde estaba el generador y trató de recordar lo que Booker le había explicado. Al empezar a efectuar los pasos correspondientes, oyó el leve ruido de un vehículo que se acercaba por la carretera principal. ¿Quién vendría hasta allí a esas horas? Podría ser alguien con una emergencia médica en busca de Theo, pero todos sabrían que él se había ido de la isla. Y que Annie estaba allí sola...

Abandonó el generador y corrió a la casa para hacerse con la pistola de la mesilla de noche. No estaba segura de ser capaz de disparar a alguien, pero tampoco de lo contrario.

Cuando volvió al salón a oscuras, llevaba el arma en la mano. Se situó junto a la ventana delantera y oyó el sonido de la grava del camino. Unos faros recorrieron la marisma. Quien conducía no se esforzaba por acercarse sigilosamente. Tal vez Theo había conseguido de algún modo que lo trajeran desde el continente.

Empuñando la pistola, se asomó por un lado de la ventana y vio cómo una camioneta aparcaba delante de la cabaña. Una camioneta que reconoció.

Cuando Annie salió al porche, Barbara Rose estaba bajando del vehículo con el motor en marcha. Gracias a la luz que salía por la puerta abierta del conductor, Annie vio que por debajo del abrigo le asomaba un camisón rosa.

Barbara corrió hacia ella. No podía ver su expresión, pero captó la urgencia.

—¿Qué sucede? —le preguntó.

—Oh, Annie... —Barbara se tapó la boca con la mano—. Se trata de Theo...

Annie sintió como si le abrieran una espita en el pecho y la sangre empezara a manarle a borbotones.

—Ha sufrido un accidente —anunció Barbara, que le había sujetado el brazo. Eso fue lo único que permitió a Annie permanecer en pie—. Está en el quirófano.

«No está muerto. Sigue vivo.»

—¿Cómo... cómo te has enterado?

—Llamó alguien del hospital. Se oía fatal. No sé si trataron de ponerse antes en contacto contigo. Solo entendí la mitad del mensaje. —A Barbara le faltaba el aire, como si acabara de correr un largo trecho.

—Pero... ¿está vivo?

—Sí. Eso lo entendí. Pero es grave.

—Dios mío... —Las palabras le salieron solas. Una plegaria.

—Telefoneé a Naomi —explicó Barbara, conteniendo las lágrimas—. Te llevará en el *Ladyslipper*.

Barbara no le preguntó si quería ir, y Annie no vaciló ni un segundo. No había ninguna decisión que tomar. Recogió las primeras prendas de ropa que encontró y, al cabo de pocos minutos, las dos mujeres iban hacia el pueblo. Annie podría vivir sin la cabaña, pero la idea de que Theo no estuviera en este mundo era insoportable. Era un hombre como debería ser. Era brillante y de toda confianza. Era un hombre como Dios manda: formal, inteligente y bondadoso. Tan bondadoso que asumía como propias las maldades de los demás.

Y ella lo amaba por ello.

Lo amaba. Ahí estaba. Lo que se había prometido que nunca pasaría. Amaba a Theo Harp. No solo por su rostro o su cuerpo. No solo por el sexo o la compañía. Desde luego, no por su dinero. Lo amaba por cómo era. Por su alma noble, hermosa y atormentada. Si vivía, no lo abandonaría. Daba igual cuáles fueran las secuelas del accidente: cicatrices, parálisis o lesión cerebral. Estaría a su lado.

«Que no se muera. Por favor, Señor, no dejes que se muera.»

Las luces del embarcadero estaban encendidas cuando llegaron al muelle. Annie corrió hacia Naomi, que estaba aguardando junto al esquife que las conduciría hasta el *Ladyslipper*. Su semblante era tan sombrío como el de Barbara. Le acudieron a la cabeza unas ideas disparatadas, atroces. Sabían que Theo se estaba muriendo y ninguna de las dos quería decírselo.

Se subió al esquife y poco después salieron a toda velocidad del puerto. Annie se volvió para no ver cómo la costa se empequeñecía.

20

—Mi marido está en el quirófano. —La palabra le supo extraña al decirla, pero si no se identificaba como familiar los médicos no hablarían con ella—. Theo Harp.

La mujer tras el mostrador se concentró en la pantalla del ordenador. Annie estrujó con la mano las llaves del Honda Civic que Naomi tenía en el continente, un coche mucho mejor que la cafetera que conducía en la isla. La mujer alzó los ojos hacia ella.

—¿Cómo se deletrea el apellido?

—H, a, r, p.

—No tenemos a nadie ingresado con ese nombre.

—¡Sí lo tienen! —exclamó Annie—. Tuvo un accidente grave. Ustedes llamaron. Está en el quirófano.

—Permita que lo compruebe. —La mujer descolgó el teléfono y giró la silla.

Annie esperó con una creciente sensación de temor. A lo mejor ya no aparecía en los registros informáticos porque ya...

—No nos consta, señora —confirmó la mujer tras colgar—. No está aquí.

Annie quiso chillarle, decirle que tendría que aprender a leer. Pero buscó, nerviosa, el móvil.

—Voy a llamar a la policía.

—Buena idea —dijo la mujer amablemente.

Pero ni la policía local ni la estatal tenían noticia alguna de un accidente en el que Theo estuviera involucrado. La intensidad de su alivio le hizo saltar las lágrimas hasta que poco a poco comprendió lo sucedido.

No había habido ningún accidente. Theo no estaba herido ni se estaba muriendo. Estaba dormido en la habitación de algún hotel.

Lo llamó al móvil, pero le salió el buzón de voz. Theo tenía la costumbre de apagarlo por la noche, incluso en la cabaña, donde no había cobertura. Quien se había puesto en contacto con Barbara lo había hecho con la intención de lograr que Annie abandonara la isla.

Jaycie.

Barbara le había dicho que le había costado entender lo que le informaban por teléfono. Pues claro. Pero no por problemas en la línea, sino porque Jaycie no quería que Barbara le reconociera la voz. Porque Jaycie pretendía que Annie se marchara de la isla antes de finales de marzo para tener a Theo para ella sola.

Ya clareaba cuando Annie conducía de nuevo hacia el muelle, donde la esperaba Naomi. Las calles estaban vacías, las tiendas cerradas, los semáforos parpadeaban en amarillo. Podría luchar, alegar circunstancias atenuantes, pero Cynthia quería la cabaña, Elliott era un testarudo hombre de negocios y el acuerdo era inapelable. No había segundas oportunidades. La cabaña volvería a manos de la familia Harp, y lo que su madrastra quisiera hacer con ella pasaría a ser problema de Theo. Su problema sería volver a la ciudad y encontrar un sitio donde vivir. Seguramente Theo, el salvador de mujeres necesitadas, le ofrecería una habitación en Harp House, que ella rechazaría. Daba igual lo difícil que fuera su situación, no permitiría que la considerara otra mujer necesitada de ser rescatada.

Ojalá hubiera llamado ella misma al hospital, pero estaba

tan asustada que no se le había ocurrido. Lo único que quería ahora era castigar a Jaycie por el daño que había hecho.

Cuando llegó al muelle, Naomi estaba sentada en la popa del *Ladyslipper* tomando una taza de café. Tenía el pelo corto levantado hacia un lado y parecía tan cansada como Annie, que le contó resumidamente la situación. Hasta entonces no había hablado con nadie de la isla, ni siquiera con Barbara, de las condiciones relativas a la propiedad de la cabaña, pero como pronto serían del dominio público, ya no era necesario guardar el secreto. Lo que no contó a Naomi fue que Jaycie había sido la autora de la llamada telefónica. Antes de comentarlo, tenía intención de encargarse personalmente de Jaycie.

El *Ladyslipper* se acercó al puerto cuando las embarcaciones de pesca se hacían a la mar para iniciar la jornada. Barbara y su camioneta, aparcada cerca del Range Rover de Theo, esperaban a Annie en el muelle, Naomi había llamado desde el barco, y cuando Barbara se acercó a Annie, la culpa le rezumaba por todos los poros de su cuerpo de matrona.

—Lo siento. Tendría que haber hecho más preguntas.

—No es culpa tuya —aseguró Annie, desanimada—. Tendría que haber sido más desconfiada.

Las repetidas disculpas de Barbara durante el trayecto de vuelta a la cabaña solo sirvieron para hacer sentir peor a Annie, que se alegró cuando el viaje llegó a su fin. Aunque apenas había dormido, sabía que no podría descansar hasta haberse encarado con Jaycie. Vandalismo, intento de asesinato y ahora aquello. Cualquier duda que pudiera haber tenido sobre involucrar a la policía en el asunto había desaparecido. Quería mirar a Jaycie a los ojos cuando le dijera que lo sabía todo.

Tomó una taza de café y dio unos mordiscos a una tostada. El arma seguía donde la había dejado la noche anterior. No se imaginaba usándola, pero tampoco iba a ser idiota, no después de haber visto a Jaycie subir la escalera hacia su habitación la noche anterior. Se la metió en el bolsillo del abrigo y salió de la cabaña.

El viento no anunciaba el menor atisbo de primavera. Mientras cruzaba la marisma, recordó la casa de labranza de Theo, en el otro extremo de la isla. El exuberante prado resguardado. La vista lejana del mar. La paz que la rodeaba.

La cocina estaba vacía. Sin quitarse el abrigo, se dirigió hacia las dependencias del ama de llaves. Había estado todo aquel tiempo intentando saldar la deuda que tenía con Jaycie sin saber que la había saldado por completo la primera vez que Jaycie había allanado la cabaña.

La puerta del ama de llaves estaba cerrada. Annie la abrió sin llamar. Jaycie estaba sentada junto a la ventana en la vieja mecedora, con Livia acurrucada en su regazo y apoyada en el pecho de su madre. No pareció molestarla que Annie entrara de aquella forma.

—Livia se lastimó el pulgar con la puerta —explicó con la mejilla apoyada en la cabeza de su hija—. Nos estamos haciendo unos mimos. ¿Estás mejor, cielo?

A Annie se le hizo un nudo en el estómago. Con independencia de lo que hubiese hecho, Jaycie quería a su hija, y Livia a su madre. Si entregaba a Jaycie a la policía...

Livia olvidó su pulgar lastimado y levantó la cabeza para ver si Scamp estaba escondida a la espalda de Annie. Jaycie acarició el cabello de la pequeña.

—No soporto que se haga daño.

Con Livia en la habitación, el peso del arma que Annie llevaba en el bolsillo parecía más obsceno que prudente.

—Livia, tu mamá y yo tenemos que hablar de cosas de mayores —comentó—. ¿Podrías dibujarme algo? ¿Quizá la playa?

La niña asintió, abandonó el regazo de su madre y se dirigió hacia la mesita donde tenía los lápices de colores.

—¿Pasa algo? —preguntó Jaycie con el ceño fruncido.

—Hablaremos en la cocina. —Annie tuvo que volverse cuando Jaycie tendió la mano hacia las muletas.

El paso irregular de la falsa convaleciente siguió a Annie pasillo abajo. Pensó en cómo históricamente los hombres saldaban sus cuentas en sitios públicos: el campo del honor, el cuadrilátero de boxeo y el campo de batalla. Pero las disputas de las mujeres solían tener lugar en sitios domésticos, como aquella cocina.

Esperó hasta que Jaycie hubo entrado tras ella y se volvió para encararla.

—Dame eso —dijo, quitándole las muletas de las manos con tanta brusquedad que Jaycie se habría caído al suelo si no hubiera podido sostenerse en los dos pies.

—¿Qué mosca te ha picado? —siseó Jaycie, alarmada. Pasaron varios segundos antes de que recordara que debía apoyarse en la pared para conservar el equilibrio—. Las necesito.

—No las necesitabas ayer por la noche —repuso Annie cansinamente.

Jaycie pareció desconcertada. Estupendo. A Annie le convenía tenerla aturdida. Dejó caer las muletas al suelo y las apartó a un lado con el pie.

—Me mentiste.

Al ver como palidecía, Annie sintió que por fin empezaba a verla a través del invisible velo tras el que vivía.

—No... no quería que te enteraras —adujo Jaycie.

—Evidentemente.

Jaycie se apartó de la pared y dio unos pasos con una cojera apenas perceptible.

—Por eso te marchaste ayer de aquí —comentó Jaycie, cogiéndose al respaldo de una silla con tanta fuerza que los nudillos le blanquearon.

—Te vi subir la escalera. ¿Qué ibas a hacer?

—Iba a... —Se aferró con más fuerza a la silla, como si necesitara apoyarse en algo—. No voy a decírtelo.

—Me has engañado —la acusó Annie, impulsada por el dolor—. Y de la peor manera posible.

La tristeza ensombreció los rasgos de Jaycie, que se dejó caer en la silla.

—Estaba desesperada. Ya sé que eso no es excusa, pero quería decirte que el pie me había mejorado. Pero... Trata de entenderlo. Estaba tan sola...

El miedo a perder a Theo había endurecido a Annie de alguna forma.

—Es una pena que Theo no se ofreciera a hacerte compañía.

En lugar de hostilidad, Jaycie mostró una aceptación resignada.

—Eso no pasará. Soy más bonita que tú y durante un tiempo quise creer que con eso bastaría. —Jaycie no se estaba jactando, sino exponiendo simples hechos—. Pero no soy interesante como tú. No tengo tu educación. Tú siempre sabes qué decirle; yo, nunca. Tú le plantas cara, y yo no puedo. Lo sé muy bien.

Annie no se había esperado tanta franqueza, pero eso no hizo que se sintiera menos traicionada.

—¿Por qué subías anoche a mi habitación?

—No quiero parecer más débil de lo que soy —dijo Jaycie con la cabeza gacha.

—No es la palabra que yo usaría.

—No soporto estar sola de noche en esta casa —explicó Jaycie mirándose las manos—. Theo estaba en la torre, pero ahora... Soy incapaz de conciliar el sueño si antes no recorro todas las habitaciones. Y aun así, tengo que cerrar con llave la puerta de mi habitación. Siento haberte mentido, pero si te hubiera dicho la verdad... Si te hubiera dicho que se me estaba curando el pie y que podía caminar sin muletas, que ya no necesitaba tu ayuda, habrías dejado de venir. Estás acostumbrada a tus amigas de la ciudad que saben de libros y obras de teatro, y yo soy una simple isleña.

Ahora era Annie la que estaba aturdida. Todo lo que Jaycie decía parecía verdad. Pero ¿y lo que no estaba diciendo?

—Anoche me fui de la isla —soltó cruzando los brazos—. Pero seguro que ya lo sabes.

—¿Te fuiste de la isla? —Fingió alarmarse, como si acabara de enterarse—. Pero ¿puedes hacer eso? ¿Te vio alguien? ¿Por qué te fuiste?

Un rastro de duda empezaba a abrirse paso entre la rabia de Annie. Pero siempre había sido crédula cuando se enfrentaba a mentirosos consumados.

—Tu llamada surtió efecto.

—¿Qué llamada? ¿De qué estás hablando, Annie?

—La llamada que recibió Barbara para informarle de que Theo estaba en el hospital. Esa llamada.

—¿En el hospital? —Jaycie se levantó de un brinco—. ¿Está bien? ¿Qué pasó?

—*No dejes que te enrede* —le advirtió Dilly—. *No seas ingenua.*

—*Pero...* —intervino Scamp—. *Creo que está diciendo la verdad.*

Jaycie tenía que ser la persona oculta tras aquellos ataques. Le había mentido, tenía motivos para querer su marcha, y conocía todas sus idas y venidas.

—¡Dímelo, Annie! —insistió Jaycie con una firmeza y una exigencia tan inusuales en ella que dejó más confundida a Annie.

—Barbara Rose recibió una llamada, supuestamente del hospital...

Para ganar tiempo, Annie contó a Jaycie su viaje al continente, lo que se había, mejor dicho, lo que no se había encontrado allí. Le explicó los detalles fría y objetivamente mientras observaba su reacción.

Cuando hubo terminado, Jaycie tenía lágrimas en los ojos.

—¿Crees que yo hice esa llamada? —soltó—. ¿Crees que, después de todo lo que has hecho por mí, yo te haría algo así?

—Estás enamorada de Theo —repuso Annie tras armarse de valor.

—¡Theo es solo una fantasía! Soñar despierta con él me impedía revivir todo lo que me pasó con Ned. No era real. —Las lágrimas le resbalaban por las mejillas—. No soy ciega. ¿Crees que no sé que sois amantes? ¿Me duele? Sí. ¿Hay veces que te envidio? Demasiadas. Lo haces todo tan bien, eres tan competente... Pero esto no se te da nada bien. No sabes juzgar a las personas. —Jaycie le dio la espalda y se marchó de la cocina.

Annie se dejó caer en una silla con el estómago revuelto. ¿Cómo se había equivocado tanto? O tal vez no. Puede que Jaycie siguiera mintiéndole.

Pero no lo hacía. De eso estaba segura.

No podía quedarse en Harp House, de modo que regresó a pie a la cabaña. *Hannibal* la recibió en la puerta y la siguió hasta su cuarto, donde ella se deshizo del arma. Lo levantó del suelo y se lo llevó al sofá.

—Voy a echarte de menos, chico.

Le escocían los ojos debido a la falta de sueño y tenía el estómago revuelto. Mientras acariciaba al gato en busca de consuelo, echó un vistazo alrededor. No le quedaba casi nada que llevarse cuando dejara la isla. Los muebles eran de Theo y, sin cocina propia, no necesitaba los cacharros de cocina de la cabaña. Quería conservar algunos pañuelos de cuello y el manto rojo de su madre, pero dejaría el resto de ropa de Mariah en la isla. En cuanto a los recuerdos de Theo... Tendría que encontrar la forma de dejarlos también atrás.

Parpadeó para intentar aliviar su dolor. Tras acariciar una vez más a *Hannibal* bajo la barbilla, lo dejó en el suelo y se acercó a los estantes, que solo contenían algunas raídas novelas en rústica y su viejo «libro de los sueños». Se sentía derrotada. Vacía. Cuando tomó el álbum de recortes, se le cayó uno de los carteles que había guardado, junto con unas fotos de revistas en las que aparecían modelos con unos peinados elegantes que, con la ilusión de la adolescencia, había creído que podría hacerse ella.

El gato se le acurrucó en los tobillos. Hojeó las páginas y encontró una crítica, escrita por ella misma, de una obra en la que era la imaginaria protagonista. ¡Qué optimista era en su adolescencia!

Se agachó para recoger las demás cosas que se le habían caído, incluidos dos sobres grandes en los que guardaba diversos títulos que había obtenido. En uno de ellos vio un trozo de papel de dibujo. Lo sacó y se encontró con un dibujo a pluma que no recordaba haber visto. Abrió el segundo sobre y vio que contenía un dibujo a juego. Los llevó hacia la ventana delantera. Cada uno de ellos estaba firmado en la esquina inferior derecha. Parpadeó. «N. Garr.»

El corazón le dio un vuelco. Examinó con más detenimiento las firmas, contempló los dibujos, miró las firmas de nuevo. No había confusión posible. Aquellos dibujos estaban firmados por Niven Garr.

Empezó a rebuscar en su memoria lo que sabía de él. Se había distinguido como pintor posmoderno y después, unos años antes de su muerte, se había lanzado al fotorrealismo. Mariah siempre se había mostrado muy crítica con su obra, lo que era raro teniendo en cuenta que había encontrado tres libros con fotografías de sus cuadros allí, en la cabaña.

Dejó los dibujos en la mesa mejor iluminada. Esos dibujos debían de ser el legado del que Mariah le había hablado. ¡Y menudo legado!

Se dejó caer en una de las sillas con respaldo de barras verticales. ¿Cómo los habría conseguido Mariah y por qué tanto misterio? Su madre nunca había mencionado que lo conociera, y desde luego, no había formado parte de su círculo social cuando todavía lo tenía. Annie contempló los detalles. Los dibujos estaban fechados con dos días de diferencia. Los dos plasmaban detalladamente un desnudo femenino, pero a pesar de lo marcadas que eran las líneas de tinta y la precisión de las sombras, la intensa ternura de la expresión de la mujer al mirar al artista confería un aspecto etéreo a los dibujos. Aquella mujer se lo estaba ofreciendo todo.

Annie comprendió perfectamente los sentimientos de aquella mujer. Sabía muy bien cómo era sentir aquella clase de amor. La modelo tenía las extremidades largas, era atractiva pero no hermosa, y tenía las facciones marcadas y un precioso cabello lacio. Le recordó las viejas fotografías que había visto de Mariah. Poseían la misma...

Se llevó la mano a la boca. Era Mariah. ¿Cómo no la había reconocido al instante?

Porque nunca había visto así a su madre: delicada, joven y vulnerable, sin ninguna dureza.

Hannibal le saltó al regazo. Annie estaba sentada en silencio, con lágrimas en los ojos. Ojalá hubiera conocido a su madre por aquel entonces. Ojalá... Se fijó de nuevo en la fecha de los dibujos: el año, el mes. Hizo cálculos.

Databan de siete meses antes de que ella naciera.

«Tu padre estaba casado. Fue una aventura. Nada más. No sentía nada por él.»

Mentira. Aquellos dibujos representaban a una mujer locamente enamorada del hombre que había recreado su imagen. Un hombre que, según las fechas, tenía que ser el padre de Annie.

Niven Garr.

Hundió los dedos en el pelaje de *Hannibal*. Recordó las fotos que había visto de Garr. Un cabello exageradamente rizado había sido su rasgo característico; un cabello muy distinto del de Mariah y muy parecido al de ella. Annie no había sido concebida como consecuencia de una aventura, como le había dicho su madre, y Niven Garr no estaba casado por aquel entonces. Había contraído matrimonio por única vez muchos años después, con su compañero de toda la vida.

Todo se aclaró de golpe. Mariah había amado a Niven Garr. La ternura evidente en el dibujo sugería que él sentía lo mismo, pero no lo suficiente. Al final había tenido que aceptar su realidad y dejar a Mariah atrás.

Se preguntó si sabía que tenía una hija. ¿Su madre le había ocultado la verdad por culpa del orgullo, o quizá de la amargura? Mariah había menospreciado siempre los dibujos de Annie, sus rizos y su timidez. Le recordaban dolorosamente a él. La acritud de Mariah respecto a la obra de Garr no guardaba relación con su obra y sí con el hecho de que lo había amado más de lo que él había sido capaz de amarla.

Hannibal se contorneó en sus brazos. Esos hermosos dibujos de una mujer enamorada resolverían todos sus problemas. Proporcionarían a Annie dinero más que suficiente para saldar sus deudas varias veces. Tendría tiempo y dinero para preparar la siguiente etapa de su vida. Los dibujos le solucionarían todo.

Solo que nunca podría separarse de ellos.

El amor que irradiaba el rostro de Mariah, su mano depositada protectoramente sobre el vientre, reflejaban una enorme ternura. Esos dibujos eran el auténtico legado de Annie. Eran una prueba concreta de que había sido concebida con amor. Puede que su madre quisiera que ella lo comprendiera.

Las últimas veinticuatro horas, Annie había perdido mucho, pero también había encontrado su herencia. La cabaña ya no le pertenecía, su situación económica era tan calamitosa como siempre, y tenía que encontrar un lugar donde vivir, pero había descubierto una parte que le faltaba de sí misma. También había traicionado a una amiga. No podía quitarse de la cabeza la expresión afligida de Jaycie. Tenía que volver y disculparse.

—*¡Menuda estupidez!* —dijo Peter—. *Mira que eres tonta.*

Dejó de prestarle atención y, a pesar de que su cuerpo ansiaba dormir, hizo el segundo viaje del día a lo alto del acantilado. Mientras ascendía pensó en lo que significaba ser la hija de Mariah y de Niven Garr. Aunque, en el fondo, solo sabía ser ella misma.

Jaycie estaba en su habitación, sentada junto a la ventana, contemplando el jardín lateral. La puerta estaba abierta, pero Annie llamó igualmente.

—¿Puedo entrar?

Jaycie se encogió de hombros y Annie interpretó que le daba permiso.

—Lo siento, Jaycie —dijo con las manos metidas en los bolsillos del abrigo—. Lo siento de verdad. No hay ninguna forma de borrar lo que dije, pero te ruego que me perdones. No sé quién está detrás de lo que me ha estado pasando, pero...

—¡Creía que éramos amigas! —exclamó Jaycie, muy dolida.

—Lo somos.

—Tengo que ir a ver qué hace Livia. —Se levantó y se marchó.

Annie no intentó detenerla. La herida que había provocado en su relación era demasiado profunda para que cicatrizara fácilmente. Regresó a la cocina con la intención de quedarse allí hasta que Jaycie estuviera preparada para hablar. Jaycie regresó enseguida pero no le hizo caso. Sin mirarla siquiera, abrió la puerta trasera.

—¡Livia! —llamó—. Livia, ¿dónde estás?

Annie estaba tan acostumbrada a ir a buscar a Livia que se dirigió hacia la puerta, pero Jaycie ya había salido.

—¡Livia Christine! ¡Vuelve aquí ahora mismo!

—Iré a la parte delantera —sugirió Annie, que la había seguido.

—No te molestes. Ya lo haré yo.

Sin hacerle caso, Annie comprobó el porche delantero. Livia no estaba allí. Regresó junto a Jaycie.

—¿Estás segura de que no está dentro? A lo mejor se ha escondido en algún lugar de la casa.

La preocupación de Jaycie por su hija eclipsó temporalmente lo enojada que estaba con Annie.

—Iré a ver.

La puerta de la cuadra estaba bien cerrada. Como no la encontró en el bosque que se extendía tras la glorieta, volvió a rodear la casa hasta la parte delantera. El porche seguía vacío, pero al observar la playa vio una salpicadura rosa entre las rocas. Corrió hacia los escalones. Livia permanecía muy alejada de la orilla del agua, pero no tendría que haber bajado sola hasta allí.

—¡Livia!

La niña alzó la mirada. Llevaba la chaqueta rosa desabrochada y el cabello suelto le enmarcaba la cara.

—No te muevas —le ordenó mientras se acercaba a ella—. ¡La encontré! —gritó, sin saber si Jaycie podía oírla.

Livia lucía una expresión terca. Sostenía un papel de dibujo en una mano y unos lápices de colores en la otra. Annie le había pedido antes que dibujara la playa. Al parecer, la pequeña de cuatro años había decidido hacerlo in situ.

—Oh, Liv... No puedes bajar aquí sola. —Recordó las historias que había oído sobre olas descomunales que arrastraban a hombres adultos al mar—. Vamos a buscar a tu mamá. No estará contenta contigo.

Al ir a coger la mano de la niña, vio que alguien se dirigía presuroso hacia la playa desde la cabaña, alguien alto, esbelto, ancho de espaldas, con el viento agitándole el cabello moreno. El corazón se le salía del pecho rebosando el amor que sentía por Theo, pero estaba decidida a no mostrarle sus sentimientos. Sabía que él le tenía cariño, y también que no la amaba. Pero ella lo amaba lo suficiente como para preferir que su sentimiento no se convirtiera en una culpa más que cargar. Por una vez en su vida, una mujer iba a cuidarse del bienestar de Theo en lugar de que fuera al revés.

—¡Sorpresa! —dijo cuando Theo llegó a su lado.

—Ni se te ocurra hacerte la graciosa conmigo —soltó arqueando una ceja, enfadado—. Me he enterado de lo que pasó. ¿Estás loca? ¿Cómo se te ocurrió irte así?

«Fue cosa del amor», pensó, y se obligó a relajar la mandíbula.

—Era de noche y estaba medio dormida. Creía que estabas herido. Perdón por preocuparme.

—Aunque me hubiera estado muriendo, lo último que tenías que hacer era marcharte de la isla —comentó sin prestar atención a su pulla.

—Somos amigos, idiota. ¿Me estás diciendo que si creyeras que yo había tenido un accidente horrible, no habrías hecho lo mismo?

—¡No si implicara perder mi única vivienda!

Pamplinas. Habría hecho exactamente lo mismo por cualquiera de sus amigos. Él era así.

—Márchate —pidió Annie—. No quiero hablar contigo. —«Prefiero besarte. Abofetearte. Hacer el amor contigo», pensó. Sobre todo, quería salvarlo de sí mismo.

—Este invierno solo tenías que hacer una cosa muy sencilla: Quedarte aquí. Pero ¿podías hacer una cosa tan sencilla? Pues no —se quejó Theo levantando las manos.

—Deja de gritarme.

No estaba gritando, como indicó de inmediato.

Pero había levantado la voz, así que ella hizo lo mismo.

—Me importa un comino la cabaña —mintió—. El mejor día de mi vida será el día que me vaya de aquí.

—¿Y dónde piensas ir exactamente?

—¡A la ciudad, donde me corresponde estar!

—¿Haciendo qué?

—¡Haciendo lo que hago!

Siguieron así unos minutos, alzando cada vez más la voz hasta agotarse.

—Maldita sea, Annie. Me preocupo por ti.

Por fin se había calmado, y ella no pudo evitar tocarlo. Le puso la mano en el pecho y sintió los latidos de su corazón.

—Tú eres así. Deja de hacerlo.

Él le rodeó los hombros con un brazo y se volvieron hacia los escalones.

—Tengo algo que...

Annie vio un papel blanco revoloteando por las rocas. Livia ya no estaba.

—¡Liv!

No obtuvo respuesta.

—¡Livia! —Corrió instintivamente hacia la orilla, pero desde donde estaba la habría visto si la niña se hubiera acercado al agua.

—¿La encontraste? —Jaycie apareció en lo alto del acantilado. Iba sin abrigo y su voz rozaba la histeria—. No está en la casa. La he buscado por todas partes.

Theo se dirigió hacia el desprendimiento de rocas que había taponado la cueva, pero Annie tardó un momento en ver lo que él había visto: un trozo de tela rosa atrapada entre las rocas. Annie se le acercó corriendo. La entrada de la cueva había quedado tapada hacía años, pero había un hueco, un espacio lo bastante ancho para un niño. Y había cuatro lápices de colores cerca.

—¡Trae una linterna! —gritó Theo a Jaycie—. ¡Creo que se ha metido en la cueva!

Faltaban pocas horas para que la marea subiera, pero era imposible saber hasta dónde llegaba el agua rebalsada dentro. Annie se agachó delante de Theo y se inclinó hacia el hueco.

—Livia, ¿estás ahí?

Oyó el eco de su propia voz y el ruido del agua golpeando las paredes de la cueva, pero nada más.

—¡Livia! Tienes que contestarme para que sepa que estás bien, cielo. —¿Creía realmente que podía pedir a una niña muda que hablara?

—Liv, soy Theo —dijo este, apartando a Annie—. He encontrado unas valvas estupendas para la casita de hadas, pero necesitaré ayuda para construir los muebles. ¿Podrías salir para ayudarme?

Miró a Annie mientras esperaban. No oyeron nada.

Annie volvió a intentarlo:

—Si estás ahí, ¿podrías hacer algún ruido? ¿O tirar una piedra para que la oigamos? Así sabremos que estás dentro.

Aguzaron el oído. Unos segundos después, lo oyeron. El suave chapoteo de una piedra al caer en el agua.

Theo empezó a tirar frenéticamente de las rocas, sin amilanarse por el hecho de que hasta las más pequeñas eran demasiado grandes para que pudiera moverlas un solo hombre. Jaycie bajaba corriendo los escalones con una linterna en la mano, todavía sin abrigo. Theo se detuvo un momento para contemplar cómo ella avanzaba hacia ellos sin las muletas. Como no era algo que debiera explicarle Annie, se puso de nuevo manos a la obra.

—Está ahí dentro. —Annie se apartó para que Jaycie se arrodillara delante del hueco de la entrada.

—¡Livia, soy mamá! —Iluminó el interior con la linterna—. ¿Ves la luz?

Solo respondieron las olas.

—Livia, tienes que salir. ¡Ahora mismo! No me enfadaré, te lo prometo. —Se volvió hacia Annie—. Podría ahogarse ahí dentro.

Theo recogió un tronco arrastrado por el mar. Lo metió debajo de la roca más alta para hacer palanca, pero vaciló.

—Será mejor que no lo intente —dijo—. Si muevo las rocas, puede que cierre todavía más la entrada.

Jaycie estaba pálida. Sujetaba el trozo de tela rosa del abrigo de su hija.

—¿Por qué se metió ahí?

—No lo sé —respondió Annie—. Le gusta explorar. A lo mejor...

—¡Le da miedo la oscuridad! ¿Por qué haría algo así?

Annie no tenía respuesta.

—¡Livia! —gritó Jaycie—. ¡Sal ahora mismo!

Theo había empezado a cavar la arena bajo las rocas.

—Entraré a buscarla, pero tenemos que ensanchar la entrada —dijo.

—Eres demasiado grande —repuso Jaycie—. Llevará demasiado tiempo.

La punta de una ola saltó por encima de las rocas y les salpicó los pies. Al ver que parte de la arena retirada por Theo volvía a su sitio, Jaycie intentó apartarlo.

—Entraré yo.

—No cabrás. —Theo la detuvo—. Hay que quitar más arena.

Tenía razón. Aunque había ensanchado el hueco, el agua no dejaba de devolver la arena a su sitio, y Jaycie tenía caderas anchas.

—Tengo que hacerlo —objetó Jaycie—. Ahora mismo podría estar...

—Lo haré yo —intervino Annie—. Déjame pasar.

Apartó a Jaycie sin saber si cabría en el hueco, pero era quien tenía más probabilidades de los tres.

—Es demasiado peligroso —le dijo Theo mirándola a los ojos.

En lugar de discutir, le dirigió su sonrisa más engreída.

—Apártate, hombre. Estaré bien.

Theo sabía tan bien como ella que era la única de los tres que podía hacerlo, pero eso no rebajaba la oposición que se reflejaba en sus ojos.

—Ten cuidado, ¿me oyes? —soltó vehemente—. ¡Ni se te ocurra hacer una tontería!

—No tengo intención de hacerla. —Se quitó el abrigo y se lo dio a Jaycie—. Póntelo.

Examinó el estrecho hueco, se quitó la sudadera y la dejó a un lado, de modo que se quedó solo con los vaqueros y una camisola naranja. El frío le erizó la piel.

Theo cavó furiosamente para hacer más espacio mientras ella, agazapada, hacía una mueca al salpicarla el agua helada.

—Liv, soy Annie. Voy a entrar contigo. —Soltó un grito ahogado al tumbarse en la fría arena. Cuando introdujo los pies en la abertura, imaginó que se quedaba encallada en la entrada como Pooh en el tarro de miel.

—Ve despacio. —La voz de Theo era inusualmente tensa—. Despacio. —Hizo todo lo posible por ayudarla, pero al mismo tiempo Annie detectó una resistencia casi imperceptible, como si no quisiera dejarla ir—. Cuidado. Ten cuidado.

Fue una palabra que repitió muchas veces mientras ella pasaba las piernas por la grieta y giraba el cuerpo para que las caderas se le amoldaran más o menos a la abertura. Otra ola la salpicó. Theo cambió de sitio para intentar protegerla.

Las zapatillas deportivas de Annie se hundieron en el agua estancada en la cueva, y de nuevo tuvo miedo de la profundidad del agua. Las caderas se le encallaron en las rocas.

—No podrás entrar —comentó Theo—. Sal. Cavaré más.

Sin prestarle atención, metió el vientre. Con la mitad superior del cuerpo todavía fuera, se impulsó con fuerza.

—¡Para, Annie!

No paró. Se mordió el labio inferior y afianzó los pies en la arena. Con un giro de los hombros, logró entrar del todo.

Theo tuvo la sensación de que él desapareció con ella. Le dio la linterna por el hueco, convencido de que tendría que haber entrado él. Era el mejor nadador de los tres, aunque rogaba que dentro el agua no fuera tan profunda como para que eso fuera determinante.

Jaycie emitía sonidos de impotencia mientras él seguía cavando. El salvador tenía que ser él, no Annie. Procuró no pensar en cómo se desarrollaría esa escena si él la estuviera escribiendo, pero visualizaba las espeluznantes imágenes como si fueran una película. Si se tratara de la escena de uno de sus libros, el sádico Quentin Pierce estaría dentro de esa cueva esperando a que Annie, desprevenida, se convirtiera en su siguiente víctima. Nunca escribía descripciones detalladas de las brutales muertes de sus personajes femeninos, pero daba pistas suficientes para que los lectores los dedujeran por sí mismos. Y eso era lo que él estaba haciendo ahora mentalmente con Annie.

El motivo de que se hubiera decantado por escribir novelas de terror le resultó irónico. Con sus relatos truculentos sobre mentes retorcidas había conseguido cierta sensación de control. En sus libros, podía castigar el mal y asegurarse de que se hiciera algo de justicia. En la ficción, por lo menos, podía imponer el orden en un mundo peligroso, caótico.

Mentalmente envió a Diggity Swift a ayudarla. Diggity, que era lo bastante pequeño como para meterse por aquel hueco y tenía recursos suficientes para salvar a Annie. Diggity, el personaje al que había matado hacía dos semanas.

Cavó más, y más deprisa, sin hacer caso de los rasguños en las manos.

—Ten cuidado, por amor de Dios —decía a Annie.

En el interior de la cueva, ella oía las palabras de Theo, pero se había sumido en su vieja pesadilla. Encendió la linterna. La erosión había provocado que el nivel del agua fuera más alto que antes en la parte delantera de la cueva, de modo que ya le cubría hasta las pantorrillas. El miedo le oprimió la garganta.

—¿Liv? —llamó.

Recorrió las paredes con el haz de luz y después iluminó el agua. No vio ninguna chaqueta rosa, ninguna niña de cabellos lacios flotando boca abajo. Pero eso no significaba necesariamente que no estuviera allí...

—Livia, cielo... —se atragantó con las palabras—, haz ruido para que sepa dónde estás.

En las paredes de granito solo resonó el chapoteo del agua. Se adentró más, suponiendo que Livia estaría agachada en algún rincón.

—Livia, por favor... Haz ruido para que te oiga. Cualquier clase de ruido.

El silencio le retumbó en los oídos.

—Tu mamá está fuera de la cueva esperándote. —La linterna captó el saliente del fondo que tan bien recordaba. Casi creyó ver en él una caja de cartón empapada. El agua le salpicó los muslos. ¿Por qué no le contestaba Livia? Quiso gritar de frustración.

—*Déjame a mí* —le susurró entonces una voz.

Apagó la linterna.

—*¡Enciéndela!* —exclamó Scamp con voz temblorosa—. *Si no la enciendes enseguida, chillaré y eso será muy desagradable. Te lo demostraré...*

—¡No me lo demuestres, Scamp! —Annie no quiso pensar en la posibilidad de que estuviera interpretando un numerito de ventriloquia para una niña que podía haberse ahogado ya—. La he apagado para ahorrar pilas.

—*Ahorra otra cosa* —soltó Scamp—. *Como cajas de palomitas o lápices rojos. Liv y yo queremos la linterna encendida, ¿verdad, Liv?*

Oyó un sollozo tenue y entrecortado. Sintió un alivio tan intenso que apenas pudo impostar la voz de Scamp.

—*¿Lo ves? ¡Livia está de acuerdo conmigo! No hagas caso de Annie, Livia. No tiene un buen día. Vuelve a encender la luz, anda.*

Annie encendió la linterna y avanzó por el agua, buscando desesperadamente con los ojos cualquier movimiento.

—No estoy de humor, Scamp —dijo—. Después no me eches la culpa si se agotan las pilas.

—*Liv y yo saldremos de aquí mucho antes de que se agoten tus estúpidas pilas* —replicó Scamp.

—No debes decir «estúpidas» —lo regañó Annie, con voz

todavía temblorosa—. Es de mala educación, ¿verdad, Livia?

No obtuvo respuesta.

—*Perdón* —dijo Scamp—. *Solo soy mal educada porque tengo miedo. ¿A que tú me entiendes, Livia?*

Le llegó otro gimoteo apagado desde el fondo de la cueva. Annie movió el haz hacia la derecha y recorrió un estrecho saliente que sobresalía por encima del agua y rodeaba una enorme roca. ¿Habría gateado Livia por allí?

—*Aquí está muy oscuro* —se quejó el muñeco—. *Lo que significa que tengo mucho miedo, así que cantaré una canción para sentirme mejor. La titularé «En una cueva oscura». Compuesta por mí, Scamp.*

Annie avanzó por el agua, que le llegaba hasta los muslos, mientras Scamp se ponía a cantar.

> *Estaba en una cueva oscura,*
> *en un saliente.*
> *Escondida.*
> *Queriendo salir, salir, salir.*

Tenía tanto frío que se le empezaban a entumecer las piernas.

> *Cuando vino una araña*
> *y se sentó conmigo*
> *y exclamó:*
> *«¡Ay, caray! ¿Qué hace una araña como*
> *yo en una cueva oscura como esta?»*

Rodeó una roca que sobresalía y vislumbró, aliviada, un contorno rosa acurrucado en el saliente. Quiso lanzarse hacia ella para aferrarla, pero se agachó para que no la viera y apuntó el agua con la linterna.

—*Annie* —dijo Scamp—, *todavía tengo miedo. Quiero ver a Livia ahora mismo. Livia me hará sentir mejor.*

—Ya lo sé, Scamp, pero... no la encuentro por ninguna parte.

—*¡Tienes que encontrarla! ¡Tengo que hablar con un niño, no con una persona mayor! ¡Necesito a Livia!* —Scamp estaba cada vez más alterada—. *Es amiga mía, y los amigos se ayudan entre sí cuando tienen miedo* —afirmó, y se echó a llorar con unos patéticos sollozos—. *¿Por qué no me dice dónde está?*

Una ola golpeó a Annie en los muslos, y del techo de la cueva le cayeron unas gotas heladas en la espalda.

Scamp empezó a llorar más fuerte, con sollozos más pronunciados. Hasta que se oyeron dos palabras suaves y tiernas:

—Estoy aquí.

21

Annie nunca había oído nada tan hermoso como aquellas palabras tenues y titubeantes: «Estoy aquí.» No podía estropear aquello...

—*Livia* —susurró Scamp—. *¿De verdad eres tú?*

—Sí.

—*Creía que estaba sola, con Annie nada más.*

—Yo también estoy aquí. —La voz recién hallada de Livia sonaba áspera por falta de uso.

—*Eso me hace sentir mejor* —comentó Scamp, sorbiéndose la nariz—. *¿Tienes miedo?*

—Sí.

—*Yo también. Me alegra no ser la única.*

—No lo eres. —No pronunciaba bien la *r*, le salía como una especie de *d*; una sustitución de sonidos tan encantadora que Annie notó una opresión en el pecho.

—*¿Quieres quedarte aquí más rato o estás preparada para salir?*

—No lo sé —dijo Livia tras una larga pausa.

Annie dominó su aprensión y se obligó a esperar. Pasaron unos segundos eternos.

—¿Scamp? —llamó la niña por fin—. ¿Sigues ahí?

—*Estoy pensando. Y creo que tienes que hablarlo con una persona mayor. ¿Te parece bien si envío a Annie a buscarte?*

Annie esperó, temerosa de haberla presionado demasiado. Pero Livia respondió en voz baja:

—Vale.

—¡*Annie!* —llamó Scamp—. *Ven, por favor. Livia tiene que hablar contigo. Livia, tengo mucho frío. Me voy a tomar chocolate caliente. Y pepinillos en vinagre. Nos vemos después.*

Annie rodeó la roca, rezando para que su aparición no volviera muda otra vez a Livia. La niña tenía las rodillas dobladas y se rodeaba las piernas con los brazos. Tenía la cabeza gacha, de modo que el cabello le ocultaba la cara.

A pesar de que no sabía si Jaycie podía oír que Livia estaba a salvo, Annie se abstuvo de gritárselo por miedo a que la pequeña volviera a ensimismarse.

—Hola, ratoncito.

Livia alzó por fin la cabeza.

¿Qué habría inducido a una niña que temía la oscuridad a meterse allí? Solo algo muy traumático. Pero cuando Annie la había encontrado en la playa, estaba más malhumorada que traumatizada. Algo tenía que haber ocurrido después, pero aparte de la llegada de Theo...

Y entonces lo entendió.

Aunque le castañeteaban los dientes y el saliente era demasiado estrecho para estar cómoda, se subió para instalarse lo mejor que pudo en él y rodear a Livia con un brazo. La pequeña olía a humedad salobre, sudor infantil y champú.

—¿Sabías que Scamp está enfadada conmigo? —preguntó Annie.

Livia sacudió la cabeza.

Annie esperó, sin prestar atención a la roca puntiaguda que se le clavaba en el hombro. Mantuvo a la niña cerca de ella, pero sin darle más explicaciones.

Finalmente, notó cómo la pequeña movía la boca contra su brazo.

—¿Qué has hecho?

¡Qué alegría oír aquella vocecita!

—Scamp me dijo que entraste aquí porque nos oíste discutir a Theo y a mí. Por eso está enojada conmigo. Porque discutimos delante de ti, y las discusiones entre personas mayores te dan miedo.

La cabecita de Livia asintió de modo casi imperceptible en su hombro.

—Es por cómo tu papá solía lastimar a tu mamá y por cómo murió él. —Trató de hablar con la mayor naturalidad.

—Me dio miedo —admitió la niña con un sollozo desgarrador.

—Ya. A mí también me lo habría dado. Scamp me dijo que tendría que haberte explicado que el hecho de que los mayores discutan no significa que vaya a pasar nada malo. Como cuando Theo y yo discutimos. Nos gusta discutir. Pero nunca nos lastimaríamos.

Livia ladeó la cabeza para mirarla, asimilando lo que acababa de decirle.

Annie podría habérsela llevado a cuestas de la cueva, pero titubeó. ¿Qué más podría decir para deshacer el daño que le había hecho? Le acarició la mejilla con el pulgar.

—A veces la gente discute. Tanto los niños como los mayores. Por ejemplo, hoy tu mamá y yo discutimos. Fue culpa mía y voy a decirle que lo siento.

—¿Mamá y tú? —se sorprendió Livia.

—Yo estaba equivocada en algo. Pero verás, Livia, si te asustas cada vez que oyes discutir a alguien, te vas a asustar muchas veces. Y nadie quiere que te sientas así.

—Pero Theo gritaba mucho.

—Y yo también. Estaba muy enojada con él.

—Podrías dispararle con una pistola —soltó Livia, intentando aclarar una situación demasiado complicada para ella.

—Oh, no. Yo nunca haría eso. —Annie intentó encontrar otra forma. Vaciló un instante—. ¿Puedo contarte un secreto blindado?

—Sí.

—Amo a Theo —susurró con la mejilla apoyada en la cabeza de la niña—. Y nunca podría amar a alguien que quisiera lastimarme. Pero eso no significa que no pueda enfadarme con él.

—¿Amas a Theo?

—Es mi secreto blindado, ¿recuerdas?

—Sí. —El dulce sonido de la respiración de la niña llegaba a los oídos de Annie. Entonces, Livia se contoneó y añadió—: ¿Puedo contarte un secreto blindado?

—Claro —respondió Annie, y se preparó.

—No me gustó la canción de Scamp —dijo Livia, mirándola con la cabeza levantada.

Annie soltó una carcajada y le besó la frente.

—No se lo diremos —prometió.

La feliz reunión entre madre e hija habría hecho saltar las lágrimas a Annie si no hubiera tenido tanto frío. Theo la llevó hasta una pequeña franja de sol y le examinó las heridas. Estaba de pie delante de él, vestida solo con la camisola naranja y las bragas blancas; los calcetines de lana mojados le formaban vistosos pliegues en los tobillos. Después de haber pasado a Livia por el hueco de la entrada para que la recogiera Theo, había visto que los vaqueros empapados abultaban tanto que le impedían salir, y había tenido que quitárselos.

Theo le revisó el largo rasguño que le bajaba por el abdomen y se sumaba a sus demás cortes y magulladuras. Le rodeaba las nalgas con la mano derecha para impedirle apartarse, aunque ella no tenía intención de hacerlo.

—Tienes cortes por todas partes. —Se quitó la parka y la envolvió en ella—. Te juro que he envejecido diez años desde que entraste ahí dentro —aseguró, y la estrechó entre sus brazos, donde Annie estuvo encantada de permanecer.

La gratitud hizo que Jaycie olvidara lo enojada que estaba

con Annie, y finalmente apartó los ojos de su hija para decir:

—Nunca podré agradecértelo lo bastante.

Annie intentó en vano controlar el castañeteo de sus dientes.

—Puede que no quieras hacerlo... cuando sepas por qué Livia... entró en la cueva —replicó. Abandonó la comodidad del pecho de Theo y se acercó unos pasos a Jaycie y Livia.

—Ya hablarás con Jaycie después —le aconsejó Theo—. Ahora mismo tienes que entrar en calor.

—Lo haré en un minuto. —Jaycie estaba sentada en una roca con Livia en su regazo, envueltas ambas en el abrigo de Annie—. Liv, tengo miedo de contarlo mal, así que será mejor que se lo expliques tú misma a tu mamá —pidió a la niña.

Como todavía no había oído hablar a su hija, Jaycie se quedó perpleja. La pequeña hundió la cabeza en el pecho de su madre.

—No pasa nada —aseguró Annie—. Puedes decírselo.

Pero ¿lo haría? Ahora que habían dejado la cueva atrás, ¿habría perdido Livia la necesidad de hablar? Annie se tapó mejor con la parka y aguardó, esperó, rogó...

Las palabras que finalmente pronunció la pequeña sonaron apagadas contra el pecho de su madre:

—Tenía miedo.

Jaycie soltó un grito ahogado. Levantó la carita de su hija con las manos y la miró a los ojos, asombrada.

—Liv... —alcanzó a decir.

—Porque Annie y Theo se estaban peleando —explicó Livia—. Me asusté.

No por susurrarlo, el improperio que soltó Theo fue menos sentido.

—Dios mío... —Jaycie abrazó de nuevo a su hija con todas sus fuerzas.

Las lágrimas de alegría que llenaron los ojos de Jaycie llevaron a Annie a sospechar que no había asimilado lo dicho por su hija, sino solamente el milagro de oírle la voz. Aquel momento tan emotivo era el indicado para acabar con el secreto con que Jaycie había rodeado la herida del pasado y limpiarla.

La forma en que Theo le rozaba protectoramente la espalda la armó de valor para proseguir.

—Puede que no lo sepas, Jaycie, pero oír discutir a los mayores recuerda a Livia lo que pasó entre su padre y tú.

La alegría de Jaycie se desvaneció. A pesar de su mueca de dolor, Annie siguió adelante.

—Cuando nos oyó discutir a Theo y a mí, tuvo miedo de que yo fuera a dispararle y se escondió en la cueva.

—Livia, Annie nunca haría eso —aseguró Theo categóricamente.

Jaycie deslizó una mano sobre la oreja de su hija, tapándosela. Su boca fruncida reflejaba que la gratitud que había sentido hacia Annie estaba desapareciendo.

—No tenemos que hablar de eso.

—Livia necesita hablarlo —afirmó Annie con ternura.

—Escucha a Annie —pidió Theo en un acto de fe encomiable—. Sabe de estas cosas.

La niña sacudió la cabeza; fue un gesto instintivo. Theo estrechó los hombros de Annie por detrás. Su ánimo lo significaba todo para ella.

—Livia, Scamp y yo hemos estado hablando sobre lo mucho que su padre la asustaba —explicó Annie—, y sobre cómo le disparaste, aunque fue sin querer. —El frío le había entumecido el cerebro de tal modo que olvidó cualquier precaución—. Puede que Livia hasta se alegrara un poco de que dispararas a su padre. Sé que Scamp se alegra. Y Livia también tiene que hablar de eso contigo.

—¿Scamp? —se sorprendió Jaycie.

—Scamp es también una niña, por lo que entiende ciertas cosas de Livia que a veces se nos escapan a los mayores.

Jaycie estaba más atónita que enfadada. Escudriñó el rostro de su hija, intentando entender, en vano. Su impotencia recordó a Annie que la herida de la madre era tan profunda como la de la hija.

A falta de psicoterapeuta, tendría que bastar una actriz fracasada con formación en talleres de teatro sobre la conducta humana. Apoyó ligeramente la espalda en el pecho de Theo, no para apoyarse en él, sino simplemente para alentarse.

—A Scamp le gustaría comprender algunas cosas —dijo—. Tal vez podría sentarse mañana con las dos para hablar todas juntas sobre lo que sucedió. —Annie recordó que sus «mañanas» en Peregrine Island eran contados.

—¡Sí, quiero ver a Scamp! —Livia mostró todo el entusiasmo que le faltaba a su madre.

—Excelente idea —corroboró Theo—. Creo que ahora todos tendríamos que entrar en calor.

Livia, que se había recuperado más deprisa que los adultos, se levantó del regazo de su madre.

—¿Me enseñarás las valvas que encontraste para mi casita de hadas? —preguntó a Theo.

—Sí. Pero primero tengo que cuidar de Annie. —Señaló lo alto del acantilado con la cabeza—. ¿Quieres que te lleve?

Livia terminó a horcajadas sobre sus hombros y subieron los escalones del acantilado.

En cuanto Annie y Theo estuvieron de vuelta en la cabaña, él llenó la bañera que ya no le pertenecía y la dejó sola. Tenía diversos cortes y rasguños y se metió en el agua con una mueca. Cuando salió del baño envuelta en el albornoz y ya recuperada, Theo se había puesto ropa seca: unos vaqueros con una raja en una rodilla y una camiseta negra de manga larga que había dejado de usar porque Jaycie se la había encogido al lavársela, de modo que le marcaba los músculos del pecho de una forma que a él no le gustaba y a Annie la complacía sobremanera. Le curó los cortes con movimientos impersonales. En el lapso de un día habían cambiado muchas cosas. Había perdido la cabaña y acusado a una mujer inocente de intentar hacerle daño, había descubierto sus orígenes y ayudado a rescatar a una niña. Y, por encima de todo, había admitido lo mucho que amaba a aquel hombre que no podía ser suyo.

Mientras él preparaba emparedados calientes de queso para ambos, echando un trozo de mantequilla en la sartén caliente, ella, con una especie de péndulo mental, empezó a contar el tiempo que le quedaba junto a él.

—He llamado a Elliott —le informó Theo—. En cuanto me enteré de que te habían engañado para que abandonaras la isla.

—Déjame que adivine —repuso Annie mientras se abrochaba mejor el cinturón del albornoz—. Cynthia ya lo sabía, gracias a Lisa McKinley, y estaban tomando unos cócteles para celebrarlo.

—Aciertas en una cosa y te equivocas en la otra. Lisa había llamado, pero no lo estaban celebrando.

—¿De veras? Me sorprende que Cynthia no estuviera diseñando ya los planos para convertir la cabaña en una réplica de Stonehenge.

—Quería hacerle cambiar de parecer. Hacer todo lo posible para que puedas quedarte la cabaña todo el tiempo que quisieras. Pero resultó que Elliott había introducido una modificación de la que ninguno de nosotros tenía conocimiento.

—¿Qué clase de modificación?

—La cabaña no vuelve a manos de la familia. —Dejó los emparedados para mirarla—. Pasa a formar parte de la Fundación del Patrimonio de Peregrine Island.

—No lo entiendo. —Lo contempló como una idiota.

—En pocas palabras —explicó Theo, que se volvió y echó los emparedados en la mantequilla chisporroteante con una fuerza innecesaria—, has perdido la cabaña, y lo siento más de lo que imaginas.

—Pero ¿por qué lo cambió?

—No me dio los detalles porque Cynthia estaba con él, pero no estaba exactamente contento con lo que hizo en Harp House. Supongo que quería asegurarse de que la cabaña se quedara como estaba y, en lugar de enfrentarse con ella, fue a ver a su abogado a sus espaldas e hizo el cambio.

—Mariah no me lo mencionó. —La cabeza le daba vueltas.

—No lo sabía. Al parecer solo lo sabían los miembros del patronato de la fundación.

El ruido de un coche que se acercaba los interrumpió. Él le pasó la espátula.

—Vigílame esto —pidió.

Mientras Theo iba a abrir la puerta, ella trató de reunir todas las piezas, pero una voz desconocida de hombre en la entrada interrumpió sus pensamientos. Unos momentos después, Theo asomó la cabeza en la cocina.

—Tengo que irme —anunció—. Otra urgencia. No tendrías que preocuparte ya por los intrusos, pero cierra con llave de todos modos.

Cuando Theo se hubo marchado, Annie se sentó a la mesa con un emparedado. Theo había utilizado un buen cheddar con un toque de la mostaza que a ella le gustaba, pero estaba demasiado cansada para comer. Necesitaba dormir.

A la mañana siguiente, tenía la cabeza más despejada que nunca. Cogió el Suburban de Jaycie y fue al pueblo. Las sucias camionetas estacionadas delante de la casa de Barbara Rose indicaban que el grupo de labor de punto de los lunes por la mañana estaba reunido. La noche anterior, antes de conseguir dormirse, Annie había tenido tiempo para pensar, y entró en la casa sin llamar a la puerta.

El salón estaba atiborrado de muebles tapizados y cachivaches. De las paredes colgaban óleos de barcos de pintores aficionados y boyas, junto con platos de porcelana floreados. En todas las superficies había fotos familiares: Lisa soplando velas por su cumpleaños, Lisa y su hermano abriendo regalos de Navidad. Y otras mostraban con orgullo los nietos de los Rose.

Barbara dominaba la habitación desde una mecedora con toques dorados. Judy y Louise Nelson estaban sentadas en el sofá, y Naomi, que a aquella hora tendría que estar embarcada, en el sillón. Marie, tan avinagrada como siempre, ocupaba una butaca sin brazos delante de Tildy, que había cambiado su habitual atuendo a la moda por unos pantalones de chándal. Ninguna de ellas tejía.

Barbara se levantó tan deprisa que la mecedora golpeó la pared, lo que hizo vibrar un decorado plato de porcelana.

—¡Annie! —exclamó—. ¡Qué sorpresa! Supongo que te has enterado de lo de Phyllis Bakely.

—No, no me he enterado de nada.

—Anoche tuvo un ictus —intervino Tildy—. Su marido Ben la llevó al continente y Theo los acompañó.

Eso explicaba por qué Theo no había vuelto a la cabaña. Pero Annie no había ido al pueblo a buscarlo. Se quedó mirando a las mujeres, tomándose su tiempo, y finalmente hizo la pregunta que había ido a hacer:

—¿Cuál de vosotras me disparó?

22

Una ahogada exclamación colectiva recorrió el grupo de labor de punto. Louise se inclinó hacia delante, como si debido a su edad no hubiera oído bien. Judy soltó un gemido angustiado, Barbara se quedó rígida, Naomi apretó las mandíbulas y Tildy se retorció las manos en el regazo. Marie fue la que se recuperó más rápido.

—No tenemos ni idea de qué hablas —aseguró con los labios fruncidos y los ojos entornados.

—¿De veras? —Annie avanzó por la habitación sin importarle dejar sus pisadas en la alfombra—. Pues no me lo creo.

Barbara cogió la bolsa para las labores que tenía junto a la mecedora y volvió a sentarse.

—Será mejor que te vayas. Es evidente que estás disgustada por todo lo sucedido, pero eso no es razón para...

—Disgustada no es la palabra —la interrumpió Annie.

—Desde luego, Annie... —Tildy resopló, indignada.

Annie se volvió hacia Barbara, que estaba buscando algo en su bolsa.

—Tú eres la patrona de la fundación —dijo a la mujer mayor—. Pero el patronato tiene seis miembros más. ¿Saben ellos lo que habéis hecho?

—No hemos hecho nada —aseguró Naomi con su voz de patrona de barco.

—No puedes venir aquí y ponerte a hacer esta clase de acusaciones —recalcó Marie, que se había hecho también con su bolsa para las labores—. Tienes que marcharte.

—Eso es lo que habéis querido desde el principio. Lograr que me marchara. Y tú, Barbara, fingiendo ser amiga mía, cuando lo único que querías era deshacerte de mí.

—No fingí nada —replicó Barbara, moviendo las agujas con mayor rapidez—. Me caes muy bien.

—Ya lo creo. —Annie se adentró más en el salón para que comprendieran que no pensaba irse. Recorrió el grupo con la mirada en busca del eslabón más débil, y lo encontró—. ¿Qué tal tus nietos, Judy? Después de lo que has hecho, ¿cómo vas a mirar a la cara al bebé que Theo ayudó a traer a este mundo?

—No le hagas caso, Judy —ordenó Tildy con un deje de desesperación.

Annie se concentró en Judy Kester, con su cabellera pelirroja, su temperamento alegre y su carácter generoso.

—¿Y tus demás nietos? ¿De verdad crees que nunca se enterarán de esto? Les servirás de ejemplo. Aprenderán de ti que está bien hacer lo que sea para conseguir lo que quieres, sin importar a quién lastimes.

Judy tenía predisposición a la jovialidad, no a la confrontación. Ocultó la cara entre las manos y se echó a llorar; las cruces de plata que le colgaban de las orejas le rozaban las mejillas.

Annie fue vagamente consciente de que se abría la puerta principal, pero no se detuvo.

—Eres una mujer religiosa, Judy. ¿Cómo concilias tu fe con lo que me habéis hecho? —Y a continuación se dirigió a todo el grupo—: ¿Cómo lo lográis todas?

—No sé qué piensas que hemos hecho... —comentó Tildy toqueteándose el anillo de boda. Le falló la voz—. Pero... te equivocas.

—Todos sabemos que no me equivoco. —Annie notó que

Theo estaba detrás de ella. No podía verlo, pero sabía que era él quien había entrado.

—No puedes demostrar nada. —La actitud desafiante de Marie sonó falsa.

—Cállate, Marie —espetó Judy con una vehemencia impropia en ella—. Esto ha durado mucho. Demasiado.

—Judy... —La voz de Naomi implicaba una advertencia. Al mismo tiempo, se sujetó los codos con las manos, como si le doliera algo.

Louise habló entonces por primera vez. A sus ochenta y tres años, tenía la espalda encorvada debido a la osteoporosis, pero todavía mantenía la cabeza muy alta.

—Fue idea mía —admitió—. Solo mía. Yo lo hice todo. Ellas intentan protegerme.

—¡Qué nobleza! —ironizó Annie.

Theo se situó a su lado. Iba desaliñado y sin afeitar, pero se movía con una firmeza tan elegante que captó la atención de todas.

—Usted no destrozó la cabaña, señorita Nelson —dijo—. Y, perdóneme, pero no podría acertar a la pared de un cobertizo.

—¡No rompimos nada! —exclamó Judy—. Fuimos con mucho cuidado.

—¡Judy!

—¡Bueno, es verdad! —admitió Judy a la defensiva.

Estaban derrotadas, y lo sabían. Annie podía vérselo en la cara. La conciencia de Judy, y puede que la suya propia, había podido con ellas. Naomi agachó la cabeza, Barbara bajó las agujas de tejer, Louise se hundió en el sofá y Tildy se tapó la boca con la mano. Solo Marie se mostraba desafiante, aunque no fuera a servirle de nada.

—Y la verdad siempre sale a la luz —dijo Annie—. ¿De quién fue la idea de ahorcar a mi muñeco? —La imagen de Crumpet colgando del techo todavía la perseguía. Muñeco o no, Crumpet formaba parte de ella.

Judy dirigió una mirada a Tildy, que se frotó la mejilla y explicó débilmente:

—Lo vi en una película. Tu muñeco no sufrió ningún daño.

—Bien. Ahora una pregunta más importante: ¿cuál de vosotras me disparó?

Como ninguna respondió, Theo dirigió una fría mirada a la mujer de la mecedora.

—¿Por qué no contestas, Barbara?

—Por supuesto que fui yo —afirmó ella aferrándose a los brazos de la mecedora—. ¿Crees que dejaría que alguien más corriera ese riesgo? —Miró a Annie con expresión suplicante—. No corriste ningún peligro. Soy una de las mejores tiradoras del nordeste. He ganado medallas.

—Lástima que Annie no tuviera la tranquilidad de saberlo —soltó Theo mordazmente.

—Sabíamos que lo que hacíamos no estaba bien. Lo supimos desde el principio —aseguró Judy mientras sacaba un pañuelo de papel del bolsillo.

Marie aspiró por la nariz como si creyera que lo que habían hecho no fuera tan malo, pero Tildy se había sentado en el borde de la silla.

—No podemos seguir perdiendo a nuestras familias. A nuestros hijos y nietos.

—Yo no puedo perder a mi hijo. —Las manos nudosas de Louise sujetaron con fuerza su bastón—. Es lo único que tengo, y si Galeann le convence de que se vayan...

—Sé que no puedes entenderlo —intervino Naomi—, pero no se trata solo de nuestras familias. Se trata del futuro de Peregrine Island y de si podemos seguir sobreviviendo.

—Explícanoslo —dijo Theo, nada impresionado—. Dinos exactamente por qué despojar a Annie de la cabaña era tan importante como para convertir a unas mujeres decentes en delincuentes.

—Porque necesitamos una nueva escuela —respondió Annie.

Theo masculló entre dientes.

Judy sollozó tapándose la nariz con un pañuelo de papel arrugado, y Barbara desvió la mirada. La patrona de barco tomó la iniciativa.

—No tenemos dinero para construir una escuela nueva. Pero sin ella, vamos a perder a las demás familias jóvenes. No podemos permitir que eso suceda.

—Las mujeres más jóvenes no estaban tan inquietas antes de que se incendiara la escuela —comentó Barbara, intentando tranquilizarse—. Esa caravana es horrorosa. Lisa solo habla de irse.

—Y de llevarse a tus nietos con ella —apuntilló Annie.

—Algún día sabrás lo que se siente cuando eso sucede —comentó Marie, una vez perdida su bravuconería.

Los ojos de Barbara suplicaban comprensión.

—Necesitamos la cabaña —dijo—. No hay ningún sitio tan apropiado.

—No fue algo irreflexivo. —Tildy habló con una mezcla de entusiasmo y desesperación que parecía buscar la comprensión de Annie—. La cabaña es especial por las vistas que tiene. Y los veranos podríamos alquilarla fácilmente.

—En verano no hay suficientes pisos de alquiler para satisfacer la demanda —explicó Naomi—. El dinero del alquiler nos proporcionaría ingresos para mantener la escuela durante el año.

—Y para conservar la carretera en buen estado de modo que no cueste tanto llegar allí —añadió Louise.

El dinero del alquiler suponía unos ingresos que Annie jamás podría haber tenido debido a que el acuerdo que Mariah había firmado lo prohibía. No era extraño que Elliott hubiera sido más indulgente con los isleños que con su madre.

—Teníamos que hacerlo. Era por el bien común. —Un tono de súplica había sustituido la actitud altiva de Naomi.

—No fue por el bien de Annie, desde luego —soltó Theo,

y se puso una mano en la cadera con la chaqueta abierta—. Como podéis imaginar, irá a la policía.

—Os dije que esto pasaría —les recordó Judy tras sonarse la nariz—. Siempre dije que acabaríamos en la cárcel.

—Lo negaremos todo —aseguró Marie—. No hay ninguna prueba.

—No nos entregues, Annie —rogó Tildy—. Sería nuestra ruina. Podría perder mi tienda.

—Tendríais que haberlo pensado antes —replicó Theo.

—Si esto se sabe... —se angustió Louise.

—Y se sabrá —sentenció Theo—. No tenéis escapatoria. Lo sabéis, ¿no?

Marie tenía la espalda bien erguida, pero las lágrimas se le acumulaban en las pestañas. Todas estaban hundidas en sus asientos, tomándose de las manos, llevándose pañuelos a la cara. Sabían que habían perdido.

Barbara estaba envejeciendo a ojos vista.

—Te lo compensaremos. Por favor, Annie. No nos denuncies. Lo arreglaremos. Lo dispondremos todo de modo que te quedes con la cabaña. Prométenos que no dirás nada.

—No os prometerá nada —soltó Theo.

La puerta se abrió de golpe y dos niñas pelirrojas entraron corriendo. Tras cruzar como una exhalación la habitación, se lanzaron a los brazos de su abuela.

—¡Abuelita, el señor Miller se puso malo y vomitó! ¡Fue asqueroso!

—¡No encontró ningún sustituto! —metió baza la menor—. Así que nos enviaron a casa, pero como mamá fue a ver a Jaycie, hemos venido aquí.

Cuando Barbara estrechó a las niñas entre sus brazos, Annie vio cómo las lágrimas le resbalaban por las mejillas. Theo también se fijó. Frunció el ceño mirando a Annie y le tomó un brazo.

—Vámonos.

El coche de Theo bloqueaba el Suburban en el camino de entrada.

—¿Cómo lo descubriste? —preguntó él mientras bajaban los peldaños delanteros.

—Adopté un punto de vista femenino. En cuanto me comentaste lo de la modificación, supe que solo podían ser ellas.

—Las tienes con el agua al cuello. Lo sabes, ¿verdad? Recuperarás la cabaña.

—Eso parece —suspiró Annie.

—No lo hagas, Annie —dijo Theo al notar su falta de entusiasmo.

—¿Qué?

—Lo que estás pensando.

—¿Cómo sabes lo que estoy pensando?

—Te conozco. Estás pensando en ceder.

—No en ceder exactamente. —Se abrochó el abrigo—. Más bien en pasar página. La isla... no es buena para mí.

«Tú no eres bueno para mí. Lo quiero todo, todo lo que tú no estás dispuesto a dar», pensó.

—La isla es excelente para ti —la contradijo Theo—. No solo has sobrevivido a este invierno. Te ha sentado de maravilla.

En cierto sentido, era verdad. Pensó en su «libro de sueños» y en cómo, cuando llegó a la isla, tan enferma y deshecha, lo había considerado un símbolo del fracaso, un recordatorio tangible de todo lo que había sido incapaz de conseguir. Pero su punto de vista había ido cambiando inadvertidamente. Puede que la carrera teatral que había imaginado jamás se hubiera materializado, pero, gracias a ella, una niña muda había recuperado la voz, y eso era algo.

—Acompáñame a la casa de labranza —pidió Theo—. Quiero echar un vistazo al nuevo techo.

Ella recordó lo que había pasado la última vez que habían visitado aquella casa, y no era de sus muñecos la voz que oyó en su cabeza, sino la de su instinto de supervivencia.

—Ha salido el sol —comentó—. Mejor demos un paseo.

Theo no puso objeciones. Descendieron el camino lleno de baches hasta la carretera. Los barcos del puerto llevaban en el mar desde el alba, y las boyas cabeceaban en el agua como juguetes en una bañera.

—¿Cómo está la mujer a la que ayudaste? —preguntó Annie, que quería ganar tiempo.

—La llevamos al continente a tiempo. Le espera algo de rehabilitación pero debería recuperarse. —La grava crujía bajo sus pies cuando la tomó por el codo para cruzar la carretera—. Antes de que me vaya, voy a asegurarme de que los isleños empiecen a titularse como auxiliares sanitarios. Es peligroso no tener asistencia médica.

—Ya tendrían que haberlo hecho.

—Nadie quería aceptar la responsabilidad, pero si unos cuantos reciben juntos la formación, se cubrirán mutuamente las espaldas. —La cogió de la mano para esquivar un bache y ella se separó en cuanto llegaron al otro lado. Él se detuvo y se la quedó mirando con cara de preocupación—. No lo entiendo. No me puedo creer que estés pensando en ceder la cabaña y marcharte.

¿Cómo podía conocerla tan bien? Nadie lo había hecho nunca. Empezaría de nuevo a pasear perros, a trabajar en el Coffee y a presentar nuevos espectáculos de ventriloquia. Lo que no haría era ir a más *castings*. Gracias a Livia, seguiría un nuevo rumbo que había ido adquiriendo forma en su interior tan gradualmente que apenas se había dado cuenta.

—No tengo ningún motivo para quedarme —aseguró.

Un todoterreno al que le faltaba una puerta y tenía el silenciador estropeado pasó a toda velocidad.

—Claro que lo tienes. La cabaña es tuya. Ahora mismo, esas mujeres se están devanando los sesos para encontrar la forma de devolvértela a cambio de tu silencio. Nada ha cambiado.

Todo había cambiado. Estaba enamorada de él y no podía

seguir en la cabaña, donde lo vería todos los días y haría el amor con él todas las noches. Necesitaba arrancarse el vendaje. ¿Y adónde iría? Ahora gozaba de buena salud y estaba lo bastante fuerte como para encontrar alguna solución.

Empezaron a andar hacia el embarcadero. Delante de ella, la bandera de Estados Unidos del mástil que se alzaba entre los cobertizos para botes ondeaba con la brisa matinal. Rodearon un montón de nansas langosteras y subieron la rampa.

—Tengo que dejar de posponer lo inevitable. Desde el principio, la cabaña fue solo un recurso provisional. Ha llegado la hora de regresar a mi vida real en Manhattan.

—Sigues sin blanca —señaló Theo—. ¿Dónde vas a vivir?

Podría conseguir rápidamente dinero para pagar un alquiler si vendía uno de los dibujos de Garr, pero nunca haría eso. Lo que haría sería llamar a los clientes cuyos perros paseaba. Siempre estaban viajando. Ya había cuidado antes de alguna casa. Si tenía suerte, alguno de ellos podría necesitar que alguien cuidara de sus animales mientras estuviera fuera. Si eso no funcionaba, seguramente su exjefe del Coffee la dejaría dormir en el futón del almacén. Estaba física y emocionalmente más fuerte que hacía cinco semanas, y encontraría una solución.

—La tienda de segunda mano ya me está enviando dinero —explicó a Theo—, por lo que no estoy totalmente sin blanca. Y ahora gozo de buena salud. Puedo volver a trabajar.

Siguieron una cadena que estaba unida a uno de los amarraderos de granito. Theo se agachó para recoger un guijarro.

—No quiero que te vayas —dijo.

—¿No? —repuso ella tranquilamente, como si Theo no hubiera revelado nada importante, pero se le tensaron los músculos, a la espera de lo que seguiría.

—Si tienes que dejar la cabaña mientras la mafia de la isla deshace el entuerto, puedes quedarte en la casa principal —sugirió antes de lanzar el guijarro al agua—. Ocupa todo el espacio que quieras. Elliott y Cynthia no volverán hasta agosto, y para entonces ya habrás regresado donde quieres.

Estaba hablando Theo el protector, nada más, y donde ella quería estar era en la ciudad, recuperando su vida. La bandera del cobertizo se agitó con la brisa. Entornó los ojos por el sol reflejado en el agua. Su estancia en la isla aquel invierno le había servido para regenerarse. Ahora que se veía a sí misma con más claridad vio dónde había estado y dónde quería estar.

—En la ciudad todo es demasiado incierto para ti —comentó Theo—. Deberías quedarte aquí.

—¿Para que puedas cuidar de mí? Va a ser que no.

—Tal como lo dices suena horroroso —se quejó él, metiendo las manos en los bolsillos de la parka—. Somos amigos. Puede que seas la mejor amiga que he tenido en mi vida.

Ella casi hizo una mueca, pero no podía enojarse con él por no amarla. No era posible. Si Theo lograba volver a enamorarse alguna vez, no sería de ella. No sería de alguien vinculado tan estrechamente con su pasado.

Tenía que poner fin a aquello ya mismo.

—Somos amantes —dijo con la voz lo más firme que pudo—. Y eso es más complicado que la amistad.

—No tiene por qué serlo —aseguró él, lanzando otra piedra al agua.

—Nuestra relación ha tenido siempre fecha de caducidad, y creo que ha llegado.

—Parece que seamos yogures —repuso Theo, más molesto que desconsolado.

Annie tenía que hacerlo bien. Tenía que liberarse, pero también evitar que él se sintiera, como solía, culpable y responsable.

—Ni hablar —aseguró—. Eres guapísimo, rico y listo. Y sexy. ¿Mencioné que eres rico?

Él no sonrió.

—Ya me conoces, Theo. Soy muy romántica. Si me quedara aquí más tiempo, podría acabar enamorándome de ti. —Se estremeció—. Piensa lo horroroso que sería eso.

—No lo harás —dijo con sinceridad—. Me conoces demasiado bien.

Como si lo que le había revelado de sí mismo hiciera imposible amarlo.

Annie apretó los puños dentro de los bolsillos. Cuando todo aquello hubiera terminado, estaría destrozada, pero aún no. Podía hacerlo. Tenía que hacerlo.

—Te hablaré con franqueza. Quiero formar una familia. Lo que significa que si me quedo en la isla no siendo necesario, si me sigo divirtiendo contigo, estoy básicamente perdiendo el tiempo. Necesito ser más disciplinada.

—Nunca lo habías mencionado. —Pareció enojado, puede que dolido, pero no inconsolable.

—¿Por qué tendría que haberlo hecho? —preguntó Annie, fingiendo estar desconcertada.

—Porque nos contamos las cosas.

—Es lo que estoy haciendo ahora. Contártelo. Y no es demasiado complicado.

—Supongo que no —admitió Theo, encogiéndose de hombros.

La opresión que Annie sentía en el pecho se agudizó. Él encorvó los hombros contra el viento.

—Supongo que querer que te quedes es egoísta por mi parte —comentó.

—Estoy cogiendo frío —dijo Annie, que ya había cubierto el cupo de tristeza por un día—. Y tú has estado levantado toda la noche. Tienes que dormir unas horas.

Theo contempló el embarcadero y después la miró a ella.

—Te agradezco lo que has hecho por mí este invierno —dijo.

Su gratitud le abrió una herida más en el corazón. Se volvió hacia el viento para que no oyera cómo le temblaba la voz:

—Lo mismo digo, chico. —Enderezó la espalda—. Tengo pipí. Nos vemos después.

Lo dejó en el embarcadero, parpadeando para no derramar ninguna lágrima. Había renunciado a ella enseguida. Bueno, no era ninguna sorpresa. No era hipócrita por naturaleza. Era un galán, y los verdaderos galanes no fingían ofrecer lo que no estaban dispuestos a dar.

Cruzó la carretera en dirección a su coche. Tenía que irse de la isla. Aquel mismo día. En aquel instante. Pero no podía. Necesitaba su Kia, y faltaban ocho días para que llegara el transbordador de vehículos. Ocho días, durante los cuales Theo podía presentarse en la cabaña siempre que quisiera. Insoportable. Necesitaba solucionarlo.

Mientras conducía de vuelta a la cabaña se dijo que el corazón le seguiría latiendo tanto si quería como si no. Como era sabido, el tiempo lo curaba todo, y también lo haría en su caso. Se concentraría en el futuro y se consolaría sabiendo que había hecho lo correcto.

Pero, de momento, no encontraba consuelo por ninguna parte.

23

Para alivio de Annie, Livia no había vuelto a sumirse en su mutismo, y le enseñó encantada una tortuga que había hecho con plastilina.

—No sé qué decirle —le susurró Jaycie mientras la niña estaba ocupada—. Soy su madre, pero no sé cómo hablarle.

—Traeré a Scamp —dijo Annie.

Annie fue a buscar el muñeco, feliz de poder aparcar un rato sus dolorosos pensamientos. Esperaba que Scamp pudiera conducir la conversación que Jaycie debía tener. Apoyó el muñeco en la mesa de la cocina al otro lado de donde estaban madre e hija y se dirigió a Jaycie.

—*Tú debes de ser la bonita madre de Livia. Creo que no nos han presentado. Me llamo Scamp, también conocida como Genevieve Adelaide Josephine Brown.*

—Esto... Hola —dijo Jaycie con cierta timidez.

—*Te hablaré de mí.* —Scamp pasó a exponer sus logros, presentándose como una gran cantante, actriz, pintora de brocha gorda y piloto de carreras—. *También sé atrapar luciérnagas y abrir muchísimo la boca.*

Mientras hacía una demostración, Livia soltó una risita y Jaycie empezó a relajarse. Scamp siguió charlando hasta que, finalmente, se apartó los rizos de hilo de la cara para decir:

—*A mí, Scamp, me encantan los secretos blindados porque me permiten hablar de cosas malas. Como las cosas malas que os pasaron a ti, Livia, y a tu mamá. Pero... tu mamá no sabe nada de los secretos blindados.*

Como Annie preveía, la pequeña metió baza para explicárselo a su madre.

—Un secreto blindado es cuando puedes contar algo a alguien, y esa persona no puede enojarse contigo.

Scamp se inclinó hacia Jaycie e hizo un aparte con ella.

—*A Livia y a mí nos gustaría que nos contaras un secreto blindado. Queremos que nos hables de aquella noche espantosa y horrorosa en que disparaste al padre de Livia y él murió. Y como es un secreto blindado, nadie puede enfadarse.*

Jaycie desvió la mirada.

—No pasa nada mamá. —Livia habló como si fuera adulta—. Los secretos blindados no son peligrosos.

Jaycie abrazó a su hija con los ojos llenos de lágrimas.

—Oh, Liv... —Más calmada, empezó a hablar sobre el alcoholismo de Ned Grayson, primero vacilante, pero cada vez con mayor seguridad. Con palabras que pudiera comprender una niña de cuatro años, explicó cómo lo volvía violento.

La pequeña escuchaba embelesada. Su madre, temerosa del efecto de sus palabras, no dejaba de preguntarle si entendía lo que decía, pero Livia parecía más intrigada que traumatizada. Para cuando hubieron terminado, estaba en el regazo de su madre recibiendo besos y pidiendo el almuerzo.

—*Antes tienes que prometerme que seguiréis hablando sobre esto siempre que lo necesitéis* —pidió Scamp—. *Prometedlo.*

—Prometido —dijo Livia solemnemente.

Scamp acercó la cara a la de Jaycie, que se echó a reír.

—Prometido —aseguró.

—*¡Excelente!* —exclamó Scamp—. *Mi trabajo aquí ha terminado.*

Después de comer, cuando Livia quiso jugar con su patinete en el porche delantero, Annie salió con Jaycie y se sentaron en el peldaño superior.

—Tendría que haberlo hablado con ella desde el principio —comentó Jaycie mientras el patinete rodaba por las tablas del suelo y Livia se esforzaba por conservar el equilibrio—. Pero era muy pequeña y creí que lo olvidaría. ¡Qué idiota soy! Tú supiste enseguida lo que necesitaba.

—No fue enseguida. Me he estado documentando mucho. Y es más fácil ser objetivo cuando ves las cosas desde fuera.

—Como sea, gracias.

—Soy yo quien tiene que dártelas —repuso Annie—. Gracias a Livia, sé lo que quiero hacer con mi vida. —Al ver que Jaycie ladeaba la cabeza, le contó lo que todavía no había confiado a nadie—: Voy a empezar a estudiar para ludoterapeuta y usar los muñecos para ayudar a niños traumatizados.

—¡Annie, eso es maravilloso! Es perfecto para ti.

—¿Te parece? He hablado con ludoterapeutas por teléfono, y me gusta. —Esa profesión le pegaba más que ser actriz. Tendría que ponerse a estudiar de nuevo, algo que no podría permitirse durante cierto tiempo, pero tenía un buen historial académico y su experiencia trabajando con niños podría servirle para conseguir una beca. Si no, solicitaría un préstamo. De una forma u otra, iba a lograrlo.

—Te admiro —dijo Jaycie con la mirada absorta—. Me había ensimismado tanto como Livia. Me compadecía, me hacía ilusiones con Theo en lugar de seguir adelante con mi vida.

Annie la comprendía muy bien.

—Si no hubieras venido... —Jaycie sacudió la cabeza, como para despejarla—. No estoy pensando solo en Livia, sino en la forma en que has asumido el control de tu vida. Quiero empezar de cero, y voy a hacer algo al respecto.

Annie también sabía muy bien a qué se refería con eso.

—¿Qué piensas hacer con la cabaña? —preguntó Jaycie.

Annie no quería contarle lo que las abuelas le habían hecho ni admitir que se había enamorado de Theo.

—La dejo hoy mismo y me voy de la isla en el transbordador de vehículos de la semana que viene —anunció, y tras un leve titubeo añadió—: Las cosas con Theo se han... complicado demasiado. He tenido que cortar.

—Oh, Annie, lo siento. —Jaycie no se alegró, sino que mostró una sincera preocupación. Hablaba en serio al decir que Theo había sido una fantasía y no su realidad—. Esperaba que no te marcharas tan pronto. Voy a echarte mucho de menos.

—Y yo a ti —repuso Annie, que la abrazó impulsivamente.

Su amiga escuchó estoicamente cómo Annie le contaba que tenía que encontrar un sitio donde alojarse hasta que llegara el transbordador.

—No puedo encontrarme con Theo cada dos por tres en la cabaña. Necesito estar sola.

Tenía intención de comentar a Barbara que necesitaba un alojamiento temporal. Podría pedir un unicornio de oro y las abuelas se lo encontrarían. Cualquier cosa con tal de comprar su silencio.

Pero resultó que no necesitó a Barbara. Con una simple llamada telefónica, Jaycie le encontró donde hospedarse.

La embarcación langostera de Les Childers, el *Lucky Charm*, estaba temporalmente amarrada en el muelle del almacén de pescado mientras su propietario esperaba que llegara una pieza para el motor en el mismo transbordador que llevaría a Annie de vuelta al continente en una semana. A pesar de que Les cuidaba bien del *Lucky Charm*, el barco seguía oliendo a cebo, cordaje y combustible diésel. Pero le daba igual. Tenía una pequeña cocina con un microondas e incluso una pequeña ducha. El camarote era seco, una estufa lo caldeaba un poco y, sobre todo, no tendría que ver a Theo. Por si el día antes no había sido lo suficientemente clara, le dejó una nota en la cabaña.

Querido Theo:
Me he trasladado unos días al pueblo para, entre otras cosas, adaptarme a la deprimente perspectiva (¡buaa!) de dejar de practicar un sexo alucinante contigo. Estoy segura de que me encontrarás si quieres, pero tengo cosas que hacer, así que te pido que me dejes espacio. Sé bueno, ¿quieres? Ya me encargaré yo de las brujas de Peregrine Island, de modo que mantente al margen.

A.

La nota tenía el tono despreocupado que ella quería. Nada sensiblero, nada que lo hiciera sospechar cuánto le había costado redactarla, y nada que le indicara lo mucho que se había enamorado de él. Podría acabar de dejarlo plantado por correo electrónico desde la ciudad. «No te lo vas a creer, pero he conocido a un hombre increíble.» Blablablá. Baja el telón. Sin bis.

Entre su caos sentimental, el sonoro crujido de los cabos en los amarres y el continuo balanceo de la langostera, le costó conciliar el sueño. Ojalá hubiese llevado sus muñecos al barco en lugar de haberlos dejado con Jaycie en Harp House para que estuvieran a buen recaudo. La habría reconfortado tenerlos cerca.

Las sábanas se le resbalaron de la litera durante la noche y despertó tiritando al alba. Se levantó y se calzó las zapatillas deportivas. Después de envolverse en el manto de lana escarlata de Mariah, subió a la timonera y salió a cubierta.

Unas cintas melocotón y lavanda rasgaban el cielo por encima de las aguas gris perla del mar. Las olas golpeaban el casco y el viento se apoderó de su manto, intentando convertirlo en unas alas. En la popa divisó algo que no estaba allí la noche anterior: una cesta de pícnic de plástico amarillo. Se acercó a examinarla apartándose el pelo de la cara.

Contenía zumo de naranja, dos huevos duros, un trozo de tarta de café con canela todavía caliente y un anticuado termo rojo. Sabía cuándo alguien quería sobornarla. Las abuelas querían comprar su silencio con comida.

Al desenroscar la tapa del termo, salió una nube de vapor: café recién hecho, fuerte y delicioso. Beberlo le hizo extrañar a *Hannibal*. Se había acostumbrado a que el gato tratara de congraciarse con ella mientras tomaba su café matutino. Se había acostumbrado a que Theo...

«¡Basta!», se ordenó.

Permaneció en popa, contemplando cómo los pescadores con sus atuendos naranjas y amarillos se hacían a la mar para la faena del día. Las algas que crecían en los pilones del muelle flotaban en el agua como cabellos de sirena. Un par de patos nadaba hacia el embarcadero. El cielo se iluminó y adquirió una brillante tonalidad azul. Entonces, la isla hacia la que tanto resentimiento había albergado se volvió hermosa.

El *Lucky Charm* estaba amarrado en el muelle del almacén de pescado, pero Theo vio a Annie en el extremo del embarcadero del ferry contemplando el mar con su manto rojo, como la viuda de un capitán esperando el regreso de su difunto marido. La había dejado en paz todo el día anterior, lo que era tiempo suficiente.

Podría haberse quedado en Harp House. O en la cabaña, en realidad; las brujas de la isla no se habían acercado a ella. Pero no. Debajo de tanta bondad, Annie tenía algo de maldad. Podía disfrazarlo tanto como quisiera, pero se había trasladado a la langostera de Les Childers ¡para alejarse de él!

Bajó airado al embarcadero. Una parte excéntrica de él disfrutaba con la rabia que sentía. Por primera vez en su vida, podía estar muy cabreado con una mujer sabiendo que ella no se vendría abajo hecha un mar de lágrimas. Que las cosas entre ellos no fueran a complicarse lo había aliviado, claro, pero eso había sido una reacción instintiva, alejada de la realidad. Su relación no había caducado, como había dicho ella. Aquella clase de intimidad no se acababa sin más. Le había dejado claro que lo suyo no era un romance profundo, ¿a qué venía aquello entonces? Comprendía que quisiera formar una familia, lo que le daría más poder, pero ¿qué tenía que ver eso con ellos? Tarde o temprano tendrían que quedarse vestidos, pero como no iba a encontrar al padre de sus futuros hijos en aquella isla, no tenía motivo para terminar su relación entonces, no cuando significaba tanto para los dos.

O tal vez solo lo significara para él. Siempre había sido cauto, pero eso se había terminado con Annie, de quien nunca sabía qué demonios iba a decir o hacer, solo que era una mujer fuerte, y que él no tenía que vigilar qué decía ni fingir ser lo que no era. Cuando estaba con ella, era como si... como si se hubiera encontrado a sí mismo.

No llevaba gorro y tenía los rizos alborotados.

—¿Disfrutando de tu nuevo hogar? —refunfuñó.

Como no lo había oído acercarse, Annie se sobresaltó. Estupendo. Entonces frunció el ceño, nada contenta de verlo, y eso a él le dolió de una forma que lo impulsó a devolverle el golpe.

—¿Qué tal la vida en una langostera? —dijo con expresión de desdén—. Me imagino que comodísima.

—Las vistas son buenas.

Theo no se amilanó.

—Todos los isleños saben que estás viviendo en el barco de Les —comentó—. Es como si estuvieras entregando la cabaña a esas mujeres libre de cargas. Seguro que están aplaudiendo con las orejas.

Ella levantó la nariz, airada.

—Si has venido aquí a gritarme, ya te puedes marchar —soltó—. De hecho, si no has venido a gritarme, también.

Ya te dije que tenía cosas que hacer, y no quiero que me distraigas con tu ridícula guapura. —Hizo un gesto de desdén con la mano—. ¿Tienes siempre el aspecto de haber salido de la cubierta de una novela?

Theo no entendió a qué se refería, solo que parecía un insulto. Reprimió las ganas de acariciarle el cabello enmarañado.

—¿Cómo te va la búsqueda del amor de tu vida? —le preguntó con afectado desdén.

—No sé a qué te refieres.

Él tuvo el impulso de cogerla en volandas y llevársela a la cabaña, donde debía estar. Donde ambos debían estar.

—Es la razón por la que me dejaste, ¿recuerdas? Para tener la libertad de encontrar a alguien con quien casarte. Les Childers está soltero. Qué más da que tenga setenta años. El barco es suyo. ¿Por qué no lo llamas?

—Oh, Theo... —Annie suspiró como si solo fuera irritante—. Deja de comportarte como un imbécil.

Se estaba comportando como un imbécil, pero no podía evitarlo.

—Supongo que mi definición de amistad es distinta a la tuya. En mi vida, los amigos no se levantan un día y se olvidan de todo.

—Sí los amigos que cometen el error de acostarse juntos —aseguró Annie, escondiendo las manos bajo el manto.

No había sido un error, al menos para él. Enganchó el pulgar en el bolsillo de los vaqueros.

—Lo estas complicando demasiado —dijo.

Annie contempló el mar y luego se volvió hacia él.

—He intentado hacerlo con delicadeza... —aseguró.

—¡Pues deja de hacerlo! Explícame por qué, sin el menor aviso, decidiste marcharte. Quiero saberlo. Adelante. Hazlo con rudeza.

Y lo hizo. De una forma que Theo tendría que haber previsto. Diciendo la verdad.

—Theo, te deseo lo mejor, pero... necesito enamorarme y no puedo hacerlo contigo.

«¿Por qué no, coño?», pensó. Y por un momento creyó, horrorizada, que lo había dicho en voz alta.

Annie lo miró intensamente mientras le tocaba el brazo.

—Tienes demasiado bagaje emocional —dijo con una amabilidad que le hizo apretar los dientes.

No tendría que haberla obligado a decírselo. Tendría que haberlo sabido... Lo sabía.

—Entendido —comentó, asintiendo con brusquedad.

Era lo único que necesitaba oír. La verdad.

La dejó en el embarcadero. Cuando llegó a Harp House, ensilló a *Dancer* y le exigió mucho. Después pasó un rato en la cuadra almohazándolo, cepillándolo, quitándole los abrojos y limpiándole los cascos. Durante mucho tiempo había creído que tenía el corazón congelado, pero Annie había cambiado eso. Había sido su amante, su animadora y su psiquiatra. Le había obligado a ver desde otro punto de vista su incapacidad de hacer feliz a Kenley y a Regan, que se había suicidado para liberarlo. De algún modo, Annie había logrado traspasar los límites de su penumbra.

Con las manos aún en la cruz de *Dancer*, se quedó pensando, reviviendo las últimas seis semanas. Su ensueño se vio interrumpido por la voz de Livia.

—¡Theo!

Salió de la cuadra. Livia se separó de su madre y corrió hacia él. Cuando la niña chocó contra sus piernas, sintió una abrumadora necesidad de cargarla en brazos y abrazarla. Y lo hizo.

Ella se negó. Le puso las manos en el pecho y lo empujó para mirarlo.

—¡La casita de hadas no ha cambiado! —se quejó.

Por fin, un error que podía corregir.

—Porque antes tengo que mostrarte un tesoro.

—¿Un tesoro? —preguntó la pequeña.

Él lo dijo sin pensar, pero al instante supo cuál sería:

—Joyas de la playa.

—¿Joyas? —Livia imprimió asombro en la palabra.

—Quédate aquí —ordenó él, y se dirigió a su antigua habitación.

Guardaba el gran frasco que contenía la colección de cristales marinos de Regan en el fondo de su vestidor, donde lo había metido hacía años porque, como muchas cosas de la casa, le traía malos recuerdos. Pero al sacarlo y llevarlo abajo, se animó por primera vez en todo el día. A la dulce y generosa Regan le habría encantado entregar sus preciadas piedras de la playa a Livia. De una niña a otra.

Al descender la escalera que su hermana había subido y bajado corriendo tantas veces al día, algo le pasó rozando. Algo cálido, invisible. Se detuvo en seco y cerró los ojos con el frío del frasco de vidrio en las manos y la clara imagen de su hermana en la cabeza.

Regan sonriéndole. Una sonrisa que decía: «Sé feliz.»

Jaycie dejó a Livia con Theo. Mientras añadían los cristales marinos a la casita de hadas los dos charlaban, aunque era básicamente la niña quien llevaba la voz cantante. Daba la impresión de que todas las palabras que había estado almacenando en la mente necesitaban salirle a la vez. Le asombraba lo observadora que era y lo mucho que entendía las cosas.

—Yo te conté mi secreto blindado. —Puso el último vidrio en el nuevo techo de musgo de la casa—. Ahora te toca a ti.

Al anochecer, estaba de regreso en la torre: un príncipe solitario que esperaba a que una princesa subiera a lo alto de la torre y lo liberara. «Tienes demasiado bagaje emocional.»

Intentó escribir pero acabó con la mirada puesta al otro lado de la habitación pensando en Annie. No quería seguir los retorcidos caminos mentales de Quentin Pierce, y no podía seguir negando la realidad. Los diablillos nómadas que avivaban su imaginación se habían ido, llevándose su carrera profesional con ellos.

Cerró el archivo informático y se recostó en la silla de su escritorio. Su mirada se posó en el dibujo que había quitado a Annie. El estudioso chico con el cabello revuelto y la nariz pecosa.

Colocó las manos sobre el teclado. Abrió un nuevo archivo. Por un momento, se quedó quieto y luego empezó a teclear. Las palabras, que llevaban atrapadas en su interior demasiado tiempo, le fluían con rapidez:

Diggity Swift vivía en un piso con vistas a Central Park. Tenía alergias, de modo que si había demasiado polen en el ambiente y se olvidaba el inhalador, empezaba a resollar. Entonces Fran, que cuidaba de él mientras sus padres trabajaban, se lo llevaba del parque. Ya se sentía como un bicho raro. Era el niño más menudo de su clase. ¿Por qué tenía que tener también alergias?

Fran decía que era mejor ser listo que fuerte, pero Diggity no creía que fuera cierto. Le parecía mejor ser fuerte.

Un día después de que Fran le hiciera regresar a casa cuando estaban en el parque, pasó algo extraño. Fue a su habitación a jugar con su videojuego favorito y, al tocar el control, una descarga eléctrica le subió por el brazo y le bajó por el pecho hacia las piernas, y antes de que se diera cuenta, todo se oscureció...

Theo escribió toda la noche.

Cada mañana, cuando Annie despertaba, encontraba otra ofrenda incinerada en la cubierta de popa del *Lucky Charm*. Las magdalenas, los huevos a la cazuela y el muesli casero no estaban carbonizados, pero, aun así, eran ofrendas quemadas porque obedecían a la culpa, suplicaban su silencio y, en el caso del zumo de naranja recién exprimido, indicaban sacrificio.

No todo era comestible. Un día apareció una botella de loción perfumada para las manos y otro, una sudadera de Peregrine Island con la etiqueta del precio de la tienda de regalos de Tildy todavía puesta. De vez en cuando, alcanzaba a ver quien se lo ofrecía: Naomi, que dejaba un plato de sopa de pescado; Louise Nelson, con la loción perfumada. Hasta Marie le llevó una bandejita con pastelillos de limón.

Gracias a una cobertura decente, había empezado a ponerse en contacto con los clientes cuyos perros había paseado. Habló con su exjefe del Coffee sobre la posibilidad de recuperar su empleo y dormir en el sofá de la trastienda hasta que empezara su primer trabajo cuidando de una casa. Pero todavía tenía demasiadas horas que llenar, y la angustiante tristeza que sentía no remitía.

Theo estaba furioso con ella, y no había regresado. El dolor de perderlo era como un buitre que revoloteaba en círculos y se negaba a irse. Se recordó que era un dolor que solo ella sentía.

Pensó mucho en Niven Garr, pero no podría soportar un rechazo en aquel momento. Quería localizar a su familia, pero esperaría hasta haberse ido de la isla y haber dejado de sufrir tanto por Theo.

Un par de mujeres jóvenes se acercaron al barco, curiosas por conocer los motivos que la habían llevado a abandonar la cabaña, por lo que supo que la noticia sobre el traspaso de la propiedad no se había filtrado. Murmuró algo sobre necesitar estar cerca del pueblo y parecieron satisfechas.

La cuarta mañana en el barco, Lisa subió a bordo y le dio un abrazo. Como siempre había sido fría, Annie no pudo imaginar a qué obedecía aquel entusiasmo repentino, hasta que Lisa finalmente la soltó.

—No puedo creer que hayas hecho hablar a Livia. La vi hoy. Es un milagro.

—No fue únicamente cosa mía —comentó Annie, con lo que solo logró que Lisa la abrazara de nuevo y le dijera que le había cambiado la vida a Jaycie.

Lisa no fue su única visita. Estaba en el camarote lavando ropa interior cuando oyó unos pasos en la cubierta.

—¿Annie?

Era Barbara. Tendió el sujetador mojado sobre el extintor para que se secara, se puso el abrigo y salió a cubierta.

Barbara estaba en la timonera con un trozo de pan dulce envuelto en plástico. Llevaba aplastado el cabello rubio, normalmente cardado, y lo único que quedaba de su abundante maquillaje habitual era un toque de carmín rojo que se le había corrido por las arrugas que le rodeaban los labios. Dejó el pan junto al sónar.

—Han pasado seis días —dijo—. Ni tú ni Theo habéis llamado a la policía. No se lo habéis contado a nadie.

—Todavía —le recordó Annie.

—Estamos intentando arreglar lo que hicimos. Quiero que lo sepas. —Fue más una súplica que una afirmación.

—¡Bravo!

—Naomi y yo fuimos el jueves al continente a ver a un abogado —explicó Barbara, jugueteando con un botón de su abrigo—. Está redactando los documentos para que la cabaña pase a ser tuya para siempre. —Desvió los ojos hacia el almacén de pescado, incapaz de seguir mirándola—. Solo te pedimos que no se lo digas a nadie.

—No tenéis derecho a pedirme nada —espetó Annie, que se obligó a mantenerse firme.

—Ya lo sé, pero... —Tenía los ojos enrojecidos—. La mayoría de nosotras nació aquí. A lo largo de los años hemos tenido alguna que otra riña y no todas caemos bien a todo el mundo, pero... la gente nos respeta. Eso es algo que no tiene precio.

—Pues estabais dispuestas a perderlo. Y ahora queréis que Theo y yo guardemos silencio a cambio de que yo pueda recuperar mi cabaña.

—No —dijo Barbara; el carmín rojo corrido le confería un aspecto pálido—. La recuperarás de todos modos. Solo os pedimos que...

—Nos portemos mejor que vosotras.

—Exacto. Mejor que nosotras —admitió Barbara, encorvada de hombros.

Annie no podía seguir mostrándose tan dura. Había tomado una decisión en cuanto las hijas pelirrojas de Lisa habían entrado corriendo en el salón de su abuela y se habían lanzado a sus brazos.

—Llama a vuestro abogado —ordenó—. La cabaña es vuestra.

—No lo dirás en serio —soltó Barbara, boquiabierta.

—Claro que sí. —No podía volver a la isla. Si se quedaba la cabaña, sería solo por rencor—. La cabaña pertenece a la isla. Yo no. Es vuestra. Libre de cargas. Haced lo que queráis con ella.

—Pero...

Annie no quería oír nada más. Se cubrió mejor con el abrigo y saltó al muelle.

Un hombre estaba raspando el casco de un barco. Los pescadores llevaban sus embarcaciones a Christmas Beach durante la marea alta, hacían sus reparaciones y las devolvían al agua con el reflujo. La vida se organizaba así en la isla, según las mareas y el tiempo, según la pesca y los caprichos de la naturaleza. Paseó por el pueblo, sintiéndose tan vacía y desconectada como la solitaria nansa langostera que colgaba de la cerrada tienda de regalos de Tildy.

El móvil le sonó en el bolsillo. Era el hombre de la tienda de segunda mano. Se apoyó en un cartel viejo que anunciaba sopa de pescado y bocadillos de langosta para escucharlo, pero lo que le dijo era tan incomprensible que se lo hizo repetir dos veces.

—Es verdad —aseguró el hombre—. Es una cantidad de dinero escandalosa, pero el comprador es un coleccionista, y la silla con forma de sirena es única.

—¡Y con razón! —exclamó—. Es horrorosa.

—Por suerte, la belleza está en los ojos de quien mira.

Así, sin más, tenía dinero para saldar la mayoría de sus deudas. Una sola llamada le había dado la oportunidad de empezar de nuevo.

El transbordador de vehículos llegaría la tarde siguiente, el cuadragésimo cuarto día de Annie en la isla. Tenía que ir corriendo a Harp House por la mañana a recoger las cosas que había dejado a Jaycie: los muñecos, el resto de su ropa, los pañuelos de cuello de Mariah. Tras siete noches durmiendo en la embarcación langostera, estaba más que preparada para vivir en tierra firme. Deseaba que tierra firme no significara un sofá en la trastienda del Coffee, pero no sería por mucho tiempo. Uno de los clientes cuyo perro paseaba quería que cuidara de su casa mientras él estaba en Europa.

Un aviso en el tablón de anuncios comunitario informaba que esa noche se celebraría una reunión municipal. Como seguramente se mencionaría el asunto de la cabaña, quería asistir, siempre que Theo no estuviera presente, de modo que esperó a que la reunión hubiera empezado para entrar.

Lisa la vio y le señaló la silla vacía que había a su lado. Los siete miembros del patronato de la isla ocupaban la larga mesa montada al frente de la sala. Barbara no tenía mejor aspecto que la última vez que la había visto; seguía llevando el peinado aplastado e iba sin maquillar. Las demás abuelas estaban esparcidas por el recinto, algunas sentadas juntas, otras con sus maridos. Ninguna miró a Annie a los ojos.

Se expusieron los distintos temas de la reunión: el presupuesto, unas reparaciones del embarcadero, cómo deshacerse de la creciente cantidad de camionetas para desguace que había en la isla. Se especuló sobre el calor inusual que había hecho ese día y sobre la tormenta que seguramente lo seguiría. Nada sobre la cabaña.

Cuando la reunión empezaba a tocar a su fin, Barbara se levantó.

—Antes de que terminemos, tengo que daros una noticia.

Sin el rímel y el colorete parecía más menuda. Se apoyó en la mesa como si las piernas le flaquearan.

—Sé que a todos os gustará saberlo... —Carraspeó antes de proseguir—. Annie Hewitt ha cedido Moonraker Cottage a la isla.

Un murmullo recorrió la sala. Las sillas crujieron cuando todos se volvieron para mirarla.

—¿Es eso cierto, Annie? —preguntó Lisa.

—No me lo habías dicho —dijo a Barbara su marido desde la primera fila.

—Nosotros también acabamos de enterarnos, Booker —replicó un miembro del patronato desde el extremo opuesto de la mesa.

Barbara aguardó a que el alboroto remitiera.

—Gracias a la generosidad de Annie —explicó—, podremos convertir la cabaña en nuestra nueva escuela.

Se oyó de nuevo un murmullo, junto con algunos aplausos y algún silbido. Un hombre al que Annie no conocía le palmeó el hombro.

—En verano podremos alquilarla y sumar esos ingresos al presupuesto escolar —añadió Barbara.

—Oh, Annie... —suspiró Lisa, tomando la mano de Annie—. Esto lo va a cambiar todo para los niños.

—Queremos que nuestros residentes más jóvenes sepan

lo mucho que nos preocupamos por ellos —afirmó Barbara, que, en lugar de tranquilizarse, daba la impresión de encogerse—. Y lo que estamos dispuestos a hacer para que permanezcan en la isla —aseguró mirando a Lisa. Bajó entonces la vista hacia la mesa, y Annie tuvo la inquietante sensación que iba a echarse a llorar, pero cuando levantó la cabeza no tenía lágrimas en los ojos. Hizo un gesto a alguien que estaba en la sala. Lo repitió. Una a una, las abuelas con las que había conspirado se levantaron y se reunieron con ella.

Annie se movió incómoda en la silla.

—Hay algo que tenemos que contaros —dijo Barbara con labios temblorosos.

24

La inquietud de Annie fue en aumento. Barbara dirigió una mirada de impotencia a las demás. Naomi se pasó una mano por su corto cabello y se separó un poco del resto.

—Annie no ha cedido la cabaña voluntariamente —anunció—. Nosotras la obligamos a hacerlo.

El desconcierto se apoderó de los presentes.

—Nadie me ha obligado a hacer nada —replicó Annie, levantándose—. Quería cederos la cabaña. ¿Y ahora me equivoco o huele a café? Propongo que se levante la sesión.

Como no era propietaria, no podía proponer que se levantara nada, pero ya no tenía ganas de vengarse. Las mujeres habían actuado mal, y estaban sufriendo por ello. Pero no eran malas personas. Eran madres y abuelas que en su empeño por conservar a sus familias habían perdido la noción del bien y el mal. A pesar de todos sus defectos, Annie les tenía afecto, y sabía mejor que nadie la facilidad con que el amor podía hacerle perder a uno el rumbo.

—Annie... —Barbara volvía a recuperar su autoridad—. Es algo que todas estamos de acuerdo en que tenemos que hacer.

—No —la contradijo Annie. Y repitió intencionadamente—: No tenéis que hacerlo.

—Siéntate, Annie, por favor. —Barbara volvía a estar al mando.

Annie se hundió en su silla.

Después de que Barbara explicara sucintamente el acuerdo legal entre Elliott Harp y Mariah, Tildy habló, sujetándose la cazadora escarlata:

—Somos mujeres decentes, espero que lo sepáis. Pensamos que si teníamos una nueva escuela, nuestros pequeños dejarían de irse.

—Es una vergüenza que los niños vayan a clase en una caravana —afirmó una mujer desde el fondo de la sala.

—Nos convencimos de que el fin justificaba los medios —intervino Naomi.

—Yo fui quien lo empezó todo —confesó Louise Nelson, apoyada en el bastón mientras miraba a su nuera, sentada en la primera fila—. Galeann, no te importaba vivir aquí hasta que la escuela se incendió. No podía soportar la idea de que Johnny y tú os marcharais. He vivido en la isla toda mi vida, pero soy lo bastante lista como para saber que no puedo quedarme aquí sin tener familia cerca. —La edad le había debilitado la voz, y la sala se quedó en silencio—. Si os vais, tendré que trasladarme al continente, pero quiero morir aquí. Eso hizo que empezara a pensar en otras posibilidades.

Naomi se pasó la mano por el pelo otra vez, con lo que se le quedó alborotado.

—Nos estamos adelantando a los acontecimientos —dijo, y tomó la palabra para exponer todo lo que habían hecho paso a paso, sin soslayar ninguno. Describió cómo habían saboteado el pedido de provisiones de Annie, cómo le habían puesto patas arriba la cabaña. Todo.

Annie se hundió más en la silla. La estaban presentando como heroína y víctima a la vez, y no quería ser ninguna de las dos cosas.

—Nos aseguramos de no romper nada —interrumpió Judy, sin derramar lágrimas pero con un pañuelo en la mano.

Naomi detalló cómo habían colgado el muñeco de una

soga del techo, pintado el mensaje de advertencia en la pared de la cabaña y, por último, disparado a Annie.

—Eso lo hice yo —reconoció Barbara bajando los ojos—. Fue lo peor, y fue cosa mía.

—¡Mamá! —exclamó Lisa, asombrada.

—A mí se me ocurrió decir a Annie que Theo Harp había tenido un accidente para que se marchara de la isla con Naomi —contó Marie tras fruncir los labios—. Soy una mujer decente, y nunca me había avergonzado tanto de mí misma. Espero que Dios me perdone, porque yo no puedo perdonarme.

Había que reconocérselo: puede que Marie fuera una amargada, pero tenía conciencia.

—Annie dedujo lo que habíamos hecho y se encaró con nosotras —tomó la palabra Barbara—. Le suplicamos que guardara silencio para que ninguno de vosotros se enterara, pero no quiso prometernos nada. —Irguió más la cabeza—. El domingo fui a verla y volví a suplicarle que nos guardara el secreto. Podía haberme echado con cajas destempladas, pero en cambio dijo que la cabaña era nuestra, libre de cargas. Que pertenecía a la isla, no a ella.

Annie se retorció en el asiento cuando más personas se volvieron para mirarla.

—Al principio, nos sentimos simplemente aliviadas —explicó Tildy—, pero cuanto más lo hablábamos, más nos costaba mirarnos a los ojos, y más avergonzadas estábamos.

—¿Cómo íbamos a miraros a la cara día tras día, cómo íbamos a mirar a la cara de nuestros pequeños, sabiendo lo que habíamos hecho? —preguntó Judy tras sonarse la nariz.

—Sabíamos que esto iba a reconcomernos el resto de nuestra vida si no lo confesábamos —admitió Barbara con los hombros erguidos.

—La confesión es buena para el alma —afirmó Marie con santurronería—. Y así lo decidimos.

—Lo hecho, hecho está —dijo Naomi—. Solo podemos

ser sinceras al respecto. Podéis juzgarnos. Podéis odiarnos si queréis.

Como ya no podía más, Annie se levantó por segunda vez.

—La única persona que tiene derecho a odiaros soy yo, y no os odio, por lo que los demás tampoco deberían hacerlo. Propongo que demos por terminada la reunión ahora mismo.

—Secundo la moción —dijo Booker Rose, pasando por alto que Annie no era propietaria.

La reunión se dio por finalizada.

Lo único que Annie quería era marcharse, pero la rodearon muchas personas que querían hablar con ella, darle las gracias y pedirle disculpas. Los isleños ignoraron a las abuelas, pero Annie estaba segura de que lo peor ya había pasado. A los isleños les costaría asimilar lo que había pasado, pero eran gente dura que admiraba la iniciativa aunque fuera desacertada. No harían el vacío a las abuelas demasiado tiempo.

Cuando regresó al barco el mar se había embravecido, y un rayo rasgó el horizonte. Iba a ser una noche tormentosa, la réplica perfecta de la inclemente noche en que había llegado. Mañana a estas horas se habría ido. Rogaba que Theo no se presentara para despedirse. Sería demasiado.

Una ola se paseó por la popa, pero no quiso encerrarse todavía en el camarote. Quería ver desplegarse la tormenta, absorber su violencia. Encontró el equipo para el mal tiempo que había a bordo. La chaqueta, demasiado grande, olía a cebo, pero la protegía del agua hasta la mitad del muslo. Se quedó en popa y contempló la violencia del aparato eléctrico. La ciudad la aislaba de los ritmos cambiantes de la naturaleza de un modo que la isla no podía hacer. No bajó hasta que los rayos se acercaron.

El camarote se iluminaba y se oscurecía, y volvía a iluminarse a medida que la tormenta atacaba la isla. Cuando terminó de cepillarse los dientes, tenía náuseas debido al balanceo del barco. Se echó en la litera sin desvestirse, con las perneras de los vaqueros todavía mojadas. Soportó el vaivén todo lo que pudo, pero tenía el estómago cada vez más revuelto y sabía que acabaría vomitando si permanecía más tiempo allí abajo.

Se puso la mojada chaqueta naranja y subió tambaleante a cubierta. La lluvia la azotó por el extremo abierto de la timonera, pero no le importó, quería respirar aire puro.

A pesar de que la embarcación se seguía zarandeando, el estómago se le asentó. Poco a poco, la tormenta empezó a alejarse y la lluvia amainó. Una contraventana golpeaba el costado de una casa. Como ya no podía mojarse más, salió a cubierta para ver si la langostera había sufrido algún desperfecto. Habían caído ramas, y un relámpago lejano reveló unos huecos oscuros en el tejado del ayuntamiento, donde el fuerte viento había arrancado algunas tejas. La electricidad era cara, de modo que nadie dejaba encendidas las luces del porche, pero algunas lo estaban en aquel momento, por lo que supo que no era la única persona despierta.

Al examinar la escena, se fijó en una extraña luz que brillaba en el cielo. Procedía del nordeste, de la zona donde aproximadamente se situaba la cabaña. La luz empezó a parpadear como el fuego de una hoguera. Pero no era ninguna hoguera. Era un incendio.

Lo primero en que pensó fue en la cabaña. Después de todo lo sucedido, le había caído un rayo. No habría escuela nueva. Ni dinero del alquiler en verano. Todo había sido para nada.

Volvió a entrar en el barco para buscar sus llaves. Instantes después, corría muelle abajo hacia el almacén de pescado, donde había aparcado el coche. La lluvia habría convertido la carretera en un lodazal, y no sabía lo lejos que podría llegar con su Kia, pero tenía que intentarlo.

Había luz en más casas. Vio que la camioneta de los Rose

reculaba para salir de su casa y que Barbara iba en el asiento del pasajero. Debía de conducirla Booker. La camioneta no tendría ningún problema para circular por la carretera, así que corrió hacia ella.

Dio una palmada en el lado del vehículo antes de que se alejara. La camioneta se detuvo y Barbara, al verla por la ventanilla, abrió la puerta y se apartó para que pudiera subir. No le pidió explicaciones, por lo que Annie supo que ellos también habían visto el fuego. La chaqueta de Annie goteaba.

—Es la cabaña —dijo—. Lo sé.

—No puede ser —replicó Barbara—. No después de todo lo que ha pasado. ¡Es que no puede ser!

—Calmaos —ordenó Booker, saliendo a la carretera—. Es una zona muy boscosa y la cabaña tiene poca altura. Lo más probable es que el rayo diera en los árboles.

Annie rogó que tuviera razón, pero en el fondo no lo creía.

La camioneta se había quedado sin amortiguadores hacía tiempo, y unos cables asomaban por un agujero del salpicadero, pero circulaba por el fango mucho mejor que el coche de Annie. Cuanto más avanzaban, más fuerte era el brillo naranja en el cielo. En el pueblo solo había un camión de bomberos, un viejo coche bomba que, según le dijo Barbara, no funcionaba. Booker tomó el carril que conducía a la cabaña. Al llegar a un claro, distinguieron que el incendio no era en la cabaña, sino en Harp House.

Annie pensó en Theo, y luego en Jaycie y Livia.

«Por favor, Señor, que no les pase nada», rogó mentalmente.

Barbara se aferró al salpicadero. Una lluvia de chispas surcó el cielo. Subieron el camino de entrada. Booker aparcó la camioneta lejos del fuego. Annie se apeó y echó a correr.

El incendio era voraz. Devoraba las tejas de madera a dentelladas sin que sus fauces ardientes se dieran por satisfechas. Los montones de periódicos y revistas guardados en el desván habían sido la yesca perfecta, y el tejado había desaparecido prácticamente, de modo que ya podía verse la estructura de una chimenea. Annie vio a Jaycie acurrucada cerca del final del camino con Livia a su lado. Corrió hacia ellas.

—¡Ocurrió todo tan deprisa...! —exclamó Jaycie—. Fue como si la casa explotara. No podía abrir la puerta. Algo cayó y la obstruyó.

—¿Dónde está Theo? —preguntó Annie, angustiada.

—Rompió una ventana para que saliéramos.

—¿Dónde está ahora?

—Volvió a entrar en la casa. Yo le grité que no lo hiciera.

A Annie se le cayó el alma a los pies. Dentro no había nada lo bastante importante como para arriesgar la vida, salvo que *Hannibal* estuviera allí. Theo jamás abandonaría nada que estuviera a su cargo, ni siquiera un gato.

Quiso acercarse a la casa, pero Jaycie la sujetó por la manga de la chaqueta naranja.

—¡No puedes entrar!

Tenía razón. La casa era demasiado grande, y no sabía dónde estaría Theo. Tenía que esperar. Y rezar.

Jaycie cargó a Livia en brazos. Annie fue vagamente consciente de la llegada de más camionetas y de que Booker decía a alguien que era imposible salvar la casa.

—Quiero a Theo —gimió Livia.

Annie oyó el relincho de un caballo aterrado. Se había olvidado de *Dancer*. Pero al volverse hacia la cuadra, vio que Booker y Darren McKinley ya estaban entrando.

—Ellos lo sacarán —le aseguró Barbara, que se puso a su lado.

—Theo está dentro —la informó Jaycie.

Barbara se tapó la boca con la mano.

Hacía calor y el ambiente estaba cargado de humo. Cayó otra viga con un estallido de chispas. Annie contemplaba aturdida la escena desde el camino, cada vez más asustada. Veía mentalmente imágenes de Thornfield Hall en llamas, de Jane Eyre encontrando ciego a Edward Rochester.

Ciego estaría bien, podría sobrellevar la ceguera. Pero no la muerte. La muerte, jamás.

Algo le rozó los tobillos. Bajó los ojos y vio a *Hannibal*. Cargó el gato en brazos, más asustada que nunca. En ese mismo instante, Theo podía estar esquivando las llamas en busca del minino, sin saber que ya estaba a salvo.

Booker y Darren sacaron de la cuadra a *Dancer* con gran esfuerzo. Le habían cubierto la cabeza con un trapo para taparle los ojos, pero el caballo, presa del pánico, olía el humo y se resistía.

Cedió otro trozo de tejado. La casa se derrumbaría de un momento a otro. Annie esperó. Rezó. Sujetó el gato con tanta fuerza que el pobre maulló y se escabulló de sus brazos. Tendría que haber dicho a Theo que lo amaba. Tendría que habérselo dicho y al cuerno las consecuencias. La vida era demasiado valiosa. El amor era demasiado valioso. Ahora él jamás sabría lo mucho que lo habían amado sin exigencias agobiantes ni amenazas descabelladas, sino lo suficiente para darle la libertad.

Una figura salió de la casa. Encorvada, tambaleante. Annie corrió hacia ella. Era Theo, que llevaba algo en cada mano. Una ventana explotó detrás de él. Al llegar a su lado, Annie intentó servirle de apoyo. Lo que llevaba le golpeó las piernas. Intentó quitárselo, pero él no quiso soltarlo.

Los hombres se acercaron a él y la apartaron para llevarlo donde había aire puro. Entonces ella vio lo que había sacado de la casa en llamas. Lo que había entrado a rescatar. No era el gato. Eran dos maletas rojas. Había vuelto a entrar para recuperar sus muñecos.

Casi no pudo asimilarlo. Theo había vuelto a aquel infierno para rescatar sus queridos muñecos. Quería gritarle, besarlo hasta que ninguno de los dos pudiera respirar, hacer que le prometiera que jamás volvería a hacer una estupidez así.

Pero él se había separado de los hombres para reunirse con su caballo.

—¡Mi casita de hadas! —gritó Livia—. ¡Quiero mi casita de hadas!

Jaycie trató de calmarla, pero la experiencia había sido demasiado dura para la niña, y era imposible hacerla entrar en razón. Annie no podía hacer nada por Theo entonces, pero tal vez pudiera ayudar a la pequeña.

—¿Lo has olvidado? —preguntó tocándole la mejilla acalorada para acercar su carita a la de ella—. Es de noche y puede que las hadas estén ahí. Ya sabes que no quieren que nadie las vea.

—Yo quiero verlas —sollozó la niña.

«Hay tantas cosas que queremos y no podemos tener...»

El fuego no había llegado hasta la casita de hadas, pero mucha gente había estado pisoteando aquella zona.

—Ya lo sé, cielo, pero ellas no quieren verte.

—¿Me llevarás por la mañana? —preguntó hipando. Como Annie titubeó, Livia se echó a llorar—. ¡Quiero ver la casita de hadas!

Annie miró a Jaycie, que parecía tan exhausta como su hija.

—Si han extinguido el incendio y no hay peligro, te llevaré por la mañana —aseguró Annie.

Eso la serenó un poco, hasta que su madre empezó a planear pasar la noche en el pueblo. Entonces empezó a gemir de nuevo.

—Annie dijo que me llevará a ver la casita de hadas por la mañana. ¡Quiero quedarme aquí!

—¿Por qué no pasáis las tres la noche en la cabaña? —sugirió una voz ronca detrás de ellas.

Annie se volvió de golpe. Theo parecía salido del infierno con los ojos azules centelleando en un rostro ennegrecido por el hollín y el gato en brazos. Le entregó a *Hannibal*.

—Llévatelo, por favor.

Antes de que ella pudiera responder, Theo se había vuelto a marchar.

Barbara llevó a Annie, Jaycie y Livia a la cabaña. Una vez dejó a *Hannibal* dentro, salió a buscar las dos maletas rojas de la camioneta. Había perdido todo lo demás que había dejado en la casa: la ropa, los pañuelos de cuello de Mariah y su «libro de los sueños». Pero tenía sus muñecos. Y en el fondo de cada maleta tenía los dibujos de Niven Garr. Pero, más importante que todo eso, Theo estaba sano y salvo.

Una explosión de chispas iluminó la noche como una atracción más de una feria infernal.

Harp House se había derrumbado.

Annie cedió su cama de la cabaña a Jaycie y Livia, y durmió en el sofá para dejar el estudio a Theo, aunque a primera hora de la mañana aún no había vuelto. Se acercó a la ventana delantera. Donde Harp House se había elevado, solo había columnas de humo que ascendían de sus ruinas.

Livia apareció con el pijama que llevaba puesto la noche anterior y se frotó los ojos.

—Vamos a ver la casita de hadas —pidió.

Annie había esperado que la pequeña durmiera hasta tarde, pero la única persona que seguía acostada era Jaycie. También había esperado que Livia se olvidara de la casita de hadas. Debería haber sabido que no sería así.

Le explicó con tacto que era posible que alguien hubiera pisado sin querer la casita durante el incendio, pero Livia no quería ni oír hablar del asunto.

—Las hadas no permitirían que eso pasara. ¿Podemos ir ahora a verla, Annie? ¡Por favor!

—Me temo que te llevarás una decepción, Livia.

—¡Quiero verla! —exclamó torciendo el gesto.

Por la noche, Annie estaría de vuelta en el continente, y en lugar de dejar atrás una niña con recuerdos felices de ella, dejaría atrás una niña desilusionada.

—Muy bien —accedió a regañadientes—. Ve a buscar el abrigo.

Ella ya llevaba unos pantalones pitillos de Mariah demasiado cortos y un pulóver negro. Se puso encima la chaqueta naranja del barco, que olía a humo, y garabateó una nota a Jaycie. Cuando iba a salir con Livia, vestida con pijama y abrigo, recordó que no le había dado de desayunar, aunque tampoco había demasiadas cosas en la cocina. Pero cuando sugirió que comieran antes, la niña se negó, y no tuvo valor para discutir con ella.

Alguien había aparcado el Suburban de Jaycie junto a la cabaña. Annie abrochó el cinturón de seguridad a la niña y arrancó. El coche de Theo estaba cerca de lo alto del acantilado, donde había estado la noche anterior. Paró el Suburban detrás y ayudó a salir a Livia. Con la niña de la mano, siguieron a pie el resto de camino hasta la cima.

Las gárgolas y la torre de piedra habían sobrevivido, junto con la cuadra y el garaje. De la casa no quedaba nada, salvo cuatro chimeneas de ladrillo y una parte de la escalera. Detrás de las ruinas se veía el mar; la casa ya no tapaba la vista.

Fue irónico que Livia viera antes a Theo, ya que Annie no había sido capaz de pensar en nadie más. La niña se soltó y corrió hacia él arrastrando la vuelta de los pantalones del pijama por el suelo.

—¡Theo!

Iba sucio, sin afeitar, con una chaqueta azul marino que le habría dejado alguno de los hombres y los vaqueros rasgados a la altura de la pantorrilla. A Annie se le encogió el corazón. Después de todo lo que le había pasado y con todo lo que tenía que hacer, allí estaba, agachado en el barro, reconstruyendo la casita de hadas de Livia.

—El incendio enfadó a las hadas —comentó dirigiendo a la niña una sonrisa breve y cansada—. Mira qué hicieron.

—¡Oh, no! —Livia se puso las manos en las caderas como un adulto en miniatura—. Han sido muy malas.

Theo miró a Annie. Tenía las patas de gallo cubiertas de suciedad y una oreja ennegrecida. Había arriesgado su vida para salvar sus muñecos. Muy propio de él.

—Has pasado aquí toda la noche —le dijo ella en voz baja—. ¿Para asistir a la caída de la casa de los Harp?

—Y para intentar evitar que las chispas llegaran a la cuadra.

Ahora que estaba a salvo, la realidad se impuso al impulso de revelarle lo que sentía por él. Nada había cambiado. No sacrificaría el bienestar de Theo abriéndole su corazón.

—¿Está bien *Dancer*? —preguntó.

—Está de nuevo en su box —asintió—. ¿Y nuestro gato?

—Nuestro gato está bien. Mejor que tú —respondió ella con un nudo en la garganta.

Livia estaba observando lo que Theo había hecho.

—Estás haciendo un caminito. A las hadas les gustará.

Había construido la nueva casa más baja y ancha, y en lugar del sendero de piedrecitas había dispuesto cristales marinos con la superficie lisa para formar un semicírculo en la entrada. Le dio unos cuantos a la niña.

—A ver qué puedes hacer mientras hablo con Annie —dijo.

En cuanto Livia se agachó, Annie tuvo que sujetarse las manos para no acariciarle la cara a Theo.

—Eres idiota —soltó con una ternura que no pudo disimular—. Los muñecos pueden reemplazarse. Tú, no.

—Sé lo que significan para ti.

—No tanto como tú.

Theo ladeó la cabeza.

—Yo vigilaré a Livia —sugirió Annie deprisa—. Ve a la cabaña y duerme un poco.

—Ya dormiré después. —Dirigió los ojos a las ruinas de la casa y después a ella—. ¿De verdad te vas hoy?

Annie asintió.

—¿Y quién es idiota ahora? —preguntó Theo.

—Es distinto entrar corriendo en una casa en llamas que marcharse al continente.

—Las dos cosas tienen una gran desventaja.

—No creo que marcharme tenga ninguna desventaja para mí.

—Puede que no para ti. Pero sí para mí.

Annie vio que estaba exhausto. Claro que le importaba que se fuera. Pero eso no significaba que la amara, y no iba a confundir su cansancio con que se hubiera ganado su corazón.

—Estarás bien, a menos que empieces a enrollarte con más mujeres chifladas —comentó.

—Tendría que molestarme que hables así de ellas. —Su sonrisa, cansada pero sincera, la desconcertó.

—¿Y no te molesta?

—Es la verdad. Ha llegado la hora de que me comporte como un hombre.

—No tiene nada que ver con comportarse como un hombre —replicó Annie—. Tiene que ver con aceptar que no puedes salvar a todas las personas que te importan.

—Por suerte para mí, tú no necesitas que te salven.

—Ya lo creo que no.

—Tengo un empleo para ti. —Se frotó la mandíbula con el dorso de la mano—. Un empleo remunerado.

A Annie no le gustaba el rumbo que estaba tomando la conversación, de modo que intentó desviarla.

—Sé que soy buena en la cama, pero ¿tanto?

—Compadécete de mí, Antoinette —suspiró—. Estoy demasiado cansado para seguirte el ritmo.

—Como si alguna vez pudieras —repuso Annie, entornando los ojos.

—Es un trabajo que puedes hacer desde la ciudad.

Iba a ofrecerle trabajo por lástima, y no podría soportarlo.

—He oído hablar del sexo por Skype, pero no me atrae.

—Quiero que ilustres un libro en el que estoy trabajando.

—Aunque fuera ilustradora, que no lo soy, no tengo ninguna experiencia en dibujar criaturas destripadas. —Desde luego, estaba que se salía. Sin importarle lo que sentía su corazón.

—Apenas he dormido en una semana —suspiró Theo—. No recuerdo la última vez que comí, me duele el pecho, tengo los ojos irritados y una mano llena de ampollas. Y tú solo quieres bromear.

—¿La mano? Déjame ver. —Alargó el brazo, pero él la escondió a la espalda.

—Ya me curaré la mano, pero antes quiero que me escuches —insistió Theo. No iba a dejarlo correr.

—No hace falta. Ya tengo más trabajo del que puedo absorber.

—Annie, ¿podrías no ponérmelo difícil por una vez en tu vida?

—Puede que algún día, pero no hoy.

—Annie, estás poniendo triste a Theo. —Ninguno de los dos se había fijado en que Livia les estaba prestando atención. Se asomó tras las piernas de él—. Deberías contarle tu secreto blindado.

—¡No! —Annie la fulminó con la mirada—. Y será mejor que tú tampoco lo hagas.

—Pues entonces tú cuéntale tu secreto blindado —dijo la niña a Theo.

—Annie no quiere oír mi secreto blindado —replicó él, tenso.

—¿Tienes un secreto blindado? —se sorprendió Annie.

—Sí. Y yo lo sé —se jactó Livia.

Ahora fue el turno de Theo de fulminar a la pequeña con la mirada.

—Ve a buscar piñas. Que sean muchas. Por allí —dijo, señalando los árboles detrás de la glorieta.

—Hazlo después. —La detuvo Annie, pues no podía quedarse tanto rato—. Tenemos que regresar a la cabaña para ver si tu mamá se ha despertado.

—¡No quiero ir! —exclamó Livia.

—Haz caso a Annie —dijo Theo—. Yo terminaré la casita de hadas. Ya la verás después.

El incendio había puesto el mundo de Livia patas arriba. No había dormido lo suficiente y estaba tan malhumorada como solo podría estarlo un niño de cuatro años hiperestimulado.

—¡No iré! —se emperró—. Y si no me dejáis quedarme aquí, ¡contaré vuestros secretos blindados!

—¡No puedes contar un secreto blindado! —le advirtió Annie, sujetándole un brazo.

—¡Claro que no! —coincidió Theo.

—¡Sí que puedo! ¡Si los dos son iguales!

25

Theo no quería que su cerebro pensara. Estaba allí plantado, como una gárgola de Harp House, con los pies petrificados en el suelo, mientras Annie lograba subir a la recalcitrante niña en el coche. Contempló como un tonto cómo se iba.

«¡Sí que puedo! ¡Si los dos son iguales!»

Annie había sido clara cuando le dijo que tenía demasiado bagaje emocional. Pero a él ya no le parecía que lo tuviera. Las ruinas humeantes de la casa representaban todo lo que estaba dejando atrás. Todo lo que le impedía escuchar a su corazón y ser el hombre que quería ser. Amaba a Annie Hewitt desde lo más profundo de su ser.

¿Annie había dicho a Livia que lo amaba? ¿Qué le había dicho exactamente? Tenía la angustiosa sensación de que no había querido decir lo mismo que él.

Lo había descubierto de golpe el mismo día que había ido a buscar los cristales marinos de Regan. Cuando Livia le pidió que le contara lo que ella llamó «secreto blindado», las palabras le habían salido con la misma facilidad que el aliento. Era como si hubiera amado a Annie desde los dieciséis años, y tal vez fuera así.

«Tienes demasiado bagaje emocional.»

Estas palabras lo habían convertido en un cobarde. Tenía

un pasado deprimente con las mujeres, y a pesar de todas sus bromas sobre su dinero, Annie no quería ni un céntimo de él. Si alguna vez se enteraba de que era él quien había comprado aquella maldita silla con forma de sirena, jamás se lo perdonaría. Solo podía ofrecerle su corazón, algo que ella había dejado claro que no quería.

Pero no era tan cobarde como para no oponer resistencia. Había planeado darle tiempo hasta el último día para que se calmara después de su discusión en el embarcadero. Tenía intención de prepararle el mejor desayuno de su vida y de llevárselo al *Lucky Charm* esa mañana. Había imaginado que conseguiría convencerla de que su bagaje emocional era cosa del pasado, que tenía libertad para amarla tanto si ella podía corresponder a su amor como si no. Pero el incendio lo había fastidiado todo.

Necesitaba tener la cabeza despejada. Dormir unas horas. Desde luego, ducharse. Pero no tenía tiempo para nada de eso. Annie tenía que notar su urgencia tanto como él. Era la única forma que tenía de convencerla de que no renunciara a él.

«Por probar que no quede, pero ya no tiene remedio.»

La falta de sueño le estaba pasando factura. Ahora oía a Scamp. Dejó de mirar las ruinas de Harp House y se subió al coche para dirigirse hacia la cabaña.

Annie ya se había ido. Había dejado a Livia y se había marchado corriendo al pueblo para huir de él como del diablo. Con un nudo en el estómago, salió en pos de ella.

Como el Suburban no era rival para su Range Rover, la alcanzó enseguida. Tocó el claxon pero ella no se detuvo. Siguió tocando el claxon. Ella aceleró.

«*Te lo dije* —saltó el maldito muñeco—. *Es demasiado tarde.*»

¡Y un cuerno! Estaban en una isla y Annie se dirigía al pueblo. Lo único que necesitaba era tener paciencia y seguirla. Pero no quería tener paciencia. La quería ya, y si ella no entendía que iba muy en serio, se lo demostraría.

Dio un topetazo con su coche contra la trasera del Suburban, no lo bastante fuerte para hacerlo virar bruscamente, solo lo suficiente para que supiera que no bromeaba. Al parecer, ella tampoco, pues siguió conduciendo. El Suburban estaba hecho un desastre, con tantas abolladuras que un par más no importaría, pero no podía decirse lo mismo de su Range Rover. Le daba igual. Le dio otro toquecito. Y otro. Finalmente, la única luz de freno del Suburban que funcionaba se iluminó.

El coche se paró dando un bandazo, la puerta se abrió de golpe y Annie salió como una exhalación. Él también lo hizo, a tiempo de oírla gritar:

—¡No quiero hablar de ello!

—¡Muy bien! —le respondió Theo también a voz en grito—. Ya hablaré yo. Te amo, y por Dios que no me avergüenzo de ello. Y puede que tú no tengas tanto bagaje emocional como yo, pero no finjas que no tienes después de haber estado con todos esos desgraciados.

—¡Solo fueron dos!

—¡En mi caso también fueron dos, o sea que estamos empatados!

—¡Y un cuerno! —Estaban a cinco metros de distancia, pero ella seguía gritando—. ¡Los míos eran gilipollas egocéntricos! ¡Las tuyas eran locas homicidas!

—¡Kenley no era homicida!

—Bueno, se parecía bastante. ¡Y lo único que yo hice después de cortar fue ver reposiciones de *Big Bang* y ganar tres kilos! No es lo mismo que hacer penitencia el resto de tu vida.

—¡Ya no! —bramaba tan alto como ella, y tampoco se había movido de sitio. Tenía la cabeza hecha un lío y la garganta irritada. Le dolía todo el cuerpo. Ella, en cambio, con su cabello electrizado y sus ojos centelleantes, tenía el aspecto de una diosa vengativa en pleno apogeo—. Quiero compartir mi vida contigo, Annie —dijo acercándose a ella—. Quiero hacerte el amor hasta que no puedas andar. Y quiero tener hijos contigo. Siento haber tardado tanto en darme cuenta, pero no estoy acostumbrado a que el amor sea bonito. —La apuntó con un dedo—. Dijiste que eras romántica. ¡El romanticismo no es nada! Es una palabrita que no se acerca ni de lejos a lo que siento por ti. ¡Y ya sé que tarde o temprano te enterarás de lo de esa puñetera silla, pero es así como yo hago las cosas! A partir de ahora...

—¿Silla?

Mierda. Ahora echaba chispas y lo miraba con ojos furibundos.

—¡Fuiste tú quien compró la silla! —exclamó Annie.

—¿Quién coño más te ama lo bastante como para comprar algo tan feo? —soltó. No podía mostrar ninguna debilidad.

Annie volvió a abrir la boca, y él estaba tan extenuado que le dolía hasta el cabello, pero siguió insistiendo:

—La oferta del empleo que te he hecho es real. He empezado un nuevo libro, uno que te gustará, pero no quiero hablar de eso ahora. Quiero hablar de unir nuestras vidas y tener la oportunidad de demostrarte que lo que siento es fuerte e intenso sin nada que lo ensombrezca. Eso es lo que quiero demostrarte.

Ansiaba hablarle de Diggity. Y repetir que quería tener hijos con ella, por si acaso no lo había oído bien. Quería besarla hasta aturdirla, hacerle el amor hasta dejarla derrengada. Y lo habría hecho si no fuera porque ella se sentó en medio de la carretera enlodada, como si le fallaran las piernas. Eso puso fin a su diatriba como nada más podría haber conseguido.

Se acercó a ella y se acuclilló a su lado. Un tímido haz de luz se abrió paso entre los árboles y jugó al escondite con los pómulos de Annie. Los alborotados rizos castaños que tanto le gustaban a él lanzaron una escaramuza alrededor de su cara, la cara más hermosa que él había visto, rebosante de vida, animada con todas las emociones que le hacían ser quien era.

—¿Estás bien? —preguntó.

Ella no contestó, y ver a Annie sin palabras lo asustó, así que volvió a lanzarse.

—Quiero compartir mi vida contigo. No puedo imaginarme viviendo con nadie más. ¿Te lo pensarás por lo menos?

Asintió, aunque débilmente, y no parecía segura de ello. Si lo dejaba ahora, tal vez la perdiera para siempre, de modo que le habló sobre Diggity y sobre cómo quería que ilustrara el libro que estaba escribiendo para niños, no para adultos, y sobre cómo a sus nuevos lectores les encantarían sus peculiares dibujos. Se sentó con ella en medio de la carretera enfangada y le explicó que el amor siempre había equivalido a una tragedia para él y que por eso le había costado tanto identificar lo que sentía por ella: la paz, la conexión, la ternura. Casi se atragantó al pronunciar esta última palabra, no porque no la dijera en serio, sino porque, incluso para un escritor, decir una palabra como «ternura» en voz alta era como renunciar a su hombría. Pero como ella lo miraba fijamente, la repitió, y después le dijo lo maravilloso que era estar dentro de ella.

Al ver que esto captaba su atención, introdujo un toque de lascivia. Bajó la voz y le susurró al oído. Le dijo lo que quería hacerle y lo que quería que ella le hiciera a él. Los rizos de Annie le hacían cosquillas en los labios, notó que a ella le ardía la piel, y los vaqueros empezaron a apretarle, pero volvió a sentirse como un hombre; un hombre a merced de esa mujer que manipulaba muñecos, que ayudaba a niñas mudas a hablar de nuevo y que lo había rescatado de su propia desesperanza. Esa mujer peculiar, sexy, completamente cuerda.

—Creo que te he amado desde que tenía dieciséis años —añadió, acariciándole la cara.

Annie ladeó la cabeza, como si esperara algo.

—Estoy seguro —afirmó él con más rotundidad, aunque no estaba nada seguro. ¿Quién podía repasar su adolescencia y tener nada claro? Pero ella quería algo más de él y tenía que dárselo, aunque no tenía ni idea de lo que era.

De golpe, oyó la voz de un muñeco:

—*Bésala, idiota.*

No había nada que anhelara más, pero apestaba a humo, tenía la cara manchada de hollín y las manos sucias.

—*Hazlo.*

Y lo hizo. Hundió las manos sucias en el cabello de Annie y la besó apasionadamente. En el cuello, en los ojos, en las comisuras de los labios. La besó como si le fuera la vida en ello. Le transmitió su futuro en un beso, todo lo que podían ser y tener. Los suaves sonidos que emitían juntos eran un poema para sus oídos.

Annie le puso las manos en los hombros, no para separarlo de ella, sino para acercarlo. Él se perdió en ella. Se encontró.

Cuando su beso por fin terminó, le siguió tomando con las manos mugrientas las mejillas ahora también mugrientas. Ella tenía la punta de la nariz manchada de hollín y los labios hinchados de su beso. Le brillaban los ojos.

—Secreto blindado —susurró.

A él se le hizo un nudo en el estómago y suspiró.

—Que sea bueno —pidió.

Annie le acercó los labios al oído y le susurró el secreto.

Era bueno. Realmente bueno. De hecho, no podía haber sido mejor.

Epílogo

El sol estival se deslizaba sobre las crestas de las olas y se reflejaba en los mástiles de un par de veleros que viraban con el viento. En el jardín delante de la vieja casa de labranza había unas sillas Adirondack para gozar de la mejor vista del lejano océano. Rosas, espuelas de caballero, guisantes de olor y capuchinas florecían en el jardín, y un camino cruzaba serpenteante el prado para conducir del patio a la casa, ahora dos veces más grande de lo que había sido en su día. Una arboleda resguardaba una pequeña casa de invitados que contaba con una fea silla con forma de sirena en el pequeño porche.

En el jardín, una sombrilla que recibía la brisa de primera hora de la tarde se alzaba en el centro de una larga mesa de madera lo bastante grande para acomodar una familia numerosa. Una vieja gárgola de piedra con una gorra de los Knicks torcida en la cabeza había custodiado tiempo atrás una casa en el otro extremo de la isla. Ahora se agazapaba en actitud protectora cerca de una maceta rebosante de geranios. Por todas partes se veían los restos de un verano en Maine: una pelota de fútbol, un juguete para montar, unas gafas de natación abandonadas, varitas para hacer burbujas de jabón y tizas empapadas de agua.

Un niño moreno de pelo lacio y con el ceño fruncido es-

393

taba sentado con las piernas cruzadas entre dos de las sillas Adirondack hablando con Scamp, que lo miraba desde el brazo de una de ellas.

—Y por eso pataleé —contaba el pequeño—. Porque me hizo enfadar mucho

—*¡Qué horror!* —exclamó el muñeco, agitando los rizos de hilo—. *Vuelve a contarme exactamente lo que hizo.*

El niño, que se llamaba Charlie Harp, se apartó impacientemente el cabello de la frente e infló los mofletes, indignado.

—¡No quiso dejarme conducir la camioneta!

—*¡Será canalla!* —refunfuñó Scamp, que se llevó la mano de tela a la frente.

De la silla contigua se elevó un sufrido suspiro. Scamp y Charlie lo ignoraron.

—Entonces se enfadó conmigo porque le quité mi coche turbo a mi hermana —añadió Charlie—. Era mío.

—*¡Increíble!* —Scamp hizo un gesto indiferente hacia una niñita con el pelo rizado que dormía en un edredón sobre la hierba—. *Que haga años que no juegas con ese coche no es ningún motivo para que ella lo tenga. Tu hermana es un fastidio. Ni siquiera le gustas.*

—Bueno... —Charlie frunció el ceño—. Sí que le gusto.

—*No le gustas.*

—¡Que sí! Se ríe cuando le hago muecas, y cuando juego con ella y hago ruidos, se lo pasa muy bien.

—*Très intéressant* —comentó Scamp, que seguía teniendo debilidad por los idiomas.

—A veces tira la comida al suelo, y eso es muy gracioso.

—*Humm... tal vez...* —Scamp se dio unos toquecitos en la mejilla—. *No, olvídalo.*

—Dímelo.

—*Bueno...* —El muñeco repitió los toquecitos en la otra mejilla—. *Yo, Scamp, estoy pensando que tu coche turbo es un juguete de niño pequeño y que si alguien te viera jugar con él, pensaría que eres un...*

—¡Eso no pasará porque voy a regalar a mi hermana ese juguete de niño pequeño!

Scamp lo observó, atónita.

—*¡Cómo no se me había ocurrido! Creo que compondré una canción para...*

—¡No!

—*Muy bien.* —Scamp se sorbió la nariz, muy ofendida—. *Si vas a ponerte así, te diré lo que dijo Dilly. Dijo que no puedes ser un auténtico superhéroe hasta que aprendas a ser bueno con los niños pequeños. Eso es lo que dijo.*

Como Charlie no tenía ningún argumento para rebatir esta afirmación, se toqueteó el vendaje del dedo gordo del pie y volvió a su principal motivo de queja:

—Soy un niño isleño.

—*Desgraciadamente, solo en verano. El resto del tiempo eres un niño de Nueva York.*

—¡Los veranos también cuentan! Sigo siendo un niño isleño, y los niños isleños conducen.

—*A los diez años.* —Esta voz, grave y enérgica, procedía de Leo, que se trataba del segundo muñeco favorito de Charlie, puesto que era mucho más interesante que el aburrido de Peter o que la tonta de Crumpet, o incluso Dilly, que siempre le recordaba que debía cepillarse los dientes y cosas así.

Leo miró a Charlie desde el brazo de la silla contigua.

—*Los niños isleños no conducen hasta haber cumplido diez años. Y tú, compadre, tienes seis.*

—Pronto tendré diez.

—*No tan pronto, gracias a Dios.*

—Estoy muy enfadado. —Charlie fulminó al muñeco con la mirada.

—*Claro que sí. Enfadadísimo.* —Leo sacudió la cabeza—. *Tengo una idea.*

—¿Cuál?

—*Dile lo enfadado que estás. Después dale pena y pídele*

que te lleve a hacer bodyboard. *Si le das la pena suficiente, se sentirá tan mal que te llevará.*

Como no había nacido ayer, Charlie dejó de mirar a Leo para dirigir la vista al hombre que lo manipulaba.

—¿De veras? ¿Podemos ir ya?

Su padre dejó a Leo.

—Las olas parecen buenas. ¿Por qué no? Ve a buscar las cosas —respondió.

Charlie se levantó de un brinco y corrió hacia la casa. Pero cuando llegó al peldaño delantero, se detuvo y se volvió de repente.

—¿Podré conducir?

—¡No, ni hablar! —replicó su madre, a la vez que dejaba a Scamp.

Charlie entró airado en la casa.

—Me encanta ese crío —comentó su padre con una risita.

—No me digas. —La madre contempló la niña dormida. Los rizos rubios de la pequeña no podían ser más distintos del cabello moreno y lacio de su padre, pero los niños habían heredado sus ojos azules. Y la personalidad irreverente de su madre.

Annie se recostó en la tumbona. Theo jamás se cansaba de mirar el peculiar rostro de su mujer. Alargó el brazo y le tomó la mano para acariciarle el anillo de boda con un diamante incrustado que ella había considerado excesivo, aunque le gustaba igualmente.

—¿A qué hora nos libramos de ellos? —preguntó él.

—Los dejaremos en casa de Barbara a las cuatro. Ella les dará la cena.

—Lo que nos permitirá gozar de una velada completa de embriaguez y libertinaje.

—Embriaguez, no sé, pero seguro que habrá libertinaje.

—Eso espero. Quiero a esos diablillos con locura, pero desbaratan nuestra vida sexual.

—Esta noche no —aseguró Annie mientras le acariciaba el muslo.

—Me estás matando —gimió Theo.

—Todavía no he empezado.

Alargó la mano hacia ella.

Cuando notó la mano de Theo en el cabello, Annie se preguntó si estaría mal que le gustara tanto interpretar el papel de mujer fatal, que le encantara el poder que tenía sobre Theo, un poder que solo utilizaba para alejar las tinieblas de él. Era un hombre distinto del que había visto hacía siete años en lo alto de la escalera empuñando una pistola de duelo. Ambos eran distintos. Esta isla que una vez había detestado se había convertido en su lugar preferido, un refugio del ajetreo de su vida habitual.

Además de trabajar privadamente con niños con problemas, ofrecía seminarios sobre el manejo de muñecos a médicos, enfermeras, profesores y asistentes sociales. Jamás imaginó que le gustaría tanto su trabajo. Su principal reto era compaginarlo todo con la familia, que lo era todo para ella, y con los amigos a los que tanto apreciaba. Allí, en la isla, tenía tiempo para hacer las cosas que a veces no podía el resto del año, como la fiesta que había organizado para el undécimo cumpleaños de Livia la semana anterior, cuando Jaycie y su nueva familia habían venido de visita desde el continente.

—Es tan agradable estar aquí sentada —dijo, alzando la cara hacia el sol.

—Trabajas demasiado —comentó Theo, y no era la primera vez.

—No soy la única. —No era extraño que los libros de Diggity Swift hubieran cosechado tanto éxito. Las aventuras de Diggity llevaban a sus jóvenes lectores al límite del terror sin traspasarlo. A Annie le encantaba que sus dibujos simplones inspiraran a su marido y gustaran a sus lectores.

Charlie salió como un bólido de la casa. Theo se levantó

a regañadientes, besó a Annie y cogió una de las galletas de arándanos del recipiente que había encontrado esa mañana a la puerta de la casa de labranza. Miró un momento a su hija dormida y se dirigió hacia la playa con su hijo. Annie puso los pies en el asiento de la silla y se rodeó las rodillas con los brazos.

En sus viejas novelas góticas, el lector jamás sabía qué les sucedía a los protagonistas cuando la vida real se imponía y tenían que afrontar todos sus inconvenientes: tareas domésticas, riñas infantiles, resfriados, y los desafíos de tratar con los parientes, los de él, no los de ella. Elliott se había vuelto más afable con los años, pero Cynthia era tan pretenciosa como siempre, y volvía loco a Theo. Annie la toleraba mejor porque Cynthia era una abuela increíblemente buena, mucho mejor con los niños que con los adultos, y los pequeños la adoraban.

En cuanto a la familia de Annie... La hermana viuda de Niven Garr, Sylvia, junto con la pareja de muchos años de Niven, Benedict, o abuelo Bendy, como Charlie lo llamaba, les harían pronto su visita veraniega anual. En un primer momento, Sylvia y Benedict habían recelado de Annie, pero tras la prueba de ADN y de unas incómodas visitas iniciales, habían acabado tan unidos como si siempre hubieran formado parte de sus respectivas vidas.

Esta noche, sin embargo, estarían solos Theo y ella. Mañana recogerían a los niños y se desplazarían al otro lado de la isla. Se imaginaba saludando con la mano a la familia de Providence que había alquilado la cabaña que servía de escuela para el verano, y tomando después el camino lleno de baches hasta lo alto del acantilado, donde se disfrutaba de la mejor vista de la isla.

Hacía años que las edificaciones anexas de Harp House habían sido demolidas y la piscina, rellenada, para evitar peligros. De lo que fuera antaño la casa solo quedaba la torre cubierta de enredaderas. Theo y ella se echarían en una manta para saborear una botella de buen vino mientras Charlie corría a sus anchas como solo podía hacer un niño isleño. Al fin, Theo cargaría a su hija, le besaría la coronilla y la llevaría hasta el tocón de una vieja picea. Se agacharía, recogería los cristales marinos que todavía había esparcidos por allí y le susurraría al oído:

—Vamos a construir una casita de hadas.